HEYNE <

W0399419

Das Buch

Fünfhundert Jahre nach dem Tod Valorians, der einst die Magie zu dem Volk in der Steppe brachte, leben seine Nachkommen in Eintracht mit den Gesetzen der Natur und der Götter. Gabria, die letzte Zauberin, ist älter geworden, doch ihre Kräfte sind ungebrochen. Als ihr Klan in das Winterlager zieht, geschehen plötzlich mysteriöse Dinge. Düstere Fremde stehlen die unbeugsamen Hunnuli, die Zaubererpferde, ihr Sohn Savaron wird vergiftet und schwebt zwischen Leben und Tod. Verzweifelt ruft Gabria ihre Tochter Kelene zu sich, eine begnadete Heilerin und Mutter der achtjährigen, blinden Anwin. Während Gabria und Kelene Savarons Leben zu retten versuchen, vernimmt Anwin die Stimme der Göttin Amara, die ihr aufträgt, nach dem Gefallenen Stern zu suchen. Das Mädchen hat Zweifel an ihrer Vision, zumal Valorian den Sternenstein, die Quelle aller Magie, mit in sein unbekanntes Grab nahm. Doch da überfallen die »Männer der Peitsche« das Winterlager – brutale Meuchelmörder, die lautlos und im Auftrag einer schwarzmagischen Zauberin ihrem Handwerk nachgehen. Kurz entschlossen macht sich Anwin an der Seite ihres Vetters Jamarh auf den Weg, den die Göttin ihr weist. Doch Amara hat eine machtvolle Widersacherin, die Göttin Krath, welcher die dunkle Zauberin dient. In der Einsamkeit der Berge gerät Anwin in höchste Gefahr …

DIE GABRIA-SAGA

Valorians Kinder
Die letzte Zauberin
Die Tochter der Zauberin
Die dunkle Zauberin
Das Erbe der Zauberin

Die Autorin

Mary H. Herbert wurde 1957 in Ohio geboren. Bereits während ihrer Schulzeit schrieb sie erste phantastische Kurzgeschichten und setzte ihre schriftstellerische Tätigkeit auch während des Studiums fort. Mit ihren großen Romanen um die Zauberin Gabria und ihre Gefährten avancierte sie in den USA zur Bestsellerautorin, und auch in Deutschland zählt die Saga zu den erfolgreichsten Fantasy-Serien der letzten Jahre. Heute lebt Mary Herbert mit ihrem Ehemann und zwei Kindern in Georgia.

Mary H. Herbert

Die dunkle Zauberin

Roman

Deutsche Erstausgabe

WILHELM HEYNE VERLAG

Titel der amerikanischen Originalausgabe
DARK GODDESS
Deutsche Übersetzung von Michael Siefener

FSC
Mix
Produktgruppe aus vorbildlich bewirtschafteten Wäldern und anderen kontrollierten Herkünften
Zert.-Nr. SGS-COC-1940
www.fsc.org

Verlagsgruppe Random House FSC-DEU-0100
Das für dieses Buch verwendete FSC-zertifizierte Papier
Super Snowbright liefert Hellefoss AS, Hokksund, Norwegen.

2. Auflage
Deutsche Erstausgabe 3/2007
Redaktion: Angela Kuepper

Printed in Germany 2008
Umschlaggestaltung: Nele Schütz Design, München
Karte: Andreas Hancock
Satz: Buch-Werkstatt GmbH, Bad Aibling
Druck und Bindung: GGP Media GmbH, Pößneck

ISBN 978-3-453-52174-2

www.heyne.de

Für meine Lieblingslektorinnen Helene, Kristin und Marika. Vielen Dank, ihr jungen Damen, für eure Unterstützung und eure Begeisterung

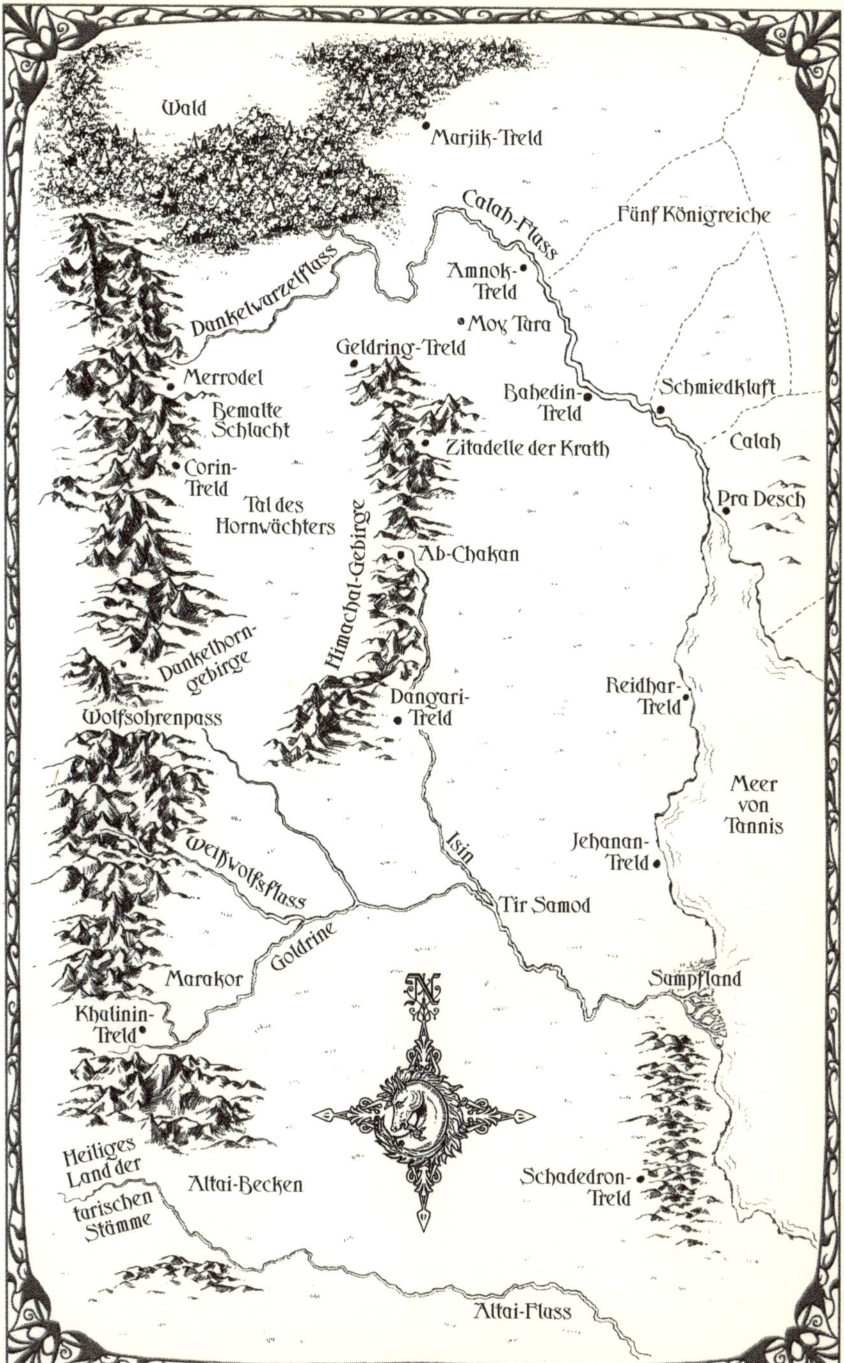
Wald
Marjik-Treld
Calah-Fluss
Fünf Königreiche
Dunkelwurzelfluss
Amnok-Treld
Moy Tara
Geldring-Treld
Merrodel
Bemalte Schlacht
Bahedin-Treld
Schmiedkluft
Zitadelle der Krath
Calah
Corin-Treld
Tal des Hornwächters
Pra Desch
Himachal-Gebirge
Ab-Chakan
Dunkelhorngebirge
Reidhar-Treld
Dangari-Treld
Wolfsohrenpass
Meer von Tannis
Isin
Jehanan-Treld
Weißwolfsfluss
Tir Samod
Goldrine
Marakor
Sumpfland
Khalinin-Treld
Heiliges Land der tarischen Stämme
Altai-Becken
Schadedron-Treld
Altai-Fluss

Prolog

Der Schrei des Hunnuli gellte durch die enge Schlucht und hallte voller Wut und Angst von dem kalten Granit wider.

»Haltet ihn fest!«, forderte eine harsche Stimme.

Fünf Männer in schwarzen Hosen und langen schwarzen Umhängen zogen mit aller Kraft an der Schlinge, die um den Hals des rasenden Hunnuli-Jährlings lag. Das gescheckte Fohlen, eine Kreuzung zwischen einem natürlichen schwarzen Hunnuli und dem auf magische Weise veränderten Klannad-Hunnuli, stemmte sich gegen das Seil und schrie erneut auf. Aus Wunden am Hals floss Blut auf die weißen und schwarzen Flecken an den Schultern und vermischte sich mit dem Staub auf dem Fell.

»Ich habe gesagt: Haltet ihn fest!«, rief die Stimme erneut. Eine große, in eine schwarze Robe gekleidete Frau trat aus den Schatten der Schlucht und kam den Hinterhufen des tobenden Fohlens gefährlich nahe. In ihrer Hand entrollte sich eine schmale Peitsche. Schlangenartig schnellte sie hervor und fuhr dem jungen Tier um die Hinterhufe.

Das Fohlen bäumte sich auf, die Vorderhufe trampelten durch die Luft. Schaum spritzte aus seinem Maul. Es bewegte sich seitwärts und riss einem der Männer das Seil aus der Hand, doch den anderen vermochte es nicht zu entkommen. Unbarmherzig zerrten sie es zurück auf alle viere und drückten ihm den Kopf gegen die Brust. Ein sechster Mann eilte herbei, warf eine Schlinge um die Vorderhufe des Fohlens und fesselte es geschickt.

Die Frau in Schwarz betrachtete das Hunnuli nachdenklich und sagte schließlich: »Bringt es zu Fall.«

Die Hunnuli waren große, kräftige Pferde, unempfindlich gegen die Macht der Magie, doch auch diese Tiere, ob jung oder alt, waren nicht gefeit gegen den wilden Angriff von sechs bestens ausgebildeten menschlichen Attentätern. Sie rangen das unglückliche Fohlen nieder und warfen es mit markerschütternder Brutalität zu Boden. Nun lag es im Dreck, rollte entsetzt mit den Augen, und sein Fell war schweißnass.

Die Frau ging langsam zu ihm hin und sah auf es herab. Ihre mitleidlosen Augen funkelten in den Höhlen des schmalen Gesichts. »Warum willst du mir nicht dienen?«, fuhr sie das Pferd an.

Hunnuli waren nicht nur gefeit gegen Magie, sondern besaßen auch die Fähigkeit der Telepathie – eine Gabe, die ihnen von ihrem Stammvater Hunnul verliehen worden war. Dieser junge Abkömmling Hunnuls jammerte und kämpfte gegen seine Feinde an. *Kann nicht,* antwortete er schließlich.

Die beiden Worte und die Macht seiner Weigerung drangen schmerzhaft in den Geist der Frau ein. Wut loderte in ihr. Sie hatte einen Eid abgelegt, und nichts, auch nicht ein sturer Gaul, würde ihre Pläne durchkreuzen. Sie schob einen ihrer Gefolgsleute beiseite, drückte das Knie gegen den Hals des Hunnuli und legte ihm eine Hand auf den Kopf. Es versuchte nach ihr zu schnappen. Sie packte ein Ohr und zerrte heftig daran.

Diene mir. Gehorche mir. Sie rammte die Befehle in sein Hirn, zerriss seine geistigen Schutzschilde und zerschmetterte seinen Widerstand mit der Kraft ihres Willens.

Doch ein lebendiges Hunnuli dient niemals auf verbotene Weise. Obwohl seine Stärke es verließ und sein Atem schwer ging, nahm es all seine verbliebene Kraft zusammen und befreite Ohr und Kopf aus dem Griff der Frau. Schmerzen schossen ihm durch das Ohr und den Hals entlang, doch es achtete nicht weiter darauf und machte einen letzten Versuch, seinen Peinigern zu entkommen. Noch einmal heulte es auf und versenkte die Zähne in dem linken Unterarm der Frau.

Ein böser Fluch spritzte von ihren Lippen. Sie schlug dem Jährling mit dem Stiel ihrer Peitsche gegen Ohren und Augen, doch es ließ noch immer nicht los.

»Tötet es!« Sie brüllte den Befehl ihren Männern entgegen.

Ein halbes Dutzend schmale Messer erschienen in den Händen ihrer Gefolgsleute, und sechs Klingen bohrten sich in Kehle, Augen und Hirn des Pferdes. Sein Maul fiel zu Boden, die Zunge hing zwischen den Zähnen heraus.

Die Frau sprang auf die Beine. Ihr Gesicht war eine Maske des Zorns. Eine andere Frau brachte Wasser und frische Kleidung herbei und säuberte die Wunde. Die gefährlichen Zähne hatten die Haut zerrissen und das Muskelgewebe gequetscht. Die Männer hingegen holten ihre Seile ein und wichen schweigend zurück. Ein älterer Mann, der die Hände in die Ärmel geschoben hatte, trat langsam an die Seite der Frau und betrachtete die Bescherung.

»Fang das Pferdeblut auf«, sagte die Frau zu ihrer Gefährtin. »Bring es in mein Arbeitszimmer.« Die Dienerin verneigte sich und eilte davon.

Der alte Mann betrachtete den toten Jährling. »Was ist mit dem Kadaver? Wenn die Klane ihn finden, werden ihre Magier toben.«

»Es wird die Zeit kommen, wo wir uns keine Sorgen mehr um die Klan-Zauberer machen müssen«, sagte sie mit eisenharter Stimme. Sie war eine große, schlanke Frau und hatte die Anmut einer vollendet geschmiedeten Stahlklinge.

Der Mann neben ihr hatte ihr an Alter und Erfahrung viel voraus. »Und was ist bis dahin?«, fragte er trocken.

»Verbrennt den Kadaver. Und vergrabt die Reste. Dann bringt mir ein neues Hunnuli. Ich muss weitere Experimente durchführen. Vielleicht ist es an der Zeit, ein anderes Objekt zu benutzen.«

Eine böse Vorahnung durchfuhr den alten Mann. »Das ist nicht nötig«, sagte er nachdrücklich. »Wir haben jahrhundertelang ohne ihre Pferde und ihre Magie überlebt und sollten alles so lassen, wie es ist.«

Sie wandte sich ihm zu. Das lange, blasse Oval ihres Gesichts wurde vom Feuer des Fanatismus erhellt. »Ich habe eine heilige Pflicht.«

Er warf ihr einen kalten Blick zu. »Das hast du noch nicht bewiesen. Wir haben keine Stimmen gehört und keine Zeichen empfangen. Niemand außer dir hegt diesen Eifer, sich auf Gebieten zu bewegen, in denen wir nichts zu suchen haben. Die Anwendung von Magie ist von unserer Göttin verflucht.«

»Du Gottloser! Du wagst es, die Worte unserer Gottheit in Frage zu stellen? Die Stimme ist wahrhaftig. Ihre Gegenwart ist in mir, und ich werde ihr gehorchen!« Ohne ihm die Gelegenheit einer Erwiderung zu geben, drehte sich die schwarz gekleidete Frau um und ging mit langen, schnellen Schritten davon. Steif drückte sie Rücken und Schultern unter der schweren Robe durch.

Der Mann sah ihr nach und spürte, wie seine Vorahnung zu einem deutlichen Gefühl des Unbehagens wurde. Er musste diese Frau sehr genau beobachten. Bisher hatte sie, gemessen an den Normen ihrer Gesellschaft, noch nichts Ungesetzliches oder Unmoralisches getan. Sein Blick fiel auf das tote Hunnuli, und er sah, wie sich die Fliegen bereits um die Blutlache versammelten. Welch eine Verschwendung!

Diese Frau bewegte sich auf immer dünner werdendem Eis. Sie stahl Hunnuli. Sie studierte Zauberei. Und wozu? Wegen eines Eides, den sie einer Stimme geleistet hatte, die nur sie allein hören konnte.

Pah!, dachte der alte Mann. Vielleicht war es Zeit, sie aus ihren Reihen zu entfernen. Mit ihren Ereiferungen und verrückten Experimenten brachte sie nichts als Schwierigkeiten. Einige der jüngeren Mitglieder des Kultes lauschten schon begierig ihren wilden Behauptungen und tuschelten untereinander. Mit Basiliskenaugen starrte er in die Richtung, in die sie gegangen war, und fasste einen Entschluss. Falls sie auf diesem abschüssigen Pfad weiterwandelte und dadurch am Ende noch die Aufmerksamkeit der Klane auf sich zöge, würde er dafür sorgen, dass sie entfernt wurde. Schon sehr bald.

Eins

Die Sonne beschien mit unzeitiger Wärme die Stadt auf der Hochebene. Es war eine kleine Stadt – eigentlich kaum mehr als ein größeres Dorf – mit angeblich rund tausend Einwohnern. Hauptsächlich waren es Klanleute, dazu ein paar Turic und einige Besucher aus den Fünf Königreichen, die sich entschlossen hatten, hierzubleiben. Die Stadt, die sich auf den Ruinen einer weitaus größeren Siedlung ausbreitete, bestand aus einer Ansammlung niedriger, mit Flachdächern versehener Häuser, aus Hütten, Nebengebäuden, einer Brauerei, Stallungen, Lagerhäusern und sogar einer Reihe von Zelten. Im Mittelpunkt erhoben sich um einen weiten, sonnigen Platz einige größere und prächtigere Gebäude: ein Tempel zu Ehren der Göttin Amara, eine geräumige Halle, einige Werkstätten von Kunsthandwerkern, der Sitz der Webergilde und ein kleines Heilerhaus. Die ursprüngliche Stadt war von einem hohen, starken Wall umgeben gewesen, doch von den mächtigen Verteidigungsanlagen waren nach den Kriegen und der Vernachlässigung von zweihundert Jahren nur lückenhafte, zerbröckelnde Mauern und Steinhaufen sowie die Skelette von zwei Türmen übrig geblieben. Lediglich das südliche Tor befand sich noch zwischen seinen Wachttürmen. Es wurde von zwei Steinlöwen flankiert und blieb ständig offen als Zeichen dafür, dass die Einwohner von Moy Tura nie wieder Mauern errichten und ihre eigenen Leute und Klane ausschließen würden. Die Mauern blieben dem Verfall preisgegeben, und die Tore standen jedermann offen.

In der warmen Spätherbstsonne ging es auf den wieder instand gesetzten Straßen der Innenstadt lebhafter zu, als es beim Herbstmarkt üblich war. Obwohl die zwölf Klane den Sommer damit verbracht hatten, die Herden auf frische Weiden zu führen, und sich beim Tir Samod zum jährlichen Klantreffen eingefunden hatten, war der Markt von Moy Tura im Herbst und Frühling ein bevorzugtes Ziel für die nördlichen Klane sowie die Kaufleute aus Pra Desch und den Fünf Königreichen geworden. Karawanen aus dem Reich der Turic südlich des Altai-Flusses zogen oftmals mit ihrem Vieh, ihren Gewürzen, Stoffen, Glaswaren und handwerklichen Erzeugnissen nach Moy Tura. Wenn die Leute in eine Stadt kamen, die von Magiern bewohnt war, dann versuchten sie für gewöhnlich, sich zu benehmen. Doch nicht jedermann begriff das.

Der wütende Schrei schnitt durch den Lärm des geschäftigen Marktplatzes. Einen Herzschlag lang machte der unerwartete Ruf die umtriebige Menge still. Ein paar Neuankömmlinge zuckten zusammen und sahen sich um, als mehrere wütende Stimmen ertönten. Dann setzte das Begreifen ein. Die Bewohner von Moy Tura wechselten wissende Blicke, schüttelten die Köpfe und kehrten zu ihren Geschäften zurück. Der Tumult auf dem Markt setzte wieder ein.

Am Stand eines Stoffhändlers aus Pra Desch legte Kelene den Wollstoff, den sie soeben bewundert hatte, wieder hin, nickte dem Kaufmann mit einem Blick zu, in dem sich ein Sturm bildete, und stapfte davon. Mit zusammengebissenen Zähnen schaute sie nach rechts den belebten Gang hinunter und sah, dass ihre Freundin Helmar an einem Steingutstand innegehalten hatte. Die Klanoberste hob nur kurz den Finger und deutete auf die nächste Reihe von Ständen und Buden parallel zu jener, in der sie sich befand.

Kelene kämpfte ihre Gereiztheit nieder, bahnte sich einen Weg zwischen zwei Buden zum nächsten Gang und schritt auf die Quelle der lauten Stimmen zu. Eine kleine Menschenmenge hatte sich bei dem Zelt eines Apothekers zusammengefunden und beobachtete neugierig, wie der Eigentümer des Standes aufgebracht ein junges, dunkelhaariges Mädchen ausschimpfte. Er wedelte ihr mit einer zerbrochenen Flasche unter der Nase herum und stampfte mit dem Stiefel auf. Die meisten Zuschauer waren Fremde und Marktbesucher. Die Klanleute hingegen, die in der alten Stadt lebten, sahen nur kurz auf und gingen ihres Weges. Sie hatten schon viele dieser Szenen miterlebt und wussten, dass es besser war, wenn sich die Mutter des Mädchens um dieses jüngste Missgeschick kümmerte.

Kelene hielt am Rande der Schaulustigen an und beobachtete das Geschehen über die Schultern der vor ihr Stehenden. Einen Augenblick lang durchpulsten Mitleid und Kummer ihr Herz. Das Mädchen vor dem Apotheker bebte vor Wut und Empörung. Ihre hellbraunen Augen glänzten vor ungeweinten Tränen, doch sie stellte sich dem wütenden Mann mit trotziger Entschlossenheit entgegen. Ihr Mut machte sie größer, als ihre acht Jahre es ihr eigentlich zugestanden. Sie brüllte ihn mit ihrer ganzen aufgestauten Enttäuschung und Wut an.

Kelene seufzte. »Anwin«, sagte sie scharf.

Ihre Tochter drehte ihr das ovale Gesicht zu. »Mutter!«, rief sie. Sie legte den Kopf ein wenig zurück, und ihre Wangen brannten rot vor Zorn. »Dieser Mann ist ein Betrüger! Er versucht Sachen zu verkaufen, die …«

Die laute Stimme des Apothekers übertönte sie. »Seid Ihr die Mutter dieses unbeholfenen Einfaltspinsels?«, brüllte er. »Schafft sie mir aus den Augen. Sie hat mir schon zwei Flaschen zerbrochen und mehrere Gefäße mit wertvollem

Räucherwerk umgekippt!« Er schwenkte die Arme vor dem Gesicht des Mädchens und versuchte sie auf diese Weise fortzutreiben, bevor die Kundschaft ihre Behauptungen hören konnte.

»Kostbar!«, gab Anwin erregt zurück. »Es sind hauptsächlich billige Füllstoffe mit nur ein wenig Harz für den Duft. Und seine Duftwasser …«

»Es reicht!« Der Mann schnitt ihr das Wort ab und blickte sie düster an. Er sah aus, als würde er das Kind am liebsten beiseitenehmen und ihm eine anständige Tracht Prügel verabreichen. »Du weißt gar nichts über die verschiedenen und schwierigen Rezepte und Formeln, die ich erfunden habe.«

Kelene bahnte sich einen Weg an einigen Leuten vorbei und trat vor den Kaufmann. Er war kein Klanangehöriger, das stand fest, denn ansonsten hätte er sie und vielleicht auch Anwin erkannt. Der dunklen Hautfarbe, dem Schnitt der braunen Robe sowie dem schwarzen Haar nach zu urteilen, kam er vermutlich aus der südlichen Wüste im Reiche Turic.

»Seid Ihr zum ersten Mal auf unserem Markt, Herr?«, fragte Kelene bemüht kühl und höflich.

Der Turic richtete sich zu seiner vollen Größe auf und starrte an seiner Hakennase entlang auf die Klanfrau. »Ja. Ich habe Gutes über den Herbstmarkt in Moy Tura gehört. Aber ich habe nicht gewusst, dass Klankinder so schlecht erzogen und grob sind. Ich bestehe darauf, meine Dame, dass Ihr die zerbrochenen Flaschen und verstreuten Harze bezahlt, die Eure tollpatschige Brut zerstört hat.«

Kelene hörte das plötzliche Atemholen ihrer Tochter und legte ihr eine Hand auf die Schulter. Hinter ihr warteten die Schaulustigen in neugierigem Schweigen, und irgendwo im hinteren Teil der Menge glaubte Kelene ein Lachen zu hören.

Sie schenkte dem Mann ihr unverbindlichstes Lächeln und sagte sanft: »Herr, wenn Ihr mir die zerbrochenen Glasflaschen zeigt, dann werden wir mit Sicherheit zu einem gegenseitigen Einvernehmen kommen.«

Der Mann kochte immer noch vor Wut. Er eilte in sein Ausstellungszelt und kam mit einer zweiten zerschmetterten Flasche und drei hölzernen Kästchen hervor, die offensichtlich jemand geöffnet und deren Inhalt verstreut hatte.

»Das sind zwei Flaschen mit Karare-Duftwasser aus Cangora gewesen, zusammengemischt aus den feinsten ätherischen Ölen.«

Anwin schnaubte unfein, hatte aber genug Verstand, um nichts zu sagen.

»Das Räucherwerk ist aus Catherarab«, fuhr der Apotheker fort und beachtete das Mädchen nicht mehr. »Ich stelle es selbst her – aus verschiedenen Harzen, Rinden und Gewürzen.«

Kelene versagte sich einen Kommentar. Stattdessen nahm sie ihm die Kästchen und Flaschen aus den Händen und legte sie auf ein in der Nähe stehendes Tablett. Die beiden Flaschen waren aus blassgrünem Glas handgeblasen und wie abgeflachte Kugeln mit langen, schmalen Hälsen geformt, was auf turische Handwerkskunst hindeutete. Sie waren einfach zu verpacken und zu transportieren, und die Turic verschickten sie in alle östlichen Reiche. Kelene fuhr mit dem Zeigefinger über die sanfte Rundung der einen Flasche. Sie liebte Glas, liebte die Farben, die Durchsichtigkeit, die wundervollen Formen und Umrisse, die es unter den Händen eines begabten Handwerkers annehmen konnte. Die halbnomadischen Klane hatten sich nie mit der Glasherstellung abgegeben. Sie bevorzugten es, mit Holz, Metall oder Leder zu arbeiten, doch die Turic im Süden der Ebene von Ramtharin stellten feinstes Glas her, das fest und makellos und in einer Vielzahl juwelenartiger Farben zu haben war.

Natürlich hatte Anwin das nicht gesehen. Sie hatte sich nur auf die Gerüche konzentriert. Kelene hob vorsichtig die untere Hälfte einer der zerbrochenen Flaschen an und schnupperte an den öligen Überresten am Boden. Sie kannte Karare-Duftwasser nur allzu gut, und dieses hier war nicht besonders rein.

»Es ist Karare darin … und Rosenöl und Sandelholz?« Sie hatte die Frage an ihre Tochter gerichtet.

Anwin nickte heftig. »Und zweimal ausgepresstes Mandelöl. Er hat gerade genug hineingetan, damit die Leute den Unterschied nicht bemerken.«

Kelene sah den Händler kalt an. »Aber genug, um besser daran zu verdienen.«

Der Apotheker schürzte die Lippen und richtete sich beleidigt auf. »Wie könnt Ihr es wagen, meine Waren herunterzumachen! Wer seid Ihr, dass Ihr die Qualität meiner Zutaten nur aufgrund der Wutanfälle eines kleinen Mädchens beurteilt?«

Kelene sah auf ihre Tochter herunter, die ganz still neben ihr stand. Sie hielt den Kopf leicht geneigt, damit sie alles mit ihrem besseren Ohr mitbekam. Kelene tat ihr Mädchen leid. Sie war zwar noch ein Kind, doch dem Erwachsensein und einer Zukunft, die sie zu einem Leben in Dunkelheit verdammte, schon sehr nahe.

»Meine Tochter ist blind«, erwiderte sie mit eisiger Ruhe. »Sie muss ihr fehlendes Augenlicht durch die anderen Sinne – einschließlich ihres Geruchssinnes – ausgleichen. Wenn sie sagt, es ist billiges Mandelöl in Eurem Karare-Duftwasser, dann stimme ich ihr zu. Wenn sie sagt, es sind billige Ersatzstoffe in Eurem Räucherwerk, dann glaube ich ihr. Ihr Geruchssinn ist sehr verlässlich.«

Der Turic richtete den Blick von Anwin auf Kelene und dann auf die Menge, die sich um sie versammelt hatte und neugierig gaffte. Kelene sah die Überraschung in seinen Augen und die zunehmende Nervosität in seinen Bewegungen.

»Ihre Behinderung tut mir leid. Aber sie ist doch nur ein Kind!«, polterte er und rang die Hände. »Woher soll sie die verschiedenen Zutaten meiner exotischen Waren kennen?«

Kelene verzog den Mund zu einem schiefen Lächeln. Ohne ein Wort zu sagen, sammelte sie die Kräfte der Magie um sich, gestaltete sie zu einem Zauberspruch und berührte die geborstene Flasche. Die Macht floss durch sie wie eine Welle aus Sommerhitze. Ein Licht flackerte an den Rändern des Glases auf und schmolz die einzelnen Stücke zusammen. Der Zauber war vollzogen. Kelene hielt die wiederhergestellte Flasche gegen das Sonnenlicht, das sie in ihrem wassergrünen Innern einfing. Der Apotheker sah verwundert zu.

»Sie ist vertraut mit vielen Kräutern, Harzen, Rinden und Medizinen, weil sie meine Tochter ist«, sagte Kelene gelassen, während sie die zweite Flasche instand setzte. »Ich bin Kelene vom Klan Corin und Khulinin, Frau des Wertains Rafnir und Heilerin in dieser Stadt.«

Die Augen des Turic weiteten sich, und er trat einen Schritt zurück. »Die Erwählte des Greifen?«, keuchte er, »Das wusste ich nicht …«

Als Kelene diesen Titel zum ersten Mal auf sie angewendet gehört hatte, hatte sie dem Sprecher beinahe den Kopf abgerissen, bevor er den Unterschied zwischen dem Namen und der Bezeichnung »Greif« erklären konnte. Vor neun Jahren waren Kelene und ihre Mutter Gabria von Zukhara, einem turischen Halbblut entführt worden, der genug Klanblut in sich hatte, um damit Magie zu wirken. Während eines langen, blutigen Frühlings hatte er versucht, die turischen Stämme im Namen des Fel Azoreth zu erheben und auf die königliche Stadt Cangora zu marschieren. Dabei hatte er für sich den Namen »der Greif« benutzt und einen Bürgerkrieg zwischen den Stämmen entfacht, die südlichen Klane angegriffen, den Kronprinzen ermordet und Shar-Ja, den Herrscher über die turischen Stämme, zu töten versucht. Eines der Mittel, die er in diesem heiligen Krieg zum Einsatz gebracht hatte, war ein wilder Greif gewesen, ein seltenes und gefährliches Geschöpf, das von den Stämmen als heilig erachtet wurde. Zukhara hatte Kelene gezwungen, die Bestie so zu zähmen, dass er auf ihr seinem Heer voranreiten konnte. Er hatte Kelene überdies zu seiner Frau und der Mutter seiner Dynastie erkoren. Glücklicherweise waren Zukharas Pläne für sie fehlgeschlagen, und er war durch die vereinten Anstrengungen der Klane, der Stämme und der jüngst entdeckten Klannad besiegt worden. So hatte der Shar-Ja weiterhin das Land seiner Väter regiert.

In Dankbarkeit und Hochachtung für Kelene und ihre Heilkräfte sowie für ihre Freundlichkeit gegenüber dem Greifen hatten die Turic sie von nun an die »Erwählte des Greifen« genannt. Dabei stand diese Bezeichnung nicht für den häretischen Verräter, der sein Volk in den Krieg getrieben hatte, sondern für die wilde, großartige Kreatur, die vom Lebendigen Gott erschaffen und von den Propheten geliebt worden war. Als Kelene die Wahrheit hinter dieser Anrede erkannt hatte, war sie sehr zufrieden gewesen. Ihre kurze Begegnung mit dem weiblichen Greifen war eines der besseren Ergebnisse jenes schrecklichen Frühlings gewesen.

Ihre Tochter war das andere.

Sie schob die Deckel zurück auf die Kästchen, sammelte die Flaschen ein und gab alles dem verblüfften Apotheker zurück. »Nun«, fuhr sie freundlich fort, »habe ich Eure Flaschen repariert. Daher werde ich nicht für irgendwelche Schäden bezahlen. Auch werde ich den Inhalt nicht ersetzen, denn was immer darin war, es war nicht das, was Ihr behauptet, und ich will nicht von einem erzürnten Kunden angegriffen oder zur Verantwortung gezogen werden, wenn sich die Nachricht herumspricht, dass Ihr mein Volk zu betrügen versucht. Ein guter Name ist mehr wert als ein seltenes Duftwasser. Habt Ihr verstanden?«

Der Apotheker hatte sehr wohl verstanden und begriff, dass er aus Gedankenlosigkeit einen großen Fehler begangen hatte. Er verneigte sich tief, ergriff seine Schachteln und Flaschen und eilte zurück ins Zelt. Das Lachen der Schaulustigen folgte ihm.

Kelene streckte den Arm aus. »Nimm meine Hand, Anwin«, befahl sie.

Mürrisch beugte sich Anwin vor, ergriff einen schmalen Stock und tastete nach der Hand ihrer Mutter. Mit brennendem Gesicht folgte sie Kelene in den überfüllten Gang zwischen den Marktbuden. Schweigend gingen sie auf den schwarzen Obelisken zu, der den Mittelpunkt der Stadt anzeigte.

»Mit diesem Mann wäre ich selbst fertig geworden«, sagte Anwin nach einer Weile. Ihre Stimme war harsch vor Verärgerung und Erniedrigung.

»Möglicherweise, wenn du nicht seine Flaschen zerbrochen und wie ein kleines Kind gekreischt hättest, dem man die Süßigkeiten weggenommen hat. Du bist so unbeherrscht! Du solltest es besser wissen«, schimpfte Kelene.

»Es war ein Unfall«, verteidigte sich Anwin.

Ihre Mutter seufzte. »Natürlich. Es ist immer nur ein Unfall. Ich weiß, dass du nicht tollpatschig sein willst, aber du gehst an Orte, wo du nicht hingehörst, und lässt es den gesamten Klan wissen, wenn etwas schiefgeht. Was tust du überhaupt hier? Ich habe dir befohlen, im Haus zu bleiben und zusammen mit Shean auf die Kleinen aufzupassen.«

»Ich wollte auf den Markt gehen.«

»Du hättest warten können, Anwin. Der Markt ist nicht …«

»Nicht was? Nicht sicher? Kein Ort für ein blindes Kind?«, sagte Anwin mit lauter werdender Stimme.

Kelene versuchte, geduldig zu sein. Sie hatten schon so oft darüber gesprochen. »Darum geht es nicht, Anwin.«

Doch das achtjährige Mädchen hörte nicht mehr zu. Es riss sich von der Mutter los und wich zurück. »Ich mag es nicht mehr, andauernd verhätschelt zu werden. Ich hasse es, im Haus bleiben zu müssen und immer bei jemandem zu sein. Warum kannst du mich nicht einmal allein lassen?«

Bevor Kelene es verhindern konnte, war sie in die Menge gelaufen und bahnte sich mit Händen und Stock einen Weg an den Leuten vorbei.

»Anwin!«

»Lass sie gehen. Sie wird den Weg nach Hause schon finden, wie immer«, sagte eine vertraute Stimme hinter Kelenes Schulter.

Kelene sah dem vor Wut versteiften Rücken ihres ältesten Kindes nach, bis es außer Sichtweite war. Tränen stachen ihr in die Augen, doch sie konnte sie verbergen, während sie sich zu ihrer Freundin Helmar umdrehte. »Was habe ich denn jetzt schon wieder falsch gemacht?«

Helmar kicherte über Kelenes unglückliche Miene. »Sie hat nur zu helfen versucht.« Obwohl Helmar nie eigene Kinder gehabt hatte, befand sie sich in der einzigartigen Lage, Vorsteherin eines Klans zu sein. Für gewöhnlich hatten nur Männer diese Stellung inne. Während sie dieselben Pflichten wie die eines Mannes versah, musste sie zusätzlich all die Dinge tun, die man von einer Frau erwartete. Sie schlichtete Streitereien, beruhigte die Gemüter, schloss Vergleiche, bot Gastfreundschaft an, war bei Geburten und Sterbefällen zur Stelle und gab oft den Kindern sowie den jungen und alten Leuten Rat. Manchmal, sagte sie zu ihrem Gemahl, fühlte sie sich, als wäre sie die Mutter des gesamten Klans.

Kelene hatte Verständnis für Helmars doppelte Position und war oft froh darüber, dass sie selbst nicht eine solch vielfältige und schwer zu tragende Last mit sich herumschleppte. Sie versuchte Helmar zu helfen, wann immer es ihr möglich war, und schätzte es, mit der älteren Frau reden zu können, da ihre eigene Mutter so weit entfernt war. »Ich weiß. Ich begreife, wie sie sich fühlt. Wegen meines verkrüppelten Fußes war ich damals genauso: wütend, voller Groll und streberisch. Ich weiß nicht, wie es meine Eltern mit mir ausgehalten haben.«

Helmar schenkte ihr ein aufmunterndes Lächeln. »Du hast diese Zeit irgendwann hinter dir gelassen.«

Die beiden Frauen gingen im Gleichschritt langsam auf das Zentrum des Marktes zu.

»Ich habe schließlich meinen Fuß geheilt«, betonte Kelene. Enttäuscht warf sie die Hände in die Luft. »Bei allen Göttern, ich verstehe es nicht. Ich bin eine Heilerin! Warum konnte ich nichts gegen das Fieber tun, das Anwins Augenlicht zerstört hat, und warum kann ich sie jetzt nicht heilen? Was habe ich bloß falsch gemacht?«

»Nichts, soweit ich weiß«, sagte Helmar freundlich. »Du hast alles getan, was du konntest. Aber mit den Augen ist es sehr schwierig. Sie sind die Fenster der Seele. Vielleicht sind ihre Augen zum Schutz geschlossen.«

Kelene blieb so plötzlich stehen, dass eine andere Klanfrau gegen ihren Rücken stieß. »Was willst du damit sagen?«, fragte sie. »Wovor soll sie geschützt werden?«

Helmar stieß ihr kehliges Kichern aus. »Vielleicht vor dem liebeskranken Starren all der Jungen, die in ein paar Jahren hinter ihr herrennen werden?«

Kelene wollte sich nicht aufheitern lassen. Sie verschränkte die Arme vor der Brust und betrachtete grüblerisch den großen, schwarzen Obelisken, der im Mittelpunkt des weiten

Platzes zu Ehren der Göttin Amara aufgestellt worden war. »Wer soll sie schon heiraten? Blinde Kinder halten unsere Lebensweise nicht lange durch, und selbst wenn sie die Volljährigkeit erreichen sollte, würde kein Mann eine entstellte Frau nehmen.«

»Entstellt!« Helmar gab ihre Beschwichtigungsversuche auf. »Sei nicht dumm, Kelene. Das ist doch nur ein alter Aberglaube. Anwin ist wunderschön. Sie hat deine goldene Haut und Rafnirs schwarzes Haar, das Lächeln ihres Großvaters und das Selbstvertrauen ihrer Großmutter. Wie könnte sie das noch steigern? Ja, ich weiß, das Leben in den Trelds und den Ebenen ist schwierig. Aber hier in Moy Tura war es schon immer etwas anders. Wir sind sesshafter geworden. Unsere Häuser sind dauerhafter. Anwin hat einen abenteuerlustigen Geist und den eisernen Willen ihrer Mutter. Sie kann sich ein gutes Leben verschaffen.«

Kelene nickte ein einziges Mal. »Ich hoffe, du hast Recht.« Sie seufzte, schaute hoch in den klaren Himmel und fragte sich, wie sie ihrer Enttäuschung Ausdruck verleihen sollte. »Ich wünschte nur ... ich wünschte, Zweifleck wäre nicht gerade jetzt gestorben. Wir haben nicht die Zeit, einen anderen Hund anzulernen. Es gibt so viel zu tun.«

Helmar stimmte ihr zu. »Es gibt immer zu viel zu tun.«

»Ja, aber bei Zweifleck war es anders. Er war einer der klügsten Hunde, die mir je begegnet sind. Er stammte aus Tams-Tesser-Linie. Das sind ausgezeichnete Hunde. Er war Anwin so treu ergeben und hat sich beinahe allein ausgebildet.«

»Wie wäre es mit einem Hunnuli? Sie ist inzwischen alt genug.«

Kelene zuckte leicht die Achseln; ihr Gesicht spiegelte eine Mischung aus Traurigkeit und Gereiztheit wider. »Sie liebt Pferde. Eine Verbindung mit einem Hunnuli wäre das Beste, was ihr diesen Sommer passieren könnte, aber sie hat es noch nicht versucht. Anwin war fast von Geburt an in Zweifleck vernarrt. Sein Tod hat sie schwer getroffen. Er war ihr einziger wirklicher Freund.«

Dass der Tod des Hundes Anwin schwer getroffen hatte, war eine starke Untertreibung, dachte Kelene. Der Hund und das Mädchen waren von dem Augenblick an unzertrennlich gewesen, als Anwin allein sitzen und Bälle für ihn hatte werfen können. Er hatte bei ihr geschlafen, mit ihr gespielt, und als Anwin im Alter von fünf Sommern das Augenlicht durch ein Kindheitsfieber verloren hatte, hatte Zweifleck sich um ihre Sicherheit und ihr Wohlergehen gekümmert. Er hatte ihr kleine Dinge gebracht, hatte sie mit Gebell auf Besucher aufmerksam gemacht und sie vor Schlangen, Skorpionen, Fallgruben und unzähligen falschen Wegen beschützt. Das Leben in einer noch teilweise zerstörten Stadt barg schon für Leute mir gesunden Augen etliche Gefahren. Für ein neugieriges, lebhaftes, blindes Kind konnte dieser Ort tödlich sein.

Als Zweifleck zu Beginn des Sommers gestorben war, war Anwin untröstlich gewesen. Sie hatte einige Tage durchgeweint und sich in die dunkle Welt ihrer Verzweiflung zurückgezogen. Ihre bestürzten Eltern hatten versucht, ihr andere Hunde, andere Freunde zu geben und sogar neue Fertigkeiten beizubringen, doch Anwin hatte alles zurückgewiesen. Schließlich hatten sie das Kind aus der Stadt gebracht und zu den Hunnuliherden geführt.

Wie alle magisch Begabten in den Klanen von Valorian, hatte auch Anwin das Recht, die wundervollen Pferde zu reiten, die von Valorians gewaltigem schwarzem Hengst Hunnul abstammten. Diese von der Göttin Amara reich beschenkten Rösser waren größer, stärker, schneller und klüger als die harachianischen Pferde, die den größten Teil der Klanherden bildeten. Auch waren sie oft telepathisch begabt und schmiedeten mit ihren Reitern lebenslange Beziehungen voller Freundschaft und gegenseitiger Hochachtung, die manchmal sogar den Tod überdauerten. Wann immer ein magiefähiges Kind das Alter erreichte, in dem es seine angeborenen Fähigkeiten anzuwenden lernte, wurde es zu den Hunnuli geführt, damit es einen Gefährten fand. Obwohl Anwin noch kein Anzeichen dafür hatte erkennen lassen, dass sie schon bereit war, eine Zauberin zu werden, hatten ihre Eltern sie zu den Jährlingen gebracht und gehofft, sie möge einen Gefährten finden, der ihr dabei half, ihren Kummer zu überwinden und ihre Fähigkeiten auszubilden. Sie war zwischen den lebhaften jungen Pferden hindurchgeschritten, hatte ihnen schließlich den Rücken zugekehrt und war fortgegangen.

Ihr Großvater Sayyed, der Gemahl von Helmar, hatte Kelene und Rafnir geraten, sich in Geduld zu üben und den Dingen ihren Lauf zu lassen. Er wusste nur allzu gut, dass die einzigartige Beziehung zu den Hunnuli manchmal Zeit brauchte.

Kelene dachte an ihre eigene Kindheit: an den selbst verschuldeten Unfall, der ihren Fuß zerschmettert hatte, an die Schmerzen und Erniedrigungen, die sie hatte ertragen müssen, und an die nagende Enttäuschung über die Verkrüppelung. Jahrelang hatte sie jedes Hunnuli verschmäht, bis Demira gekommen war. Ein wenig verstand sie Anwins Unglück. Der Tod ihres geliebten Hundes hatte Salz in die wunden Stellen ihres Herzens gerieben.

»Helmar!«

Die Worte übertönten den Lärm des Marktes, und beide Frauen zuckten zusammen. Sie drehten sich um und sahen, wie ein junger Mann auf einem weißen Hunnuli ihnen entgegenritt. Der rote Umhang des Corin-Klans flatterte ihm in der nachmittäglichen Brise munter um die Schultern, doch sein Gesichtsausdruck brachte die beiden Frauen sofort zum Stehen.

»Helmar!«, rief der junge Mann erneut. »Lord Sayyed sucht nach Euch und Kelene. Die Ausreiter haben die Nachricht geschickt, dass ein Bote aus dem Khulinin-Treld herkommt. Er reitet auf einem Hunnuli.«

Eine Kälte wie vom Wind aus den Dunkelhornbergen durchfuhr Kelene. Ein schneller Bote brachte selten gute Neuigkeiten. War etwas mit ihren Eltern passiert? Lord Athlone und Gabria waren nach den Klan-Maßstäben bereits alte Leute, und Kelene gab sich nicht der Täuschung hin, dass sie ewig lebten. Sie würden sterben, wenn ihre Zeit gekommen war. Bloß jetzt noch nicht, betete sie stumm zu Sorh, dem Gott der Toten. O, bitte noch nicht.

Die beiden Frauen änderten ihre Richtung und eilten dem Reiter hinterher zur Klanhalle am südlichen Ende des großen Platzes.

Früher war dort, wo nun die Klanhalle stand, die geräumige Gilde der Kunsthandwerker gewesen, ein wunderschönes Gebäude aus Stein und Holz, das während des goldenen Zeitalters von Moy Tura die begabtesten und fähigsten Mitglieder ihrer Zunft beherbergt hatte. Tragischerweise war die Stadt der Magier in dem blutigen Sommer der Säuberung verraten und vernichtet worden, als sich die Klanleute gegen ihre zauberischen Verwandten gewendet und die meisten von ihnen umgebracht hatten. Jedes große Gebäude in der Stadt war verbrannt oder geschleift und die Stadt selbst für mehr als zweihundert Jahre verlassen worden.

Vor zehn Jahren hatten Kelene und Rafnir den Traum gehabt, die alte Stadt aus den Ruinen auferstehen zu lassen. Zusammen mit den Klannad, einem Siebtel des Corin-Klans, das sich zweihundert Jahre lang in den turischen Bergen versteckt hatte, hatten sie gegraben, Gebäude freigelegt und neu errichtet, bis die Stadt allmählich wieder belebt wurde. Ganz langsam hatten die halbnomadischen Völker der Steppe die

Gegenwart einer dauerhaften, fest gebauten Ansiedlung in ihrer Mitte akzeptiert. Kelene, Rafnir, Helmar und Sayyed hofften, dass Moy Tura bald seine alte Bedeutung als Drehscheibe des Handels und Ausbildungszentrum für Magier und Heiler zurückerlangen würde.

Um dem Ansehen der Stadt zu helfen und es den Klanleuten bequemer zu machen, hatten die Klannad bei ihrer Rückkehr aus der Steppe von Ramtharin als Erstes eine Klanhalle für die Vorsteherin und ihren Gemahl errichtet. Bei einem gewöhnlichen Klan befand sich diese Halle im Treld, also im Winterquartier. Sie diente als Versammlungsort bei Feierlichkeiten und Festen, als Sitz des Klanhäuptlings, als vorübergehender Wohnort für unverheiratete Männer und Dauerwohnsitz für die Familie des Häuptlings. Weil die Klannad so lange von den Klans getrennt gelebt hatten, wollten sie etwas schaffen, das allen vertraut war. Sie beabsichtigten, eine Verbindung zur Vergangenheit und eine Tradition für die anderen Klane herzustellen. So wurde eine zweistöckige Steinhalle mit einem Holzdach und einem hohen runden Wachtturm errichtet, der sich über die Stadt erhob und sowohl die geschäftigen Straßen als auch die noch verbliebenen Ruinen überblickte. Das rote Banner der Corin flatterte am Turm und der breiten zweiflügeligen Tür, bei der die Herdwache der Klanobersten Tag und Nacht Wache stand.

Die Türwachen nahmen Haltung an, als der junge Bote am Fuß der Treppe zur Klanhalle von dem weißen Hunnuli abstieg und auf die beiden Frauen wartete. »Lord Sayyed ist schon drinnen, Helmar. Wertain Rafnir befindet sich auf dem Weg zu Euch«, berichtete er.

Helmar nickte Kelene zu, stieg die breiten Stufen hoch und verschwand in der Halle, um sich mit ihrem Gemahl zu bereden. Kelene entschied, auf Rafnir zu warten. Sie überlegte kurz, ob sie jemanden auf die Suche nach Anwin schicken sollte, doch sie entschied sich dagegen. Ihre halsstarrige Tochter hatte den Weg zum Markt gefunden, also würde sie auch den Weg nach Hause finden.

Kelene hob den Blick wieder zum Himmel und betrachtete geblendet die gewaltige blaue Kuppel, während ihre Gedanken um den Khulinin-Boten kreisten. Welche Nachricht brachte er, die so wichtig war, dass man dafür einen Zauberer und sein Hunnuli losgeschickt hatte? Gute Götter, betete sie, bitte lasst es keine schlechten Neuigkeiten sein.

Lautes Hufgeklapper riss sie aus ihren Gedanken. Sie schaute die Straße hinunter und erkannte ihren Gemahl auf seinem Hunnulihengst Tibor, der rasch herbeiritt. Sie bemerkte bestürzt, dass Tibor schwitzte und sehr erregt war.

Das Pferd hielt an und wartete nur, bis sein Reiter mit den Stiefeln den Boden berührt hatte, bevor es sich auf die Hinterläufe aufrichtete und auf demselben Weg zurücktrabte, auf dem es hergekommen war. Als Rafnir Kelene gegenübertrat, sah er sie düster an.

»Du hast sie noch nicht gefunden«, sagte sie ruhig, denn sie las die Antwort an seinem Verhalten ab.

Er wischte sich den Staub aus den Augen und dem sauber gestutzten Bart und schaute in die Richtung der fernen Wiesen. »Jetzt sind es schon drei! Drei vermisste Jährlinge! Niemand hat sie gesehen. Und niemand weiß, wohin sie gelaufen sind.« Er klopfte sich mit der Faust auf den Schenkel und lief wütend vor Kelene auf und ab. »Sogar die erwachsenen Hunnuli sind aufgebracht. Dreien von ihnen ist etwas zugestoßen, und wir können nicht herausfinden, was es ist. Wir waren gerade dabei, die Wasserrinnen in der westlichen Senke abzureiten, als Vater mich gerufen hat. Ich hoffe, dieser Bote ist es wert, dass ich die Suche abgebrochen habe.«

»Er kommt auf einem Hunnuli«, erwiderte Kelene mürrisch. »Du weißt, dass die Khulinin nicht alle Tage Nachrichten durch einen Zauberer übermitteln.«

Rafnir war nicht so aufgeregt, dass er die Anspannung in der Stimme seiner Frau nicht erkannte. Er hielt in seinem Umherlaufen inne und überdachte die verschiedenen Möglichkeiten. Er war zwar sehr besorgt über die verschwundenen Hunnuli-Jährlinge, aber er wusste, dass die Botschaft noch wichtiger sein konnte.

Kelene schob sich eine dunkle Haarsträhne hinter das Ohr. »Als wir beim letzten Mal einen solchen Boten geschickt bekommen haben ...«

Er unterbrach sie: »Vielleicht sind es gute Neuigkeiten.«

»Vielleicht.« In ihrer Stimme lagen weder Überzeugung noch Hoffnung. Schrecken sammelte sich in ihrem Herzen wie ein Sturm, und ein Gefühl der Kälte setzte sich in ihrem Magen fest.

Rafnir bürstete sich den Staub von Hemd und Hose und wischte mit dem Ärmel über den Goldgürtel, der seine Befehlsgewalt über den Werod anzeigte. Dann ergriff er seine Frau beim Arm. Er beachtete ihren düsteren Blick nicht, sondern drehte sie sanft um und führte sie die kurze Treppe hoch zum Eingang der Halle. Die beiden Herdwachen neben der Tür salutierten vor ihm.

»Es ist besser, wenn wir aus der Sonne gehen und im Inneren auf den Boten warten. Bestimmt möchte er eine Erfrischung haben. Ich eigentlich auch.«

Kelene verkniff sich eine bissige Erwiderung. Rafnir hatte Recht. Die Gastfreundschaft der Klane galt für jeden Besucher, und besonders Boten waren sehr dankbar für Speise und Trank. Außerdem brauchte sie etwas, das sie von ihren Sorgen ablenkte. Einen Augenblick lang lehnte sie sich gegen Rafnirs starken, warmen Körper und war froh über seine Gegenwart, dann eilte sie davon und suchte nach etwas, das einen müden Reisenden und sein Hunnuli erfrischen konnte.

Als das Signalhorn am südlichen Tor ertönte und die Ankunft des Boten meldete, hatte Kelene bereits Brot, Käse, Nusskuchen, getrocknete Äpfel und einen leichten, gekühlten Met für den erwarteten Gast zusammengestellt. Alles befand sich auf einem Messingtablett neben Helmars Stuhl. Rafnir hatte sich schon bedient und stand nun neben seinem Vater Sayyed. Leise besprachen sie die Suche nach den verschwundenen Hunnuli. Sie wirkten nicht gerade erfreut über den mangelnden Erfolg.

Kelene goss sich und Helmar ein wenig Met ein und trug den Kelch der Anführerin zu dem niedrigen Podest, auf dem diese saß. Helmar nahm das Getränk mit einem dankbaren Nicken entgegen. Während die Frauen an dem Met nippten, schauten sie schweigend in das sonnenhelle Rechteck der offenen Tür.

Helmar war zwar nicht mit Kelenes Mutter Gabria verwandt, doch das Klanblut verband die beiden. Gabria war die einzige Überlebende des Klans Corin, der vor mehr als dreißig Jahren abgeschlachtet worden war, während Helmar in unmittelbarer Linie von Jeneve abstammte, einer Corin-Frau, die vor zweihundert Jahren mit ihrer Familie vor der Säuberung in die turischen Berge geflohen war. Die Frauen verstanden sich sehr gut miteinander und betrachteten sich als Schwestern.

Kelene hatte sich für ihre Mutter gefreut, als sie die Geschichte der rätselhaften Klannad erfahren hatte. Obwohl der Schock und die Trauer über den Verlust ihres gesamten Klans nie ganz verheilt waren, hatte die Entdeckung der Corin-Abkömmlinge und ihres ungewöhnlichen weiblichen Häuptlings die Leere in Gabrias Herzen ein wenig zu füllen vermocht. Die Tatsache, dass beide Frauen willensstarke

Zauberinnen waren, stellte eine zusätzliche Würze ihres Verhältnisses dar. Wahrscheinlich war es ein Segen, dass diese beiden eigensinnigen Frauen so weit voneinander entfernt lebten, dachte Kelene oft mit einem Schmunzeln.

Huftritte klapperten draußen auf dem Steinpflaster, und Rufe kündeten die Ankunft des Khulinin-Boten an. Kelenes Puls schlug schneller, und ihr Magen drehte sich vor ängstlicher Erwartung beinahe um. Sie hob das Kinn. Ihre dunklen Augen waren in dem schattigen Inneren der Halle beinahe schwarz. Atemlos wartete sie, während der Bote die Stufen hocheilte und mit der Herdwache sprach. Einen Augenblick später hastete er in die Halle.

Es war Gaalney, der Vetter ihres Vaters. Sein struppiges gelbes Haar war schweißnass, die Kleidung staubig und fleckig. Wie ein Schicksalsbote betrat er die Halle; den goldenen Umhang hatte er sich über den Arm gelegt. Im schwachen Licht blinzelte er und erkannte, dass die Anführerin und ihre Gefährten bereits auf ihn warteten. Er verneigte sich vor Helmar, doch sein Blick suchte nach Kelene.

»Ich überbringe Grüße von Lord Athlone und Gabria«, sagte er rasch.

Kelene stieß den Atem in einem raschen Seufzer der Erleichterung aus, der allgemein unbemerkt blieb, und wartete auf den Rest der Botschaft. Ihre Erleichterung war nur von kurzer Dauer.

»Kelene, Eure Mutter bat mich, Euch zu sagen, dass sie Eure Fähigkeiten als Heilerin benötigt. Der Klanheiler ist zum Jehanan-Treld gegangen, und es gibt sonst niemanden mit Eurer Gabe.«

»Wer ist krank?«, wollte Kelene ungeduldig wissen.

Gaalney schluckte schwer. »Es tut mir leid. Es handelt sich um Euren Bruder Savaron.«

Zwei

Anwin starrte angestrengt in die Dunkelheit. Wenn sie sich nur genügend bemühte, glaubte sie verschwommene Umrisse wie Lichtflecken vor der undurchdringlichen Schwärze in ihrem Kopf zu erkennen. Vielleicht machte sie sich auch nur etwas vor.

Sie wusste, dass außerhalb ihres Kopfes nun helles Sonnenlicht herrschte, das auf den Ruinen in ihrer Umgebung glimmerte. Hier gab es verwitterte Steine in Grau und Weiß, überzogen von Flechten; es gab grüne Ranken, die sich um die Steine schlangen, rötlichen und grauen Staub unter ihren Füßen, und natürlich war da der Himmel, der gewaltige, hohe, großartige Himmel, der an einem Tag wie diesem so strahlend blau sein würde, dass es in den Augen schmerzte.

Das war es, was Anwin am meisten vermisste: die Farben. Sie erinnerte sich an viele, an das leuchtende Schwarz eines Hunnuli, das appetitliche Rot eines Apfels, an das Blau des herbstlichen Himmels, an die braunen Augen ihres Vaters, das Grün der Steppe nach dem Frühlingsregen. Manchmal presste es ihr das Herz zusammen, wenn sie daran dachte, dass sie diese Farben nie wieder sehen würde.

Sie lehnte sich auf ihrem steinernen Sitz zurück, legte den Kopf in den Nacken, damit die Sonnenwärme über ihr Gesicht fließen konnte, und versuchte sich vorzustellen, wie der Himmel an diesem Tag aussah. Waren da die großen weißen treibenden Wolken, die Stutenschweife genannt wurden, oder die lustigen runden kleinen, die wie im Gänsemarsch dahineilten? Oder war der Himmel heute von makellosem Blau? Sie entschied aus einer Laune heraus, sich den Himmel in klarem Blau vorzustellen und die Sonne knapp hinter dem Zenit. Ein einzelner Adler sollte träge auf einer jener Luftströmungen segeln, von denen ihre Mutter manchmal sprach.

Ihre Mutter. Der Gedanke an sie machte den Tag in ihrem Kopf düster. Sie liebte ihre Mutter wirklich, doch sie kam Anwin allzu oft zu Hilfe. Kelene musste sich nicht in alles und jedes einmischen oder jedem Fremden, der nach Moy Tura kam, erzählen, dass ihre Tochter blind war. Anwin hatte sich diesem turischen Betrüger durchaus gewachsen gefühlt. Das zerbrochene Glas war ein Unfall gewesen, doch was das Duftwasser und das Räucherwerk anging, so hatte sie richtig gelegen. Es war einfach ungerecht. Außerdem hatte ihre Mutter sie im Haus zurückgelassen. Sie hatte keine Lust mehr, auf die Kinder aufzupassen. Dazu war schließlich Shean da. Ihre Mutter wollte sie bloß immer zu Hause lassen, weil sie dort in Sicherheit und aus dem Weg war.

Ehrlicherweise musste Anwin zugeben, dass ihre Mutter und ihr Vater versucht hatten, ihr neue Dinge beizubringen, sie zur Zauberei zu ermuntern und ihr Wege zu zeigen, mit der Blindheit umzugehen, doch sie verstanden Anwin einfach nicht. Es war so schwer! Es gab Tage, an denen sie nur schreien wollte. Sie hielt inne und erinnerte sich an den heutigen Morgen. Es gab tatsächlich Tage, an denen sie unablässig schrie. Und mit den Füßen stampfte. Ihre Mutter hatte Recht, wenn sie verlangte, Anwin solle lernen, ihre Wut im Zaum zu halten. Sie musste ein Gleichgewicht zwischen ihrer Enttäuschung über das verlorene Augenlicht und dem Drang finden, alles selbst machen zu wollen.

Sie lehnte ihren Körper noch weiter zurück, bis er den Stein hinter ihr berührte und sie sich auf ihrem Sofa bequem ausstrecken konnte. Sie saß nicht auf einem richtigen Sofa oder einem Stuhl, sondern auf einigen Steinen aus einem zerstörten Gebäude, die so gefallen waren, dass sie für eine kleine Person eine angenehme Sitzgelegenheit abgaben. Anwin hatte sie durch Zufall zwischen den Ruinen einige Straßen von dem bewohnten Teil der Stadt entfernt gefunden. Ein zerklüftetes Mauerstück bot Schatten und Abgeschiedenheit, und eine alte, weggeworfene Satteldecke machte den harten Stein erträglicher. Eine blühende Ranke kletterte wie ein dichter grüner Gobelin über die Wand, und selbst so spät im Jahr sandten die Blüten noch den Duft von Honig und Gewürzen aus. Anwin hatte diesen Ort schon vor einiger Zeit zu ihrem Eigentum erklärt und konnte ihn ohne Schwierigkeiten allein aufsuchen. Noch angenehmer wäre es hier jedoch gewesen, wenn sie Zweiflecks Gesellschaft gehabt hätte. Seine Abwesenheit war noch immer eine brennende, unverheilte Wunde in ihrem Herzen.

Seufzend schaute sie in den Himmel hoch, den sie nicht sehen konnte. Einsamkeit sammelte sich wie Schatten um sie und verschlimmerte die Leere in ihrem Kopf. Was sollte sie tun? Zweifleck war fort, und es gab niemanden, der seinen Platz hätte einnehmen können. Sie hatte keine wirklichen menschlichen Freunde, denn die meisten Kinder in der Stadt, die in ihrem Alter waren, wollten nicht gern mit einem blinden Mädchen spielen, und die wenigen, die es versucht hatten, waren von Anwin kaum beachtet worden. Zweifleck und ihre Familie waren alles gewesen, was Anwin gebraucht hatte.

Mit einem weiteren Seufzer verschränkte sie die Hände über dem Bauch und schloss langsam die Lider. Die Sonne fühlte sich warm auf der Haut an, und die Geräusche der Stadt strömten sanft über sie hinweg. Irgendwo in der Nähe hörte sie das Meckern junger Ziegen in einem Pferch, das rhythmische Hämmern eines Schmieds ein paar Straßen entfernt, Pferdehufe auf den gepflasterten Wegen, das Rumpeln von Wagenrädern, das ständige Gebrumm von Stimmen sowie Gesang auf dem Markt im Stadtzentrum. Die Geräusche waren vertraut und beruhigend, und Anwin badete in ihnen wie in Balsam. Ihr Kummer löste sich in Schläfrigkeit auf, die sich wie ein Laken über sie legte. Sie spürte, wie Kopf und Glieder schwer wurden. Sie machte keinen Versuch, dagegen anzukämpfen, sondern glitt dankbar in einen entspannenden Schlaf. Ihre innere Dunkelheit wurde zu Frieden.

Etwas raschelte neben ihrem Kopf. Der Laut war so leise wie das Gras, das sich in einer Brise beugte, und Anwin schenkte ihm daher keine Beachtung. Vielleicht war es nur ein Luftzug, der durch die Ranken fuhr und die Blüten schüttelte. Plötzlich erfüllte sich ihre kleine Zuflucht mit einem zarten Duft, der sowohl seltsam als auch verführerisch war. Die anderen Geräusche um sie herum verblassten und verstummten.

Anwin.

Eine Stimme, so alt wie Stein und gleichzeitig so frisch wie ein Frühlingsregen, drang tief in ihre Seele ein und berührte ihren Geist. Anwin regte sich leicht, erwachte aber nicht.

Anwin. Du musst gehen. Die Stimme sprach wieder in die Tiefen ihres Unbewusstseins hinein.

Gehen? Wohin?, dachte sie.

Anwin! Eine weitere Stimme rief sie. Es war eine volltönende, weibliche Stimme, welche die Telepathie der Hunnuli gebrauchte.

Die erste Stimme schwand aus ihrem Kopf und ließ sie seltsam leer zurück. Anwin erwachte. Eine oder zwei Minuten lang lag sie benommen da und wunderte sich über ihren seltsamen Traum. Über ihr brachte der Wind die Ranken sanft zum Rascheln, doch der unirdische Duft war verschwunden.

Wieder wurde sie beim Namen gerufen. Sie setzte sich langsam auf. »Oh, um Amaras willen«, grummelte sie, »sie haben ein Hunnuli nach mir geschickt.« Sie verschränkte die Arme vor der Brust und weigerte sich zu antworten. Hunnuli waren klug. Sollte das Pferd sie doch von allein finden!

Schwere Huftritte klapperten über das alte Pflaster, und Anwin spürte, wie etwas in ihren stillen Zufluchtsort eindrang. »Das hat ja nicht lange gedauert«, murmelte sie gereizt.

Ein warmes Maul stieß sie sanft an, und heißer Atem blies über ihre nackte Haut. *Anwin, du musst jetzt gehen. Deine Mutter braucht dich.*

Das Mädchen erkannte die Stimme in ihren Gedanken sofort und unterdrückte einen Laut der Überraschung. Es war Marron, die weiße Hunnulistute, die mit Helmar verbunden war. Hunnuli konnten nach ihrem Belieben mit jedermann in Kontakt treten, doch Marron sprach nur sehr selten mit jemand anderem als mit Helmar oder Kelene.

»Warum?« Anwin wusste, dass sie verdrießlich klang, doch sie machte sich nicht die Mühe, sich eines anderen Tonfalls zu befleißigen.

Es ist wichtig.

»Hat Mutter dich geschickt?«

Zu ihrer Überraschung packten große Zähne den Gürtel ihres Rocks. Sie wurde in die Luft gehoben und unsanft auf die Beine gestellt.

Anwin geriet ins Taumeln und prallte gegen den warmen Brustkorb der Stute. In dem Versuch, sich zu fangen, stieß sie mit den Händen gegen Marrons vernarbten Hals. »Warum hast du das getan?«, fragte sie wütend.

Die alte Stute, die Mutter vieler lebhafter Fohlen, schnaubte und stellte das Mädchen aufrecht. *Jetzt ist nicht die Zeit für deine mutwillige Sturheit. Ehrlich gesagt hat die Priesterin Minora mich gesandt, damit ich dich finde.*

Anwin hielt inne. Nun war sie sehr überrascht. »Minora?« Warum sollte sich die Klannad-Priesterin der Göttin Amara dafür interessieren, wo Anwin steckte?

Deine Mutter verlässt uns.

»Sie verlässt uns?«

Willst du alles wiederholen, was ich dir sage? Die Stute drückte Anwin mit dem Maul in Richtung der bewohnten Stadtteile. *Du kannst entweder zu Fuß gehen oder reiten,* schlug sie vor.

Das Mädchen machte einen Schritt nach vorn und hielt wieder an. »Was will Minora von mir? Warum verlässt Mutter uns? Geht Vater mit ihr? Was ist passiert?«

So viele Fragen! Marron wurde sanfter und gab geduldig Antwort, denn sie wusste, dass Informationen Anwin manchmal besser antrieben als Gewalt. Das Mädchen war zwar stur, aber es war auch klug und verhielt sich bisweilen reifer, als man aufgrund seiner acht Jahre hätte erwarten können. Manchmal. *Deine Großmutter hat nach ihr gerufen. Es gibt Schwierigkeiten im Khulinin-Treld. Minora will, dass du anwesend bist, bevor sie abreisen.*

»Vater geht auch mit?«, fragte Anwin ungläubig. Der Wertain verließ für gewöhnlich weder seinen Häuptling noch die Herdwache.

Er war hin und her gerissen, bis Sayyed ihm befohlen hat, zu gehen. Demira ist trächtig und kann nicht gut fliegen, also sind sie und Kelene an die Erde gebunden. Sie brauchen daher eine Eskorte.

Anwin legte den Kopf schräg. Ihr ovales Gesicht wies Runzeln der Verwirrung auf. »Und warum hat nicht Mutter nach mir geschickt?«

Das hätte sie getan, Kleines, sobald sie so weit gewesen wäre. Minora war der Meinung, du solltest Zeit zum Nachdenken haben.

»Zum Nachdenken? Worüber?«

Die weiße Stute schüttelte ihre Mähne, als wollte sie sagen: »Genug ist genug.« *Ich kenne nicht immer die Gründe für die Bitten der Menschen.*

Langsam ging Anwin auf die fernen Gebäude zu und zählte dabei ihre Schritte. »Was ist denn los im Khulinin-Treld, dass Gabria nach meiner Mutter ruft?«

Der Wertain Savaron ist sehr krank.

»Schon wieder eine Seuche?« Anwin hatte die Geschichten über die tödliche Seuche gehört, die vor zwölf Jahren die Reihen der Klane gelichtet hatte. Die Klanleute kämpften noch immer darum, ihren früheren Wohlstand zurückzuerobern und sich wieder in der Steppe zu behaupten. Seit sie sich erinnern konnte, wurden in jeder Halle und an jedem Lagerfeuer Geschichten über diese Katastrophe und die Rolle ihrer Eltern bei der Beendigung der Tragödie erzählt.

Das glaubt niemand. Es kam zu plötzlich und ist zu ungewöhnlich.

Anwins Schritte wurden schneller, während sich ihre Gedanken überschlugen. Ihr Onkel war schwer krank, und ihre Eltern reisten zum Khulinin-Treld. Was war, wenn sie sehr lange fort sein würden? Was, wenn sie ebenfalls krank würden? Sie machte sich Sorgen und verlor sich so sehr in Gedanken an die Zukunft, dass sie der Gegenwart nicht mehr genügend Aufmerksamkeit schenkte. Beim Zählen der Schritte und der Wegbiegungen kam sie durcheinander. Verwirrt und bedrückt hielt sie an und tappte mit ihrem Stock über den Boden. Er war schlammig, also hatten sie die gepflasterte Straße noch nicht erreicht …

Still trat Marron neben sie und bot Anwin ihre Schulter an.

Das Mädchen seufzte. Gute Götter, wie sie Zweifleck vermisste! Tränen stachen ihr in die Augen, doch sie vertrieb sie und legte eine Hand auf das warme Fell der Stute. Mit Marron als Führerin fand sie zurück durch die Straßen zu ihrem Haus, einem luftigen, zweistöckigen Gebäude aus Stein und Ziegel in der Nähe des Marktes.

Minora, Demira und Tibor sind hier bei der Tür, sagte Marron zu ihr.

Anwin nickte. Sie hatte die Gegenwart der Pferde schon bemerkt. Sie konnte hören, wie sich die beiden Hunnuli auf dem Steinpflaster bewegten, während sie ungeduldig von einem Huf auf den anderen traten. Außerdem hörte sie das Rauschen von Demiras Schwingen; es war ein Laut, den nur die geflügelten Hunnuli verursachten.

Minora hingegen war still, und das einzige Anzeichen für ihre Gegenwart war der schwache Duft nach Minze und Zitrone. Anwin verneigte ehrerbietig den Kopf in die Richtung, in welcher sie die alte Priesterin vermutete, und begrüßte sie.

»Still, mein Kind. Hör zu«, sagte die Frau barsch.

Anwin fuhr zusammen und stand reglos da, die Hand noch immer auf Marrons Schulter gelegt. Worauf sollte sie hören? Sie erkannte Stimmen im Haus: die schrillen, erregten Rufe der Zwillinge sowie ihres kleinsten Bruders, die ruhige, tiefere Stimme ihres Vaters, dessen besänftigende Worte in dem Aufruhr untergingen, der aus dem Gebäude drang. Sie hörte auch ihre Mutter, wie sie Shean und dem jungen Amnok Befehle zurief, den sie eingestellt hatte, damit er ihr bei den Kindern half. Dafür erhielt er Kost und Logis. Anwin wusste, dass auch sie selbst zu den Kindern zählte.

Sie mochte Shean ganz gern. Das Mädchen versuchte wirklich zu helfen. Aber sie hatte keine Phantasie und tat aus Ungeduld oder Verständnislosigkeit oft zu viel für Anwin. Sie holte Dinge herbei, die Anwin auch selbst gefunden hätte, begleitete sie an Orte, an denen Anwin allein zu sein wünschte, und wollte sich von ihr nicht helfen lassen.

Shean meinte es gut, doch Anwin wurde mit einem Mal bewusst, dass sie nicht den ganzen nächsten Mondumlauf oder gar noch mehr Zeit ausschließlich in der Obhut dieser jungen Frau verbringen wollte. Doch es blieb ihr kaum etwas anderes übrig. Ihr Großvater Sayyed würde vermutlich die Stellung des Wertains einnehmen, solange Rafnir fort war, und er würde vollauf damit beschäftigt sein, zusammen mit der Herdwache die Klanoberste zu schützen. Helmar hingegen wäre ganz von ihrer Stellung als Anführerin eingenommen. Von den beiden war also keine Hilfe zu erwarten. Was aber war, wenn …

Plötzlich erhob sich eine Brise und umspielte sie. Die Luft verströmte denselben süßen Duft wie in Anwins Traum. Sie hob die Nase und sog den zarten Geruch ein. Eine unerwartete Erregung fuhr ihr den Rücken entlang.

Sie spürte, wie sich Marron unvermittelt versteifte und wachsam wurde. Die beiden anderen Hunnuli erstarrten ebenfalls, ihr Atmen war kaum mehr hörbar.

Minora flüsterte: »Ah, sie ist hier.«

Anwin. Du musst gehen. Es war die Stimme aus ihrem Traum. Sie trieb auf der Brise und verschwand genauso rasch, wie sie gekommen war.

Das junge Mädchen zitterte. Sie kannte die telepathischen »Stimmen« aller drei Hunnuli um sie herum und überdies noch viele andere. Doch die Stimme in ihrem Kopf war ihr völlig fremd. »Habt ihr das gehört? Wer war das?«, zischte sie zu Minora und den Hunnuli.

Die Pferde schwiegen, als hätten sie Angst zu antworten. Schließlich stieß Minora den Atem in einem langen Seufzer aus und flüsterte mit ehrfurchtsvoller Stimme: »Also hatte das Omen Recht.« Sie schwang herum und legte eine Hand auf Anwins Schulter. »Ich glaube, du solltest deine Eltern fragen, ob du mit zum Khulinin-Treld gehen darfst.«

Anwin spürte einen Stich in ihrem Kopf. War es Erregung? Vorfreude? Angst? Minora hatte den Gedanken ausgesprochen, der sich vorhin in Anwin festgesetzt hatte. Aber ihre Eltern würden gewiss niemals zustimmen.

»Warum sollten sie mich mitnehmen?«, fragte sie und warf ihren langen Zopf zurück.

»Deine Mutter würde deine Gesellschaft sehr schätzen.«

»Sie würde sich nur Sorgen um mich machen.«

»Es gibt jemand anderen, um den sie sich Sorgen machen muss. Das macht einen großen Unterschied. Ich habe die Zeichen in den Sternen und im Wind gelesen«, erwiderte Minora langsam, als lausche sie in die Ferne. »Ich glaube, du musst mitgehen.«

Anwins Gesicht runzelte sich vor Verwirrung. Irgendwie spürte sie, dass Minora Recht hatte. Die alte Frau war eine Weise, eine Priesterin der Muttergottheit, die vom gesamten Klan geachtet und verehrt wurde. Wenn sie spürte, dass es richtig war, dann musste Anwin auf sie hören. Außerdem war da noch die unvertraute Stimme aus ihrem Traum. Anwin verspürte weder Angst noch Entsetzen vor ihr; es war eher das genaue Gegenteil. Diese Stimme hatte sie mit einem Gefühl der Geborgenheit und des Wohlseins erfüllt, und ihre Gegenwart war so stark gewesen, dass man sie nicht als bloße kindliche Phantasie abtun konnte. Hatten die Hunnuli und Minora sie nicht auch gehört? Die Stimme hatte nichts über das Ziel von Anwins Reise gesagt, doch sie hatte keinen Zweifel daran gelassen, was das Mädchen tun sollte. Es war zu schade, dass diese rätselhafte Stimme nicht auch zu ihren Eltern sprach. Dann brauchte sich Anwin nicht auf Eingebungen und seltsame Stimmen zu berufen.

»Ich habe kein Hunnuli, auf dem ich reiten könnte«, sagte sie und brachte damit einen Umstand ins Spiel, von dem sie wusste, dass ihr Vater ihn ansprechen würde.

Tibor könnte dich tragen, schlug Demira vor.

Nein. Rafnir kann keinen zweiten Reiter gebrauchen, der ihm nur Sorgen macht. Tibors Worte hallten in Anwins Kopf wider.

»Bringt sie zu Henos«, meinte Minora. »Sie kann ihn fragen.«

Henos? Dieser Name schallte überrascht durch alle vier Köpfe.

Tibor und Demira antworteten gleichzeitig.

Warum er? Er wird keinen Reiter nehmen.

Er wird sich niemals mit jemandem verbinden.

»Henos?«, wiederholte Anwin zweifelnd.

Minora ergriff sie am Arm und erklärte: »Er hat sich bisher mit niemandem verbunden, weil er noch nicht den richtigen Reiter gefunden hat. Währenddessen verärgert er die Stuten und bringt die Hengste gegen sich auf. Eine Reise mit dir würde ihm und den anderen gut tun.«

Zumindest würden die vielen Meilen seine Energie ein wenig dämpfen, fügte Marron hinzu.

Anwin wollte etwas dagegen einwenden; die Worte lagen ihr schon auf der Zunge. Henos war ein drei Jahre alter Sohn von Marron und Afer. Er war groß, muskulös und außerordentlich schön mit seinem schwarzen und weißen Fell, doch er hatte sich noch mit keinem Zauberer, ja nicht einmal mit einer Zauberin verbunden, denn er hatte niemanden gefunden, der zu seiner feurigen Art und seinem übersprühenden Geist passte; zumindest behauptete er das. Die meisten Erwachsenen glaubten, dass er keinen Reiter gefunden hatte, weil er noch zu unreif war, um sich selbst zu beherrschen und das Opfer einer lebenslangen Ergebenheit zu bringen. Anwin hatte keine Ahnung, warum Minora gerade ihn vorgeschlagen hatte, denn es bestand nicht einmal die Möglichkeit, dass er sich einverstanden erklärte, ein achtjähriges Mädchen zu einem Wasserloch zu tragen – von einer Reise zum Khulinin-Treld im tiefen Süden ganz zu schweigen.

Sie unterdrückte ihre Ablehnung und entschloss sich abzuwarten. Wenn Henos sie abgelehnt hatte, konnten sie vielleicht ein anderes Hunnuli finden, das bereit war, die Reise anzutreten. Es war ihr egal, um welches Pferd es sich dabei handelte, solange es bereitwillig mitging. Dann wäre es auch wahrscheinlicher, dass ihre Eltern ihr gestatteten, sie zu begleiten.

Die alte Priesterin klopfte ihr auf die Schulter. »Geh, mein Kind. Wir warten auf dich und werden dir dabei helfen, deine Eltern zu überzeugen.«

Du solltest dich beeilen, meinte Demira. *Kelene will so schnell wie möglich aufbrechen.*

Marron wieherte: *Haltet sie hin!* – und beugte die Knie, damit Anwin auf ihren Rücken klettern konnte. Rasch trabte die Stute durch die Stadt und die sie umgebenden Ruinen zum westlichen Eingang. Hinter den zerfallenen Mauern, wo sich das Gras an die Steine schmiegte, breiteten sich die Wiesen wie riesige, grün-goldene Seen in der Ebene aus. Zu dieser Jahreszeit, in den letzten warmen Tagen des Herbstes, war das Gras eher golden als grün. Zum großen Teil war es gemäht und als Winterfutter getrocknet.

Anwin hielt sich mit beiden Fäusten an Marrons Mähne fest und reckte das Kinn in den Wind, der sie umspielte. Obwohl sie das Grasland mit seiner reichen Farbenpracht nicht mehr sehen konnte, roch sie es doch in der warmen Luft, die nach sonnengetrocknetem Gras, Staub, Dung und Beifuß duftete. Zum Glück war sie frei von fremden Stimmen. Anwin holte tief Luft, um ihre Nerven und das heftig schlagende Herz zu beruhigen. Tat sie das Richtige? Sollte sie sich überhaupt zum Khulinin-Treld begeben? Sie wäre für ihre Mutter ein Grund mehr, sich Sorgen zu machen, und es gab für Anwin dort nichts zu tun. Natürlich gab es auch zu Hause nichts zu tun, wenn Shean da war. Wenigstens würde sie im Treld ihrer Großmutter Gabria helfen und ihren Geschichten über den Kriegshelden Valorian lauschen können. Sie musste nur einen Weg finden, dorthin zu gelangen.

»Gibt es denn kein anderes Hunnuli, das mich zum Khulinin-Treld bringen könnte?«, bohrte sie nach.

Marron wieherte; es war die Art der Hunnuli zu kichern. *Es gäbe eines, wenn du dir selbst eines gesucht hättest. Da du aber warten wolltest, müssen wir jetzt sehen, was wir tun können.*

»Warum ausgerechnet Henos?« Der junge Hengst war nicht umsonst nach einem Donnergeist benannt worden.

Henos' Mutter schnaubte. *Er hat ein gutes Herz. Wir sollten ihm eine Gelegenheit geben, das zu beweisen.* Sie trottete eine lange Steigung hoch und blieb stehen, um über die Pferdeherden zu blicken, die über die weite Steppe verstreut waren. Sowohl die Harachianer – die verlässlichen, schnellen Klanpferde – als auch die Hunnuli weideten in dem hohen Gras, und es dauerte eine Weile, bis Marron ihren ungeratenen Sohn entdeckt hatte. Er rannte am Rand einer kleinen Gruppe von Hunnulistuten und -fohlen unter den wachsamen Blicken eines älteren Hengstes entlang. Marron hob den Kopf und schickte einen schmetternden Lockruf über die Steppe.

Falls Henos sie gehört hatte, beachtete er sie nicht, sondern fuhr mit seinem Herumgerenne fort. Der ältere Hengst allerdings hatte sie vernommen und wiederholte ihren Ruf mit Nachdruck.

Anwin wünschte, sie könnte sehen, was als Nächstes geschah. Sie hörte das scharfe Aufjaulen eines wütenden Hengstes in der Ferne und Hufgetrappel, das in raschem Galopp näher kam. Henos traf mit einem Windstoß und in einer Staubwolke ein und stieß ein hohes, jaulendes Gelächter aus. Er tanzte um die ältere Stute herum, und seine Gegenwart war so überwältigend, dass Anwin ihn beinahe als gelblich-roten Fleck in der Dunkelheit zu sehen glaubte.

Marron!, wieherte er. *Ist Helmar geschrumpft oder hat sie dich gegen jemand Jüngeres eingetauscht?*

Die Stute antwortete darauf mit einer Frage. *Belästigst du wieder die Stuten?*

Ich hoffe immer noch, dass eine davon zu mir kommen wird. Es gibt sicherlich genug von ihnen, erwiderte er mit strahlender, freudiger Zuversicht.

Nun, da noch keine gekommen ist, habe ich für dich eine andere Aufgabe.

Er warf den Kopf herum und stampfte mit einem Huf auf. *Geht es dabei um Gefahren, große Anstrengungen und Ehre? Werde ich so berühmt wie du und mein Vater?*

Nicht, wenn du weiterhin alle anderen ärgerst. Nein. Ich will, dass du dieses Mädchen zusammen mit ihren Eltern zum Khulinin-Treld begleitest.

Henos schnaubte so laut, dass es Anwin recht unhöflich vorkam. *Dieses Kind? Ich bin doch kein Packesel oder eine alte Stute, die auf die Kleinen aufpassen muss. Ich warte lieber auf einen Krieger. Sie kann auf einem dieser dummen Jährlinge reiten – auf einem von denen, die noch da sind.*

Anwin spürte, wie sich Marron vor Zorn versteifte. *Wenn du weniger Zeit damit verbrächtest, die Erwachsenen zu ärgern, und deine Kräfte dazu einsetzen würdest, uns zu helfen …*

Anwin konnte auch später nicht sagen, ob es die Wut über seinen frechen telepathischen Tonfall, der Schmerz über seine Zurückweisung oder nur ihre eigene streitlustige Natur gewesen war, jedenfalls glitt sie von der weißen Stute herunter, stapfte dorthin, wo sie Henos spürte, und streckte eine Hand nach oben aus. Zufällig berührte sie dabei den Kiefer des Tiers. Sie streichelte sanft darüber, um sich zu orientieren, während das Pferd belustigt dastand und auf sie hinunterblickte. Dann veränderte sie die Lage ihrer Hand, und wie eine zustoßende Schlange packte sie die Unterlippe und zog seinen großen Kopf zu sich herunter.

Henos war so überrascht, dass er zunächst keine Gegenwehr übte. Anwin wusste, dass ihr nur wenige Sekunden blieben, bevor er sich aus ihrem Griff befreien würde.

»Hör mir zu, du hasenhirniger Dunghaufen! Ich würde niemals freiwillig einen dämlichen Maulesel wie dich reiten, auch wenn du der letzte lebende Vierbeiner wärest. Mein Hund war klüger als du! Und die Jährlinge haben bessere Manieren!« Sie ließ seine Lippe mit einer raschen Handbewegung los und wandte ihm den Rücken zu. »Marron, wir sollten mit den Jährlingen reden. Sicherlich benehmen sich einige von ihnen erwachsener als Henos.«

Wen nennst du hier hasenhirnig?, schnaubte Henos, der über ihre Zurückweisung verblüfft war.

Dich natürlich, erwiderte Marron. Sie beugte wieder die Knie, damit Anwin aufsteigen konnte. *Ich hatte geglaubt, dass du eine so wichtige Aufgabe übernehmen könntest, aber anscheinend habe ich mich geirrt.*

Sobald Anwin bequem saß, trottete Maron fort von ihrem Sohn und den sanften Hang hinunter.

»Was glaubst du?«, fragte Anwin leise. »Müssen wir bis fünf zählen?«

Bis drei. Die Bemerkung über seine Klugheit hat ihn tief getroffen. Er ist sehr stolz. Etwas zu stolz. Ihre Worte bildeten sich mit einem Lachen in Anwins Kopf.

»... zwei, drei. Ja, du hattest Recht.«

Hufe donnerten hinter ihnen, und Henos holte sie mit unbeschwertem Schritt ein. Anwin erkannte an ihm keine Anzeichen für Reue. *Was hast du gesagt? Wohin willst du gehen?*, fragte er betont beiläufig.

»Zum Khulinin-Treld«, antwortete Anwin knapp. Sie wollte es ihm keinesfalls leicht machen!

Oh, das ist weit. Er machte eine Pause und wollte offenbar den Eindruck erwecken, er denke nach. *Möglicherweise zu weit für einen Jährling.*

Naras Fohlen hat die Steppe durchquert, als es gerade entwöhnt war. Ein Jährling kann es durchaus schaffen, entgegnete Marron mit einem Kopfschütteln. Sie lief schneller, als wollte sie ihn allein zurücklassen.

Vielleicht hat er Recht, dachte Anwin. Kein Jährling konnte mit Tibor, Demira und Gaalneys Veneg Schritt halten, doch weder sie noch Marron wollten das laut zugeben. Um ihr Grinsen zu verbergen, hob sie die Nase und wandte sich von ihm ab. »Da du deutlich gemacht hast, dass du nicht mitgehen wirst, wollen wir dich nicht länger belästigen.«

Marron trabte weiter zum nördlichen Teil der Weiden, wo die einjährigen Hunnuli unter dem wachsamen Blick einer älteren Stute und einiger Ausreiter grasten. Die menschlichen Magier und die Hunnuli wollten nicht länger das Risiko eingehen, noch weitere Jungtiere zu verlieren.

Einige Zeit lang folgte Henos den beiden schweigend.

Anwin wünschte sich, sie könnte ihn sehen: den Bogen seines Halses, das Wedeln seines Schweifes, das Spiel seiner Muskeln unter dem schwarz und weiß geschecktem Fell. Sie fragte sich, ob er umdrehen und sie allein lassen würde, doch er lief weiterhin sorglos neben Marron her.

Nach kurzer Zeit fragte er plötzlich: *Kenne ich dich?*

Marron hielt abrupt an und schleuderte ihm eine Antwort entgegen, noch bevor Anwin etwas sagen konnte. *Wenn du den Kopf nicht andauernd in den Wolken tragen, sondern aufpassen würdest, wüsstest du sehr genau, wer das ist. Du hast sie schon oft gesehen.*

»Ich bin Anwin vom Klan Corin, die Tochter des Wertains Rafnir und der Heilerin Kelene«, erläuterte Anwin so überheblich wie möglich. Falls er eine Bemerkung über ihre Blindheit machte, schwor sie sich, entweder auf einem Esel mitzureisen oder zu Hause zu bleiben, keinesfalls aber auf diesem anmaßenden, stolzen, eingebildeten Hengstersatz zu reiten.

Wenn das so ist, werde ich dich zum Khulinin-Treld bringen, teilte er ihr mit, als hätte er es bereits die ganze Zeit vorgehabt.

Anwin war nicht bereit, so rasch mit ihm Frieden zu schließen. »Warum? Nur damit du in Gesellschaft von Demira und Tibor sein kannst? Damit du das Abenteuer suchen kannst, auch wenn du ein Kind wie mich auf dem Rücken trägst?«

Vielleicht. Er stieß in spielerischem Überschwang ihr Knie an. *Ich entschuldige mich für meine gedankenlosen Worte. Noch nie hat mich jemand um Hilfe gebeten, und meine Antwort war nicht gut.*

Das war sie in der Tat nicht, dachte Marron in knochentrockenen Worten.

Wenn ich es anders ausdrücken darf, dann möchte ich dir sagen, dass es mir ein Vergnügen sein wird, dich überall dorthin zu tragen, wo du hingehen willst.

Anwin hatte den Eindruck, dass diese Antwort ehrlich gemeint war. Vielleicht war Henos doch eine gute Wahl. Er war stark und schnell genug, um mit Tibor und Demira Schritt zu halten, aber er würde wohl keine Verbindung mit ihr eingehen. Wenn sie nach Moy Tura zurückkehrten, konnte jeder wieder seiner Wege gehen und schuldete dem anderen nichts. Wenn sie älter wäre, würde sie möglicherweise ein Hunnuli finden, das besser zu ihr passte.

Sie drehte sich zu ihm um und nickte nachdenklich. »Also gut, in Ordnung. Wir sollten uns auf den Weg machen. Meine Eltern werden bald aufbrechen. Ich muss nach Hause zurückgehen und meinen Mantel holen.«

Als Antwort setzte sich Henos neben Marron und wartete, bis Anwin seine Mähne gepackt und von Marrons Rücken auf den seinen geklettert war. Er war größer als die Stute und hatte einen breiten Rücken sowie einen muskulösen Hals. Anwin spürte die harte Kraft seiner Muskeln unter sich und bemerkte, dass die Energie von ihm ausstrahlte wie Hitzewellen an einem Sommertag. Ihr war, als käme sie von einem sanften Landregen in einen Gewittersturm.

»Auf Wiedersehen, Marron«, rief sie zögerlich. »Vielen Dank.«

Marron wieherte einen Abschiedsgruß und fügte eine letzte Ermahnung hinzu: *Henos! Pass gut auf sie auf!*

Der Hengst warf den Kopf herum und trug Anwin in sanftem Galopp zurück in die Stadt und zum Haus ihres Vaters. Als er in den kleinen Hof vor dem Heim des Wertains einlief, sagte er: *Ah, da sind ja schon Tibor, Demira, Afer und Gaalneys Veneg. Und auch einige Menschen. Sie scheinen zu warten.*

Anwin wünschte, sie hätte gesunde Augen und könnte die Reaktion der anderen Hunnuli sowie der wartenden Menschen vor dem Haus sehen. Die Worte, die nun zu ihr gesprochen wurden, waren jedenfalls genau die, die sie erwartet hatte.

»Anwin!« Das war die Stimme ihrer Mutter.

»Was denkst du dir nur dabei?« Die Stimme ihres Vaters.

Henos! Das waren Demira, Tibor und Afer.

»Gut!«, sagten Minora und Helmar gemeinsam.

»In Ordnung«, meinte Sayyed.

Falls Henos von diesen Reaktionen eingeschüchtert war, zeigte er es zumindest nicht. Er beugte den Hals unter

Anwins Händen und tänzelte so stolz wie ein Kriegspferd vor. *Ich gehe mit euch,* verkündete er. *Ich habe zugestimmt, Anwin zum Khulinin-Treld zu bringen.*

Die Stille, die auf seine Erklärung folgte, war beinahe schmerzhaft.

Holla, dachte Anwin. »Henos«, zischte sie. »Das hatte ich ihnen noch nicht gesagt.«

»Was?«, fragten alle zugleich.

Was meinst du damit, dass du es ihnen noch nicht gesagt hast?, gab Henos zurück.

»Ich habe noch nicht um Erlaubnis gebeten, mit ihnen zu reisen.«

»Anwin, was um alles in der Welt tust du da auf Henos?«, wollte ihr Vater wissen. Der Wertain trat an die Seite des Hengstes und hob die Arme, um ihr vom Pferd zu helfen, doch Henos machte rasch einen Schritt zur Seite. Er brachte sich außer Rafnirs Reichweite und drehte sich so, dass sich Anwin ihrem Vater gegenüber befand.

Erschrocken stellte sie fest, dass ihr Vater gerüstet war. Sie hörte das leise Klirren seines Kettenhemdes, das Knirschen des Leders und das Rasseln der Schwertscheide. Warum hielt er es für nötig, in voller Kriegsmontur auf die Reise zu gehen? Eine unangenehme Vorahnung erschütterte ihre Zuversicht. Sollte sie sich wirklich mit auf diese Reise begeben? Doch dann reckte sie die Schultern vor. Wenn es der Wille der Götter war, würde es ihr schon gelingen, ihre Eltern davon zu überzeugen. Wenn nicht, dann würden ihre Eltern es ihr verbieten, und sie würde mit Shean und den Kleinen zu Hause bleiben.

»Ich möchte mit euch zum Khulinin-Treld gehen«, sagte sie und bemühte sich mit aller Kraft, ruhig und stark zu klingen. »Ich dachte, wenn ich ein Hunnuli finde, das mich trägt, würdet ihr es mir erlauben.«

»Auf gar keinen Fall«, antwortete ihr Vater entschlossen.

Anwin schöpfte Hoffnung aus dem Umstand, dass ihre Mutter bisher seltsam still geblieben war. »Ich werde euch nicht zur Last fallen«, sagte sie rasch. »Henos kann auf mich aufpassen.«

Die Antwort, die der scheckige Hengst darauf geben wollte, wurde durch einen Schlag von Demiras Flügeln unterdrückt.

»Es wird eine lange, harte Reise sein, Anwin«, sagte Rafnir scharf. »Du bist zu Hause besser aufgehoben.«

»Nicht unbedingt«, sagte Minora mit ihrer heiseren Stimme zu ihm. »Ich glaube, dass sie mit euch gehen muss.«

Rafnir zog eine Braue hoch. »Warum?«

Helmar nickte. »Ihr wollt, dass sie eine Heilerin wird. Nehmt sie mit und bildet sie aus. Vielleicht findet sie auch eine andere Aufgabe. Aber ich stimme mit Minora überein. Das Mädchen muss ein wenig in der Welt herumkommen.«

Anwin bemerkte den Zweifel in der Stimme ihres Vaters. »Ein wenig in der Welt herumkommen?«, wiederholte er. »Das ist keine Vergnügungsreise, sondern ein Notfall.«

Sie hielt den Kopf leicht schräg und erinnerte sich an ein Bild, das sie in ihrer Erinnerung gespeichert hatte. Es zeigte ihren Vater, wie er einmal auf der Treppe vor der Halle gestanden hatte. Auch damals hatte er seine Kriegsrüstung getragen – an den Grund dafür vermochte sie sich nicht mehr zu erinnern – und auf Sayyed gewartet. Genauso stellte sie ihn sich jetzt vor: mit den breiten Schultern unter dem Kettenhemd, die Hand nachlässig auf dem Schwertgürtel und breitbeinig in seinen Stiefeln dastehend, so wie ihre Brüder es gerne nachmachten. An jenem Tag hatte er seinen roten Klanumhang getragen, und sie sah noch immer, wie er gleich einem Häuptlingsbanner im Wind geflattert war. Sie fragte sich, ob er sein schwarzes Haar noch immer zu einem Knoten geflochten hinter dem Kopf trug oder ob er es abgeschnitten hatte, wie er so oft angedroht hatte. Sie hatte ihn nie danach gefragt.

Leise sagte sie: »Vater, bitte … ich würde so gern mitgehen.«

Der Wertain sah sein ältestes Kind eingehend an und schaute dann zu den Hunnuli und den Frauen um ihn herum. Schließlich richtete er den Blick auf seine Gemahlin. »Was ist dein Wunsch?«, wollte er von ihr wissen.

Kelene schwieg so lange, dass sich Anwin schon fragte, ob ihre Mutter fortgegangen war, ohne eine Antwort zu geben. Henos regte sich unter ihr und schwang den Kopf herum. Jemand trat leise neben das Pferd, und Anwin hörte, wie eine sanfte Hand ihm gegen den Hals klopfte.

»Jeder, der auf Henos so weit reiten will, sollte die Gelegenheit dazu erhalten«, sagte Kelene neben Anwins Knie.

Das Mädchen schenkte ihrer Mutter ein strahlendes Lächeln.

Im Angesicht solch vereinter Opposition gab Rafnir auf. »Rasch denn«, sagte er zu Anwin. »Hol dir leichtes Gepäck und deinen Umhang. Wir müssen aufbrechen, solange noch Tageslicht herrscht.«

Anwin nickte ihrem Vater dankbar zu, schwang sich von dem Rücken des Hengstes und eilte ins Haus. Schritte ertönten hinter ihr. Sie wusste, dass ihre Mutter ihr folgte, doch Anwin lief weiter, denn sie wollte sich nicht umdrehen und die Gefahr eines Streits mit Kelene eingehen. Alles geschah so schnell, dass sie es selbst kaum verstand. Wie konnte sie da Kelene ihre Gründe darlegen? Indem sie ihr von dem merkwürdigen Traum erzählte? Von der Phantomstimme? Von der beharrlichen Priesterin? Von ihrem Verlangen, in eine größere Welt hinauszutreten?

Während sie durch das geräumige Vorderzimmer schritt,

schrieen ihre Brüder freudig auf und rannten ihr entgegen, doch Kelene fing sie sanft ab und trieb sie nach draußen, damit sie Lebewohl sagen konnten. Kurze Zeit später kam Kelene mit einem Wasserschlauch und einer warmen, dicken Decke zurück.

Zu Anwins Erleichterung sagte sie nur: »Breite sie aus und leg deine Kleidung darauf. Dann kannst du sie einrollen. Und vergiss deinen Umhang nicht. Ich werde noch etwas zu essen für dich und Henos einpacken.«

»Mama … vielen Dank«, sagte Anwin so leise, dass Kelene sie beinahe nicht hören konnte.

Kelene hielt inne. Das Herz tat ihr weh. Anwin hatte sie nicht mehr Mama genannt, seit sie ihr Augenlicht verloren hatte. »Vergiss nicht, dass du es selbst so gewollt hast, wenn du in zwei Tagen Henos satt hast und so wund geritten bist, dass du kaum mehr stehen kannst.«

Anwin lächelte erneut. Ihr Gesicht leuchtete vor Erleichterung und Freude. Gemeinsam rollten sie die Decke zusammen und fanden ein Satteltuch, mit dem sie Henos' Rücken und Anwins Beine schützen konnten. Kelene holte ein Paar Stiefel hervor, das einem der Zwillinge gehört hatte und ihm zu klein geworden war, und ein Paar schwerer Hosen, die Anwin statt ihrer Röcke tragen sollte. Kelene selbst trug auf dem Pferd gewöhnlich Reitröcke, doch Anwin war seit Monaten nicht mehr geritten und aus ihrem letzten herausgewachsen. Als alles gepackt war, zurrten sie die Decke auf Henos' Rücken fest, wobei sie sein Gegrummel nicht beachteten, und banden die Bettrolle hinter Anwins Sattel, damit sie einen zusätzlichen bequemen Halt hatte.

Endlich waren sie abreisebereit. Sayyed weckte Gaalney aus seinem Nickerchen unter einem Olivenbaum, und Shean und die Jungen bereiteten den Reisenden ein lautstarkes Lebewohl.

Während die anderen aufstiegen, hob Sayyed seine Enkelin auf Henos' Rücken. Er sagte nichts, drückte ihr aber die Knie und trat zurück.

Minora hob segnend die Hand. »Mögen die Götter mit euch sein.«

Helmar winkte ihnen zu. »Reitet schnell und kehrt bald zurück.«

Tibor wieherte durchdringend und setzte sich unter Rafnirs Befehl in Bewegung. Veneg folgte ihm. Henos wollte nicht zurückstehen und stieß ebenfalls ein lautes Wiehern aus, dann trottete er an Veneg vorbei und lief neben dem älteren Hengst her.

Demira schüttelte den Kopf. Sie legte ihre Schwingen eng an die Flanken und folgte den drei männlichen Tieren. *Bist du sicher, dass ich nicht fliegen kann?,* fragte sie Kelene wehmütig.

Die Klanfrau betrachtete ihre Tochter, die so stolz neben ihrem Vater herritt, und sah sich eingehend den jungen Hengst an, der so wichtig zu tun versuchte. Sie lachte in sich hinein. »Tibor wird ihn schon an die Kandare nehmen.«

Aber was ist mit Henos? Was hat sie wohl dazu getrieben, ihn zu bitten?

Das fragte sich Kelene auch. Doch es gefiel ihr sehr, dass Henos einverstanden gewesen war. »Wer weiß? Aber ich glaube, Anwin wird ihn überraschen.«

Drei

Zwei Tage später verstand Anwin, was ihre Mutter gemeint hatte, als sie gesagt hatte, dass ihre Tochter Henos bald satt haben und so wund geritten sein würde, dass sie kaum mehr stehen konnte. Sie hatte nicht mehr auf einem Pferd gesessen, seit der Klan von der Sommerreise zur Versammlung am Tir Samod zurückgekehrt war, und selbst damals hatte sie einen Teil des Weges im Wagen hinter sich gebracht. Ihre Beinmuskeln waren zu schlaff, um sie lange auf dem Rücken des Hunnuli zu halten, und ihre Beine waren zu kurz, um in Henos' Steigbügeln richtigen Halt zu finden.

Henos machte ihr es auch nicht gerade leicht, da er oft den Vögeln nachjagte oder gelegentlich über Stock und Stein hinter einem Wolf hergaloppierte, ohne auf seine kleine, unsichere Reiterin zu achten. Obwohl er nicht absichtlich versuchte, sie abzuwerfen, unternahm er keinerlei Anstrengungen, um ihr den Ritt angenehmer zu machen. Anwin hatte den deutlichen Eindruck, dass er sie einfach nicht beachtete.

Doch sie sagte weder zu ihm noch zu seinen Eltern etwas. Da sie sich zu dieser Reise aufgedrängt hatte, durfte sie sich nicht über ein eigensinniges Pferd, einen schmerzenden Hintern, Krämpfe in den Händen vom Verkrallen in Henos' Mähne oder die Schmerzen in den Schenkeln beschweren, die es ihr beinahe unmöglich machten, während der kurzen Rastpausen ein paar Schritte zu gehen. Auch gab sie Henos nicht zu verstehen, dass ihr seine Art immer weniger gefiel. Sie wusste, dass es weder etwas bringen würde, ihm ihr Leid zu klagen, noch ihn anzubrüllen. Wenn sie mit dem großen Fohlen auf freundlichem Fuß stehen wollte, musste sie seine Hochachtung erringen. Da sie nichts anderes taten als zu reisen, war das leichter gesagt als getan.

Am ersten Tag führten Gaalney und Veneg die Gruppe nach Westen zum Rand des Himachalgebirges. Sie kamen am Geldring-Treld vorbei, bewegten sich von dort aus weiter südwärts in das Tal des Hornwächters, einem breiten Grasstreifen, der sich zwischen dem Himachalgebirge und den gewaltigen, schneebedeckten Gipfeln des Dunkelhorngebirges erstreckte, das wie das Rückgrat der Welt von den Fünf Königreichen im Norden bis zum Herzen der turischen Wüste im tiefen Süden verlief.

Anwin wusste, dass irgendwo im Westen, in einem geschützten Tal des Vorgebirges, die Ruinen und der Grabhügel lagen, die alles darstellten, was vom Corin-Treld übrig geblieben war. Der ursprüngliche Klan-Treld war nach dem Massaker verlassen worden, bei dem bis auf eine einzige Person der ganze Klan ausgelöscht worden war. Viele Klanleute glaubten, dieser Ort werde von bösen Geistern heimgesucht, und Gabria – die einzige Überlebende – machte sich nicht die Mühe, diesen Gerüchten entgegenzutreten, denn sie war der Meinung, dass ihre Familie in Frieden ruhen und das Böse, das dort verübt worden war, allmählich vergessen werden sollte. Als die Klannad wie verlorene Kinder in die Steppe zurückgekehrt waren, hatte Gabria sie dazu ermuntert, in Moy Tura zu siedeln. Der Corin-Treld war ein geheiligter Ort geblieben, und die meisten Leute, die nun den roten Klan-Umhang der Corin trugen, wussten nicht einmal, wo er lag.

Anwin dachte daran, ihre Mutter nach dem Treld, nach ihrer Großmutter und nach deren Familiengeschichten zu fragen, doch Kelene war merkwürdig schweigsam. Bei den wenigen Gelegenheiten, wo sie hätten reden können, blieb sie stumm, und alle Fragen, die Anwin stellte, wurden knapp und mit einer Zurückhaltung beantwortet, die anzeigte, dass Kelene mit ihren Gedanken weit weg war.

Anwin spürte die Sorgen ihrer Mutter und sprach daher wenig. Auch gab sie sich Mühe, nicht zu stören. Aber das war schwer. Sie hatte nichts, womit sie ihre Gedanken ablenken konnte, und niemanden als Gesprächspartner. Ein- oder zweimal versuchte sie mit Henos zu reden, doch ihn interessierte nicht, was sie zu sagen hatte, und er war viel zu sehr von den neuartigen Eindrücken auf dieser Reise eingenommen. Schließlich gab sie es auf und konzentrierte sich darauf, nicht von dem bockigen Tier aus dem Sattel geworfen zu werden und die Schmerzen in ihren Beinen nicht weiter zu beachten.

Die kleine Gruppe ritt bis tief in die erste Nacht hinein, hielt nur kurz an, um zu essen und sich ein wenig auszuruhen, und ritt den ganzen nächsten Tag bis in die Nacht weiter. Sie folgte einer alten Straße, die früher einmal eine Postroute des tarnischen Reiches gewesen war, das sich vor der Ankunft Valorians und der Klane über die ganze Steppe erstreckt hatte. Die Meilensteine waren inzwischen nicht mehr da, und große Teile der Pflasterung waren entweder verschwunden oder lagen unter Gras und Schmutz verborgen, doch der Verlauf der Straße war seit Generationen von den Klanleuten benutzt worden, und daher führte sie noch immer gerade und deutlich sichtbar durch das Tal.

Allmählich veränderte sich die Landschaft, und die Luft wurde trockener. Das Vorgebirge des Dunkelhorns fiel zurück, und die Baumgrenze war nicht mehr fern. Das üppige Gras wurde von zäherem Gebüsch, kurzen Kräutern und dünneren Halmen abgelöst. Die vorgelagerten Hügel waren Wind und Verwitterung ausgesetzt; sie hatten ihre scharfen Umrisse verloren und lagen wie zerknitterte braune Felle zu

Füßen der Berggipfel. Links von den Reisenden endete das Himachalgebirge, und die Steppe öffnete sich zu einem endlosen Meer aus sanft wogendem Gras.

Anwin hoffte, sie würden beim Dangari-Treld am südlichen Ende des Himachal anhalten, doch die Hunnuli trabten weiter, und am Ende des zweiten Tages überquerten sie den Weißwolfsfluss und eilten die letzten Meilen nach Süden in Richtung Khulinin-Treld. Ihre Reise dauerte noch bis spät in die Nacht. Der Himmel war wolkenlos und der Wind kalt.

Am dritten Reisetag war Anwin so erschöpft, dass sie kaum den Kopf heben und die Augen offen halten konnte. Sie hatte in keiner Nacht sehr gut oder lange geschlafen, und ihr ganzer Körper fühlte sich wie ein auf links gedrehter, aufgehängter und mit einem festen Stock durchgewalkter Fellteppich an. Die Sonne schien ihr warm auf den Rücken, und der Wind blies kühl und frisch aus Norden. Sie verspürte keinen anderen Wunsch mehr, als von Henos herunterzugleiten und in einem der schattigen Haine, an denen sie vorbeigekommen waren, ein Nickerchen zu machen. Doch sie wagte nicht einzuschlafen. Wenn sie von Henos stürzte, würde er es vermutlich nicht einmal bemerken und sie daher nicht wieder aufsammeln.

In dem verzweifelten Versuch, wach zu bleiben, summte sie eine Melodie, die ein Barde auf dem Markt gespielt hatte. Es war eine unbeschwerte, lebhafte Weise, die sie nur ein einziges Mal gehört hatte, doch sie war Anwin vom ersten Augenblick an in Erinnerung geblieben und tanzte ihr durch Blut und Knochen. Als sie zum Ende gekommen war, wiederholte sie das Lied, fügte ein paar Noten hinzu und veränderte es leicht, sodass es einen neuen Rhythmus erhielt.

Wenn sie nicht blind gewesen wäre, hätte sie bemerkt, wie Henos die Ohren aufstellte und ihr lauschte. Nach einigen

Minuten senkte er den Kopf, wedelte mit dem Schweif und lief sanfter einher.

Nach einer oder zwei Wiederholungen bemerkte sie die Veränderung in den Bewegungen des Pferdes und lehnte sich überrascht zurück. Das junge Hunnuli hatte seinen Lauf ihrem gesummten Lied angepasst, sodass jeder Hufschlag einen Kontrapunkt zur Musik bildete. Das Ergebnis war ein angenehmer, sanfter Trab, der Anwins Rücken nicht wehtat und ihren Beinen Gelegenheit gab, sich zu entspannen. Beinahe lächelnd summte sie ein wenig lauter, während sie in ihrer Erinnerung nach einem ähnlichen Lied suchte. Sie hatte schon immer ein gutes Ohr für Musik gehabt, und ihre Blindheit hatte diese Gabe noch verstärkt. Sie lauschte jedem Barden, Harfenisten und Musikanten, der in die Stadt kam oder Vorführungen bei den Klanversammlungen gab, und sie erinnerte sich an fast alles, was sie je gehört hatte.

Fröhlich summte sie eine neue Melodie, und als sie damit fertig war, begann sie mit der nächsten, einem Tanzstück, das oft mit Laute und Trommel gespielt wurde. Henos lauschte allem begierig.

Du hast eine schöne Stimme, sagte er nach einer Weile zu ihr. *Kennst du auch ein paar Lieder mit Worten?* Und da er höflich gefragt und seinen sanften Lauf beibehalten hatte, sang Anwin sie ihm vor. Sie stimmte Lieder von Pferden an, die über die gewaltige Steppe trabten, von den Sternen in der Nacht, von grünen Wiesen und süßem Wasser, von wilden Schlachten und mutigen Taten, und vor allem sang sie von den Hunnuli und ihrer Freundschaft zu den Klan-Magiern.

Während sie sang, fielen Rafnir und Tibor zurück und setzten sich neben sie. Der Wertain betrachtete sie und den scheckigen Hengst eine Weile, dann warf er einen Blick zurück zu Kelene und Demira und zuckte verwundert die Achseln. Kelene grinste ihn an.

»Hast du Henos schon jemals so gesehen?«, fragte Kelene Demira leise.

Die Stute schüttelte den dunklen Kopf. *Wer hätte gedacht, dass der Halunke Musik mag?*

Kelene nickte nachdenklich. Den Liedern ihrer Tochter zu lauschen, war für sie ein Vergnügen, das sie von ihren Sorgen ablenkte. Anwin hatte wirklich eine schöne Stimme. Vielleicht sollte dieses Talent stärker gefördert werden. Jeder Zauberer hatte eine mehr oder weniger große angeborene Gabe der Götter, und wie alle anderen Klanleute besaßen auch die Zauberer Stärken und Schwächen. Kelenes Gabe war die der Medizin und Heilkunst, Gabrias offenbarte sich in Träumen und Visionen, Rafnirs Mutter hatte die unheimliche Fähigkeit, mit den Tieren zu sprechen. Vielleicht lag Anwins Stärke in der Macht der Musik.

Den Rest des Nachmittags hindurch sang Anwin dem Hunnuli etwas vor und verstummte nur dann, wenn ihre Stimme zu ermüdet war, um fortfahren zu können. Inzwischen war auch Henos so erschöpft, dass er keine wilden Jagden und Ausfälle mehr unternahm. Er lief ruhig hinter den älteren Pferden her und hielt Kopf und Schweif gesenkt. Anwin sank in einen unruhigen Schlummer.

Etwa eine Stunde lang schwieg die kleine Gruppe, während Anwin döste und die drei Erwachsenen ihren eigenen Gedanken nachhingen. Der Nachmittag glitt in den frühen Abend hinein, und bald saß die Sonne auf den Berggipfeln im Westen. Hinter der Sonne war der Himmel klar und blass vom schwindenden Licht des Tages. Ein plötzlicher Wind kam auf, fuhr durch die roten und goldenen Umhänge der Reiter und schüttelte die Kiefern in dem nahen Wäldchen. Er summte durch das Gras unter den Pferdehufen und wirbelte den Staub auf.

Anwin erwachte mit einem Ruck. »Das Wetter ändert sich

schnell«, hörte sie Gaalney zu ihrem Vater sagen. Sie zitterte in der unerwarteten Kälte des stärker werdenden Windes.

Die vier Pferde drängten sich zusammen und blieben stehen, während die Erwachsenen den Himmel beobachteten.

»Was ist los?«, fragte Anwin Henos.

Er antwortete bereitwillig. *Ein Sturm zieht aus Nordosten auf. Der Himmel über uns ist noch klar, aber im Norden ist er schwarz, und ich rieche Blitze.*

Ich rieche Kälte. Es könnte bald frieren, fügte Tibor hinzu.

»Wir sind nicht mehr weit vom Treld entfernt«, betonte Gaalney. »Wenn wir uns beeilen, können wir zur Mitternacht dort sein. Aber wenn wir eine Ruhepause einlegen, wird uns der Sturm überraschen, und es gibt in dieser Gegend nur wenig Schutz.«

»Dann reiten wir weiter. Wir halten nur kurz an, damit die Hunnuli trinken können«, entschied Rafnir.

Anwin sagte nichts dazu, auch wenn sie innerlich aufstöhnte und angesichts ihrer Erschöpfung fast geweint hätte.

»Wir verlangen viel von dir«, sagte Kelene sanft neben ihr. »Können du und Henos es schaffen?«

Sie und der Hengst hoben gleichzeitig den Kopf. »Ja«, antwortete Anwin für sie beide.

»Gut. Denk immer nur daran, was uns erwartet: ein warmes Bett, ein heißes Mahl und eine trockene Halle.«

Anwin gelang ein knappes Lächeln. »Für uns. Glaubst du, dass Onkel Savaron noch lebt?«

»Ich hoffe es«, murmelte Kelene.

Die Gruppe aus Moy Tura ritt schnell weiter nach Süden, angespornt durch das heraufziehende Unwetter und den anschwellenden Wind aus Nordost. Die Sonne versank hinter den Bergen, und nur allzu rasch wich das Abendlicht der Düsternis der Nacht und der sich auftürmenden Wolken. Hoch im Norden zuckten weiße Blitze, doch noch war der Donner nicht zu hören. Der Wind peitschte Staub und Sand auf und erstickte die verbliebene Wärme des Tages.

Kurz nach Einbruch der Nacht entdeckten die Hunnuli einen kleinen Bach, der aus dem Vorgebirge durch eine tiefe, felsige Schlucht sprudelte, die von Weiden, Büschen und großen Steinblöcken überwuchert war. An einer Kiesböschung hielten sie an, damit ihre Reiter absteigen konnten, und gingen in das seichte Wasser, weil sie trinken wollten.

Anwin glitt von Henos herunter auf ihre taub gewordenen Füße und fiel sofort zu Boden. In ihren Beinen pochte es, und ihre Schenkel zitterten vor Schmerz. Sie unterdrückte einen Schrei, doch es gelang ihr nicht, ein unwillkürliches Aufstöhnen ganz zu verbergen.

Sanfte Hände setzten sie auf einem flachen Felsen ab, zogen ihr den Umhang enger um die Schultern und drückten ihr einen Wasserschlauch in die Hand. Über dem Jammern des Windes und dem Rauschen des Wassers hörte sie das Klirren des Kettenhemdes und nahm den Geruch von Leder wahr, während sich ihr Vater neben sie hockte.

»Es dauert nicht mehr lange«, sagte er und legte ihr eine Hand auf die Schulter. »Iss das hier. Es wird dir helfen.« Er schob ihr etwas zwischen die Finger. Am Gefühl und Geruch erkannte sie, dass es sich um Pfadkuchen handelte, einen üblichen Bestandteil des Reiseproviants. Er bestand aus Hafermehl, getrockneten Beeren, vermischt mit Schweinefett und Kräutern, und wurde in Küchlein gebacken und mit Würzbaumblättern umwickelt. Sie waren schnell zubereitet, leicht zu tragen, hielten viele Tage lang und füllten den Magen. Anwin mochte sie nicht, aber sie war so hungrig, dass sie sich nicht dagegen wehrte, und das versprochene warme Essen war noch viele Stunden entfernt.

Sie wollte gerade etwas zu ihrem Vater sagen, als sie hörte, wie plötzlich alle vier Hunnuli die Köpfe hoben und erstarrten. Tibor schnaubte. Es war ein bedrohlicher Warnlaut. Rafnir schaute sich um und stand auf.

Obwohl Anwin die Anspannung der Pferde nicht sehen konnte, prickelte ein seltsames Gefühl von Gefahr durch ihre Glieder. Auch sie hob den Kopf und starrte in die Dunkelheit hinter ihren Augen. Als sie sich auf ihre übrigen Sinne konzentrierte, bemerkte sie überrascht ein winziges rotes Flackern, das unmittelbar auf sie zuzukommen schien. Angetrieben von etwas, das sie nicht verstand, sprang Anwin unvermittelt auf, packte den gepolsterten Umhang ihres Vaters und zog ihn zu sich heran. Er wurde von ihrer unerwarteten Bewegung aus dem Gleichgewicht gebracht, fiel nach vorn und begrub Anwin unter sich.

Etwas Kleines, Unbemerktes flog über seine Schulter und verschwand im rauschenden Wasser. Ein zweites Ding, genauso winzig und schmal, schlug in einen Felsen bei Gaalneys Knie und zersprang, als er sich vorbeugte und aufstehen wollte.

Fremde!, trompeteten die Hengste. Die drei Tiere schossen aus dem Bach, verspritzten dabei das Wasser in alle Richtungen und galoppierten auf einen Hain aus Birken und Weiden in der Nähe des Schluchteingangs zu. Demira wieherte ebenfalls eine Warnung und breitete ihre Schwingen wie einen Mantel aus, um die Menschen darunter zu beschirmen.

Mit einem Fluch rollte sich Rafnir von Anwin herunter, sprang auf die Beine, zog sein Schwert und rannte vor Gaalney auf die fernen Bäume zu, die sie kaum sehen konnten.

Kelene nahm Anwin in den Arm. Sie kauerten sich unter Demira in der Dunkelheit zusammen und drückten sich gegen die schwarzen Flanken der Stute.

»Was ist das, Mama?«, flüsterte Anwin.

»Das wollte ich dich gerade fragen. Warum hast du deinen Vater zu Boden gezogen?«

Das Mädchen zuckte leicht die Achseln unter dem Umhang. »Ich weiß es nicht«, versuchte sie zu erklären. »Ich … ich habe etwas kommen sehen und die Gefahr gespürt.«

Kelene starrte auf ihre Tochter herunter. »Du hast etwas *gesehen?«*

Anwin nickte zögerlich. »Es war nur ein kleines rotes Licht, aber es kam auf uns zu und fühlte sich irgendwie falsch an.«

»Aber warum? Hat jemand auf uns geschossen? Ich habe keine Pfeile gesehen.«

Anwin zuckte noch einmal die Schulter; sie hatte keine Ahnung, wie sie es erklären sollte.

Sie könnte Recht haben, sagte Demira zu ihnen beiden. *Wir haben die Gefahr in den Fremden gespürt, die sich hier draußen verstecken.*

Kelene erwiderte nichts darauf, sondern schaute nur flussaufwärts in die dichte Dunkelheit.

Die Minuten zogen sich in der bleiernen Nacht dahin. Anwin spürte den herannahenden Sturm in der schweren Luft um sie herum, im Geruch des Windes und dem stärker werdenden Rumpeln des Donners. Sie versuchte, etwas von Rafnir, Gaalney und den Hengsten zu hören, doch lange Zeit vernahm sie gar nichts. Sie drückte sich eng an Demira und an ihre Mutter und versuchte nicht zu zittern.

»Wo sind sie?«, murmelte Kelene.

Das Geräusch eines fallenden Steines drang deutlich über das Wasserrauschen zu Anwin. »Dort«, sagte sie und deutete auf die felsige Schlucht.

Kelene hob die Hände und machte sich bereit, sie durch Magie zu verteidigen, falls es nötig wurde.

Ja, da sind sie, stimmte Demira mit einem Wiehern zu.

Drei Hufpaare klapperten laut die Böschung entlang, und zwei männliche Stimmen riefen nach Kelene, um sie vor ihrer Ankunft zu warnen.

Sie senkte die Hände und stieß einen heftigen Seufzer aus. Dann trat sie den Männern und den Pferden entgegen. »Was war das? Wer war da?«

»Wir wissen es nicht«, erwiderte Gaalney. Seine Stimme klang angespannt in der Dunkelheit.

Es waren einige Leute, aber wer immer sie waren, sie sind uns in die Dunkelheit entwischt, teilte Tibor ihnen mit.

»Seltsam«, sagte Kelene. »Ich frage mich, wer das war.«

Rafnir steckte sein Schwert zurück in die Lederscheide. »Verbannte. Räuber. Für ein Schwätzchen sind sie leider nicht lange genug geblieben. Und wir auch nicht. Wir sollten aufbrechen.«

Die Reisenden stiegen wieder auf ihre Hunnuli und ritten durch den kleinen Fluss. Auf der anderen Seite erreichten die Pferde festen Boden und fielen in einen Galopp. Hinter ihnen donnerte es, und der Sturm schickte seine Vorboten von Wolken und Wind voraus und löschte die Sterne mit ihnen.

Anwin zog den Umhang enger um sich und schmiegte sich an Henos' warmen Hals. Sie hörte, wie sich ihre Eltern leise unterhielten, aber sie konnte nicht verstehen, was sie sagten. Vielleicht redeten sie über Anwins ungewöhnliches Verhalten oder über die Fremden, die sich ihnen nicht hatten nähern wollen, vielleicht sprachen sie auch nur über das Wetter. Es war ihr gleichgültig. Bei ihren wunden Beinen war sie froh, wieder auf Henos zu sein und vor der Gefahr zu fliehen. Auf sie warteten ein warmes Feuer, ein trockenes Bett und das Wiedersehen mit ihren Großeltern. An etwas anderes wollte sie nicht mehr denken.

Doch etwas nagte an ihr. Nach einer Weile streckte sie eine Hand aus und streichelte Henos' Hals. »Ist mit dir alles in Ordnung?«, fragte sie.

Er stellte ein Ohr auf. *Es geht mir zumindest so gut, dass ich weiterlaufen kann,* antwortete er.

»Du humpelst«, betonte sie. »Ich habe es bemerkt, als wir den Bachlauf verlassen haben.«

Das ist gar nichts. Ich habe mir einen Huf angestoßen, als wir zwischen den Felsen herumgestöbert haben.

»Willst du, dass ich ihn untersuche? Vielleicht klemmt ein Stein darin.«

Nein. Ich will nur den Treld erreichen.

Sie lächelte über den leicht weinerlichen Tonfall seiner Gedanken. »Ich ebenfalls. Ich werde dir einen ganzen Sack Hafer geben, sobald wir angekommen sind.«

Das wäre schön. Vielleicht auch einen Apfel?

Beim Gedanken an einen Apfel lief Anwin das Wasser im Munde zusammen. Ein Apfelkuchen ihrer Großmutter wäre noch besser. »So viele, wie ich bekommen kann«, versprach sie ihm.

Das junge Hunnuli lief nun schweigend hinter den anderen her. Anwin hätte sich gern noch weiter mit ihm unterhalten, denn obwohl er so müde war, verhielt er sich doch freundlich ihr gegenüber, und sie hätte sich über die Ablenkung gefreut. Aber sie war todmüde, und es war schwer, den peitschenden Wind zu übertönen. Daher zog sie sich die Kapuze eng ums Gesicht und senkte den Kopf.

Die Nacht um sie herum wurde immer lauter. Anwin hörte nicht nur das ständige Trampeln der Hunnulihufe und den rasselnden Atem der Tiere, sondern auch das Klappern von Gaalneys und Rafnirs Waffen, das Knarren und Quietschen der Sattel und des Gepäcks und das Rascheln von Demiras Schwingen. Über allem röhrte der Wind, unter dem die Bäume knirschten und das hohe Gras wie eine hereinbrechende Flut zischelte. Der Donner fügte einen gedämpften Bass hinzu, der hinter ihnen seine Warnungen grummelte.

Die Nacht schlich mit unerträglicher Langsamkeit dahin. Trotz des Lärms und der Kälte sowie ihrer Bemühungen, auf dem Pferd zu bleiben, fiel Anwin in einen unruhigen Schlummer. Sie glitt hinüber in eine undeutliche Traumwelt aus seltsamen Lauten und Ängsten, in der die Welt mit schwindelerregender Geschwindigkeit an ihr vorbeirauschte und sie sich festhalten musste, damit sie nicht fiel. Ihr Traum dauerte nur kurze Zeit. Mit einem Ruck erwachte sie, als die ersten großen Regentropfen auf ihr Gesicht platschten. Erschütternder Donner explodierte über ihr, und der Himmel öffnete sich. Der Wind peitschte den sintflutartigen Regen, der Rosse und Reiter rasch durchtränkt hatte. Anwins schwerer Umhang wehrte die meisten Unbilden des Wetters ab, doch diesem dichten, trommelnden Regen vermochte er nicht zu widerstehen. Nach kurzer Zeit war sie nass bis auf die Haut und zitterte vor Kälte.

Demira meint, wir sind bald da, sagte Henos zu ihr.

Das war die beste Neuigkeit, die Anwin seit Tagen gehört hatte.

Sie versuchte sich den Weg in den Khulinin-Treld ins Gedächtnis zu rufen. Deutlich erinnerte sie sich an den Marakor. Der Marakor oder Windwächter war ein einzelner, kegelförmiger Berg, der den nördlichen Eingang zum Tal des Flusses Goldrine bewachte. Hinter ihm verliefen die Dunkelhornberge in einem Bogen und kehrten erst weit in der Wüste des Südens zu ihrem alten Verlauf zurück. In diesem Bergkessel, wo sich der Goldrine aus einer tiefen Schlucht ergoss, lag ein üppiges Tal, reich an Gras und Wasser und geschützt durch den Marakor im Norden sowie den Krindir, seinen Zwilling, im Süden. Dort hatte der Khulinin-Klan sein Winterlager aufgeschlagen, zu dem er jeden Herbst zurückkehrte, um Viehzucht zu betreiben, die Zelte instand zu setzen und das Fest des Fohlens zu feiern. Anwin war nur dreimal dort gewesen, bevor das Fieber ihr Augenlicht zerstört hatte, doch sie sah in ihrer Erinnerung noch deutlich den Wasserfall, in den sich der Goldrine stürzte; sie sah die ausgedehnten Felder, die weit verstreut liegenden Zelte und kleinen festen Gebäude, die Pferche und Weiden und die breite Straße, die sich hoch zur großen Holzhalle der Klanhäuptlinge wand.

Ein unterdrückter Ruf riss sie aus ihrem Tagtraum. Vor ihr wieherte Tibor durchdringend und herausfordernd. Er erhielt Antwort aus der sturmdurchtosten Dunkelheit.

Ein Ausreiter!, schnaubte Henos erleichtert.

Die vier Pferde hielten dankbar an und warteten darauf, dass sich der Wächter zeigte.

Ein Khulinin-Krieger, dessen goldener Umhang im schweren Regen blass geworden war, ritt auf einem hellen Pferd aus dem Sturm heraus und gesellte sich zu ihnen. »Wertain Rafnir!«, rief der Ausreiter. »Ich bin froh, Euch zu sehen! Und auch Kelene! Seid willkommen. Wir hatten schon befürchtet, Gaalney hätte es nicht geschafft.«

Gaalney wusste, dass er für seine Reise nach Moy Tura und die Rückkehr zusammen mit Kelene erstaunlich wenig Zeit benötigt hatte, und lachte nur über diese Bemerkung. »Los, Rimbold. Berichte Lord Athlone, dass wir kommen!«

Der Ausreiter winkte ihnen zu, wendete sein Pferd und galoppierte dorthin zurück, woher er gekommen war. Einen Augenblick später hörten die Reisenden das laute Schallen eines Horns durch Wind und Regen.

Anwin richtete sich auf; plötzlich war ihr leicht ums Herz. Während Henos einen Hang hinaufpreschte, lehnte sie sich vor und musste unwillkürlich lächeln, als er die Kuppe erreichte und hinunter ins Tal des Goldrine stürmte. Willkommensrufe ertönten trotz der späten Stunde und des schlechten Wetters. Sie hörte, wie sich weitere Pferde zu ihnen gesellten, und sie roch Rauch, nasses Leder und Wolle, Dung sowie die vielen anderen Düfte eines Klanlagers.

Schwerere Huftritte kamen auf sie zu, und plötzlich vernahm Anwin die tiefe Stimme ihres Großvaters Lord Athlone, der die Reisenden mit offensichtlicher Erleichterung begrüßte. Sein Pferd, das Hunnuli Eurus, wieherte seinen eigenen Willkommensgruß.

Umgeben von Khulinin-Reitern, eilte die kleine Gruppe durch den Treld und den Berg hoch zur freien Fläche vor dem großen, überwölbten Eingang zur Häuptlingshalle. Anwin hörte, wie ihre Eltern abstiegen und sich andere Klanleute um sie herum bewegten, doch sie zögerte. Ihre Finger waren noch fest in Henos' Mähne verkrallt, und sie fürchtete den schwierigen Abstieg an seiner Flanke entlang sowie das Stehen auf ihren wunden Füßen und Beinen.

Dann regte sich Henos leise auf seinem verletzten Huf, als jemand neben ihn trat, und eine Stimme sagte: »Kelene, was für einen Reiter habt ihr denn da mitgebracht, der es wagt, in diesem wilden Wetter auf einem solchen Donnergeist zu sitzen?«

Anwin setzte die Kapuze ab und grinste breit. »Hallo, Großvater.«

Lord Athlone kicherte. »Gute Götter, Mädchen. Du bist ja ein netter Anblick. Komm herunter, und ich werde dir etwas Warmes zu trinken besorgen, während deine Mutter Gabria hilft.«

Da sie nun das Ende des langen, nassen Ritts erreicht hatte, spürte Anwin, wie auch der Rest ihrer Kräfte sie verließ. Sie war sich nicht sicher, ob ihr der Abstieg gelingen würde. Außerdem war etwas anderes wichtiger. »Bitte, Großvater. Henos hat sich am Vorderhuf verletzt, und ich habe ihm einen Hafersack und Äpfel versprochen.«

»Natürlich«, erwiderte der Häuptling, dem ihre Bitte sehr gefiel. Ein Klanreiter kümmerte sich immer zuerst um das Wohlergehen seines Pferdes. Athlone hob sie vom Pferd und half ihr dabei, Henos in die Halle zu führen. Demira, Tibor und Veneg folgten ihnen. Ein Teil neben der Tür war vom Hauptraum abgetrennt worden und stand für die Hunnuli zur Verfügung. Gabrias Nara befand sich schon dort und begrüßte die vier durchnässten Neuankömmlinge mit einem Schnauben. Zwei Hallendiener brachten Hafersäcke und Heu für die müden Pferde herbei, und Lord Athlone holte einen Armvoll reifer Äpfel für Anwin und Henos. Mit Gaalneys und Rafnirs Hilfe rieben sie die vier Pferde ab und gönnten ihnen danach Ruhe.

Erst jetzt setzte sich Anwin vor das prasselnde Kaminfeuer in der Mitte der Halle und nahm einen Becher heißen, gewürzten Apfelweins entgegen. Dankbar trank sie die süße Flüssigkeit und fühlte, wie sie ihr die Kehle herabrann und die Kälte in ihrem Bauch vertrieb. Sie hörte Stimmen um sich herum und spürte Bewegungen, doch sie konnte ihre Gedanken auf nichts Bestimmtes richten. Jemand zog ihr den nassen Umhang und die oberste Schicht ihrer durchweichten Kleidung aus. Müde stand sie auf, und ihr Vater wickelte sie in ein warmes Laken und hob sie hoch.

»Hier entlang«, hörte sie Lord Athlone sagen.

Einen Augenblick später lag sie in einem Bett, das mit warmen Fellen ausgepolstert war. Der Schlaf hatte sie entführt, noch bevor sie gute Nacht sagen konnte.

»Der Göttin sei Dank, dass du hier bist«, sagte Gabria zu Kelene.

Die Zauberin zog ihre Tochter aus der Haupthalle in einen der angrenzenden Räume, die dem Häuptling und seiner Familie vorbehalten waren. Die Klanhalle war im Gegensatz zu der Halle der Corin in Moy Tura in die Flanke eines großen Berges gemeißelt und hatte viele Räume, die als Wohnung, Lagerplatz sowie gelegentlich als Pflegezimmer für Kranke oder Verwundete benutzt wurden. Der Raum, den Kelene nun betrat, war recht klein, doch sauber und vor kurzer Zeit neu geweißt worden. Ein schmaler Werktisch stand an einer Wand, und dicke Teppiche lagen auf dem Boden. Lampen mit Blendschirmen hingen von den Deckenbalken und beschienen mit ihrem gelblichen Licht drei Leute, die auf Pritschen um eine glühende Kohlenpfanne lagen. Mit tiefer Erleichterung bemerkte Kelene, dass einer davon ihr Bruder war. Sie war nicht zu spät gekommen.

Eine schlanke Frau saß bei Savaron und wischte ihm mit einem feuchten Tuch über das Gesicht. Als sie Kelene sah, strahlte sie glücklich und sprang auf die Beine. »Kelene, hab Dank für dein Kommen.«

Kelene eilte auf sie zu. »Wie geht es ihm, Kateri?«

Die Frau ihres Bruders wirkte erschöpft. Dunkle Ringe lagen um ihre großen blauen Augen, und die blonden Haare hingen in einem schlaffen Zopf herunter. »Nicht gut. So ist es schon seit Tagen. Wir wissen nicht, was er hat! Wir haben alles versucht, was in unserer Macht steht, aber er wacht einfach nicht auf.« Ihre Stimme war heiser vor Sorge. Krampfhaft hielt sie die Tränen zurück.

Kelene zog rasch ihren nassen Umhang und das schwere Wams aus, während sie den Raum und seine Bewohner betrachtete. Falls das Leiden ihres Bruders ansteckend war, hatte es sich noch nicht weit verbreitet. Ein Kranker, seinen Muskeln nach zu urteilen ein junger Krieger, schlief auf einer Pritsche und hatte nur einen Gipsverband um das Bein. Die dritte Person, ein nicht mehr ganz junger Schäfer, schlief neben ihm, doch er litt offenbar an einer Lungenkrankheit, die ihm das Atmen sehr schwer machte. Kelene richtete den Blick wieder auf ihre Mutter.

Erfreut stellte sie fest, dass Gabria gut aussah, wenn auch ein wenig müde und angespannt. Ihre grünen Augen waren noch klar und voller Leben, der Rücken war gerade und stark.

Obwohl Sorgen und der Verlust von zwei Kindern unauslöschliche Spuren in ihrem Gesicht hinterlassen hatten, war auch das Lachen nicht spurlos an ihr vorübergegangen und verlieh ihr ein Antlitz, das vor Weisheit und Freude strahlte. Ihr geflochtenes Haar war in den Jahren seit dem Krieg mit dem Greifen grau geworden, doch ihr Geist war noch wach, und ihr Herz sang weiterhin den Lobpreis der Göttin Amara, der Mutter des Alls.

Kelene biss sich auf die Lippe. Gabria erwiderte ihren Blick mit so offensichtlicher Genugtuung und Hoffnung, dass Kelene still betete, sie möge die Erwartungen ihrer Mutter erfüllen können. Unter ihrem feuchten Wams brachte sie einen Beutel hervor, den sie trockenzuhalten versucht hatte. Sie kniete sich neben ihren Bruder, zog die Laken zurück und untersuchte ihn. Ihre Augen verengten sich vor Besorgnis.

Er trug nur ein leichtes Leinenhemd und eine Unterhose, und er schien zu schlafen; trotzdem bemerkte sie, wie sehr er sich verändert hatte. Ein sieben Tage alter Bart verdunkelte sein Kinn und erfüllte die hohlen Wangen, wo die Haut um die Knochen seines ausdrucksstarken Gesichts eingefallen war. Sein für gewöhnlich so großer und mächtiger Körper wirkte geschrumpft, und die Haut war blass, aber heiß.

»Was ist geschehen?«, fragte sie. »Ist er verwundet worden, oder war es ein langsamer Verfall?«

Gabria seufzte; es war ein Laut tiefer Sorge und Verzweiflung. »Es ist ganz plötzlich passiert. Er war mit einigen Herdwachen draußen und ging einem Gerücht über gewisse Eindringlinge nach.« Sie zog sanft ein Bein seiner Unterhose hoch und zeigte Kelene eine kleine, eiternde Wunde an Savarons Schenkel knapp unterhalb seines Hemdsaums. »Die Herdwachen haben ihn nach Hause gebracht. Sie waren gleichermaßen wütend und verängstigt. Hamal da drüben« – sie deutete auf den jungen Mann mit dem gebrochenen Bein –

»hat gesagt, Savaron hätte sich plötzlich versteift, sich gegen das Bein geschlagen und wäre von seinem Hunnuli gefallen. Er wäre in eine Schlucht gestürzt, wenn Hamal nicht auf ihn zugesprungen wäre und ihn aufgefangen hätte. Dabei hat er sich das Bein gebrochen.«

Kelene runzelte die Stirn. »Diese Wunde ist seltsam. Sie sollte schon längst verheilt sein. Woher stammt sie? Und was ist der Grund für seine seltsame Reaktion?« Sie sprach diese Fragen leise aus, mehr zu sich selbst als zu Gabria oder Kateri, denn sie wusste, dass sich die beiden Frauen darüber schon seit Tagen den Kopf zerbrachen.

»Da ist noch etwas«, sagte Gabria. Sie hob Savarons Arm vom Laken und drehte ihn, sodass Kelene die Unterseite seines Handgelenks sehen konnte. Die jüngere Zauberin zog zischend die Luft ein.

Als Kelene und Savaron vor zwölf Jahren mit Sayyed zum ersten Mal nach Moy Tura gereist waren, hatten sie ein kleines Kästchen mit Diamantsplittern gefunden. Diese nadelscharfen Stücke waren in der Frühzeit der Zauberei dazu benutzt worden, die Kontrolle des Zauberers über seine Fähigkeiten zu verstärken. Sie wurden in die Haut unter dem Handgelenk eingesetzt und glühten durch die angeborene Kraft des Zauberers in einem rubinroten Licht. Kelene sah, wie ihr eigener Splitter schwach in der Haut glimmerte, und auch der von Gabria leuchtete im matten Licht. Doch obwohl sie die leichte Erhöhung in Savarons Haut erkannte, unter welcher der Splitter lag, gab es nicht das geringste Anzeichen eines Leuchtens. Er war so dunkel wie eine ausgebrannte Lampe.

»Das ist noch nicht alles«, sagte Gabria schwer. Sie tauschte einen traurigen Blick mit Kateri, bevor sie fortfuhr. »Noch jemand hat sich diese seltsame Krankheit zugezogen: Novoten.«

»Savarons Freund?«, fragte Kelene, während sie den Puls ihres Bruders überprüfte. »Wo ist er?«

»Es ist gestorben.« Kateris Stimme wurde lauter vor Bestürzung. »Er hatte eine ähnliche Wunde, aber am Hals.« Sie legte die Hand vor den Mund und drehte sich um, weil sie ihre Trauer verbergen wollte.

Gabria berührte ihre Schwiegertochter sanft an der Schulter. »Wir glauben, dass die Wunde zu nahe am Hirn war.« Sie schüttelte den Kopf; Trauer, Verwirrung und Sorgen standen ihr deutlich ins Gesicht geschrieben. »Wir wissen es nicht. Er ist genauso schnell erkrankt wie Savaron und gestorben, bevor wir ihm helfen konnten. Savaron scheint dagegen anzukämpfen.«

Kelene legte ihren Sack auf die Bettstatt neben ihren bewusstlosen Bruder und drückte ihm die Hand auf die Stirn. Seine Haut fühlte sich feucht und heiß an, als hätte er Fieber, und sein Herzschlag war schwach und unregelmäßig. Kelene schloss die Augen und richtete ihre Gedanken auf das Zentrum ihres Willens. Sie schirmte sich vor jeglicher Ablenkung ab, verhüllte all ihre anderen Sorgen und begrub die Angst um ihren Bruder. Mit der Geduld langjähriger Übung wartete sie darauf, dass es sich in ihrem Geist aufklarte, und als sie sich so weit fühlte, streckte sie ihren Willen aus und zog die Kräfte der Magie um sich zusammen.

Alle Zauberer und Zauberinnen lernten, dass Magie eine natürliche Kraft war, die in allem steckte, was die Götter erschaffen hatten – in jeder Kreatur, jeder Pflanze und jedem Stein. In ihrem unberührten Zustand war die Magie eine wohlwollende Kraft, die für die meisten lebenden Geschöpfe unsichtbar und unspürbar blieb. Die Göttin Amara aber, die Mutter des Lebens und der Fruchtbarkeit, hatte in ihrer Dankbarkeit Valorian und seinen Abkömmlingen die Vererblichkeit der Zauberei verliehen. Sie konnten die Magie an sich binden und sie nach ihrem Willen beugen. Es war eine gewaltige Gabe, die Valorian dazu benutzt hatte, sein Volk vor der Auslöschung zu bewahren.

Doch Kelene fragte sich oft, warum die Göttin ihm ermöglicht hatte, die Gabe der Magie an die folgenden Generationen zu vererben. Diese Gabe war sowohl eine Gnade als auch ein Fluch, denn sie verschaffte nicht nur die Möglichkeit, Gutes zu tun, sondern auch die Möglichkeit, schreckliche Dinge heraufzubeschwören. Magier wurden sowohl verehrt als auch geschmäht, gelobt und gefürchtet, beneidet und bemitleidet. Gabria hatte ihren Schülern oft gesagt, dass die Hälfte des Wissens über Magie darin bestand, zu erkennen, wann man sie nicht anwenden sollte. Magie erforderte Stärke und Selbstzucht. Wenn sie falsch oder ohne starke Selbstkontrolle eingesetzt wurde, konnte sie gefährlich sein. Kelene kannte mehr als einen Magier, welcher einen Zauberspruch jenseits seiner Fähigkeiten hatte anwenden wollen und diesen Fehler nicht überlebt hatte. Andere Magier hatten ihre Macht missbraucht und sich sowie allen anderen Zauberkundigen aus der Steppe den Zorn der Klane zugezogen. Gabria hatte schon mehr als einmal gesagt, dass die Zauberer auf des Messers Schneide liefen. Das war der Preis, den sie für die Fähigkeit bezahlten, die Macht der Götter zu berühren.

Für Kelene war dieser Preis nicht zu hoch, wenn sie ihre Macht einsetzen konnte, um die vielen Krankheiten ihres Volkes zu heilen. Das Leben eines Klanmenschen in der Steppe war oft gefährlich, und Kelene hatte durch Übung gelernt, Verbrennungen, Knochenbrüche, Schlangenbisse, Quetschungen, Fleischwunden, Kriegswunden, Fieber und Infektionen zu heilen. Doch es gab auch viele schwierige Arten von Fieber, von Krankheiten und tiefen Verletzungen, bei denen sie nur die Anzeichen oder die Schmerzen lindern konnte, während die Seele ins Reich des Todes hinüberging.

Jeden Tag lernte sie mehr, und es gab noch immer so vieles am menschlichen Körper, das sie nicht begriff. Still betete sie zu Amara, während sie die Hände auf ihren Bruder legte, dass sie das, was ihn auf das Lager geworfen hatte, verstünde und heilen könnte.

Als sie die Magie aus der Erde und den Steinen um sich herum gesammelt hatte, gebrauchte sie die ihr innewohnende Kraft, um ihre Sinne zu schärfen. Die Magie floss ihr durch Knochen und Blut; prickelnd und wärmend rauschte sie bis zum Ende aller Muskeln und Nerven. Mit allergrößter Sorgfalt sandte Kelene ihre Macht durch die eigene Haut in die von Savaron und tastete nach seinen Gedanken. Sie wusste, dass er im Koma lag und ihre geistige Gegenwart nicht bemerken würde, doch je tiefer sie in ihn eindrang, desto dunkler wurden ihre eigenen Gedanken. Sie untersuchte seinen Körper, sein Blut, Herz, Lunge und Muskeln auf eine Weise, die keinem normalen Heiler möglich war.

Nach einiger Zeit zog sie sich aus ihm zurück und erlaubte der Magie, sich wieder zu zerstreuen. Zuerst sagte sie nichts, sondern setzte sich auf die Hacken und starrte in die Flamme der Lampe in Gabrias Hand.

Ihre Mutter und ihre Schwägerin warteten geduldig, bis Kateri das Schweigen nicht länger ertragen konnte. »Was ist es?«, wollte sie wissen.

Kelene zuckte unter ihren Worten zusammen und sah die beiden Frauen verzweifelt an.

»Er ist vergiftet worden«, antwortete sie und deutete auf die Wunde an Savarons Bein. »Hier. Vergiftet durch Magie.«

Vier

Der Spätherbststurm, der die kleine Gruppe aus Moy Tura nach Süden getrieben hatte, brach sich mit Macht am Dunkelhorngebirge und bedeckte die Gipfel mit einem schweren Mantel aus Schnee. Die letzten warmen Tage des Herbstes, die von den Klanen Treld-Sommer genannt wurden – weil das schöne Wetter den Leuten Zeit gab, Brennstoff zu sammeln und die Zelte zu verstärken –, verschwanden mit den ersten starken Winden, mit Hagel und dem Frost des nahenden Winters. Die Ausreiter brachten die Herden von den höheren Weiden in den Schutz des Tales, und die Leute rückten am Feuer zusammen, während draußen der Sturm tobte.

Viele der Junggesellen ohne eigenes Zelt schliefen in jener Nacht in der Klanhalle, und wie so oft, wenn die Kälte in der Nacht noch schneidender wurde, kamen auch die älteren Leute herbei, um den scharfen Zähnen des Sturmes zu entgehen. Als Anwin am nächsten Morgen erwachte, war die Halle voller lärmender junger Männer beim Frühstück und schwatzender alter Leute, und es herrschte ein ständiges Kommen und Gehen.

Anwin lag in ihrem warmen Bett im Quartier ihrer Großeltern und lauschte den Geräuschen, die aus der Halle zu ihr drangen. Neben den unzähligen Stimmen hörte sie das Klappern von Steingut und hölzernem Besteck, das Bellen der Hunde und das ferne Heulen des Windes in den Belüftungsschächten auf dem Dach.

Sie wäre noch länger in ihrem bequemen Bett geblieben,

wenn ihre Nase nicht von einem köstlichen Duft gereizt worden wäre. Jemand kochte Würste. Die Überreste des versprochenen warmen Mahls trieben sie an. Sie setzte sich auf und schob die Felle beiseite.

»Ah, der müde Knochensack ist endlich aufgewacht.«

Anwin grinste in die Richtung, aus der die spöttelnde Stimme gekommen war. »Jamarh, du Kröte! Warum bist du nicht draußen und bindest Steine an Hundeschwänze oder quälst kleine Kinder?«

»Weil ich hier bin, um dich zu quälen.« Die Stimme kam auf sie zu, und Anwin spürte, wie sich ein leichter Körper auf ihr Bett warf. »Du bist verrückt, weißt du das?«, meinte Jamarh.

Sie streckte die Hand aus und ertastete einen dünnen, biegsamen Arm. Sie erinnerte sich kaum an das äußere Erscheinungsbild ihres Vetters aus der Zeit vor ihrer Erblindung und wusste nur, dass er braunes, gewelltes Haar, blaue Augen und ein schelmisches Lächeln hatte, das gut zu Henos gepasst hätte. Seit dem Verlust ihres Augenlichts hatte sie gelernt, sich auf ihre Finger und ihre Ohren zu verlassen, daher erhielt sie die meisten Eindrücke durch die Berührung seines Gesichts und den Klang seines Lachens. Er erinnerte sie an die lustigen Geschichtenerzähler, die manchmal nach Moy Tura kamen. Im Gegensatz zu den Barden, die ihre Zuhörer mit Musik und Liedern unterhielten, brachten die Geschichtenerzähler von epischen Erzählungen bis zu Witzen und dummen Schwänken alles dar, was geeignet war, dem Publikum Tränen des Lachens in die Augen zu treiben. Jamarh war wie diese Geschichtenerzähler, voller Scherze, Neckereien und lustiger Einfälle. Er war elf Jahre alt und Savarons ältester Sohn.

»Was meinst du damit?«, erwiderte sie und fragte sich, ob sie noch etwas von den Würsten abbekommen würde, bevor die Männer sie restlos verspeist hatten.

»Im Sturm hierherzureiten. Du bist verrückt! Warum bist du nicht mit den anderen Kleinen zu Hause geblieben?«

Rasch packte Anwin ein Kissen hinter ihrem Rücken und schwang es hart und schnell in die Richtung seiner Stimme. Das mit Wolle gefüllte Kissen traf ihn voll und schickte ihn lachend auf die Felle.

Unerschütterlich sprang er wieder auf die Beine. »Komm! Großmutter macht uns Frühstück. Ich darf nicht essen, bevor ich dich geholt habe.« Etwas Weiches und Dickes traf Anwin ins Gesicht. »Hier ist ein sauberes Hemd. Deins sieht aus, als hätte sich ein Pferd darübergerollt.«

Anwin war zu hungrig, um sich weiterhin mit Jamarh herumzubalgen. Sie wechselte schnell ihr unordentliches Hemd, packte ihren Vetter am Arm und ging mit ihm hinaus in die geschäftige Halle. Sie fanden ihre Großmutter beim Kochfeuer in dem abgetrennten großen Raum, der als Küche diente und in dem zwei große steinerne Feuerstellen Hitze für Fleischspieße, Suppenkessel oder Brotbacköfen spendeten. Gabria war eifrig damit beschäftigt, die Dienerinnen und Köchinnen anzutreiben, dass sie auch genügend heißen Haferbrei und Würste für die heißhungrigen jungen Männer und die alten Leute zubereiteten.

Gabria hatte soeben den Inhalt eines großen Kessels überprüft, als sie aufschaute und ihre Enkel bemerkte. »Geht zum Häuptlingstisch. Ich werde euch etwas bringen«, rief sie durch den Aufruhr in der Küche.

Ihren Worten Folge leistend, führte Jamarh Anwin hinaus in den Hauptraum und suchte für sie einen freien Stuhl an Lord Athlones Tafel. Sein Tisch, ein großes, schweres Möbel, war aus dunklem Holz geschnitzt, das aus den Wäldern der nördlichen Königreiche stammte. An ihm hatten zwanzig Leute Platz, und er wurde vom Häuptling für Versammlungen, Mahlzeiten und manchmal auch als Bühne benutzt. Er war der einzige Tisch, der andauernd in der Halle stand. Alle anderen aßen an tragbaren Tischen, die man bei Bedarf auseinandernehmen konnte.

Anwin hielt den Kopf schräg und lauschte auf die Geräusche in ihrer Umgebung. Sie bemerkte, dass sie nichts von dem Hunnuli hörte. »Wo ist Henos?«, fragte sie.

»Dieser große, schwarz-weiße Hengst, der kaum mehr als ein Fohlen ist?«, flötete Jamarh anerkennend. »Er ist eine Schönheit. Vor einiger Zeit ist er abgehauen. Ich habe ihn draußen auf der Weide herumrennen gesehen. Vielleicht sucht er nach Wölfen, die er jagen kann.«

»Warum sollte er nach …« Anwin hielt inne und zog eine Grimasse. »Ich vermute, du hast ihm gesagt, dass der Treld von Wölfen verseucht ist.«

»Vielleicht habe ich so etwas erwähnt.« Seine Stimme war ein einziges Lachen. »Ich weiß nicht, ob er mir geglaubt hat, aber er hat es bestimmt als passende Entschuldigung benutzt, auf die Weide zu laufen.«

»Hat ihm sein Huf noch Schwierigkeiten gemacht?«

»Nicht dass ich es bemerkt hätte.«

»Unser Herdenmeister hat nach ihm gesehen, Anwin«, sagte Gabria, während sie sich zu ihnen gesellte. Sie stellte einige Teller ab und setzte sich. »Er sagt, Henos' Huf sei leicht gequetscht. Er braucht lediglich etwas Ruhe.«

Jamarh schnaubte über diese Bemerkung und machte sich mit dem Eifer eines Elfjährigen über sein Mahl her.

Anwin war dankbar. Sie streckte langsam die Hände aus, fand die Schüssel mit Haferbrei vor sich, dazu einen Löffel aus Horn, einen Krug mit Milch sowie Brot, einen Teller mit Würsten und einige kleine, feste Äpfel. Sie merkte sich den Standort jeder einzelnen Speise und goss vorsichtig Milch über ihren Brei, dann bediente sie sich bei den würzigen Würsten und nahm noch einen Apfel. Jamarh und Gabria sahen ihr schweigend zu und boten ihr keine Hilfe an, denn sie wussten, dass Anwin sie nicht haben wollte.

Die Kinder aßen hungrig, ohne miteinander zu reden, bis ihre Teller leer und die Würste verschwunden waren. Jamarh steckte sich zwei Äpfel in die Taschen und rutschte von seinem Stuhl herunter. Er machte vor seiner Großmutter eine knappe Verbeugung zum Dank und hob fragend eine Augenbraue, was fast eine genaue Kopie der Geste seines Großvaters Athlone war. Gabria nickte ihm lächelnd zu. Er war schon davongeeilt, noch bevor Anwin bemerkt hatte, dass er fort war.

Vertraute Schritte ertönten in der Halle, und Anwin hörte, wie sich ihre Mutter neben sie setzte. Kelene drückte ihr rasch einen Kuss auf die Stirn.

»Geht es Onkel Savaron besser?«, fragte Anwin.

Kelenes erschöpfter Seufzer gab ihr Antwort, noch bevor ihre Mutter ein Wort gesagt hatte. »Er lebt noch. Das ist alles.«

Gabria gab Kelene einen Becher mit heißem Tee in die Hände und tischte ihr eine Schüssel mit Haferbrei und einem Löffel Honig auf, wie Kelene es am liebsten hatte.

»Es tut mir so leid, Mutter.« Kelene stieß die Worte voller Trauer und Enttäuschung aus. »Ich weiß nicht, was ich sonst noch für ihn tun kann. Ich habe das Löwenauge gegen sein Fieber benutzt und den grünen Moosstein gegen die Infektion. Ich habe sogar Piers' Stein gegen magische Verletzungen eingesetzt. Ich habe ihm jeden Tee gegeben, den ich kenne, um sein Blut zu stärken und Flüssigkeitsverluste zu verhindern, aber nichts scheint zu helfen. Ich habe keine Ahnung, wie ich die Macht dieser Giftmagie brechen kann.«

Anwin wand sich auf ihrem Stuhl; der Gefühlsausbruch ihrer Mutter war ihr unangenehm.

Gabria schüttelte heftig den Kopf. Ihre Hände zitterten,

als sie die von Kelene ergriff, aber ihre Stimme war fest und ruhig. »Das ist nicht deine Schuld, Tochter. Du bist hergekommen und hast alles getan, was in deiner Macht steht. Um mehr habe ich dich nicht gebeten. Savarons Leben liegt nun in den Händen der Götter.«

Kelene hörte sie kaum. »Ich wünschte, ich wüsste, was es ist«, sagte sie. Ihr Elend stand ihr deutlich ins Gesicht geschrieben. »So etwas habe ich noch nie erlebt. Selbst die trymianische Kraft verletzt einen Menschen nicht auf diese Weise. Es ist, als ob sein Körper und sein Geist ganz langsam die Arbeit einstellen würden. Er kämpft so hart dagegen an, aber wenn du und Kateri ihn nicht warm gehalten und ihm Flüssigkeit eingeflößt hättet, wäre er schon tot.«

Anwin regte sich auf ihrem Stuhl und richtete die blinden Augen auf ihre Mutter. Mit ernster Stimme fragte sie: »Was ist los, Mutter? Was ist mit ihm passiert?«

Die Klanleute verhätschelten ihre Nachkommenschaft nicht, denn sie wussten sehr gut, dass die Kinder das aufreibende Leben besser ertrugen, wenn sie hart, gewitzt und anpassungsfähig waren. Das war Kelene deutlicher als den meisten klar, und daher unternahm sie keinen Versuch, ihre älteste Tochter vor der Wahrheit in Schutz zu nehmen. Sie erklärte ihr mit müder, harter Stimme die Art von Savarons kräftezehrender Krankheit und machte ihr wenig Hoffnung auf sein Überleben.

Anwin bekam eine Gänsehaut. »Wer sollte ihm so etwas antun?«

Kelene und Gabria wechselten einen raschen Blick. »Das ist eine sehr gute Frage«, sagte Gabria mit stahlharter Stimme.

»Weiß Jamarh es schon?«

Tapsende Pfoten und Füße, keuchender Atem und der Geruch eines nassen Hundes drangen in Anwins Bewusstsein.

»Was weiß Jamarh?« Die Stimme des Jungen ertönte so rasch neben ihr, dass sie zusammenzuckte.

»Was ist denn das?«, fragte Kelene auf eine Weise, die sich sehr von ihrer vorherigen Düsterkeit unterschied.

Anwin begriff den Wink und ließ von ihrer Frage ab. Falls Jamarh noch nicht wusste, wie schwer die Krankheit seines Vaters war, dann würde er es bald erfahren. Sie prallte überrascht zurück, als eine kalte, nasse Schnauze ihre Hand beschnüffelte.

»Großmutter und ich haben ein Geschenk für dich«, krähte der Junge freudig. »Sie heißt Glöckchen.« Er schüttelte das Hundehalsband, damit Anwin das Klingeln der kleinen Glocken hörte. »Siehst du? Sie sind an ihrem Halsband befestigt, damit du immer weißt, wo sie steckt. Wir haben sie für dich abgerichtet.«

Anwin sank das Herz. Sie wollte keinen neuen Hund haben. Nicht jetzt. Niemals. Es würde nie mehr einen Hund geben, der es mit Zweifleck aufnehmen und ihn ersetzen konnte. Warum dachten sie überhaupt, dass sie einen neuen Hund haben wollte?

Jamarh war zu aufgeregt, um ihr Zögern zu bemerken. Er drückte ihr die Hundeleine in die linke Hand und legte ihr die rechte auf den nassen Kopf des Tieres. »Sie ist ein Tesser, wie dein anderer Hund – eines von Tams Tieren.«

Obwohl Anwin Tam, ihrer zweiten Großmutter, nie begegnet war, hatte sie doch unzählige Geschichten über die Gabe der Frau im Umgang mit Tieren gehört. Tam war die Mutter ihres Vaters und die Frau von Sayyed gewesen. Bei der großen Seuche vor zwölf Jahren war sie gestorben und hatte einen trauernden Sohn und Ehemann sowie ihre herrenlos gewordenen Hunde hinterlassen. Gabria hatte die Hunde an sich genommen, um die Blutlinien und die besondere Intelligenz der Tiere zum Gedenken an ihre Freundin zu erhalten.

Tam hatte nie versucht, die Tiere durch Magie zu verändern, doch sie hatte Zaubersprüche benutzt, um sie besser verstehen zu können. Gabria glaubte, dass diese Magie die Hunde doch irgendwie verändert hatte, denn sie waren durchweg die klügsten Hunde, die sie je abzurichten versucht hatte.

Jamarh klopfte auf den Hals des Hundes und fuhr begeistert fort: »Sie ist ein tolles Tier. Erst ein Jahr alt. Sie ist noch braun, wird aber im Winter weiß. Wir wollten sie dir eigentlich erst im Frühling geben. Dann hätte sie ihre Ausbildung beendet gehabt. Aber da du nun schon mal hier bist, hat Großmutter gesagt, dass ich sie dir jetzt schon schenken darf. Komm, ich will dir zeigen, was sie kann.«

Anwin sagte nichts, während Jamarh weiter über den Hund und seine Vorzüge redete. Die Traurigkeit, die sie so lange unterdrückt hatte, brannte nun wieder schmerzhaft in ihrer Kehle, und ihre Augen glitzerten vor zurückgehaltenen Tränen. Ihr Bauch straffte sich vor Wut und altem Groll. Sie wollte ihn anschreien, er solle gehen und diesen Hund mitnehmen, doch sie konnte es nicht. Sie spürte noch die Gegenwart ihrer Mutter und Großmutter. Beide wären verletzt und nicht gerade erfreut, wenn sie ihren Vetter so behandeln würde. Außerdem dachte sie an die Tragödie, die sich über Jamarhs Leben zusammenbraute. Sein Vater war krank und starb vermutlich sehr bald. Sie durfte nicht so kleinlich sein und seine Gefühle wegen eines Hundes verletzen.

Sie bezwang ihren Widerwillen, tätschelte Glöckchens Kopf und lächelte schwach, um ihr zitterndes Kinn zu beruhigen. Sie glitt vom Stuhl. Da sie wegen des Knotens in ihrer Kehle nicht reden konnte, nickte sie Jamarh nur zu.

»Geh, Glöckchen!«, befahl er und führte die Hündin und das Mädchen weg.

Kelene sah ihnen nach. Sie hatte den Mund leicht geöffnet. »Das kann ich einfach nicht glauben! Hast du das gesehen?«

Gabria sah ihre Tochter wissend an. »Ja«, sagte sie.

»Sie hat nicht geweint«, stieß Kelene hervor. »Sie hat ihn nicht angeschrieen. Sie ist einfach mit ihm gegangen.«

»Ist das so schlimm?«

Die jüngere Zauberin rieb sich die schmerzenden Augen und nickte bloß.

Gabria nippte an ihrem Tee. »Hat sie schon deutlich gemacht, dass sie ihre magischen Fähigkeiten einsetzen will?«

»Noch nicht.« Kelene beugte sich vor, stützte sich mit den Ellbogen auf dem Tisch ab und sprach endlich aus, was sie schon seit einiger Zeit beschäftigte. »Ich weiß, dass sie die Fähigkeit hat«, sagte sie und suchte langsam nach den richtigen Worten. »Es liegt ihr im Blut. Ich frage mich trotzdem, wie Anwin sie benutzen wird. So viel von unserer Magie hängt davon ab, wie wir die Dinge in unseren Gedanken sehen. Wenn sie sich kein klares Bild von etwas machen kann, weil sie es nicht sieht, dann fürchte ich, dass sie sich damit verletzen könnte oder sogar noch Schlimmeres passiert.«

Gabria überraschten Kelenes Bedenken nicht: Sie teilte sie. »Anwin ist in einer einzigartigen Lage, über die wir eingehend nachdenken müssen. Vielleicht hat das Buch des Matrah einige Zaubersprüche, die wir auf ihre Bedürfnisse anpassen können. Sie kann sicherlich den Schildspruch und die trymianische Kraft zur Selbstverteidigung einsetzen. Und Henos wird ihr eine große Hilfe sein.«

Darüber lachte Kelene, stand auf und sammelte die leeren Teller ein. »Ob du es glaubst oder nicht, Anwin hat ihn überredet mitzukommen. Bisher haben sie sich noch nicht miteinander verbunden.«

Gabria stand auf und half ihr. Ihre grünen Augen blitzten auf. »Ich gebe zu, das ist eine Beruhigung für mich. Dieser Hengst ist so wild wie ein Märzhase. Bist du sicher, dass er reinrassig ist?«

»Selbstverständlich. »Marron ist seine Mutter, und sie hat keinen anderen Partner als Afer.«

»Wenn er ein Mensch wäre, wäre er ein Kriegerbarde«, bemerkte Gabria.

Kelene lacht sanft. »Und irgendein Gemahl würde ihn töten, weil er mit dessen Frau geschlafen hat.« Sie legte den Kopf schräg und sah sich in der geschäftigen Halle rasch um. »Das erinnert mich an etwas. Hast du einen Barden gefunden, der Toran ersetzen kann?«

»Ja, endlich. Roninir aus dem Dangari-Klan ist hier. Er wird den Winter über bleiben. Warum?«

»Ich habe gerade an Anwin gedacht. Würdest du ihn bitten, mit ihr über Musik zu reden?«

»Eine gute Idee. Ich werde ihn fragen.«

Die beiden Frauen gingen durch die überfüllte Halle zur Tür, die zum Waschhaus führte, und traten nach draußen in die kalte Luft. Das Waschhaus war eine Baracke an der Südseite der Halle, wo die Holzwände gegen den Stein und die Erde der Bergflanke stießen. Fässer, die aus dem Wasserfall gespeist wurden, standen dort bereit, und ein Kessel mit kochendem Wasser hockte auf einer steinumrandeten Feuergrube. Eines der jungen Khulinin-Mädchen, die der Gemahlin des Häuptlings halfen, nahm das Geschirr von Kelene entgegen und legte es in einen Trog mit warmem Wasser.

Gabria ging zur offenen Seite des Hauses, stellte sich unter die Traufe und sah dem Regen und Hagel zu, die immer noch auf den Treld niedergingen. Die Berge waren von grauen Wolken verhüllt, und die Ebene hinter dem Tal verlor sich in Regen und Nebel. Wind stob durch den Treld, schüttelte die Zelte und wiegte die Bäume.

Kelene zitterte. Sogar in der Nähe des Feuers spürte sie, wie ihr die kalten, feuchten Finger des Sturms eine Gänsehaut verursachten.

»Geh und leg dich hin«, sagte Gabria sanft zu ihr. »Schlaf etwas. Ich wache derweil über Savaron.«

In den letzten vier Tagen hatte Kelene kaum geschlafen. Sie hatte für Savaron alles getan, was sie tun konnte. In ihrer Erschöpfung fiel ihr nichts mehr ein. Und ansonsten brauchte niemand sie. Rafnir war mit Lord Athlone beschäftigt, und Anwin hatte Jamarh und die Hündin. Kelene dachte müde an das Lager mit den Fellen, das auf sie wartete, und winkte ihrer Mutter dankbar zu.

»Weck mich, wenn du mich brauchst.«

Rufe rissen Kelene aus dem Schlaf, der nur sehr kurz gewesen zu sein schien. Benommen richtete sie sich in dem Bett in der Kammer ihrer Eltern auf und fragte sich, ob sie das Mittagessen verpasst hatte. In dem behaglichen unterirdischen Zimmer war es schwer zu sagen, wie spät es sein mochte, denn das einzige Licht kam von einer kleinen Lampe in einer Halterung neben dem Eingang. Der schwere Gobelin, der als Tür diente, war vorgezogen, doch Kelene hörte bellende Hunde, ein herausfordernd wieherndes Hunnuli und laut miteinander redende Leute in der Haupthalle. Mürrisch zog sie ihre weichen Stiefel und ein sauberes Hemd aus blauer Wolle an, das ihre Mutter ihr dagelassen hatte, und ging hinaus, weil sie sehen wollte, was der Grund für diesen Aufruhr war.

Das Erste, was sie verblüffte, war die ungeheure Anzahl von Fackeln in der Halle. Ein halbes Dutzend nasser, aufgeregter Krieger lief durch die offenen Haupttüren. Die Männer trugen Fackeln, die im wirbelnden Luftzug tanzten und zuckten. Alle Lampen waren in der Halle angezündet worden, und das Feuer loderte brüllend. Dieses ganze Licht kam ihr an einem Nachmittag verschwenderisch vor – es sei denn, es wäre schon später. Verwirrt schaute Kelene hoch zum Dach, wo die Läden vor den schmalen Gauben an der Südseite wegen der Belüftung zurückgeschlagen waren. Dann ging sie zum Haupttor, damit sie nach draußen blicken konnte. Dort lagerte die Finsternis hinter einem Vorhang aus Graupel und Schnee. Kelene fragte sich, wie lange sie geschlafen hatte.

Hier bei der Tür erregte ein zweiter seltsamer Umstand ihre Aufmerksamkeit. Unter den durchnässten goldenen Umhängen der jüngst eingetroffenen Krieger befanden sich auch drei dunkelblaue aus dem Dangari-Klan. Was machten drei Dangari hier in einer solchen Nacht?

»Macht die Türen zu!«, brüllte Lord Athlone. »Sei ruhig, Henos!«

Einige Herdwachen drückten die großen Türen zu und schlossen damit den tobenden Wind und den Schnee aus. Henos stampfte einmal auf, als wolle er damit seinen Standpunkt klarmachen, und gehorchte daraufhin dem Häuptling. Der Lärm in der Halle nahm beträchtlich ab.

»Kelene! Du bist wach. Gut. Komm und hilf mir«, rief Gabria.

Kelene zwang ihren müden Verstand zur Konzentration. Sie bemerkte Lord Athlone und Rafnir sowie einen Dangari-Krieger, den sie schon einmal gesehen hatte, neben Gabria bei einem der tragbaren Tische. Ihre Mutter beugte sich über jemanden, der auf diesem Tisch ruhte.

Ihr erster Gedanke war, dass noch jemand durch die vergiftete Magie niedergestreckt worden war. Sie eilte hinüber zu dem Körper, der wie ein Haufen alter, nasser Lumpen auf den Tisch gelegt worden war. Es war ein Mann, aber Kelene wusste nicht, wer es war, denn er lag auf der Seite und hatte den Arm über das Gesicht gelegt. Sein Hemd und der dunkle Umhang waren nur noch Fetzen, zerrissen und schlammbespritzt, und er trug lediglich leichte Sandalen. Sie sah kein Anzeichen eines Klanumhangs, einer Waffe oder eines anderen Merkmals, an dem man ihn hätte erkennen können.

»Gute Götter«, murmelte sie. »Wer geht in einem solchen Sturm ohne Umhang und Stiefel hinaus?«

»Du wirst es nicht glauben«, sagte Rafnir. Mit Hilfe des Dangari rollte er den Mann auf den Rücken und streckte seine Glieder aus. Die grimmigen, falkenartigen Gesichtszüge des Mannes zeigten im gelben Feuerschein große Erleichterung.

Kelene starrte ihn an. Als sie diesem Mann das letzte Mal vor zehn Jahren begegnet war, hatte er ihr erlaubt, die alten Texte in der Zitadelle von Krath zu lesen. Die Sekte, welche die dunkle Göttin Krath verehrte, hatte während der Jahrhunderte ihrer Existenz zahlreiche Bücher und Schriftrollen gesammelt, und viele dieser Werke behandelten die Magie aus deren goldenem Zeitalter. Dieser Mann, der nun vor ihr auf dem Tisch in der Khulinin-Halle lag, hatte sie damals mit kalter Höflichkeit behandelt und war vollkommen unbeugsam gewesen. Sobald die ihr gewährte Zeit in der Bibliothek abgelaufen gewesen war, hatte er sie zum Tor der Zitadelle geleitet und es eigenhändig hinter ihr geschlossen. Es war ihr nicht gelungen, eine Rückkehr zu vereinbaren.

»Was tut er hier?«, rief sie gedankenlos aus.

»Heilerin«, erwiderte der Dangari, »es freut mich, Euch hier zu sehen. Wir haben ihn in einem Schlammloch in der Nähe gefunden. Es ist ein Wunder, dass wir ihn in diesem Sturm überhaupt bemerkt haben, doch die Götter waren mit ihm. Er hat etwas von Verfolgern geschrieen, daher haben wir ihn mitgebracht, da wir zu diesem Treld mit einer Botschaft von Lord Bendinor unterwegs waren. Er wurde ohnmächtig, kurz bevor wir hier eintrafen.«

Alle schauten auf den alten Mann hinunter, der bewusstlos auf dem Tisch lag. Wasser tropfte aus seinem Bart und den langen, grauen Haaren. Ein großer Bluterguss färbte seine linke Wange.

»Wer ist er? Kennt Ihr ihn?«, fragte der Dangari.

»Lebt er noch?«, fragte ein Khulinin-Krieger.

»Sein Name ist Seth«, sagte Lord Athlone tonlos. »Er ist der Hohepriester der Krath. Mein Onkel.«

Gemurmel setzte um den Tisch herum ein, und einige Leute wichen zurück. Der Dangari runzelte die Stirn. Eidbrecher waren in keinem Treld willkommen. Ein Schatten der Angst lag über diesen Männern, die dem Kult der Krath angehörten. Er rührte aus den geflüsterten Geschichten über ihre schändlichen Taten und den Gerüchten über ihre blutrünstigen Rituale her. Nur wenige Leute kannten die Wahrheit über die Anhänger der Krath, denn nur wenige hatten das Eindringen in die Zitadelle im Himachalgebirge überlebt, und die Sektierer selbst taten alles, um ihren dunklen, geheimnisumwitterten Ruf zu wahren. Nur die Geschicklichkeit der Sektierer beim Töten, ihr Widerwille gegen Metall und ihre berüchtigten schwarzen Peitschen waren jedermann bekannt.

»Ob Eidbrecher oder nicht, der Mann ist halb tot vor Kälte. Wir sollten ihn näher ans Feuer bringen«, befahl Gabria. Sie sandte Dienstmädchen aus, um Laken, Felle, eine Liege, warmes Wasser und Stoff für Verbände zu holen.

Lord Athlone schickte in der Zwischenzeit seine Krieger wieder auf ihre Posten und zog Rafnir und den Dangari beiseite, um sich mit ihnen bei einer warmen Mahlzeit zu beraten. Die übrigen Klanleute machten sich wieder an ihre jeweilige Arbeit, doch Kelene bemerkte, dass einige von ihnen in der Halle verweilten, am Würzwein nippten und die Geschehnisse neugierig beobachteten.

Die beiden Zauberinnen beachteten die Zuschauer nicht, sondern machten sich daran, den elenden Zustand des alten Mannes zu verbessern. Nachdem sie ihm die nassen Kleider ausgezogen hatten, trockneten sie seine kalte Haut und rückten ihn vor das Feuer. Sorgfältig suchten sie ihn nach gebrochenen Knochen und bisher unentdeckten Verletzungen ab und waren überrascht von der Anzahl der Striemen und Blutergüsse auf Brust und Rücken. Die beiden Frauen tauschten einen wissenden Blick und machten sich wieder an die Arbeit.

Während Gabria einige böse Schrammen und Fleischwunden an den Armen säuberte und verband, behandelte Kelene die Erfrierungen des alten Mannes. Seine Ohren, Nase und Finger waren mit der verräterischen weißen Haut überzogen, die von Frost kündete, doch es waren seine Füße, die ihr die meisten Sorgen machten. Die Zehen waren schwarz und hatten Frostbeulen, und die Fußsohlen waren zerschnitten, zerrissen und erfroren.

Sie pfiff leise, als sie sich zu Füßen des alten Priesters niederkniete. »Wie ist er überhaupt so weit gekommen? War er allein?«

»Soweit wir wissen, ja«, antwortete eine Herdwache. Der Soldat stand bei den Frauen, die Hände an den Waffen, und sein Gesicht war vollkommen ausdruckslos. Niemand vertraute einem Sektierer, nicht einmal dann, wenn er bewusstlos war. »Wir vermuten, dass er versucht hat, den Treld zu erreichen.«

Kelene nickte knapp. Die Beweggründe des Mannes waren erst einmal unwesentlich. Wichtig war nur, wie man seine Schmerzen lindern und die Schäden aus den Erfrierungen beheben konnte. Sanft und vorsichtig tauchte sie seine Hände und Füße in warmes Wasser, bis die totenbleiche Haut allmählich wieder eine rosigere Färbung annahm und die Schwellungen ein wenig zurückgingen. Dann verband sie seine Füße, und mit Hilfe ihrer Heilsteine nahm sie die Schmerzen aus den Gliedern.

Als er wieder warm war und zu schlafen schien, ordnete

Gabria an, dass die Männer den Priester in den Heilraum tragen sollten, wo sie ihn zusammen mit den anderen Männern überwachen konnte. Es gab ein paar brummige Bemerkungen über Eidbrecher, die Lord Athlone nicht hören konnte und die Gabria einfach nicht beachtete.

Kelene folgte ihrer Mutter in den Heilraum und untersuchte Savaron, während Gabria den Priester in die Nähe der großen Kohlenpfanne legte, die das Zimmer warm hielt.

»Wie lange habe ich eigentlich geschlafen?«, fragte Kelene, als die Krieger den Raum verlassen hatten.

»Den ganzen Tag. Ich habe Kateri vor kurzem zu Bett geschickt. Vielleicht kannst du die Nachtwache übernehmen.«

»Den ganzen Tag?«, wiederholte Kelene überrascht. »Warum hast du mich nicht geweckt?«

»Du hast den Schlaf gebraucht«, sagte Gabria, während sie den Priester in Laken einwickelte und heiße Steine neben Seths Füße und Seite legte.

»Wer ist das?«

Unter dem Klang dieser unerwarteten Stimme zuckte Kelene zusammen. Sie hatte Hamal ganz vergessen, den jungen Krieger mit dem gebrochenen Bein. Er lag auf den Ellbogen gestützt und beobachtete neugierig den Neuankömmling. Langes blondes Haar bedeckte seine großen Ohren und hing in Strähnen über den lebhaften blauen Augen. Es war das erste Mal, dass Kelene ihn wach sah.

»Das ist ein alter Mann, den ein paar Dangari-Boten im Sturm gefunden haben«, sagte Gabria zu ihm. »Leg dich wieder hin, und ich bringe dir etwas zu essen.« Sie eilte hinaus und ließ Kelene mit den vier Männern allein.

»Und einen Weinschlauch!«, rief Hamal hoffnungsfroh hinter ihr her.

Kelenes Blick fiel auf das gebrochene Bein des jungen Mannes. Sofort machte sie sich schwere Vorwürfe. Was war sie für eine Heilerin, dass sie diese Verletzung übersehen hatte, die sie so leicht beheben konnte? Sie schalt sich dafür, nahm ihren Beutel und wickelte einen blassgrauen Stein aus, der mit dunkleren Adern durchzogen war. Der Stein war von vielen Händen geglättet und poliert worden und glitzerte leicht im gelben Lampenlicht. Er hatte etwa die Größe eines Enteneis, war aber viel schwerer.

»Was ist das?«, fragte Hamal. Er war nun ganz wach und offenbar gelangweilt davon, die Wände anzustarren.

»Etwas, das mir schon gestern in den Sinn hätte kommen sollen. Ich hoffe, du vergibst mir, dass ich mich erst jetzt darauf besinne. Das ist kaum die richtige Art, den Mann zu belohnen, der meinen Bruder gerettet hat.«

Neugierig lehnte er sich gegen die Wand und sah zu, wie Kelene neben seinem gebrochenen Bein niederkniete.

»Das hier«, sagte sie und hielt den Stein hoch, damit er ihn sehen konnte, »ist ein Heilstein, der Knochenrichter genannt wird. Die Heiler aus Moy Tura haben ihn und andere vor Jahrhunderten gefertigt, um den Magiern bei bestimmten Krankheiten und Verletzungen zu helfen. Ich habe auch einen Stein, der Prellungen und Verbrennungen heilt, einen, der das Fieber lindert, einen anderen, der dem Körper hilft, gegen eine Infektion zu kämpfen, und dieser hier« – sie legte ihn auf Hamals verletztes Bein – »heilt gebrochene Knochen.«

Er machte große Augen. »Gabria hat so etwas nicht.«

Die Zauberin legte eine Hand auf den Stein und die andere auf das Bein des Kriegers. »Das liegt daran, dass wir nur einen dieser Steine gefunden haben und leider nicht mehr in der Lage sind, sie selbst herzustellen.«

Kelene wirkte den Zauber in wenigen Augenblicken durch das Geschick großer Erfahrung. Unter ihrer Hand nahm der graue Stein ihre Magie auf und erglühte in einem blassblauen

Licht, das in die Haut des Kriegers eindrang und verschwand. Nun ruhte der Stein wieder kühl und grau in Kelenes Hand. Sie legte ihn beiseite, und mit einem kleinen Messer schnitt sie den Gipsverband auf.

Ein Grinsen legte sich auf Hamals Gesicht. Er warf das Bettzeug fort und stand vorsichtig auf. Das Grinsen wurde breiter.

»Mach ein paar Tage lang nur leichte Spaziergänge. Der Knochen muss sich noch festigen.«

Hamal machte ein paar zaghafte Schritte, richtete sich auf und ging zur Kohlenpfanne. Seine Beine waren wieder stramm und gerade. Er blieb bei Kelene stehen und sah auf seinen Wertain herunter. Im Licht der Kohlenpfanne sah sein jungenhaftes Gesicht plötzlich verlebt und umschattet aus. Er sagte: »Ich wünschte, du könntest ihn genauso leicht heilen. Wird er je wieder gesund werden?«

Kelene machte einen leisen, unbestimmten Laut. »Ich glaube, er ist etwas stärker geworden. Aber er schläft noch immer zu tief. Er ist in den Händen der Götter.« Plötzlich kam ihr ein Gedanke, und sie fragte ihn: »Hast du gesehen, was ihn verletzt hat?«

Hamal schüttelte den Kopf. »Sein Hunnuli hat uns gewarnt, dass sich jemand zwischen den Bäumen versteckt hält. Wir sind gerade auf diese Stelle zugeritten, als Savaron sich auf das Bein geschlagen und einen Fluch ausgestoßen hat. Dann ist er vom Pferd gefallen. Keiner von uns hat gesehen, was ihn gestochen hat.«

Kelene spürte das Prickeln eines Verdachtes im hintersten Winkel ihrer Gedanken. »Hat jemand nach dem Eindringling gesucht?«

»Natürlich! Aber da war niemand. Sie haben allerdings nicht lange herumgestöbert, weil sie nur zu zweit waren und den Wertain und mich zurück zum Treld bringen mussten.«

»Hast du gesehen, wie Novoten gestochen wurde?«

Er schüttelte den Kopf rasch und heftig. »Nein. Er war draußen bei den Holzsammlern.«

Kelene sah nachdenklich ins Feuer. »Also waren sie beide draußen.«

»Weißt du, was diese seltsame Krankheit verursacht hat?«, fragte Hamal hoffnungsvoll.

Sie packte die Steine ein und zog ein kleines Paket aus ihrem Heilerbeutel. »Nein«, antwortete sie mit einem Seufzer. »Bring das hier zu Gabria und bitte sie, dir daraus einen Kräutertee zu machen. Es ist ein Mittel, das deine Knochen stärkt.«

Er verneigte sich dankbar und eilte auf seinen beiden gesunden Beinen hinaus, um nach Gabria und dem versprochenen Essen zu suchen.

Stille legte sich über den Raum, als er weg war. Die Kranken schliefen auf ihren Pritschen, und die Kohlen brannten ruhig in der Pfanne. Kelene setzte sich müde auf einen Hocker und lehnte sich mit dem Rücken gegen die Wand, während sie an die vergangenen Tage und die seltsamen Ereignisse dachte: an die verschwundenen Hunnuli, die Reise nach Süden, die Fremden in den Wäldern, Savarons eigentümliche Krankheit, vergiftete Magie und Novotens Tod. Das alles schien so … merkwürdig. Ihr fielen die Augen zu.

Fünf

»Du musst mir helfen!«

Eine tiefe, vor Anstrengung heisere Stimme drang aus dem Bett mit den Laken und Fellen. Die gekeuchten Worte rissen Kelene aus ihrem leichten Schlummer, und beinahe wäre sie vom Hocker gefallen. Sie drehte sich um und starrte überrascht ihren Großonkel an. »Du bist wach!«

»Sie kommen.« Unbeweglich lag er in dem warmen Haufen aus Decken, sein Gesicht war totenbleich. Die dunklen Augen waren wie Schlünde in dem eingefallenen Antlitz. Die Brust hob und senkte sich heftig, als ob er gelaufen wäre, und Kelene hörte bereits das leise Rasseln, das Blut in der Lunge anzeigte.

Sie schüttelte den Kopf, um den Schlaf zu vertreiben, und kniete sich neben Seth. Mit den Fingern fuhr sie über die erfrorene Haut und die Striemen an Kopf und Schultern. Mit grimmigem Blick folgte er jeder ihrer Bewegungen. Fragen schossen in ihrem Kopf umher, und die Neugier fraß sie beinahe auf, doch sie sagte nichts, bis sie fertig war.

Mit großer Mühe streckte der Priester eine Hand unter den Laken hervor und packte Kelenes Handgelenk mit seinen verbundenen Fingern. »Sie kommen! Ich muss es berichten … hol Athlone!«

Die Verzweiflung in seiner Stimme machte Kelene vollends wach. Leise stand sie auf und eilte zur Gobelintür. In der Haupthalle dahinter war es still, wenn man von den sanften Tönen einer Harfe absah, die in der gegenüberliegenden

Ecke gespielt wurde. Kelene rieb sich die Augen. Sie hatte nicht einschlafen wollen und musste offenbar vorsichtiger sein. Sie schob den Vorhang beiseite und stahl sich in die Halle, um ihren Vater zu suchen.

Statt seiner fand sie zwei seiner Herdwachen, die rechts und links neben der Tür postiert waren. Sie nickten Kelene stumm zu und berichteten ihr auf ihre Frage hin, dass Lord Athlone zusammen mit Rafnir die Pferche untersuche und bei den Ausreitern nach dem Rechten sehe.

Die Angst, die sie bei Seths dringender Bitte empfunden hatte, wurde noch stärker. Ihr Vater musste vor irgendetwas auf der Hut sein, wenn er vor dem Krankenlager des Priesters Wachen aufgestellt und persönlich die Pflichten seines Wertains übernommen hatte. Sie schaute sich in der Halle um. Die Bocktische waren für die Nacht gegen die Wände geschoben worden, und ein paar Leute schliefen bereits in Laken gewickelt auf dem Boden. Das Feuer in der großen Grube in der Mitte war heruntergebrannt, und die wenigen Lampen blakten unter einem kalten Luftzug, der von der Decke herkam. Auf der anderen Seite des Feuers hatten sich ein paar Klanleute um den Dangari-Barden Roninir versammelt und lauschten seinem Lied über Valorians Sohn Khulinar und dessen Heldentaten in den Bergen. Kelene überraschte es nicht, dass sie Anwin neben den Knien des Barden sitzen sah; begierig hörte sie den Worten und Klängen zu. Jamarh saß neben ihr und streichelte das Tesser-Hündchen, das es sich auf seinem Schoß bequem gemacht hatte.

Ihre Mutter befand sich nicht unter den Zuhörern, also eilte Kelene zu ihren Gemächern und traf Gabria beim abendlichen Flechten ihrer langen Haare an. Der graue Zopf fiel ihr aus den Fingern, als Kelene ihr von der Genesung des Priesters berichtete. Die ältere Zauberin zog sich eine warme

Robe über ihr dünnes Hemd und eilte hinter Kelene zum Heilraum.

Kelene hatte befürchtet, der alte Mann könnte wieder bewusstlos geworden sein, doch als die beiden Frauen das Zimmer betraten, starrten seine Augen sie unter den struppigen Augenbrauen durchdringend an.

»Wo ist Athlone?«, krächzte er. Die Erwartung, dass man seinen Befehlen unverzüglich folgte, hatte ihn offenbar trotz der kraftraubenden Verletzungen und seiner Schwäche nicht verlassen.

Gabria setzte sich neben ihn, während Kelene zu der Kohlenpfanne ging und etwas Wein erwärmte.

»Lord Athlone ist heute Nacht bei den Ausreitern«, erwiderte Gabria gelassen und betonte den Titel ihres Gemahls nur ganz leicht. »Er wird später zu Euch kommen. Kann ich Euch helfen?«

Der Priester starrte sie aus verengten Augen an und sagte dann: »Es bleibt nicht mehr viel Zeit. Sie sind hinter mir her.« Er brachte die Worte unter deutlich erkennbaren Schmerzen und mit großer Anstrengung hervor.

»Wer?«, fragte Gabria.

»Meine Sekte. Ein *Chadoch* ist über mich verhängt worden.«

Kelene drehte sich ihm zu. Überraschung lag ihr ins Gesicht geschrieben. »Warum? Ihr seid der Hohepriester!«

»Ich war es. Man hat mich aus dem Amt entfernt.«

Das erstaunte Murmeln der Frauen ging in einem krampfhaften Husten unter, das den alten Mann in den Laken durchschüttelte. Kelene eilte mit einem Becher warmen Weins an seine Seite. Als der Husten vorbei war, wischte sie ihm den Mund und die tränenden Augen mit einem Tuch ab und gab ihm einen Schluck Wein. Nachdem er sich zurückgelehnt und die Augen geschlossen hatte, hielt sie ihrer Mutter das

Tuch unter die Augen. Auf dem hellen Stoff waren Blutflecken zu sehen.

Als er wieder sprach, war seine Stimme nur noch ein Flüstern. »Eine Frau. Geboren in der Zitadelle. Sie wurde von der Sekte aufgezogen. Einigen unserer Unterweisungen hat sie gut – zu gut – zugehört, anderen hingegen gar nicht. Ihr Name ist Uthara. Sie hat meinen Platz eingenommen, mich geschlagen und aus der Zitadelle geworfen, damit ich sterbe. Als ich entkommen bin, hat sie Mörder hinter mir hergeschickt. Sie glaubt ...« Er hustete wieder. Ein heftiger Krampf schüttelte ihn durch. »Sie glaubt, dass Krath zu ihr spricht. Sie hat die meisten der Brüder davon überzeugt, dass sie die Erwählte der Dunklen ist.«

Kelene erschauerte. »Ist sie das wirklich? Redet sie tatsächlich mit der Gottheit?«

»Sie redet«, flüsterte Seth. »Aber antwortet die Göttin ihr? Niemand sonst hat die Stimme von Krath gehört.«

Krath. Allein dieser Name ließ Kelene erbeben. Krath war die Schwester Amaras und eine der beiden Göttinnen in der Vierergruppe der Klan-Gottheiten. Während Surgart und Sorh, die beiden männlichen Gottheiten, das Reich der Toten und die männlichen Aspekte des Krieges beeinflussten, waren Amara und Krath die Gegenpole, welche die weibliche Welt beherrschten. Amara war die Mutter, die Göttin der Fruchtbarkeit und Mutterschaft, die Aufseherin über Heim, Familie, Herde sowie die Jahreszeiten Frühling und Sommer. Ihre dunklere Schwester stellte die verborgenen, weniger vorhersehbaren Eigenschaften dar. Sie war die Herrscherin über Lust und Gewalt, über Heimlichtuerei, Eifersucht, Angst und Leidenschaft. Sie herrschte über den Mond mit seinen wechselnden Gesichtern, über die Schatten der Nacht und die Jahreszeiten Herbst und Winter. Ihre Macht zur Vernichtung lag in Geheimnissen und versteckten Andeutungen, die entweder langsam und verstohlen oder rasch und unerwartet wirkten.

Unter ihrer blutdurstigen, ungestümen Herrscherin hatten sich ihre Anhänger, die Männer der Peitsche, zu gut ausgebildeten Mördern entwickelt, die den Akt des Tötens nicht mit Schwert oder Dolch, sondern mit Garotten, stillen Giften und Waffen aus Stein und Leder vervollkommnet hatten. Ihr religiöses Ziel lag darin, in Kraths Namen den vollendeten Mord zu begehen. Ihre Sekte war klein, doch sie hatte die Jahrhunderte überlebt, indem sie ihrer stürmischen Göttin Verehrung gezollt und sich in ihrer Zitadelle abgeschottet hatte.

Kelene schüttelte die düsteren Gedanken ab und fragte: »Was hat Krath ihr gesagt?«

Der alte Mann ächzte leise auf, ob vor Schmerz oder Verzweiflung, konnte Kelene nicht bestimmen. »Uthara hat uns mitgeteilt, dass unsere Göttin von ihr verlangt, den Kult wieder zu beleben und ihn zu neuer Bedeutung in der Steppe zu bringen.«

»Wie will sie das erreichen?«, fragte Gabria mit einer Stimme, in der die Kälte des Nordwindes lag.

»Indem sie die Magier vernichtet, die Amara folgen, und sich eine neue Anhängerschaft erwirbt«, flüsterte er. Ruckartig stützte er sich auf den Ellbogen und zwang die Worte aus seiner heiseren Kehle. »Es ist falsch! Krath will das nicht. Ich musste den Sohn meines Bruders warnen. Sie hat schon angefangen. Die Hunnuli wollten ihr nicht gehorchen.«

Ein starker Husten schüttelte seinen geschwächten Körper durch, und er brach auf dem Bett zusammen. Er schloss die Augen, und sein Körper zuckte.

»Seth!«, sagte Gabria scharf.

Sie erhielt keine Antwort. Der alte Mann war wieder in Bewusstlosigkeit gesunken und zu erschöpft, um seine Geschichte zu beenden.

Kelene hörte sein angestrengtes Atmen, hob den Blick und sah ihre Mutter an. »Was meinte er mit den Hunnuli? Und warum würde *Amara* so etwas erlauben?«, fragte sie leise.

In Gabrias grünen Augen lag Sorge, als sie die Laken über die Schultern des Priesters zog. »Das Gleichgewicht muss aufrecht erhalten bleiben«, flüsterte sie. »Ich weiß nicht, was die Mutter alles erlauben würde.«

Die beiden Frauen kümmerten sich eifrig um den Priester, bevor er endlich wieder stark genug war, um weiterreden zu können. Gabria legte ihm erneut die angewärmten Steine an die Füße und die Seite. Kelene machte einen Breiumschlag für seine Brust und goss ihm einen Tee auf. Nachdem er die Augen aufgeschlagen hatte, trank er zunächst den Tee und etwas warmen Wein. In sein Gesicht kehrte ein wenig Farbe zurück, und er wurde allmählich wieder kräftiger.

Kelene wartete ungeduldig darauf, dass er den Wein austrank, dann stellte sie ihm die Frage, die ihr unter den Nägeln brannte: »Bitte, Hohepriester, was macht Uthara?«

Seth blinzelte, drehte den Kopf und sah Savaron an. »Schläft er, als ob er tot wäre?«

Beide Frauen nickten. »Er ist ganz schnell bewusstlos geworden und liegt nun schon seit acht Tagen hier. Er regt sich nicht, spricht nicht und erkennt uns nicht, und sein Splitter hat alle Kraft verloren«, antwortete Gabria.

Seth stieß zischend die Luft aus. »Das hatte ich befürchtet. Es gleicht einer alten Waffe in unserer Sammlung: ein rasch wirkendes Gift, das mit einem Pfeilgewehr abgeschossen wird. Es ist sehr wirksam und schickt das Opfer in einen todesähnlichen Schlaf, den niemand begreift. Es verbreitet Verwirrung und Angst.«

Kelene verzog den Mund in tiefer Abscheu, doch sie sprach weiter: »Dieses Gift hat verdorbene Magie in sich. Hat sich Uthara irgendwie daran zu schaffen gemacht?«

Seth antwortete nicht sofort, und Kelene fragte sich, ob er wieder das Bewusstsein verloren habe. Doch schließlich hob der alte Mann die brennenden Augen zur Decke und starrte sie an, als rede er mit einem stummen, unsichtbaren Wesen. »Sie hat sich den Gebrauch der Magie selbst beigebracht«, sagte er nach langem Schweigen.

Gabrias Finger schlossen sich um ihre Knie, doch sie sagte nichts darauf.

»Ich dachte, die Sekte verbietet es, Magie einzusetzen«, meinte Kelene überrascht.

Seth hob die verbundene Hand und sagte: »Wir verbieten sie nicht, wir raten nur von ihr ab. Ihr Gebrauch ist eine Gabe der Göttin Amara und daher ein Gegenstand des Hasses für unsere Göttin.«

Kelene sah, wie Gabria schweigend die Steinwand hinter dem Priester anstarrte; sie fragte sich, was ihre Mutter jetzt wohl denken mochte. »Warum also hat diese Frau die Zauberei erlernt?«, fuhr sie fort. »Wozu soll das gut sein?«

»Sie hat sie sich selbst beigebracht und dazu die Bücher über alte Magie in unserer Bibliothek zu Rate gezogen. Wir haben eine große Sammlung, und es ist Uthara geglückt, genug zu lernen, um damit herumzuexperimentieren. Inzwischen arbeitet sie an Zaubersprüchen und Giften, die sogar uns erschrecken. Die jungen Brüder stehen vollkommen unter ihrem Bann, weil sie glauben, dass Uthara die Augen der Krath und ihre bevorzugte Anhängerin ist. Und die älteren fürchten sie.«

»Warum habt Ihr gesagt, dass die Hunnuli ihr nicht gehorchen wollen?«, fragte Gabria angespannt.

»Sie hat ihre Anhänger dazu gebracht, einige Hunnuli-Jährlinge zu stehlen, denn sie hatte vor, einen von ihnen abzurichten, auf dass er ihr folge. Doch die jungen Tiere wollten nichts von ihr wissen und sind sehr qualvoll gestorben«, antwortete er mit offenkundigem Bedauern.

Kelene knirschte mit den Zähnen. »Was können wir gegen dieses Gift tun?«

Er senkte den Blick und hustete wieder so heftig, dass er Blutflecken auf seinem Laken hinterließ. »Soweit ich weiß, nichts«, keuchte er. »Er wird entweder überleben oder sterben. Es hängt von seiner Stärke und eurer Pflege ab.«

Kelene spürte, wie Wut auf diese ferne Frau in ihr hochkochte. Sie hatte nicht einmal den Mut gehabt, Savaron offen gegenüberzutreten, sondern hatte ihn mit einem heimtückischen Gift außer Gefecht gesetzt. Aber wozu? »Warum gerade er?«, rief sie wütend. »Warum Savaron?«

»Vermutlich wollte Uthara ihn lebend haben. Er ist der Sohn von Athlone und Gabria und ein mächtiger Zauberer. Wenn sie ihn dazu bringen könnte, ihr zu dienen, wäre er eine beachtliche Bereicherung ihrer neuen Priesterschaft und eine Leitfigur für ihre Sache. Irgendetwas muss seine Gefangennahme verhindert haben.« Die lange Rede schien den alten Priester erschöpft zu haben, denn er lehnte sich zurück und senkte die Lider.

»Die Herdwache war bei ihm. Und sein Hunnuli«, murmelte Gabria.

»Dummheit«, flüsterte Seth. »Sie waren unbrauchbar.«

Kelene machte sich nicht die Mühe, ihn zu fragen, wen er damit meinte, denn in ihr regte sich neue Hoffnung. Sie beugte sich vor. »Wenn Uthara ihn lebend haben wollte, hat sie dann ein Gegenmittel?«

Seth schloss die Augen ganz, und bevor er antworten konnte, fiel er wieder in einen unruhigen Schlummer.

Kelene und Gabria sahen sich an. In ihren Blicken und ihren Gesichtern lag ein Ausdruck von Trauer. Gemeinsam wandten sie sich wieder Savarons lebloser Gestalt zu.

»Die Hunnuli wurden gezüchtet, um den Magiern zu dienen, aber das Böse können sie nicht ertragen«, sagte Gabria leise. Dann wurde ihre Stimme härter, und sie kniff wütend die Augen zusammen. »Ich werde Nara aussenden, damit sie Athlone sucht. Er muss es erfahren.«

»Ich bleibe hier«, bot Kelene an.

Die ältere Zauberin eilte hinaus, und bald hörte Kelene das Knarren der großen Türen und das Klappern von Hufen, als Nara, Gabrias alte Hunnulistute, über die Schwelle galoppierte und sich auf die Suche nach Athlone machte.

Nach kurzer Zeit kehrte Nara mit dem Klanhäuptling, Rafnir und einigen Wachen zurück, und Kelene hörte, wie sie vor dem Eingang leise mit Gabria sprachen. Gabrias letztes Wort war kaum verklungen, als Lord Athlone den Türvorhang beiseiteriss und eintrat. Wasser tropfte von seinem Umhang. Sein zerfurchtes Gesicht verhärtete sich vor Zorn und Gereiztheit, als er sah, dass sein Onkel noch bewusstlos war. Er gab Kelene ein Zeichen, sie möge sich zu ihm gesellen, trat wieder hinaus und zog den Vorhang hinter ihr zu.

»Ich will, dass die ganze Zeit über jemand bei ihm ist«, befahl der Häuptling seiner Familie und den Wachen. »Die Wächter bleiben vor der Tür stehen, und es muss immer jemand im Zimmer sein. Selbst wenn er nur im Schlaf flüstert, will ich es wissen.«

»Warum die Wachen? Glaubst du, dass er wirklich in Gefahr ist? Hier?«, fragte Kelene.

»Ein *Chadoch* ist unwiderruflich«, sagte Athlone barsch. »Früher oder später werden sie ihn finden.«

»Dann sollten wir einen magischen Wächter in die Tür einsetzen«, schlug Rafnir vor.

»Das ist eine gute Idee«, pflichtete Gabria ihm bei. »Wir werden auch die Hunnuli in Alarmbereitschaft versetzen. An ihnen kommt niemand unbemerkt vorbei.«

»Sag ihnen, sie sollen vorsichtig sein. Sie sind gegenüber einer Eidbrecherwaffe genauso verwundbar wie wir«, sagte

Athlone und warf einen Blick auf die schwarzen Pferde, die geduldig vor der Hallentür standen.

Gabria nickte. Auch wenn die Hunnuli unempfindlich gegen Magie waren, konnte man ihnen durchaus Verletzungen beibringen, wie Athlone zu seinem großen Kummer hatte feststellen müssen. »Wir sind alle verwundbar, solange die Sektierer dieses Gift besitzen.«

Kelene sah zweifelnd drein. »Würden sie wirklich versuchen, in eine Klanhalle einzudringen, nur um einen Ausgestoßenen zu töten?«

Athlone senkte den Kopf und verbarg seine dunklen Augen in den Schatten. »Ich glaube, bei diesem Ausgestoßenen würden sie es versuchen. Ich will lieber vorsichtig als dumm sein.«

»Wenn sie ihn tot sehen wollen«, sagte Kelene zu ihm, »dann müssen sie nur ein wenig warten. Die Schläge, die er erhalten hat, und die Kälte waren zu viel für ihn. Er hat eine Lungenentzündung, die ich nicht heilen kann.«

Der Häuptling zuckte die Achseln. »Ich verstehe. Dann sollten wir ihn lange genug am Leben erhalten, damit er uns mehr über die Priesterin und ihre Gifte verraten kann.«

Auch wenn seine Worte gefühllos klangen, waren sie nur ein Ausdruck von Athlones Wirklichkeitsnähe. Kelene wusste, dass er sehr beeindruckt von den Kämpfen war, die sein Onkel auf sich genommen hatte, um ihn vor Uthara zu warnen, doch Seth war ein alter und todkranker Mann, der sich damals aus eigenem Antrieb von seinem Klan getrennt hatte und vor der Verantwortung seiner Familie gegenüber geflohen war. Die beiden Männer hatten nichts füreinander übrig.

Kelene und Gabria erklärten sich einverstanden, bei dem alten Priester, dem kranken Schäfer und Savaron zu sitzen und Kateri schlafen zu lassen. Sie scheuchten Anwin und Jamarh zu ihren Betten in den Häuptlingsgemächern und sprachen leise mit dem Harfner, der daraufhin sein Instrument einpackte und sich für die Nacht zurückzog. In der Zwischenzeit postierte Lord Athlone Wachen an allen Eingängen, verdoppelte die Wachen an der Vordertür und erschuf einen magischen Wächter für den Vordereingang, der eine Warnung ausstoßen würde, sobald die Türen ohne das richtige Signal geöffnet wurden. Fünf Hunnuli hatten sich an ihrem bevorzugten Platz zusammengefunden. Henos gehörte zu ihnen. Er stand in Wächterpose da: erhobener Kopf, gespreizte Beine, zitternde Nüstern, als ob er seine Herde vor Wölfen beschützen müsste. Die älteren Hunnuli beachteten ihn nicht, doch Kelene musste lächeln, als sie seinen entschlossenen Blick sah, und gab ihm einen zusätzlichen Apfel.

»Bewache die Tür«, flüsterte sie ihm zu und deutete auf das Zimmer, in dem Anwin und Jamarh schliefen. »Sorge dafür, dass ihnen nichts zustößt.«

Der junge Hengst sah sie mit leichter Verwirrung an. Er war es nicht gewohnt, dass Menschen ihn ernst nahmen. Doch er gab keine Erwiderung, sondern nahm Kelene mit sanften Lippen den Apfel aus der Hand und schritt um die erwachsenen Hunnuli herum, damit er näher bei der Tür war, auf die Kelene gezeigt hatte.

Friede breitete sich über der Halle aus. Außer dem Zischen der brennenden Scheite in der Feuergrube und dem gelegentlichen Schnarchen der Schläfer an den Wänden war es still in dem großen Raum. Der Wind jammerte noch in der Holzvertäfelung des Daches, doch Regen und Graupel ließen nach, bis nur noch eine dünne weiße Schicht den schlammigen Boden überzog.

Der Treld schlief in kalter, windiger Dunkelheit.

Gegen Morgen warf Kelene ein paar kleine Kohlen in die Pfanne, damit das Feuer nicht ausging, und schaute mit trübem Blick hinüber zu ihrer schlafenden Mutter, die auf einem Hocker neben dem Bett des Priesters saß. Eine Tasse Tee wäre jetzt wundervoll. Sie hatte aus Moy Tura eine Spezialmischung mitgenommen, die nun bei ihren Sachen in der Halle lag. Es würde nur einen Augenblick dauern, sie zu holen. Sie setzte einen Topf mit Wasser auf die Kohlenpfanne, nahm eine kleine Lampe und trat durch den Eingang.

Rafnir stand links neben der Tür; sein Gesicht wurde von der Nasenplatte des Helms geschützt. Er trug ein Wams aus Kettengliedern und ein ausgepolstertes Hemd, und um den Hals hatte er sich einen dicken Schal geschlungen. Die Wache neben ihm war in ähnlicher Weise gekleidet.

Kelene schenkte beiden Männern ein müdes Lächeln und berührte ihren Gemahl am Arm. »Ich bin gleich zurück.«

Sie war kaum fünf Schritte von dem Zimmer entfernt, als ein Geräusch sie mitten in der Bewegung erstarren ließ. Es kam von der Wand, in der hoch oben die Belüftungsfenster angebracht waren. Die meisten Läden waren zur Nacht vorgelegt, doch als Kelene ein leises Klopfen und ein Keuchen hörte, wirbelte sie herum und sah, dass eines der Fenster aufgedrückt worden war. Ein undeutlicher Schatten bewegte sich an der Wand entlang, ein anderer glitt gerade an einem Seil herab. Dann vernahm sie das durchdringende Wiehern der Hunnuli, und die Halle war plötzlich erfüllt von Lärm und Bewegung.

Ihr schlug das Herz bis zum Hals. Kelene rannte zurück in den Heilraum. Rafnir ließ sie durch und versperrte hinter ihr den Eingang.

Gabria wachte mit einem Ruck auf und sprang hoch. »Sind sie da?«, ächzte sie. Bevor Kelene eine Antwort geben konnte, hörte sie einen weiteren Schlag, und vor der Tür fiel ein Körper zu Boden. Eine seltsame Gestalt, von Kopf bis Fuß in eine unerkennbare Farbe gekleidet, glitt an dem Gobelin vorbei in das Zimmer. Die Gestalt bewegte sich in den Schatten fort, die von der Lampe und der Kohlenpfanne geworfen wurden, und war so schnell, dass Kelene sie kaum sehen konnte. Sie glaubte, etwas in der Hand des Eindringlings zu bemerken, doch es schien weder ein Schwert noch ein Dolch zu sein.

Zornig hob sie die Hände, um einen Blitz aus trymianischer Kraft zu bilden, doch die Gestalt war zu schnell. Sie setzte ein Rohr an den Mund und blies heftig hinein. Ein kleiner Pfeil zischte auf Kelene zu. Beinahe gleichzeitig warf der Angreifer eine Glaskugel in die Kohlenpfanne. Die Kugel explodierte in einem Splitterregen. Grünlicher, blasser Rauch stieg von der zerbrochenen Kugel auf.

Ein fauliger Geruch erfüllte Kelenes Nase. Sie musste so heftig husten, dass sie sich zusammenkrümmte und versuchte, ihre Lungen von dem ätzenden Rauch zu befreien. Ihre Augen brannten und füllten sich mit Tränen. Eine Welle der Übelkeit schwappte über sie. Obwohl sie nicht wusste, worum es sich bei diesem Rauch handelte, erkannte sie, dass ihr nur eine winzige Zeitspanne blieb, um sich zu entscheiden, ob sie den Attentäter angreifen oder ihren Bruder vor dem schrecklichen Rauch beschützen sollte. Sie schrie die Worte heraus, welche die Magie um sie zusammenzogen, formte einen Schutzzauber und warf sich über Savaron.

Im selben Moment packte eine Hand Gabrias Fußgelenk und zerrte heftig daran. Sie taumelte zur Seite, weg von dem Pfeil, verlor das Gleichgewicht und stürzte schwer zu Boden.

»Beschütze dich selbst, Frau«, brummte Seth. Trotz seiner Krankheit und des grünen Rauchs im Zimmer gelang es dem alten Mann, seine Laken beiseitezuwerfen und sich auf die erfrorenen Füße zu stellen. E schwankte vor Schmerz und Erschöpfung, richtete sich dennoch zu seiner vollen Größe auf und starrte den Sektierer an, der auf ihn zuschlich.

»Bück dich, Seth!«, rief Gabria, bevor der Rauch ihre Lunge traf und sie dazu zwang, sich ein Laken vor Mund und Nase zu halten. Ihre Augen tränten ebenfalls.

Der alte Priester beachtete sie nicht. »Krath stümpert nicht in den Künsten Amaras herum«, knurrte er den Mörder an. »Deine Herrin führt dich auf einen falschen Pfad!« Er hustete schwer in dem grünen Rauch. Blut spritzte auf seine Brust.

»Götterlästerer! Krath wird deine Seele in Gormoth verbrennen!«, zischte der Sektierer. Er zog etwas aus seinem Hemd, und beide Frauen bemerkten die blitzartige Bewegung von etwas Schlankem, Schwarzem und Glänzendem.

Der Hohepriester sah, was auf ihn zukam, doch statt vor dem Mörder zu fliehen, drehte er plötzlich den Kopf herum und schaute auf Gabria, die noch am Boden lag. »Such Valorians Körper. Ich glaube, der Gefallene Stern ist noch bei ihm.«

Nun hatte der Mörder ihn erreicht. Er hob den Arm und stieß ihn gegen die Brust des alten Mannes. Seth taumelte zurück und schloss die Hände um ein Steinmesser, das zwischen seinen Rippen steckte.

Plötzlich flammte ein grelles blaues Licht in der Tür auf, und eine Kugel aus trymianischer Kraft schoss durch den Raum und traf den Oberkörper des Angreifers. Die tödliche Kraft brannte sich in den Mann ein und versengte seine Kleidung. Er kreischte auf und fiel nach vorn.

Lord Athlone betrat mit einem Stück Leinen über dem Gesicht das Zimmer und formte sofort einen weiteren Zauber, der wie ein zuckender Wirbelwind durch die Luft fuhr und den grünen Rauch zur Decke und auf den kleinen Belüftungsschacht zutrieb. Mit grimmigem Gesicht eilte er an die Seite seiner Frau. Dem gestürzten Priester und dem toten Mörder schenkte er kaum einen Blick, während er Gabria auf die Laken und Felle legte und ihr den Schmutz aus dem Gesicht rieb.

Kelene löste ihren Schutzzauber auf. Ihr Kopf schmerzte so sehr, dass sie die Magie sowieso nicht mehr lange hätte aufrechterhalten können. Ihr Bruder schien unverletzt; also kämpfte sie sich auf die Beine. Sie schaute hinüber zu dem Schäfer und stellte mit Bedauern fest, dass er gestorben war. Der Rauch war zu viel für seine schwache Lunge gewesen.

»Rafnir!«, flüsterte Kelene. Krank vor Angst eilte sie zum Eingang und drückte den Vorhang beiseite. Die Halle befand sich in Aufruhr. Leute rannten hin und her, viele riefen oder husteten oder suchten nach Hilfe. Andere versuchten, sich den am Boden Liegenden zu widmen. Die Vordertür stand offen und alle Hunnuli waren verschwunden – alle außer Henos, der noch immer die Tür zu Anwins Zimmer bewachte. Krieger mit zornroten Gesichtern umstanden einige Leichen. Fäden aus grünem Rauch wirbelten unter der Decke und entwichen langsam durch die geöffneten Luken.

Kelene nahm all dies mit einem einzigen Blick wahr, dann ging sie neben ihrem Gemahl in die Knie. Rafnir lag auf dem Rücken, sein Wertain-Gürtel glimmerte im Licht der Fackel in der Hand eines Wächters. Rafnir hatte die Augen geschlossen, doch er atmete noch. Sein Gefährte, ein Herdwächter, lag in der Nähe, umgeben von seinen Freunden. Kelene musste ihn nicht erst untersuchen, denn sein Kopf lag in unnatürlichem Winkel zum Körper, und seine schlaffe Gestalt zeigte keinerlei Anzeichen von Leben mehr. Jemand bahnte sich einen Weg durch die Krieger und kniete sich neben Kelene.

»Lebt er noch?«

Kelene sah mit brennenden Augen in das besorgte Gesicht des jungen Hamal, dessen Bein sie am vergangenen Tag geheilt hatte. Ihre Kehle war so zugeschnürt vor Trauer und

Hustenreiz, dass sie nur nicken konnte. Hamal rief rasch einen Freund herbei, und gemeinsam hoben sie den Wertain an, trugen ihn in den Heilraum und legten ihn auf eine Pritsche neben Savaron.

»Werft dieses Gewürm hinaus«, befahl Lord Athlone seinen beiden Kriegern. »Bringt ihn zu den anderen. Ich will sie mir ansehen.«

Hamal und sein Freund packten den toten Sektenangehörigen bei den Füßen und zogen ihn nach draußen.

»Was ist passiert?«, weinte Kelene, während sie Rafnirs Helm abnahm.

Lord Athlone brüllte einen Fluch, bevor er sich genügend in der Gewalt hatte, um eine Antwort zu geben. »Vier sind durch das Dach gekommen, bevor wir sie entdeckt haben. Sie haben ein paar Glaskugeln zerbrochen, die diesen verdammten grünen Rauch ausgespuckt haben. Die meisten Leute in der Halle haben ihn eingeatmet. Die Hunnuli haben einen der Sektierer getötet, und die Herdwache zwei weitere. Einer hat es bis hier hinein geschafft.« Er hielt inne und betrachtete das bleiche Gesicht seiner Frau. »Glaubst du, dass dieser Rauch giftig war?«

Kelene hustete und wischte sich durch die Augen. Nun konnte sie etwas besser sehen und leichter atmen, doch es war Gabria, welche die Frage des Häuptlings beantwortete. »Ich glaube, es war nur ein Reizgas. Es sollte Verwirrung stiften.«

Athlones düsterer Gesichtsausdruck hellte sich vor Erleichterung ein wenig auf. »Ist mit dir alles in Ordnung?«

»Es wird schon gehen. Ich habe nur etwas Kopfschmerzen von meinem Sturz.« Sie verstummte und betrachtete Seths Leichnam. »Er hat mir wieder einmal das Leben gerettet«, murmelte sie traurig.

»Hat er noch etwas gesagt?«

Gabria sah besorgt drein, während ihre Hand nach der ihres Gemahls griff. »Er sagte, wir sollten nach Valorians Leichnam suchen. Er glaubte, der Gefallene Stern sei dort.«

»Der Sternenstein!« Athlones Erregung schwang deutlich in seinen Worten mit. »Was hat er mit alldem zu tun? Und was ist mit Valorian?« Schnaubend goss er aus einem Krug auf dem Tisch einen Becher Wein für Gabria ein. »Der alte Mann muss im Fieberwahn geredet haben.«

Er bedachte Kelene mit einem kurzen, düsteren Blick, als sie Rafnirs Kettenwams und das Unterhemd entfernte und ihm mit den Händen an Kopf, Hals und Schultern entlangfuhr. »Ich glaube, er wurde nur bewusstlos geschlagen«, meinte Athlone. »Einer der Sektierer hat Reedar erstochen, und dann habe ich gesehen, wie er Rafnir so hart gegen die Brust gestoßen hat, dass er gegen die Wand geworfen wurde. Ich habe den Aufprall durch die ganze Halle gehört.«

Kelenes Finger ertasteten sanft die Stelle, die ihr Vater genannt hatte, und erkannte, dass es stimmte. Ein zartroter Fleck auf Rafnirs Oberkörper knapp oberhalb des Brustbeins deutete einen großen Bluterguss und möglicherweise gebrochene Rippen an. An seinem Kopf war bereits eine sanfte Schwellung dort, wo er gegen die Wand gestoßen war. Der ausgestopfte Helm hatte ihm das Leben gerettet. Kelene strich ihm vorsichtig die schwarzen Haare zurück und untersuchte die größer werdende Schwellung. Ihre Heilsteine würden bei beiden Verletzungen helfen, doch sie brauchte einen Augenblick, um den Kopf klar zu bekommen. Sie wusste, dass sie in diesem Zustand weder die Kraft noch die geistige Klarheit hatte, um mit der Magie umzugehen.

Mit einem leichten Gefühl der Übelkeit ging sie nach draußen und schöpfte eine Schüssel Schnee. Es war nicht mehr viel übrig geblieben. Wie es typisch für das unvorhersehbare Herbstwetter war, hatte der Wind schon wieder auf West umgeschwenkt, und die Temperaturen stiegen. Am Morgen würde der Himmel aufklaren, und am Mittag würden Eis, Graupel und Schnee tauen und in den Goldrine abfließen. Nur auf den Höhen, wo die Nadelbäume Moosen und Steinen Platz machten, würde der Schnee als Mahnung des Kommenden liegen bleiben.

Kelene trug den Schnee nach drinnen und nahm das Schmelzwasser, um den Kopf ihres Mannes darin zu baden. Er erwachte nach einer Weile und sah zu, wie sie die Heilsteine aus ihrer Tasche holte. Seine vollen Lippen kräuselten sich zu einem Lächeln der Erleichterung, als sie ihm den Blutstein auf die Stirn legte und die Schwellung im besänftigenden Licht ihrer Magie heilte. Ihre Blicke trafen sich – braune und schwarze Augen –, und sie küssten sich kurz, bevor er einschlief.

Ein Schatten fiel über sie beide, und Kelene schaute auf. Ihr Vater stand neben ihr. Zitternd bemerkte sie, dass er diesen Blick hatte, der immer für irgendjemanden Schwierigkeiten bedeutete. Sie hatte ihn über die Jahre schon oft in verschiedenen Abstufungen gesehen – von kalter Besonnenheit, wenn sich die Häuptlinge mit den Turic trafen, bis zur eisigen Unnachgiebigkeit, die seine Augen zu Granit und seine Gesichtszüge zu Gletschern machten, wenn entweder eine alte Seuche oder ein untoter Zauberer die Klane bedrohte.

»Deine Mutter und ich haben schon darüber gesprochen«, sagte er in einem Tonfall, der kein Widerwort erlaubte. »Sobald meine Krieger bereit sind, reiten wir zur Zitadelle. Ich werde diese Bedrohung meines Klans und dieses Eindringen in meine Halle nicht hinnehmen.«

»Vielleicht solltest du vor deiner Abreise mit der Priesterin der Amara reden«, schlug Kelene müde vor.

Ein Funken Belustigung taute das Eis in seinen Augen ein wenig. »Deine Mutter hat dasselbe gesagt. Eine Priesterin die die Männersekte einer weiblichen Gottheit beherrscht, übersteigt mein Begriffsvermögen.« Er streckte die Hand aus und half ihr beim Aufstehen. »Kümmerst du dich auch um den anderen Verletzten?«

Kelene konnte nur noch nicken. Sie riss sich zusammen, nahm ihren Heilerbeutel, folgte ihrem Vater in das Chaos der Halle und machte sich an die Arbeit.

Sechs

Anwin lag noch unter ihren warmen Decken, eingehüllt in eine Gefühllosigkeit von Körper und Geist. Sie hörte den Aufruhr in der Halle, das Rufen, das Wiehern der Hunnuli, die wütende Stimme ihres Großvaters. Sie hörte, wie Jamarh aus seinem Bett kletterte und zur Tür rannte, wo er von Henos aufgehalten wurde, der ihn nicht hinauslassen wollte. Sie hörte, wie das Fohlen und der Junge miteinander stritten – es ging um Mörder und um Rauch –, aber aus irgendeinem Grund brachte sie nicht die Kraft auf, aufzustehen oder sich auch nur zu bewegen. Ihr Kopf fühlte sich leicht und umnebelt an, während ihr Körper jegliches Gefühl verloren hatte. Sie lag schlaff da und trieb auf einem Strom des Schlafes dahin, der zu stark war, als dass sie ihm hätte widerstehen können. Er trug sie in der Dunkelheit sanft und zielstrebig fort von dem erschreckenden Lärm zu einer gelassenen Ruhe, die sie wie eine warme Wolke umgab.

Sie blinzelte und stellte fest, dass sie aufrecht in einer Stille stand, die so tief war, dass sie in ihren Knochen und in ihrem Kopf widerhallte. Sie sah nichts und spürte nichts außer kühlem Stein unter ihren Füßen. Diese einfache Tatsache verwirrte sie. Wie konnte sie sicher sein, dass sie stand, und zwar auf einem Stein? Es kam ihr der Gedanke, dass sie sich vor diesem Fehlen aller anderen Sinnesempfindungen fürchten sollte. Da war kein Wind, kein Laut, weder Hitze noch Kälte, nicht einmal der Klang ihres eigenen Herzschlages an diesem seltsamen Ort. Dennoch herrschten hier Friede und

Heiterkeit, und Anwin spürte, wie ihr wild schlagendes Herz und das Flattern in ihrem Bauch dadurch besänftigt wurden. Angespanntheit verwandelte sich in Vorfreude.

Dann hörte sie Musik. Es war eine leichte, muntere Melodie, die an das Trotten eines Pferdes erinnerte und auf einer Klanflöte gespielt wurde. Ihre Lippen verzogen sich zu einem Lächeln, und sie summte das Lied mit, um es fest in ihrer Erinnerung zu verankern. Die Musik wurde beständig lauter, bis sie Anwins Kopf ganz ausfüllte und ihr Blut vor Freude rauschte. Sie hob die Hände, als wollte sie die fröhlich trällernde Weise umarmen.

Anwin, rief eine Stimme aus der Musik.

Die Melodie wurde leiser, und plötzlich nahm das Mädchen den Geruch von Blumen wahr, deren unirdischer Duft süß, verführerisch und so mächtig wie der Sonnenaufgang war.

Sie verschränkte die Hände vor der Brust und summte nicht mehr. Ein Gefühl des Unwohlseins, vermischt mit Ehrfurcht, machte sich in ihrem Herzen breit. Die Stimme war dieselbe, die bereits in Moy Tura zu ihr gesprochen hatte. »Wer ist da?«, fragte sie laut.

Anwin, meine Tochter. Die Worte klangen so deutlich in Anwins Kopf, als hätte eine Person neben ihr sie ausgesprochen. Sie streckte die Hand aus, um diese Person zu berühren, spürte aber nichts. »Wo bist du?«

Bei dir. Hab keine Angst.

»Ich habe keine Angst!«, gab Anwin zurück und erkannte, dass sie sich wirklich nicht fürchtete. Die Präsenz umgab sie mit einem Gefühl des Trostes, der Wärme und Liebe, das alle Erregtheit und jeden Schrecken bannte. Sie wollte glauben, dass sie wusste, um wen es sich bei dieser Präsenz handelte, doch es gelang ihr nicht. Göttinnen besuchten keine kleinen Mädchen. Der Legende zufolge hatte sich die Muttergöttin Amara Valorian gezeigt, um ihm eine gewaltige Aufgabe zu stellen und ein großes Geschenk zu machen, doch keine Legende hatte je von der Heimsuchung eines jungen, unerprobten Mädchens berichtet. Der Gedanke daran war lächerlich.

Die Musik um sie herum verblasste und verstummte.

Vor fünf Tagen habe ich dich gebeten, deine Heimat zusammen mit deinen Eltern zu verlassen und hierherzureisen.

»Ja«, flüsterte Anwin. »Warum?«

Du stellst Fragen. Du siehst Dinge, die andere Leute nicht sehen. Du bist beharrlich.

Die Stimme wurde sanft und leicht vor Belustigung. Obwohl Anwin kein Gesicht sehen konnte, spürte sie, dass es sie anlächelte, und sie erwiderte dieses Lächeln.

Ich muss dich um deine Hilfe bitten, fuhr die Stimme fort.

Anwin hätte beinahe aufgelacht. Das musste ein Traum sein. Göttinnen baten kleine Mädchen nicht um einen Gefallen. »Mich?«, keuchte sie. »Warum? Kannst du es nicht selbst?«

Ich gebe jenen, die ich auserwählt habe, die Mittel in die Hand. Was sie mit diesen Mitteln erreichen, ist ihre Sache.

»Wie bei Valorian?«

Ja, wie bei Valorian. Ich bitte dich, ihn um Hilfe zu bitten. Valorian und sein Vermächtnis.

»Warum?« Dieses einzelne Wort steckte voller Fragen und Zweifel.

Weil ich an dich glaube.

Anwin trat von einem Fuß auf den anderen, während sie darüber nachdachte. »Ich muss doch nicht nach Gormoth gehen, oder?«

Ein Windstoß wirbelte ihr den Duft der Blumen zu und prickelte auf ihrem Gesicht. *Natürlich nicht. Ich bitte dich, deine Reise in deiner eigenen Welt fortzusetzen und etwas zu suchen, das verloren gegangen ist. Ich werde dir eine Führerin schicken. Wenn du ihr folgst, wird sie dich zu einem Ort bringen, den ich nicht betreten kann. Ich hoffe, dass du dort meinen Kämpen treffen und die Gabe finden wirst, die ich ihm für seine Kinder vermacht habe.*

»Das ist alles? Keine Gorthlinge? Kein Reich der Toten?«

Nein, keine Gorthlinge.

»Valorian durfte sein Pferd mitnehmen. Darf ich auch jemanden mitnehmen?«

Die Stimme in Anwins Kopf kicherte. *Valorian hat nicht zu handeln versucht. Aber ja, das darfst du. Es wäre sogar klug.*

»Kann ich meine Eltern mitnehmen? Oder meine Großmutter?«, fragte Anwin hoffnungsvoll.

Kind, ich bin überzeugt, dass sie keine Zeit haben werden.

Das Mädchen legte den Kopf schräg, damit sie die Stimme, die sie umgab, die sie erfüllte und mit einer Macht jenseits aller Vorstellungskraft berührte, noch besser hören konnte. »Das verstehe ich nicht«, flüsterte sie.

Du wirst es bald begreifen. Du musst mir vertrauen. Warte auf deine Führerin.

»Woran erkenne ich sie?«

Sie wird dich finden. Mach dich bereit zum Aufbruch.

Anwin nickte, doch da kam ihr ein letzter Gedanke, und sie fragte zögernd: »Ich nehme an, du kannst nicht mit meiner Mutter darüber reden? Sie wird mir all das nicht glauben.«

Plötzlich verschmolz etwas vor ihren Augen in der Dunkelheit und wurde zu einer glimmernden Wolke aus grellem Licht und schillernden Farben, die sich langsam über Anwins Kopf erhob. Anwin schrie vor Überraschung und Freude auf. Das Leuchten erfüllte ihre Augen und ihren Geist mit glitzernden, von Farbstrahlen durchschossenen Lichtern – es waren alle Farben, an die sich Anwin erinnerte. Gewissheit blühte in ihr auf.

»Nein!«, rief sie und warf sich flach auf den Boden. »Geh nicht! Mutter des Alls, bitte komm zurück.«

Kind Gabrias. Kind Valorians. Finde deinen Weg, sang die Göttin mit zarter, voller Stimme. Dann verdämmerte das Licht, und die Stimme verschwand. Anwin blieb allein in der Finsternis zurück.

Sie erwachte mit Tränen in den Augen. Eine Hand lag auf ihrer Schulter. Aufgeschreckt und benommen richtete sie sich auf und tastete nach etwas Vertrautem. Ihre Finger fanden die Laken und das Kissen, dann das weiche Fell und die muskulöse Schulter eines Hundes.

»Ganz ruhig«, flüsterte Jamarhs Stimme ihr ins Ohr. »Großmutter schläft endlich. Weck sie nicht auf.«

Anwins Finger schlossen sich so fest um sein Handgelenk, dass er aufschrie und dabei seine eigene Ermahnung vergaß. »Jamarh! Ich hatte gerade …« Was hatte sie gehabt? Einen Traum? Eine Vision? Einen Nachtmahr? Die Bilder des Lichts und der Farbe waren mit solcher Eindringlichkeit in ihr Hirn gebrannt; der Duft der Blumen war noch in ihrer Nase, und die Stimme der Göttin hallte in ihrer Erinnerung wider. Doch in der kalten Wirklichkeit des Tages beschlichen sie Zweifel.

»Was?«, fragte Jamarh leise. »Nein, warte.« Er befreite sein Handgelenk aus ihrem Griff, stellte sie auf die Beine und reichte ihr die Schuhe. Obwohl es bereits Morgen war und es höchst geschäftig in der Halle zuging, hatte Gabria ihre Gemächer aufgesucht, um ein wenig zu schlafen, und Jamarh wollte nicht den Zorn seines Großvaters erregen, indem er sie aufweckte. Er legte Glöckchens Leine in Anwins Hand und führte das Mädchen und den Hund aus dem Raum zu einem Ort, den er gut kannte: hinter den großen Häuptlingsstuhl.

Der Stuhl der Khulinin-Häuptlinge stand auf einer Erhebung aus dunklem Stein vor dem großen goldenen Klanbanner der Khulinin im hinteren Teil der Halle. Hinter dem Stuhl befand sich dort, wo das Banner zu Boden hing, ein leerer Zwischenraum, der etwa zwei Fuß breit war und einen abgeschirmten und bequemen Schlupfwinkel für neugierige Kinder bildete.

»Was sollte denn dein Geschrei bedeuten?«, fragte Jamarh, während er Anwin auf ein Kissen setzte. »Mutter des Alls, bitte komm zurück!«, ahmte er sie mit quietschender Stimme nach.

Anwin wischte sich die Augen, um ihre Verwirrung zu verbergen. »Habe ich das laut gesagt? Ich dachte, ich hätte es geträumt.«

»Was geträumt?«

»Ich hatte einen Traum von der Muttergöttin.« Anwin schüttelte den Kopf, um ihre Gedanken zu ordnen. Der Traum war so wirklich gewesen, doch vielleicht war es wirklich nur ein Traum gewesen. Die Göttin offenbarte sich nicht jungen Mädchen, sagte der praktisch veranlagte Teil von ihr nachdrücklich.

Jamarh hatte schon viele Geschichten über die wohlbekannten Visionen ihrer beider Großmütter gehört. Er ließ sich neben ihr nieder, und in seinen hellblauen Augen leuchtete die Neugier. »War es nur ein Traum oder eine echte Vision?«

Anwin schlang die Arme um ihre Knie. »Ich weiß es nicht mehr. Während es passierte, war ich mir sicher. Es hat sich so wirklich angefühlt.« Sie beschrieb in allen Einzelheiten das Gespräch, das sie mit der Göttin gehabt hatte, und vergaß auch nicht den Ausbruch des grellen Lichts und der vielen Farben zu erwähnen.

Jamarh streichelte die Hündin zwischen ihnen und versuchte nachdenklich dreinzublicken. »Bist du sicher, dass es

Amara war? Du hast sie nicht gesehen.« Gefesselt von diesem Rätsel, fuhr er fort: »Was ist, wenn es so etwas wie eine Falle war? Wenn es eine andere Gottheit war? Vielleicht hast du zufällig ein paar von Priester Torigs Visionspilzen gegessen.« Er grinste und gab ihr einen freundschaftlichen Klaps auf die Schultern

Anwin versteifte sich und entzog sich ihm. »Eine Falle? Wer sollte mir eine Falle stellen?«

»Zum Beispiel diese verrückte Priesterin. Hast du nicht gehört, was los ist? Oh, nein, du hast ja alles verschlafen. Letzte Nacht waren Eidbrecher hier. Die Frauen wischen immer noch das Blut von den Böden auf.«

Entsetzt öffnete Anwin den Mund. Von dem Augenblick an, als ihr Kopf das Kissen berührt hatte, erinnerte sie sich an nichts mehr. »Warum? Was ist passiert? Wer ist verletzt worden?«

Ihr Vetter machte sich daran, ihr die Invasion der Halle in allen Einzelheiten zu berichten, und schloss mit der Erwähnung von Lord Athlones Entscheidung. »Er nimmt den größten Teil des Werod mit. Zuerst gehen sie zum Dangari-Treld, um dort so viele Informationen wie möglich zu sammeln, und dann machen sie sich auf den Weg zur Zitadelle. Großvater war entsetzlich wütend. So habe ich ihn noch nie gesehen.«

Anwin sagte nichts darauf, doch ihre Gedanken schwirrten umher. Wenn die Göttin Amara ihr wirklich eine Vision geschickt hatte – eine wirkliche, wichtige Vision und nicht nur einen Traum oder eine Halluzination –, dann hatte sicherlich auch der Zeitpunkt eine besondere Bedeutung. Stand die Suche der Göttin im Zusammenhang mit diesem Überfall?

Jamarh musste zu demselben Schluss gekommen sein, denn er verstummte plötzlich und sah sie ungewöhnlich nachdenklich an. »Warum sollte die Mutter zu dir kommen? Warum gerade jetzt?«

»Ich weiß es nicht«, seufzte sie. »Die Stimme will, dass ich Valorian und seinen Kindern helfe. Über die Sektierer hat sie nichts gesagt.«

»Valorian und seine Kinder! Die sind doch tot.«

Anwin verschränkte die Arme vor der Brust und rümpfte die Nase über die übliche Stumpfsinnigkeit junger Männer. »Sie meinte uns alle. Die Zauberer.«

Der Junge beugte sich zu ihr. »Glaubst du, das Ding, das du suchen sollst, könnte meinem Vater helfen?«, fragte er.

Anwin schwieg lange. Sie wollte ihm eine zustimmende Antwort geben, aus der er Hoffnung schöpfen könnte, aber sie war sich nicht sicher. »Ich weiß nicht, worum es sich handelt.«

Flink wie ein Wiesel sprang er auf und zerrte sie auf die Beine. »Komm. Wir können zwar nicht mit Großmutter reden, aber du solltest all das deiner Mutter erzählen. Vielleicht kann sie dieses Rätsel lösen.«

Anwin wand die Hand so schnell aus seinem Griff, dass sie das Gleichgewicht verlor und auf den Hintern fiel. »Nein!«

»Warum nicht?« Ihre unerwartete Weigerung verwirrte ihn.

»Das hast du mir doch selbst gesagt. Sieh einmal nach draußen.« Sie zog das Banner beiseite und deutete in den langen Raum vor ihrem Versteck, aus dem das erregte Reden und die zielstrebigen, raschen Bewegungen der vielen Leute, die in der Halle arbeiteten, an ihr Ohr drangen. »Ich kann doch nicht mittendurch zu Mutter gehen und sagen: ›Mama, Amara hat mir gesagt, ich soll den Treld verlassen und Valorian suchen. Darf ich gehen?‹« Sie seufzte erneut und streichelte Glöckchen. »Wenn sie mich nicht bestraft, weil ich ihrer Meinung nach gelogen habe, dann wird sie glauben, ich sei verrückt, und mich zu meinem eigenen Besten in eine der Zellen sperren und bewachen lassen. Wer sollte mir glauben? Ich bin mir nicht einmal sicher, was ich gesehen und gehört habe, und ich habe es selbst erlebt. Nein. Sie haben zu viele Sorgen, um sich auch noch über mich aufzuregen.«

Jamarh sank in sein Kissen zurück. Sie hatte Recht. »Aber was ist, wenn es wirklich war, so wie Großmutters Visionen?«

»Wenn mir diese Führerin jemals über den Weg läuft, kannst du Großmutter sagen, wohin ich gegangen bin.«

»Nein, das kann ich nicht«, gab er zurück. »Weil ich nämlich mit dir gehe.«

»Du ... was? Warum?«, stammelte sie.

»Ja, ich«, sagte er mit fester Stimme. »Ich werde dich beschützen. Jemand sollte bei dir sein, das hat sogar deine Traumstimme gesagt.«

»Und was ist mit deinen Eltern?«

»Bowenar ist hier«, sagte er; Bowenar war sein jüngerer Bruder. »Mutter wird genug damit zu tun haben, nach ihm zu suchen, und sie ist zu besorgt um Vater ... und Vater wird sterben.« Er hob die Hand, als Anwin über seine Offenheit stöhnte. »Ich weiß es. Auch ich kann zuhören. Vielleicht finden wir etwas, das ihm hilft.« Er zuckte entschuldigend die Achseln. »Es kann nicht schaden, etwas Gutes für eine Göttin zu tun.«

»Und was ist, wenn es gar nicht die Göttin war?«

»Dann wird die Führerin nicht kommen. Oder sie kreuzt doch auf, und wir verschwenden unsere Zeit damit, in der Gegend herumzuspazieren.«

»Es könnte gefährlich werden«, warnte sie.

»Dann sollten wir Henos mitnehmen.«

Anwin lachte. »Diesmal werden wir ihn nicht überreden müssen.«

Sie empfand ein mächtiges Gefühl der Erleichterung. Es war ihr nicht klar, ob sie die Ankunft der Führerin fürchten oder sich auf sie freuen sollte – oder ob sie überhaupt auf diese Person warten sollte. Doch nun hatte sie einen Vertrauten, einen Verbündeten, der ihr helfen würde, wenn die versprochene Führerin eintraf. Natürlich würde er sich über ihre Dummheit lustig machen, falls nichts geschah, doch in diesem Fall würde sie gemeinsam mit ihm lachen. Sie fühlte sich ein wenig schuldig bei dem Gedanken, dass sie ihren Eltern nicht von dem Traum erzählte. Wenn er Wirklichkeit gewesen war, hatten sie das Recht, von ihm zu wissen und ihr bei der Suche nach dem Weg zu helfen, auf den die Göttin sie geschickt hatte. Vielleicht tat sie ihnen ein Unrecht an. Oder sie tat ihnen einen Gefallen. Entschlossen reckte sie das Kinn vor. Ihre Eltern hatten so viel zu tun und sich um so viele wichtige Dinge zu kümmern, und Jamarh zufolge war ihr Vater von den Eidbrechern verletzt worden, und ihr Großvater plante, seine Krieger nach Norden zu führen. Das Letzte, was ihre Eltern nun gebrauchen konnten, war die Neuigkeit, dass ihre Tochter mit einer der Klangöttinnen gesprochen hatte. Selbst wenn sie Anwin zuhören sollten, würde ihre Mutter die Geschichte sicherlich nicht gut aufnehmen. Nein, es war besser, abzuwarten. Sie und Jamarh würden sich auf die Abreise vorbereiten, wie es die Traumstimme empfohlen hatte, und wenn ihre Führerin erschien, konnten sie den Eltern immer noch sagen, was geschehen war. Falls die Führerin nicht auftauchen sollte, konnten sie und Jamarh herzlich über die ganze Sache lachen, und vielleicht würde sie in ein paar Jahren den Traum ihrer Großmutter erzählen. Gabria würde ihn zu schätzen wissen.

Die beiden Kinder verließen ihren goldenen Schlupfwinkel und machten sich auf die Suche nach einem Frühstück.

In der Klanhalle ging erstaunlich viel vor sich. Klankrieger berieten sich mit Lord Athlone und empfingen seine Befehle; Handwerker sicherten das Dach, durch dessen Gaubenfenster die Eidbrecher eingedrungen waren, und vernagelten die Läden, sodass nur schmale Schlitze für die Belüftung übrig blieben; Frauen säuberten die Halle, kümmerten sich um die Kranken und gaben jedem zu essen, der eine warme Mahlzeit brauchte.

Anwin hörte die Stimme ihrer Mutter unter den vielen Redenden in der Halle nicht heraus, und als sie Jamarh nach ihr fragte, sagte er ihr, er sehe Kelene nirgendwo. Möglicherweise befand sie sich im Heilraum und war bei den am stärksten Verwundeten und Kranken. Jamarh schlängelte sich sorgsam an den geschäftigen Erwachsenen vorbei, schlüpfte in die Küche und schnappte sich einige Fleischröllchen. Er brachte sie zu Anwin und führte sie und Glöckchen hinaus in den Treld.

Noch bedeckten Wolken die Kuppel des Morgenhimmels, doch sie waren bereits faserig und zeigten weiße Striche und blaue Risse. Der Wind war zu einer lauen Brise geworden, die launenhaft den Treld umwehte, und Schnee lag nur noch in tiefen Furchen und an schattigen Plätzen. Alles andere war zu Matsch geworden.

Jamarh schaute auf die schlammigen Pfade, die zu den Pferdeweiden führten, und richtete dann den Blick auf Anwin und ihre blinden Augen. »Kannst du Henos rufen?«, fragte er.

»Wo ist er?«

»Unten auf der Wasserweide beim … ach, schon gut«, sagte Jamarh. Plötzlich lachte er auf. »Dieses schwarz-weiße Pferd, das du mitgebracht hast, ist jetzt braun.«

»Er hat sich im Schlamm gewälzt«, sagte Anwin trocken.

»Wir reden später mit ihm. Komm. Ich kenne einen ruhigen Ort, an dem wir reden können, ohne andauernd den Lärm der Erwachsenen zu hören. Wir müssen Pläne schmieden.«

Anwin schüttelte den Kopf. Nun, da sie ihre Geschichte jemandem erzählt hatte, war der Drang, sofort etwas zu unternehmen, von ihr gewichen, und sie war zögerlich geworden. Sie wollte nicht mehr über ihren Traum reden, ja nicht einmal mehr an ihn denken. Sanft nahm sie Glöckchens Leine und drehte sich in Richtung der Halle. »Ich glaube, ich werde Mutter helfen. Wir haben keine Eile. Du kannst mit Henos reden, wenn du willst.«

Ihr Vetter beäugte sie misstrauisch und ergriff ihren Ellbogen. »Versprich mir, dass du nicht ohne mich gehst. Hol mich, wenn diese Führerin auftaucht. Geh nicht, bevor ich nicht bei dir bin.«

Sie lächelte, und ihre Grübchen vertieften sich. »Natürlich. Das verspreche ich. Aber ich werde mir dafür nicht die Hand aufschlitzen oder etwas anderes Schlimmes machen, was halt Jungs so tun.«

»Dann schwöre bei Amaras Namen.«

»Bei Amaras Namen«, versprach sie.

An einem gewöhnlichen Tag mit gewöhnlicher Arbeitsbelastung wäre Kelene die Erste gewesen, die die Zerstreutheit ihrer Tochter bemerkt hätte. Anwin kam zwar in den Heilraum und wollte helfen, aber ihre Hände waren schmutzig, und sie war mit den Gedanken irgendwo anders. Sie konnte sich nicht auf die Befehle, die ihr gegeben wurden, oder auch nur auf die einfachsten Dinge konzentrieren, und die meiste Zeit über schien sie gar nicht zu hören, was die Leute zu ihr sagten. An einem gewöhnlichen Tag hätte Kelene Anwin beiseitegenommen und sie gefragt, was los war. Doch dieser Tag war keineswegs gewöhnlich. Kelene war so sehr damit beschäftigt, ihrem Mann, ihrem Bruder und den Khulinin zu helfen, die entweder den grünen Rauch eingeatmet hatten oder von den Sektierern verletzt worden waren, dass sie kaum einen Gedanken an Anwin übrig hatte. Als Anwin einen Becher mit heißem Tee über Kelenes einziges sauberes Hemd schüttete, hatte Kelene genug. Sie unterdrückte den Drang zu weinen, schickte Anwin aus dem Zimmer und befahl ihr, sich eine andere Aufgabe zu suchen.

Mit schmerzlichem Bedauern schaute Kelene zu, wie Anwin aus dem Raum stürzte und dabei sehr wütend aussah, doch Kelene konnte nichts dagegen tun. Sie hatte zu viel Arbeit. Lord Athlone hatte bereits die Klanältesten einberufen und sie von seiner Entscheidung unterrichtet, den größten Teil des Werods zu nehmen und nach Norden zu reiten. Die Ältesten waren nicht glücklich über die Abreise der Krieger – niemand war das –, aber jedermann wusste, dass etwas getan werden musste. Ein Teil der Krieger würde zurückbleiben und den Treld, die Herden und die wenigen Magier schützen, die nicht fortgingen, während die meisten ihrem Häuptling zum Dangari-Klan folgten. Die beiden Dangari-Boten waren mit der Nachricht zu Lord Bendinor zurückgeschickt worden, dass die Khulinin kamen, und ein paar Khulinin-Boten waren zu den Jehanan, den Reidhar, den Geldring und den Bahedin ausgesandt worden, um in Erfahrung zu bringen, ob sie ebenfalls Angriffe oder Verwüstungen durch die Sektierer erlitten hatten. In der Zwischenzeit waren Vorräte zu packen, Pferde einzusammeln, Waffen zu reparieren, zu schärfen oder zu ersetzen und Verteidigungsmöglichkeiten zu planen. Kelene und Rafnir hatten entschieden, Anwin bei ihrer Großmutter zu lassen und sich zum Werod zu gesellen, um gemeinsam mit ihm gegen die Sekte zu kämpfen.

»Ich hoffe, die Priesterin hat bereits ein Gegenmittel für

ihr schreckliches Gift zusammengebraut. Sie will die Zauberer lebend haben, also muss sie die Wirkung umkehren können«, sagte Kelene zu ihrem Vater.

Lord Athlone blickte finster auf die dunklen Flecken, die noch dort auf dem Boden klebten, wo die Hunnuli einen der Eidbrecher zu Brei getrampelt hatten. »Kannst du kein eigenes schaffen?«

»Das hatte ich vor«, sagte Kelene. »Es handelt sich aber um einen komplizierten Zauber, der in ein schwierig herzustellendes Gift gemischt wurde, das ich nicht kenne. Wenn ich die Zutaten und die Magie nicht richtig zusammenbekomme, wird es nicht wirken. Ich brauche daher Utharas Aufzeichnungen oder ihre Hilfe oder, besser noch, gleich das Gegenmittel.«

»Dann begleite uns. Du weißt besser als jeder andere, wonach du suchen musst.«

So war es entschieden. Kelene wünschte bloß, sie hätte noch einige Tage Zeit, um sich vorzubereiten.

An jenem Nachmittag standen Lord Athlone, Gabria, Kelene, der dangarische Barde Roninir, die beiden Klanpriester des Sorh und des Surgart sowie die Priesterin der Amara auf einem Hügel jenseits des Trelds und sahen zu, wie der Rauch aus dem Scheiterhaufen des Hohepriesters in den klaren Himmel stieg. Kelene war ein wenig erstaunt darüber, dass die beiden anderen heiligen Männer und die Priesterin bei den Begräbnisriten für den Hohepriester des Kultes der Krath zugegen waren. Der Kult hatte nur eine kleine Gefolgschaft unter den Klanleuten und nahm für gewöhnlich nicht an den religiösen Zeremonien der Klane teil. Die Gegenwart der geistlichen Klanführer war ein Zeichen der Ehrerbietung für den Mann selbst, den Sohn eines Häuptlings, der mehrfach sein Leben aufs Spiel gesetzt hatte, um den Zauberern zu helfen.

Der Priester Sorhs, des Klangottes der Toten und des Herrschers über die Gerechtigkeit, sang einige Begräbnisgebete an die Toten, und der Priester Surgarts schüttelte ein paar Blätter des tödlichen Nachtschattens in die Flammen als Geschenk an die Göttin Krath. Die Priesterin der Amara blieb still; der Ausdruck ihrer meeresgrauen Augen war im Nachmittagslicht undeutbar.

Als die Flammen heruntergebrannt waren und der Scheiterhaufen in sich zusammenfiel, erwachte Lord Athlone aus seiner düsteren Stimmung und versammelte die Leute um sich. Mit einer Verbeugung wandte er sich an die Priesterin. »Linnae, meine Frau und meine Tochter haben mit ihrem kühleren Kopf vorgeschlagen, dass ich mit Euch über das Geschehen rede und Euch um Rat bitte.«

»Einen kühleren Kopf haben sie wahrlich, mein Lord! Es ist nicht klug, blind auf die Sekte einer Mördergöttin loszulaufen«, entgegnete die Priesterin. Sie hatte schon mehr als vierzig Winter hinter sich, war die Mutter von fünf erwachsenen Kindern und eine standhafte, klare Anwältin ihrer geliebten Gottheit. Der Klan ehrte sie genauso sehr wie die Priester, und sie war eine gute Freundin von Gabria sowie eine Schülerin jener Priesterin, die Gabria in jungen Jahren ermutigt hatte, ihr Amt als Zauberin anzunehmen. Sie hob das Gesicht zur Sonne und schloss die Augen. In ihrer hellgrünen Robe stand sie fest und sicher da und hob die Arme gen Westen, wo sich die Berge in massiven Reihen aus Stein, Schnee und Eis zum Dach der Welt erhoben.

Für eine Weile regte sie sich nicht. Der Rauch erhob sich in einer dünner werdenden Säule aus dem Scheiterhaufen, und die Geräusche des Trelds erfüllten den Raum hinter ihr. Der Wind aus der Steppe kräuselte ihre grüne Robe wie die Zweige eines immergrünen Baumes und spielte mit dem offenen braunen Haar, das ihr Gesicht einrahmte.

Niemand störte sie, nicht einmal die Priester, denn die stummen Worte, die ihre Lippen verließen, waren nicht für sie bestimmt, sondern für eine Gottheit, die wegen ihres Wohlwollens und ihrer Gnade von allen verehrt wurde. Als sie zum Ende gekommen war, senkte die Priesterin die Arme und schenkte Athlone und Gabria einen sorgenvollen Blick.

»Die Götter sind seltsam still. Ich sehe nur wenig von ihrer Gegenwart im Wind oder in der Erde.«

Die Priester sahen einander an, und Athlone hob eine Braue. »Was soll das bedeuten?«, fragte er. »Ist Krath in diesen seltsamen Angriff auf uns verwickelt oder nicht?«

»Und wenn sie es ist, was bedeutet das für uns?«, wollte Kelene wissen.

Als die Priesterin nicht sofort antwortete, sagte der alte Priester des Sorh: »Kraths Wege sind vor uns verborgen in den dunklen Schatten, die wir nur schwer deuten können. Sie enthüllt sich niemals unmittelbar, sondern versteckt sich in Rätseln und Geheimnissen.«

»Das ist uns eine große Hilfe«, erwiderte Lord Athlone verbittert.

Die Priesterin Linnae tauchte aus ihren Gedanken auf und antwortete ihm: »Es tut uns leid, Lord, aber wir können nicht deutlicher werden. Der Kult ist genauso heimlichtuerisch wie seine Herrin. Wir wissen einfach nicht genug über die Eidbrecher. Seit hunderten von Jahren verbergen sie ihre Geheimnisse hinter den Mauern ihrer Zitadelle. Aber ich weiß, dass diese Uthara, von der Ihr uns berichtet habt, ungewöhnlich ist. Frauen gehören dem Kult der Krath üblicherweise nicht an. Er ist ein Männerbund. Wäre es möglich, dass sie auf irgendeine Weise mit dem Priester Seth in Verbindung steht? Das würde ihren Platz im Kult und ihre magische Gabe erklären.«

Kelene und Gabria rissen die Augen auf, und Athlone zerbiss einen Fluch. Keiner von ihnen hatte an diese Möglichkeit gedacht.

»Ist es möglich, dass Krath diese Person beeinflusst?«, fragte Gabria.

»Ja«, antwortete Linnae und schenkte Gabria ein schwaches Lächeln. »Es ist bekannt, dass die Götter in den Geist der Sterblichen eindringen und auf Ereignisse einwirken können. Es ist aber auch möglich, dass diese Frau sich selbst und die Eidbrecher mit ihrem Ehrgeiz täuscht und ihre Macht benutzt, um den Kult zu beherrschen.«

Lord Athlone holte tief Luft, drehte den Kopf und schaute angestrengt nach Norden, als ob er dort knapp unterhalb des Marakor die Türme der Zitadelle von Krath erblicken könnte. Er stieß den Atem in einem stürmischen Seufzer wieder aus. »Ich würde es vorziehen, die dunkle Göttin nicht zu verärgern, aber ich muss diesen Angriffen auf mein Volk ein Ende setzen. Die Sektierer haben uns beleidigt und unser Heim angegriffen. Sie haben fünf unserer Klanleute und meinen Onkel ermordet, und dafür schulden sie uns Wergeld. Ich habe vor, es von ihnen einzutreiben.«

»Aber wie sicher ist es für Euch, dorthin zu gehen, Lord?«, fragte der Priester des Sorh. »Sicherlich werden die Sektierer Euch und die Magier in Eurem Gefolge jagen.«

»Dieses Wagnis müssen wir eingehen. Wir können unsere Schutzschilde nicht unbegrenzt aufrechterhalten, und wir haben gesehen, dass die Sektierer in unseren Treld eindringen konnten. Wir werden uns nicht in der Halle verstecken, bis Uthara persönlich zu uns kommt.«

Die Priesterin legte ihm eine Hand auf den Arm. »Mein Lord, wenn Krath wirklich einen Weg sucht, Kontrolle über die Zauberer zu erlangen, indem sie in die Welt der Sterblichen eindringt, dann muss das Gleichgewicht zwischen den Göttern erhalten bleiben. Amara wird in der Lage sein, auch ihren Einfluss geltend zu machen. Ich rate Euch: Geht. Nehmt den Werod und macht Euch auf den Weg zur Zitadelle. Doch seid vorsichtig. Und bleibt offen für Amaras Gegenwart.«

Der Klanhäuptling nickte ihr dankbar zu, doch bevor er ging, legte ihm Gabria die Hand auf den Ärmel. »Da ist noch etwas – etwas, das Seth mir gesagt hat, bevor er starb«, sagte sie zu all jenen, die ihr zuhörten. »Was wisst ihr über Lord Valorians Tod?«

Der Barde und die Priester waren von ihrer Frage verwirrt und sahen einander an.

»Nicht mehr als der Rest der Klane«, antwortete der Priester Surgarts. »Die Einzelheiten seines Lebens sind recht gut bekannt, aber nicht einmal die Priesterschaft ist eingeweiht in die geheimen Geschichten oder Tatsachen über seinen Tod. Es ist …«

»Ein Geheimnis«, schloss der Priester des Sorh.

Der dunkelhaarige, junge Barde der Dangari hatte bisher geschwiegen, doch nun ergriff er das Wort: »Es gibt unter den Klanen fünf Legenden, die Valorians Verschwinden erklären.«

»Fünf! Ich kenne nur vier«, rief Gabria aus. Sie war für die Sammlung aller bekannten Dokumente und Legenden verantwortlich, die sich auf Valorians Leben bezogen, und es oblag ihr, daraus eine einzige Geschichte über seinen vorzeitigen Tod und seine Wiederbelebung durch Amara zu machen – über seine Bemühungen, sein Volk zu einem neuen Leben in der Steppe zu führen und über den Auszug des damals einzigen Klans durch die Berge, um der Sklaverei und dem Tod im tarnischen Reich zu entgehen. Auch gab es Geschichten über Valorians zwölf Söhne und die Klane, die sie erschufen, sowie über die Ausbreitung der Zauberei und das

Geschenk des Gefallenen Sterns, die Quelle aller die Magie verstärkenden Splitter. Was fehlte, war ein Beweis für Valorians Tod. Irgendwann in seinem achtzigsten Lebensjahr war der Lordhäuptling, der Heldenkrieger seines Klans, einfach verschwunden.

»Mal sehen«, sagte Roninir und kratzte sich die blaue Tätowierung an seinem Kinn. »Da ist diese Geschichte, die besagt, dass Amara ihn in einer Höhle auf eine Bahre aus Gold gelegt habe und auf den Tag warte, wo er wiederkommen und die Klane in einer Zeit großer Not retten wird.«

»Ich glaube, diese Erzählung können wir außer Acht lassen«, sagte Athlone und dachte an die vielen Male, wo er Valorians Hilfe gut hätte gebrauchen können.

»Dann ist da die Corin-Legende, nach der er gar nicht gestorben ist, sondern im Gebirge bei den Steinziehern lebt, jenen Wesen, die dem Klan im Berg zur Flucht verholfen haben«, sagte Gabria. »Und die Reidhar-Version, die von einer wunderschönen Frau berichtet, welche seinen Körper mitnahm und ihn in ein Schiff gebracht hat, das fort in die Nebel der Zeit gesegelt ist.«

Roninir zählte drei seiner langen Finger ab. »Meine Lieblingsgeschichte ist die der Jehanan, nach der ihn das Hunnuli vor Krath verborgen hat. Und vergesst nicht die Legenden aus Moy Tura, die besagen, dass er als Strafe für den Diebstahl des Gorthlings in Gormoth gefangen gehalten wird.«

»Die glaube ich nicht«, sagte Gabria heftig. »Als ich seinen Geist mit der Totenmaske beschworen habe, kam er freiwillig; das weiß ich. Valorian ist tot. Die Frage ist nur, wo liegt sein Leichnam?«

»Und wo ist der Gefallene Stern?«, fügte Kelene hinzu.

Der Barde, die Priester, die Priesterin und die Zauberer schauten einander nachdenklich an, aber niemand hatte eine Antwort darauf.

»Könntet Ihr die Maske noch einmal benutzen und Valorian danach fragen?«, meinte Roninir.

»Die Maske liegt sicher verwahrt in Moy Tura. Selbst wenn ich sie hätte, wäre ich wohl kaum stark genug, um diesen Zauber noch einmal zu versuchen.«

»Ist das überhaupt wichtig?«, fragte der Priester des Sorh schließlich.

Gabria warf einen raschen Blick auf ihren Gemahl. »Möglicherweise. Seth hat mir gesagt, ich solle nach Valorians Körper suchen. Er glaubte, der Gefallene Stern sei bei dem Leichnam des Häuptlings. Ich weiß, dass es den Klanen allein schon viel bedeuten würde, wenn Valorian an einem Ehrenplatz anständig beerdigt würde, aber der Gefallene Stern wäre ein unschätzbarer Fund. Wir müssen nach ihm suchen, falls es möglich ist.«

Athlone verschränkte die Arme vor der Brust und runzelte die Stirn. »Der Mann war krank und hat im Fieberwahn geredet.«

»Das glaube ich nicht«, sagte Gabria und dachte an die letzten Augenblicke in Seths Leben. »Er hat ganz klar zu seinem Mörder gesprochen, dann hat er sich von dem Eidbrecher abgewandt und mir diese Information mitgeteilt.«

»Woher sollte er sie gehabt haben?«, fragte Roninir.

Gabria schaute nachdenklich drein. »Das weiß ich nicht. Die Bibliothek in der Zitadelle hat eine große Menge Bücher und Schriftrollen zu verzeichnen. Vielleicht hat er in ihnen etwas gefunden, das ihm eine solche Vermutung nahegelegt hat.«

»Wenn er es gewusst hat, wissen es die Sektierer auch«, betonte Kelene.

»Noch ein Grund, zur Zitadelle zu marschieren«, sagte der Häuptling.

Die Priesterin der Amara verneigte das Haupt. »Dann geht,

Lord. Aber seid vorsichtig. Denkt daran, dass diese Sektierer bloße Werkzeuge sind.«

»Manchmal muss man Werkzeuge neu schmieden«, brummte Lord Athlone.

Die Dämmerung des nächsten Morgens enthüllte einen hellen, klaren Himmel, brachte frischen Wind und trocknende Straßen. Auf den Feldern unter dem Treld versammelten sich die Klankrieger am Flussufer, um ihren Häuptling auf einem unerwarteten Ritt zu begleiten. Obwohl die Proviantwagen voll waren, die Waffen zahlreich und in gutem Zustand, die Pferde in ausgezeichneter Verfassung und das Wetter angenehm, brummten die Krieger, als sie sich unter dem wachsamen Auge Gerrards, des neuen zweiten Wertains der Khulinin, aufstellten.

Kelene hörte den Unmut der Männer, als sie am Fuß des Berges vorbeiritten, wo sie auf Demira wartete. Sie sagte nichts dazu. Sollen sie doch murren, dachte sie niedergeschlagen. Vielleicht würden ihr Ärger und ihre Enttäuschung sie die vielen Meilen bis zur Zitadelle tragen. Irgendetwas musste sie schließlich aufrechterhalten. Zwar würden sie Lord Athlone überallhin folgen – er war ein geehrter und geachteter Anführer –, aber nun bat er sie darum, ihre Heimat und ihre Familien zu Beginn des Winters zu verlassen und einige hundert Meilen zu reiten, um sich einem Feind entgegenzustellen, den sie allesamt verabscheuten und fürchteten. Einige Häuptlinge hätten nicht die nötige Entschlossenheit aufgebracht, eine solche Konfrontation mit den Eidbrechern zu wagen, doch Kelene kannte ihren Vater und wusste, dass er anders war. Lord Athlone sah nicht nur die Beleidigung und die Verbrechen, die an seinem Sohn und seinem Klan begangen worden waren, sondern er erkannte auch die Gefahr für den dürftigen Ruf, welchen die Magier in den Klanen genossen. Es war erst eine Generation her, seit sich Gabria dem Klanrecht widersetzt und die häretische Kunst der Zauberei erlernt hatte, um ihren abgeschlachteten Klan zu rächen und die übrigen elf zu retten. In diesen fast vierzig Jahren hatten die Zauberer und Zauberinnen der Klane große Anstrengungen unternommen, um Achtung und Ehre wiederzugewinnen. Doch die alten Ängste und der Hass lagen noch nicht lange zurück, und einer einzigen Bande von Magiern könnte es gelingen, alles zu zerstören, was Valorians Kinder aufzubauen versucht hatten. Kelene wusste, dass ihre Eltern dies niemals zulassen würden, falls sie es verhindern konnten.

Sie lehnte sich gegen Demiras Rücken und richtete den Blick den Hang hoch auf die Halle. Zwar hatte sie Anwin schon Lebewohl gesagt, aber sie hatte gehofft, ihre Tochter werde herauskommen und ihr *zusammen* mit den anderen Zurückbleibenden zuwinken. Anwin hatte sehr müde und unwohl gewirkt, und die Verabschiedung war recht flüchtig gewesen. Kelene runzelte die Stirn. Vielleicht war das Mädchen nur wütend darüber, dass sie im Treld bleiben musste. Obwohl sie ihre Eltern diesmal nicht darum gebeten hatte, sie begleiten zu dürfen, hatte sie vielleicht darauf gehofft, dazu eingeladen zu werden. Oder sie war krank oder gelangweilt oder vielleicht erbost darüber, dass ihre Eltern sowie ihr Großvater abreisten. Wer wurde schon aus diesem Kind schlau?

»Bist du fertig?« Gabria ritt auf Nara neben ihre Tochter.

»So fertig wie möglich«, erwiderte Kelene. »Bist du sicher, dass du und Kateri zurechtkommt?«

»Du hast uns ja gesagt, was wir zu tun haben. Wir werden Savaron am Leben erhalten. Und was die anderen angeht, so haben wir die Nachricht erhalten, dass sich unser Heiler auf dem Heimweg befindet. Er wird in zwei Tagen hier sein.«

»Den Göttern sei Dank dafür!«, sagte Kelene inbrünstig.

Die beiden Frauen schwiegen für eine Weile. Sie wussten, dass sie einander so vieles sagen wollten und etliche Worte danach drängten, ausgesprochen zu werden. Doch weder Gabria noch Kelene wagten es, mehr als ein paar nichtssagende Sätze zu sprechen, damit es nicht zu Tränenströmen kam.

»Seid vorsichtig«, meinte Gabria nach einer Weile.

»Du auch. Und pass auf Anwin auf.«

»Das werde ich. Behalte deinen Umhang an. Er schützt dich vor Pfeilen. Und trage die Knotenkette, die ich dir gegeben habe. Sie wird die Magie im Gift abwehren.«

Kelene strich über die verschlungen geknotete Kordel, die sie um den Hals trug. »Ich habe sie bei mir. Und ich trage die Hosen, die du mir geliehen hast, und das gepolsterte Wams und die langen Ärmel. Hoffentlich wird es nicht zu warm.«

Gabria wischte sich verstohlen über die Wange. »Pass auf deinen Vater auf. Er ist nicht mehr so jung, wie er glaubt.«

Kelene neigte den Kopf, erwiderte aber nichts darauf. Hinter einem Tränenschleier verschwamm die Welt.

»Geh jetzt«, sagte Gabria heiser. »Sie trinken schon aus dem Jagdbecher.«

Ein Horn erschallte inmitten der versammelten Reiter, und Kelene sah, wie die Priesterin der Amara Lord Athlone ein großes Trinkhorn entgegenhielt. Der Häuptling nahm einen Schluck daraus und hob es hoch in die Luft. Ein Rufen ertönte von den wartenden Reitern. Zuschauende Klanleute jubelten und winkten. Mit einem lauten Ruf trieben Lord Athlone, sein Standartenträger und die Herdwache die Pferde zu einem Galopp an und setzten sich an die Spitze der langen Kolonne.

Kelene sah, wie Rafnir neben den Häuptling ritt. Ihre beiden schwarzen Pferde führten die anderen aus dem Tal hinaus. Rasch drehte sie sich noch einmal zu ihrer Mutter um, winkte ihr heftig zu, schenkte ihr ein zitterndes Lächeln und preschte auf Demira hinter den abziehenden Kriegern her. Sie warf einen letzten Blick auf den Hügel, und als sie die kleine vertraute Gestalt ihrer Tochter noch immer nicht sah, zuckte sie die Achseln und ritt traurig aus dem Tal.

Sieben

Der zu drei Vierteln volle Mond erhob sich über der östlichen Steppe und schwebte ruhig am kalten Nachthimmel. Er goss ein silbriges Licht auf den Treld, in dem sich die Klanleute bereits zur Ruhe gelegt hatten. Noch brannten einige Feuer, um den leichten Frost abzuhalten, und die weit voneinander entfernten Fackeln erleuchteten den Platz vor der Halle sowie den Pfad, der hinunter zu den Feldern führte.

Vier Wächter standen bei den Vordertüren, und weitere befanden sich in den schwarzen Türeingängen, den Schatten und finsteren Ecken überall im Lager. Einmal hatten sie dabei versagt, die Sektierer am Betreten des Lagers zu hindern. Das sollte nicht wieder geschehen. Die Wachen der Khulinin hatten sich geschworen, dass sie wachsam sein würden, solange Gabria, Savaron, Kateri und die übrigen Magier im Treld weilten.

Die Wächter versteiften sich unter einem plötzlichen Geräusch, doch sie entspannten sich wieder, als sie sahen, wie ein fast ausgewachsenes schwarz-weißes Hunnuli von den schwarzen Wiesen herbeitrottete und über die Straße zur Halle lief. Seine Hufe knirschten auf dem angefrorenen Schlamm, und sein Atem trieb vor ihm her. Weiß glänzten die rollenden Augen im Schein der Fackeln vor der Tür. Auf die Wachen machte das Tier einen nervösen Eindruck, doch sie waren an dieses Fohlen mit dem übertriebenen Sinn für Dramatik gewöhnt. Daher schüttelten sie nur den Kopf und öffneten ihm höflich die Tür.

Henos schoss in das Innere, als werde er von einem Schwarm Fledermäuse verfolgt. Hinter dem Eingang hielt er inne, warf Nara an ihrem Lieblingsplatz bei der Wand einen raschen Blick zu und betrachtete die Menschen, die sich in der Halle versammelt hatten.

Die ältere Stute rümpfte die Nase über sein polterndes Eindringen. Sie schnaubte einmal und machte sich wieder über ihr Heu her. Es bedurfte mehr als eines lärmenden Fohlens, um sie aus der Ruhe zu bringen.

»Henos!«, rief Jamarh aus der Gruppe von Leuten, die sich um den Barden versammelt hatten. Der Junge vergaß seine guten Manieren, sprang auf und eilte an die Seite des jungen Pferdes. Er streichelte es, nickte ein paarmal und sagte einige Worte zu ihm. Dann sah er starr zu, wie das Pferd herumwirbelte und aus der Tür lief.

Jamarh versuchte unbekümmert auszusehen, während er zu der Gruppe zurückging, die gerade einer von Roninirs Balladen lauschte. Er ließ sich neben Anwin nieder und flüsterte vernehmlich: »Sie ist hier.«

Diese Ankündigung führte dazu, dass mehrere Leute sich nach ihm umdrehten und ihn böse ansahen, doch Anwin wurde daraufhin so bleich wie Milch. Als er ihre Hand ergriff, spürte er, dass sie eiskalt war.

»Hier? Jetzt?«, flüsterte sie.

»Henos sagt, sie ist zu ihm auf die Weide gekommen. Fast wäre er vor Schreck ganz weiß geworden. Sie wartet. Wir müssen so bald wie möglich gehen.«

Angst und Neugier schossen durch Anwins Körper. Sie zitterte unkontrolliert. »Woher wusste diese Führerin, dass sie es Henos sagen sollte?«

Jamarh zuckte die Schultern, auch wenn Anwin es nicht sehen konnte. »Nun, sie kommt von Amara. Vermutlich hat die Göttin es ihr gesagt.«

»Oder sie hat uns von den Bergen aus beobachtet und Henos bei uns gesehen«, sagte Anwin.

»Du bist ein ziemlicher Angsthase«, verkündete Jamarh. Seine Stimme war laut vor Erregung.

»Psst«, zischte ein älterer Schäfer. »Wenn ihr reden wollt, dann geht anderswohin.«

»Gute Idee. Komm, wir gehen.« Jamarh zog Anwin auf die Beine.

Gefolgt von dem Hund, eilten die beiden Kinder zu den Gemächern ihrer Großeltern und zogen den schweren Vorhang hinter sich zu. Eine einzelne Lampe warf einen schwachen Schein in das leere Zimmer. Gabria befand sich im Heilraum, also hatten sie die Gemächer für sich allein.

Jamarh zerrte hinter Truhen und hölzernen Schachteln in einer kleinen Vorratsecke einen schweren Sack hervor. »Ich habe Essen, ein Reisezelt, Decken und eine Axt eingepackt.« Stolz hob er ein Kurzschwert, das in seinen Händen eher wie ein gewöhnliches Langschwert aussah, und fügte hinzu: »Und das hier.«

Anwins Blick war leer. »Was?«

»Ach ja, also ... das ist ein Schwert«, sagte er und schwang die Klinge. »Nur für alle Fälle. Vater hat es mir in diesem Sommer gegeben. Er war gerade dabei, mir zu erklären, wie man es gebraucht, als er krank wurde.« Die Erinnerung an seinen Vater erstickte seine Aufregung, und seine Worte verklangen zu traurigem Schweigen. Er steckte die Klinge zurück in die Scheide.

»Nimm auch deinen Bogen mit«, riet Anwin.

»Hast du auch schon gepackt?«, fragte Jamarh. Zögerlich holte sie ihre Satteltaschen unter den Laken hervor und warf sie ihm vor die Füße. Der Junge verschränkte die Arme vor der Brust und betrachtete sie von oben bis unten. »Bist du sicher, dass du wirklich gehen willst? Das ist die letzte Gelegenheit, einen Rückzieher zu machen. Wir wissen immer noch nicht, wer diese Führerin ist.«

»Wer ist jetzt der Angsthase?«, gab sie scharf zurück. »Du musst ja nicht mitgehen.«

Still standen sie da, Glöckchen zwischen ihnen, und dachten darüber nach, ob es klug war, mitten in der Nacht aus dem Treld zu schlüpfen und nach einer fremden Person zu suchen, die vielleicht von einer Göttin geschickt worden war, um sie an einen Ort zu führen, an dem sie möglicherweise etwas fanden, womit sie ihren Familien helfen konnten. Es war gefährlich, und sie wussten beide, dass ihre Eltern und Großeltern es ihnen verbieten würden. Dennoch schlug eine mächtige Gewissheit Wurzeln in Anwins jungem Geist. Sie musste es tun, egal ob ihre Eltern dafür oder dagegen waren. Vielleicht würde sie für ihre impulsive Art eines Tages bezahlen müssen, doch in diesem Augenblick war die versprochene Suche eine Gelegenheit, die sie sich nicht entgehen lassen konnte.

»Amara, begleite uns«, flüsterte sie. »Wie kommen wir nach draußen, ohne dass uns die Wachen aufhalten?«

Er grinste zustimmend. »Es ist noch früh genug«, antwortete er. »Geh durch die Küche und auf die Wäscherei zu. Wenn dich jemand fragt, bringen wir Großmutters Bettwäsche nach draußen, damit sie gleich morgen früh gewaschen werden kann. Dann geh zu den Aborten. Henos wartet in den Bäumen dahinter.«

Anwin hörte aufmerksam zu. »Du hast das alles vorbereitet, nicht wahr?«

»Natürlich. Irgendjemand musste es ja tun.« Er warf sich den Umhang über die Schultern, wickelte die Lederbeutel in ein paar alte Laken und sagte: »Gib mir etwas Vorsprung und dann komm. Glöckchen wird dir helfen.«

Anwin zögerte ein letztes Mal. »Meinst du nicht, wir sollten es wenigstens Großmutter erklären? Sie wird sich große Sorgen machen.«

Jamarhs Stimme klang verärgert. »Du hast selbst gesagt, dass niemand dir glauben würde. Willst du es riskieren, die Führerin zu verpassen, nur weil du Gabria oder meiner Mutter davon erzählst? Sie werden begreifen, dass wir nicht anders handeln konnten.«

Anwin wusste, dass sie gehen musste, so viel war klar, doch in diesen letzten Augenblicken vor der Abreise fühlte sie sich verloren in einem Tumult der Gefühle. Schuld, Verwirrung und Aufregung stoben in ihren Gedanken davon wie Schafe vor den Wölfen. Sie war froh, dass Jamarh alles für sie geplant hatte, denn in dieser Lage hätte sie nicht einmal ihren eigenen Umhang gefunden, geschweige denn einen Beutel packen, aus der Halle schlüpfen, Henos treffen, den Wachen entwischen und die Führerin finden können. Sie wickelte ihre Satteltaschen in ein Laken, nahm Glöckchens Leine und sang leise mit, als Roninirs Stimme aus der Halle herdrang. Er trug ein altes Lied über Valorian vor, das vor der Säuberung geschrieben worden war.

Jamarh erinnerte sich ebenfalls an die Ballade. Wenn sie alle Strophen mitsang, würde er genug Zeit haben, nach draußen zu schlüpfen und zu den Aborten zu laufen. Er summte die Melodie mit, ergriff sein Bündel und schlenderte aus dem Raum.

Die Worte und die Musik entfalteten sich in Anwins Kopf, bis sie die letzte Zeile erreichte: *Er steht im Schutze von Amaras Hand, der Häuptling über dieses mächtige Land.* »Im Schutze von Amaras Hand«, wiederholte sie für sich selbst. Sie betete darum, dass es wahr war. Dann packte sie die Leine des Hundes, gab ihm den Befehl, hinauszugehen, und der Tesser führte sie unbeirrt zur Tür. Sie reckte das Kinn, schob den Gobelin beiseite und trat hinaus in die Halle. Dabei versuchte sie so auszusehen, als wüsste sie genau, was sie vorhatte. Glöckchen blieb dicht neben ihr und führte sie um die Leute und die Möbel herum, die ihr im Weg standen.

Am anderen Ende der Halle, neben der Steinmauer der Feuergrube, hob Roninir den Blick von seiner Harfe und sah zu, wie sie ihr Bündel in Richtung der Küchentür trug. Ein Schatten fiel über sein ernstes Gesicht, denn er hatte vor einigen Minuten gesehen, wie Jamarh denselben Weg genommen hatte. Was hatten die beiden vor? Ein seltsames Gefühl beschlich ihn. Angetrieben von etwas, das er nicht benennen konnte, legte er die Harfe beiseite, erhob sich und eilte hinter Anwin her. Er steckte die Hände in die tiefen Taschen seiner Robe und entdeckte die Flöte, die er für sie geschnitzt hatte. Seltsam, dachte er, er erinnerte sich gar nicht daran, dass er sie eingesteckt hatte.

Anwin hatte die Tür schon beinahe erreicht, da holte er sie ein. Als er ihr die Hand auf die Schulter legte, zuckte sie zusammen, und Roninir hatte für einen kurzen Augenblick den Eindruck, dass sie schuldbewusst dreinschaute.

»Ich habe das hier für dich gemacht«, sagte er ruhig. »Nimm es mit.«

Das Schuldgefühl wurde zu Erstaunen, als sie den Umriss des Gegenstandes ertastete, den er ihr in die Hand gelegt hatte. Mit einem flüchtigen Lächeln steckte sie die Flöte in ihren Gürtel und eilte hinaus.

»Ein Seelied!«, rief einer seiner Zuhörer. »Spiel uns ein Seelied.«

Der Barde schaute Anwin nach, während sie hinter der Tür verschwand, und kehrte dann zu seinem Publikum zurück. Er fuhr mit den Fingern über die Harfensaiten. Was immer die beiden da draußen vorhatten, war entweder eine Sache von kurzer Dauer, oder die Wachen würden sie aufhalten, entschied er. »Wie wäre es mit diesem hier?«, fragte er seine

Zuhörer und begann mit einem ausgelassenen Seemannslied, das sogar Pferdeleute mochten.

Die Klänge erreichten Anwin in der Küche, und sie lächelte. Dieses Lied hatte sie immer sehr gemocht. Das Meer war für die Klane, die im Schatten der Berge lebten, etwas sehr Fremdes, und daher schätzten sie jede Geschichte und jedes Lied vom Ozean im Osten. Mit den Bildern aus dem Lied im Kopf verließ sie in Glöckchens Begleitung die Küche und machte sich auf den Weg zur Wäscherei, die am Hang unter der Halle lag.

»Schon wieder ein Stapel Laken?«, fragte eine männliche Stimme aus der Dunkelheit. »Gabria hat wohl mit den Kranken alle Hände voll zu tun.«

Anwin hätte vor Überraschung beinahe das Bündel fallen gelassen. Sie versuchte auf die Geräusche in ihrer Umgebung zu lauschen, doch wo immer der Wächter stehen mochte, er verursachte über seine leise Bemerkung hinaus keinen Laut. »Äh, ja, das hat sie«, gelang es ihr zu sagen.

»Halte dich etwas mehr rechts«, empfahl ihr der Wächter. »Und wenn du Jamarh siehst, sag ihm, er soll rasch wieder herkommen. Ich will nicht, dass ihr beide allein hier draußen seid.«

»Er wollte nur zum Abort«, sagte sie mit festerer Stimme. Mit dem Bündel in der Hand ging sie zum Wäschereischuppen und war schnell außer Sichtweite des Wächters. Sie wusste, dass Jamarh nicht hier, sondern zwischen den Bäumen hinter den Aborten auf sie wartete. So leise wie möglich wickelte sie die Satteltaschen aus und versteckte sie unter ihrem Umhang; dann lief sie hinter Glöckchen her zu den Klosetts und hoffte, dass niemand, der sie zufällig sehen mochte, sich über ihren erweiterten Leibesumfang wunderte.

»Psst! Hier drüben«, flüsterte Jamarh links von ihr. Er ergriff Glöckchens Halsband und zog Hund und Mädchen in die Schatten hinter den Aborten. »Zieh den Kopf ein und folge mir«, befahl er. Wie Füchse blieben sie tief am Boden und bewegten sich verstohlen von einem Versteck zum nächsten, bis sie eine schmale Reihe aus Nadelbäumen erreichten, die am Südhang des Hügels hinablief.

Dort wartete Henos auf sie. Sein schwarzes und weißes Fell verschmolz so vollkommen mit den Schatten und dem gesprenkelten Mondlicht, dass Jamarh ihn erst entdeckte, als sie ihn schon beinahe erreicht hatten. Henos schnaubte aufgeregt, und Jamarh beruhigte ihn sofort.

Er flüsterte: »Wenn wir es schaffen, unbemerkt bis zur Senke zu kommen, kann ich uns mit einem neuen Zauberspruch weiterhelfen, an dem ich in der letzten Zeit gearbeitet habe.«

»Seit wann?«, fragte Anwin misstrauisch.

»Seit gestern. Er ist … äh … noch nicht vollkommen, und in diesem Mondlicht können wir ihn nicht einsetzen. Wir wären für jedermann in der Nähe zu deutlich sichtbar. Aber ich glaube, aus der Ferne funktioniert er.«

»Und was soll dieser Zauberspruch bewirken?«

»Er macht uns fast unsichtbar«, erwiderte der Junge und spähte zwischen den Bäumen hindurch, ob die Luft rein war.

Trotz ihrer Bedenken war Anwin beeindruckt. Jamarh war nur drei Jahre älter als sie, und schon lernte er seine Gaben einzusetzen.

Mit eingezogenen Köpfen krochen die beiden Kinder dicht an Henos heran. Das Fohlen stellte sich so, dass sein Körper sich zwischen ihnen und dem Treld befand, wodurch sie noch schwerer zu entdecken waren. Langsam schritt er die Baumreihe entlang und auf die Weiden und eine kleine Senke zu, in der verstreute Espen, Kiefern und Zwergeichen am Fuß des breiten Hügels wuchsen.

Anwin zitterte in der Kälte. Sie vergrub die Hand in Henos' langer Mähne, hielt sich verzweifelt daran fest und betete darum, dass sie nicht stürzte und Jamarh sowie sich selbst schutzlos machte. Sie stolperte über Felsen, trat in feste Klumpen aus Gras, verfing sich im Wurzelwerk. Jamarh versuchte ihr flüsternd die Richtung anzugeben, und Henos ging so vorsichtig wie möglich auf einem nicht allzu schwierigen Pfad, doch sie konnten Anwin nicht alle Hindernisse aus dem Weg räumen.

Dann stieß sie gegen eine harte Wurzel und stolperte gegen Henos, bevor sie sich wieder fangen konnte. Fast hätte sie vor Schmerz aufgeschrieen. Tränen traten ihr in die Augen; Verzweiflung brannte ihr in der Kehle. Wenn sie nur sehen könnte! Wenigstens ein bisschen Licht und Schatten. Oder ein paar Einzelheiten. Irgendetwas!

»Ganz ruhig«, zischte ihr Jamarh ins Ohr. »Wir sind fast da.«

Anwin versuchte zu nicken. »Wo sind die anderen Hunnuli?«, flüsterte sie, um sich von den Schmerzen in ihrem Knöchel abzulenken. Irgendwo auf den Weiden mussten sich weitere Hunnuli befinden, die den Magiern des Klans gehörten – denjenigen, die nicht zusammen mit Athlone aufgebrochen waren.

Außer Nara sind alle auf der anderen Seite des Flusses. Sie beobachten den nördlichen Zugang zum Treld, sagte Henos zu ihr.

»Wo ist denn nun diese Führerin?«, wollte Jamarh wissen.

Sie wartet bei der hohen Weide über den drei Wasserfällen auf uns. Sie will sich nicht dem Treld nähern.

Anwin packte Henos' Mähne noch fester und zwang sich weiterzugehen.

Sie hatten erst ein paar Schritte zurückgelegt, als Henos stehen blieb. *Da drüben ist ein Ausreiter. Rührt euch nicht.*

Die Kinder erstarrten und drückten sich in Henos' Schatten, während das Hunnuli den Kopf senkte und das Gras um die Baumstämme abfraß. Anwin und Jamarh hielten Glöckchen fest und versuchten, nicht zu laut zu atmen. Links von sich hörten sie leises Hufgetrappel auf dem halb gefrorenen Boden. In der Nacht war es schwer zu sagen, wie weit Ross und Reiter wirklich entfernt waren; also warteten sie still und hofften, dass Amara tatsächlich über sie wachte.

Anwin war voller bebender Anspannung. Sie legte den Kopf schief und strengte sich an, etwas in der Nacht um sie herum zu erfühlen. Sie hörte die gedämpften Glocken der Leittiere irgendwo in der Ferne und das Rauschen und Donnern des Flusses und der Wasserfälle. Im Treld bellte ein Hund. Rauch von den Kochfeuern schwebte noch in der Luft und vermischte sich mit den hartnäckigen Gerüchen der Aborte, der Abfallhaufen, der Gerberei, der Schmiede und der unzähligen anderen Düfte, die einen Treld für gewöhnlich durchdrangen. Zu ihrer Erleichterung entfernte sich das Hufgetrappel allmählich.

Nach einigen sehr langen Minuten entspannte sich Henos. *Er ist flussabwärts geritten. Ich glaube nicht, dass er uns gesehen hat.* Das Fohlen warf den Kopf herum und führte sie langsam und gelassen weiter den Hügel hinab. Es sah aus wie ein Hunnuli, das zu einem Nachtmahl auf der Weide unterwegs war – so lange niemand die Beine zählte, dachte Anwin.

Als sie schließlich die kleinen Bäume erreicht hatten, wurden sie schneller. Sie eilten in die Senke und außer Sichtweite des Trelds. Obwohl die Lagerwachen sie nun nicht mehr erspähen konnten, bewegten sie sich weiterhin lautlos und mit großer Vorsicht, während sie nach weiteren Ausreitern Ausschau hielten, die die zahlreichen Herden des Trelds bewachten.

In einem Wäldchen aus Espen und Zwergkiefern hielt Henos neben einem Felsblock an, damit Jamarh und Anwin auf seinen Rücken klettern konnten. Mit freudigem Grinsen legte Jamarh eine Decke über den Rücken des Pferdes, befestigte die Satteltaschen und stieg auf Henos' Widerrist. Er setzte sich und wartete auf Anwin.

»Sieh genau hin«, sagte er, als sie sich hinter ihm niedergelassen hatte. Er hob die Faust und murmelte eine Reihe von Worten, um die Magie zusammenzuziehen und den Spruch zu bilden.

Anwin machte sich nicht die Mühe, ihn zu berichtigen. Sie konnte nicht hinsehen, aber sie konnte es fühlen, und sie bemerkte es sofort, als die uralte Kraft der Götter auf seinen Befehl reagierte und sich nach seinem Willen zusammenzog. Sie spürte, wie die Energie gleich einem heißen, stechenden Wind an ihrer entblößten Haut entlangfloss, ihr die Nackenhaare aufstellte und ihren Puls beschleunigte.

»Was tust du da?«, keuchte sie. Sie war in der Nähe ihrer Eltern und Großeltern gewesen, als diese Magie gebraucht hatten, doch eine so atemberaubende Hitzewelle hatte sie dabei nie gespürt.

»So etwas wie einen Schild. Damit man uns nicht sehen kann«, erklärte Jamarh. »Er ist noch nicht sehr gut, aber er muss ja nur halten, bis wir das Tal verlassen haben.«

»Fühlt es sich für dich immer so an?«, keuchte sie.

»Wie eine Hitzwelle, die einem durch Mark und Bein geht?« Er lachte. »Ja, immer. Ich denke, ich sollte dir auf der Reise ein paar Zaubersprüche beibringen. Vielleicht einen Verteidigungszauber.«

Anwin erwiderte nichts darauf. Sie wunderte sich darüber, dass sie nicht beleidigt war, dass er ihre weitere Ausbildung übernehmen wollte. Er hatte Recht. Da sie auf Geheiß einer Göttin mit einer Fremden losritten, war es vielleicht gut, wenn sie lernte, mit ihrer Kraft ein wenig umzugehen. Dieser

Gedanke gefiel ihr sogar, und zum ersten Mal verspürte sie einen Stich der Vorfreude. Darüber wäre ihre Mutter bestimmt sehr erstaunt.

Das schwarz-weiße Fohlen wurde zwischen den Bäumen schneller und umrundete vorsichtig die Weiden, bevor es sich nach Osten wandte und zu den Vorbergen rannte. Jamarhs Schild schien zu funktionieren, denn niemand sah die Kinder, und niemand machte den Versuch, das Hunnuli aufzuhalten.

Sie kletterten immer höher und hielten sich parallel zum Fluss, bis der Treld unter ihnen lag und sich das gewaltige und rätselhafte, aus herabgestürzten Felsblöcken, immergrünen Bäumen und rauschenden Bächen bestehende Reich des Dunkelhorngebirges vor ihnen erstreckte. Schließlich gelangten sie zu den höher gelegenen Weiden, auf denen die Khulinin im Sommer die Herden grasen ließen und wohin im Winter das große, gehörnte Rotwild aus den Bergen kam. Henos hatte bald einen Bach erreicht, der von den schneebedeckten Gipfeln herunterstürzte und den Goldrine speiste. Das Pferd drehte sich um und folgte dem Wasserlauf, bis er sich an einem Felssturz in drei Kanäle teilte und in drei weißen Bändern aus eisigem Wasser über den Fels in die Tiefe ergoss.

»Da sind die drei Wasserfälle«, sagte Jamarh zu Anwin.

»Siehst du jemanden?«

»Noch nicht.«

Da, mischte sich Henos ein. *Da drüben zwischen den Bäumen hinter der Weide.*

Jamarh blinzelte angestrengt und versuchte zu erkennen, was Henos gesehen hatte. Dann keuchte er auf. »Da drüben, Henos? Der weiße Umriss. Siehst du ihn? Was macht der denn da?«

Das ist euer Führer.

»Was?«, meinte Anwin. »Was ist das?«

Jamarhs Stimme klang gedämpft. »Hat Amara etwas von einem Bären erwähnt?«

»Niemand hat etwas von einem Bären gesagt!«, rief Anwin.

Doch, das hat sie, betonte Henos und warf den Kopf herum. *Sie ist eine Bärin. Ich habe dir doch gesagt, dass sie mich beinahe ganz weiß vor Angst gemacht hat. Stell dir nur einmal vor, wie es ist, wenn so ein Wesen in der Dunkelheit auf dich zukommt.*

Er trottete auf ein vom Mond erhelltes Stück der Weide und blieb vor einem Zedernwäldchen stehen. Dann stampfte er mit dem Huf auf und befahl: *Sag ihnen, was du mir gesagt hast.*

Ein großer, blasser Umriss regte sich und trottete aus dem Schutz der Bäume hervor. Die kleinen dunklen Augen starrten sie misstrauisch an. Glöckchen jaulte auf und kauerte sich hinter Henos. Anwin nahm den schweren, moschusartigen Geruch des Bären wahr, der sich mit dem Duft der Zedern vermischte.

Jamarh konnte ein Keuchen nicht unterdrücken, als sich der Bär auf die Hinterpfoten stellte und die Kinder an seiner langen Nase vorbei anstarrte. »Das ist ein Höhlenbär aus den Bergen«, flüsterte er Anwin zu.

Höhlenbären waren gefürchtete Tiere, die man in den Bergen und Wäldern unterhalb der zerklüfteten Gipfel selten zu sehen bekam. Sie zogen die schneebedeckten Höhen und unwirtlichen Gebiete des Hochgebirges vor und lebten in kalter Einsamkeit. Dieses Exemplar, das nun vor dem Hunnuli stand, war in aufgerichtetem Zustand beinahe sieben Fuß groß und trug einen dichten Pelz aus schneeweißem Fell.

»Bist du Anwin?« Die Bärin hatte kaum den Mund geöffnet, doch die langsam und rau ausgesprochenen Worte erklangen deutlich in Anwins Ohren. Das Mädchen nickte; es traute seiner eigenen Stimme nicht. »Man hat mich zu dir geschickt«, brummte die Bärin. »Ich soll deine Führerin sein.«

»Wer hat dich geschickt?«, fragte Anwin.

»Sie, die dich mit ihrer Gegenwart gesegnet hat. Wir müssen gehen.« Die Bärin ließ sich auf alle viere nieder, drehte sich um und marschierte los.

»Warte!«, beharrte Anwin. »Wer bist du? Warum bist du zu mir geschickt worden?«

»Und wohin gehen wir?«, fügte Jamarh hinzu.

»Nach Norden. In die Berge«, war die einzige Antwort, die sie erhielten.

Die Bärin bewegte sich bedächtig über die Weide und erwartete offensichtlich, dass das Hunnuli ihr folgte. Henos tat es, ohne einen Augenblick zu zögern.

»Eine Bärin«, murmelte Jamarh. »Was ist das für eine Göttin, die eine weiße Bärin schickt?«

»Weiß ist die uralte Farbe der Zauberei. Das hat mir Großmutter gesagt«, meinte Anwin.

»Aber eine Bärin? Warum kein Mensch? Oder ein Hunnuli? Oder ein ...«

»Jamarh«, sagte Anwin mit schwindender Geduld. »Es ist eine *sprechende* Bärin.«

»Was meinst du, Henos?«, fragte Jamarh das Fohlen.

Stolz reckte das Pferd den Hals; es freute sich, dass man es um seine Meinung bat. *Sprechende Bären sind nicht immer das, was sie zu sein scheinen. Ich glaube, wir sollten uns beeilen, bevor die Klanleute bemerken, dass ihr verschwunden seid.*

Fast wie zur Antwort darauf blies ein Horn im Tal unter ihnen Alarm. Weitere Hörner fielen ein, einschließlich zweier tiefer, lauter, die von den Herdwachen zur Erwiderung geblasen wurden.

»Das war's«, rief Jamarh aus.

Die Bärin fiel in einen watschelnden Galopp und war rasch hinter der Bergkuppe verschwunden. Henos folgte ihr und hatte sie bald eingeholt. Ohne noch etwas zu sagen, drangen sie tiefer in das felsige Gebirge ein, wo das Land immer zerklüfteter wurde und es nur wenige, weit voneinander entfernte Pfade gab. Die Hörner unten im Treld verhallten in der Dunkelheit.

Auf der verlassenen Wiese malte das Mondlicht einen weißen Streifen auf das Schwarz und Grau der Nacht und verhalf den dichten Schatten unter den Bäumen und Felsvorsprüngen zu einer größeren Tiefe. Für eine Weile bewegte sich kaum etwas außer dem Gras, das im leichten Wind schaukelte. Dann löste sich ein Schattenfleck von einem Hain aus Nadelbäumen. Er trat hinaus in das Mondlicht und wurde nur wenig deutlicher, als er die Finger an den Mund legte und einen kurzen, scharfen Laut ausstieß, der sich anhörte wie der Schrei eines Nachtfalken. Zwei weitere Gestalten kamen aus unterschiedlichen Richtungen herbei und wurden im Mondschein deutlicher. Vorsichtig versammelten sie sich unter den Zedern, welche die Bärin kurz zuvor verlassen hatte. Alle drei waren von Kopf bis Fuß in grau-grüne Kleidung gehüllt; sie trugen Schärpen um die Hüften, in denen verschiedene Waffen steckten, von denen die schwarzen Peitschen mit den Totenkopfknäufen die verräterischsten waren.

Das ist unerwartet, signalisierte der eine mit den Händen.

Ein Zweiter antwortete mit ähnlichen Bewegungen; seine Finger flogen durch die Folge der Symbole. *Höchst unerwartet. Warum sollten zwei Kinder mitten in der Nacht den Treld verlassen und einer Bärin folgen? Was ist das für ein Tier?*

Die Hände des Dritten beschrieben Zeichen der Antwort. *Wir hätten sie mit unseren Pfeilen beschießen sollen.*

Nein, antwortete nachdrücklich die erste Gestalt. *Wir haben den Befehl, die Kinder der Magier in Ruhe zu lassen. Für sie hat sie etwas anderes geplant.*

Wir dürfen sie nicht aus den Augen lassen. Es könnte wichtig sein, antwortete der zweite Umriss.

Ja. Zwei von uns werden ihnen folgen. Der Dritte wird die anderen darüber unterrichten und die Botschaft der Priesterin überbringen. Sicherlich will sie es wissen.

Einer der Männer nickte. *Ich werde gehen. Ich werde euch die Wolfetare schicken.*

Die Gestalten salutierten stumm voreinander und trennten sich. Zwei folgten den Spuren der Bärin und des Hunnuli, während der Dritte zu seinen Gefährten davoneilte und die Neuigkeit seiner Herrin überbrachte.

Acht

»Ihr habt sie aus dem Lager entkommen lassen?« Gabrias Stimme schraubte sich in ungewohnte Höhen der Fassungslosigkeit und des Zorns. »Das ist einfach unglaublich!« Schon bildete sich in ihrem Kopf die Anklage, dass die Wachen wieder einmal versagt hatten, doch sie schluckte diese Worte herunter. Es hatte keinen Sinn, die Männer daran zu erinnern. Sie wussten es nur zu gut.

Fanderin, der Kommandant der Wachen, die den Treld und die Gattin des Häuptlings bewachen sollten, fiel auf das Knie. Er war ein wohlgestalteter Mann mit rotem Haupthaar und Bart und hatte ein starkes Verantwortungsbewusstsein. »Herrin, es gibt keine Entschuldigung dafür. Wir hätten sie sorgsamer bewachen müssen. Wir sahen das Hunnuli ankommen, und Kethril hat bemerkt, wie die Kinder weggelaufen sind. Aber keiner von uns hat die Kinder mehr gesehen, nachdem sie zu den Aborten gegangen waren.«

Gabria legte beide Hände auf die Rückenlehne ihres großen Stuhls und holte tief Luft, um sich zu beruhigen. Sie war sich nicht sicher, auf wen sie wütender war: auf die Wachen, weil sie die Kinder nicht aufgehalten hatten, oder auf Jamarh, weil er diese Flucht geplant hatte. Nur er konnte dafür verantwortlich sein. Anwin hätte niemals vorgeschlagen, mitten in der Nacht wegzulaufen. Warum auch? Was hatten sie sich bloß dabei gedacht? Und warum war Henos mit ihnen gegangen? Selbst ein so junges und schwachhirniges Hunnuli wie er hätte die Gefahr sehen und begreifen müssen, wie dumm es war, die Sicherheit des Trelds zu verlassen. Wohin waren sie unterwegs?

Sie begriff erst, dass sie die letzte Frage laut gestellt hatte, als der Kommandant antwortete: »Wir haben die Spuren des Fohlens aus dem Treld heraus bis zu den Weiden im Süden verfolgt und die Stelle gefunden, wo die Kinder es bestiegen haben. Sie haben auch einen Hund bei sich. Danach haben wir in den Bergen jede Spur verloren. Wir brauchen Tageslicht, um sie zu verfolgen.«

»So sei es«, sagte Gabria verbittert. »Schickt Suchtrupps aus und durchstöbert auch den Treld. Vielleicht sind sie schon zurückgekommen, und niemand hat es bemerkt.«

Der Kommandant zuckte unter ihrem Sarkasmus kaum zusammen. Es war weit weniger, als er und seine Männer seiner Meinung nach verdient hatten. Er salutierte vor der Gemahlin des Häuptlings, stand wieder auf und gab den Männern seine Befehle. Alle eilten durch die Türen der Halle.

Gabria seufzte und ließ vor Erschöpfung kurz den Kopf auf die Arme sinken. »Amara«, betete sie stumm, »wie soll ich das bloß Kateri beibringen? Oder Kelene?«

»Herrin«, unterbrach die tiefe Stimme des Barden ihr stilles Flehen.

Sie richtete sich wieder auf und versuchte ihre Wut unter Kontrolle zu bekommen. Es stand einer Häuptlingsgattin nicht an, ihre Angst und Sorge an denen auszulassen, die nichts damit zu tun hatten. »Roninir, hast du noch etwas dazu zu sagen?«

Im Gesicht des Dangari-Barden spiegelten sich Besorgnis, Verwirrung und auch Zögern wider. Er sah sie mit seinen blauen Augen direkt an, doch er schien nicht recht zu wissen, was er sagen sollte – ein seltenes Ereignis bei einem Barden.

»Gabria«, versuchte er es nach einer Pause. »Ich weiß nicht, ob es von Bedeutung ist, aber etwas Merkwürdiges ist geschehen, als die Kinder die Halle verlassen haben.«

»Du hast sie gesehen?«

»Dieses schwarz-weiße Hunnuli kam in die Halle, und irgendetwas muss durch seine Ankunft in Gang gekommen sein, denn beide Kinder haben mich verlassen und sind in Eure Gemächer gelaufen. Ein paar Minuten später ist Jamarh mit einem Bündel im Arm und einem Umhang über der Schulter von dort zur Küchentür geschlendert. Sobald ich mein Lied beendet hatte, kam Anwin ebenfalls heraus, mit ihrem Umhang und im Arm ein Bündel mit Laken. Der Hund war bei ihr.«

Die Zauberin starrte ihn an. »Hast du das nicht merkwürdig gefunden?«

Er hob beschwörend die Hände. »Natürlich habe ich das! Ich wollte Anwin gerade fragen, was sie vorhat, als mir die Worte im Kopf regelrecht vertrocknet sind. Stattdessen bin ich zu ihr hinübergegangen und habe ihr die Flöte geschenkt, die ich für sie geschnitzt habe. Ich war noch nicht einmal fertig damit, aber plötzlich war das für mich wichtiger als alles andere. Ich musste sie ihr unbedingt geben, bevor sie ging.« Er sah Gabrias Gesichtsausdruck und konnte nur mit den Schultern zucken. »Sobald ich ihr die Flöte gegeben hatte, bin ich auf meinen Platz zurückgekehrt, und jemand hat mich um ein Seelied gebeten. Ich hatte Anwin und die Flöte völlig vergessen – bis jetzt.«

Gabrias Hand schloss sich um ihren langen, grauen Zopf, und sie biss sich nachdenklich auf die Lippe. Barden waren berühmt für ihr gutes Gedächtnis, und dieser hier war darüber hinaus außerordentlich klug. Eine derart seltsame Angelegenheit hätte er nicht so schnell vergessen sollen. »Hat sonst noch jemand versucht, die Kinder aufzuhalten oder mit ihnen zu reden?«

Roninir schüttelte den Kopf. »Nicht in der Halle. Ich glaube nicht, dass sonst noch jemand ihren Aufbruch mitbekommen hat.«

In einem großen Raum voller Leute war niemand so aufmerksam wie ein Barde, dessen Neugier durch das kleinste Vorkommnis erregt wurde. Draußen war es den Kindern gelungen, an den Wachen vorbeizuschlüpfen, die nach möglichen Mördern Ausschau hielten. Hatten Jamarh und Anwin Hilfe gehabt? Was war hier los?

»Vielen Dank, Roninir, dass du mir das gesagt hast.« Sie verstummte und fragte schließlich: »Warum die Flöte? Was war an ihr so wichtig?«

Er hob erneut die Hände in einer Geste der Verblüffung. »Ich habe Anwin auf die Probe gestellt, wie Ihr es gewünscht habt, und sie als sehr begabt befunden. Ihre Stimme hat eine erstaunliche Bandbreite und Klarheit, und sie hat ein Ohr für Töne, das bei einer Achtjährigen außergewöhnlich ist. Ich habe ihr die Flöte geschnitzt, damit ich ihr die Grundlagen meiner Kunst beibringen kann. Sie würde eine feine Bardin abgeben.«

»Aber du hattest nicht vor, ihr das Instrument schon so bald zu geben?«

Er lächelte wehmütig. »Nein, erst in ein paar Tagen. Eigentlich ist es noch nicht ganz fertig. Aber irgendwo konnte ich mich nicht mehr beherrschen. Irgendetwas hat mich von meinem Platz aufgescheucht und mich dazu gebracht, die Hand in die Robentasche zu stecken und Anwin die Flöte zu überreichen. So etwas habe ich noch nie verspürt.«

Gabria hob den Kopf. »Das ist sehr seltsam. Ich weiß nicht, was ich dazu sagen soll.« Sie warf sich den Zopf über die Schulter und stemmte die Hände in die Hüften. »Aber wenn diese Sektierer den Kindern etwas antun, dann werde ich eigenhändig die Zitadelle Stein für Stein niederreißen und sie mit einem solchen Fluch belegen, dass Krath persönlich herkommen muss, um ihn wieder aufzuheben.«

Roninir lehnte sich zurück. Er war überrascht von ihrer Heftigkeit und ihrem Mut, auf diese Weise von der dunklen Göttin zu sprechen. Unsichtbar für sie, machte er mit den Fingern eine kleine Geste, um das Böse abzuwehren.

Gabria wünschte dem Barden eine gute Nacht. Noch immer kochend vor Wut, eilte sie in ihre Gemächer und tauschte ihr Kleid gegen geschlitzte Röcke. Sobald Fanderin zurückkehrte und ihr mitteilte, dass die Suchtrupps bereit waren, stieg sie auf Nara und beteiligte sich an der Suche nach ihren Enkeln. Ihre Wachen waren entsetzt, dass sie sich einer solchen Gefahr aussetzte, doch sie betonte, es gebe keinen Beweis dafür, dass sich die Sektierer noch in der Gegend aufhielten, und sie würde sich entweder mit den Wächtern oder ohne sie auf die Suche machen.

Schicksalsergeben gab Fanderin ihr ein Kettenhemd und bestand darauf, neben ihr zu reiten.

Sie suchten die ganze lange, kalte Nacht hindurch, ritten die Weiden von einem Ende zum anderen ab, überprüften den Treld, befragten die Ausreiter und die Hunnuli, doch sie fanden keine Spur von dem scheckigen Fohlen und den beiden Kindern. Mehr konnten sie nicht tun, bis das Tageslicht käme und die Fährtenleser nach Henos' Spuren Ausschau halten konnten.

Erschöpft und krank vor Angst kehrte Gabria in ihre Gemächer zurück, um ein wenig zu schlafen, bevor sie Kateri im Heilraum ablöste. Roninir hatte der jungen Frau bereits von den Kindern und all den Anstrengungen erzählt, die zu ihrer Auffindung unternommen worden waren, und sie hatte angeboten, Gabrias Wache bei Savaron zu übernehmen. Doch selbst junge Menschen brauchten Schlaf, dachte Gabria, während sie ins Bett kroch. In einer oder zwei Stunden würde sie ihre Schwiegertochter erlösen. Sie war bereits eingeschlafen, noch bevor sie diesen Gedanken zu Ende gedacht hatte, und schlummerte tief, während die Sterne sich hin zur Morgendämmerung bewegten und die Sonne ihr blasses Licht über den östlichen Horizont warf.

Als sie wieder zu Bewusstsein kam, erkannte sie, dass sie auf der Spitze des Marakor neben dem Treld stand. Das Tal des Goldrine unter ihr und Berge in der Umgebung waren in Nebel gehüllt, in denen sich die Schatten der untergehenden Sonne mischten. Die Berge vor ihr waren vom Abendglanz scharf umrissen. Eigentlich sollte Gabria überrascht sein, dass sie sich außerhalb des Trelds befand und in der Dämmerung auf dem Marakor stand, doch die Traumvisionen vieler Jahre hatten sie gelehrt, auch das Unmögliche hinzunehmen. Anstatt in Panik auszubrechen, wartete sie geduldig darauf, dass sich die Vision entfaltete. Um sie herum hielt Stille die Welt in sanftem Bann. Aus dem im Nebel verborgenen Treld stiegen keine Laute auf, es war kein Rauschen von den Wasserfällen zu hören, kein Raunen der Bäume. Der Abend war kühl und vollkommen friedlich.

Sie hob den Blick zu den Berggipfeln und sah, wie ein goldener Adler träge auf einer leichten Brise dahinglitt. Sie lächelte, denn Adler waren heilige Vögel, die Lieblinge der Götter. Ihre Augen folgten seinem Flug nach Norden, bis er in der Luft stehen zu bleiben schien und an einem der hohen Berghänge herabstürzte. Sie starrte angestrengt auf die Stelle und sah plötzlich eine Bewegung auf einem fernen Bergrücken. Ein Ross mit Reiter trottete dort entlang und folgte dem Verlauf des Grates nach Norden. Sie wurden von einer winzigen Gestalt verfolgt, die ein Hund sein konnte. War das Pferd ein Hunnuli?, fragte sie sich. Die dunklen Kiefern und Tannen machten es schwierig, die Farbe aus der Ferne zu bestimmen, doch wenn sie die Augen genügend zusammenkniff, glaubte sie schwarze und weiße Flecken auf dem Fell des Pferdes zu erkennen. Oder war das nur Wunschdenken? Dann hob der Reiter einen Arm und deutete auf den Adler, und Gabrias Herz tat einen Satz. Was zunächst wie ein einzelner Reiter auf dem Pferderücken ausgesehen hatte, waren in Wirklichkeit zwei kleine.

Der Adler zog seine Kreise über ihnen, und die Reisenden blieben im Schatten seiner Flügel. Gabria beobachtete sie eifrig; ihr Herz war voller Fragen. Dann trat ein großer weißer Bär aus einem Hain hervor, und Gabria spürte, wie Angst in ihr aufstieg. Der Bär drehte sich um, als warte er auf die Reisenden. Das Pferd holte ihn ein und trottete neben ihm her. Gemeinsam verschwanden das Pferd, seine Reiter, der Hund und der Bär hinter dem Kamm, und Nebel zog hinter ihnen auf und verbarg sie. Gabria hob die Hand und versuchte die Bilder festzuhalten, doch sie lösten sich auf. Der Adler schrie noch einmal und enteilte ebenfalls in die Finsternis.

Gabria öffnete die Augen und sah, dass sie in ihrem schwach von Kerzenschimmer erhellten Zimmer lag. So war das also, dachte sie müde. Die Kinder bewegten sich außerhalb ihrer Reichweite. Sie hatte noch immer keine Ahnung, warum sie fortgegangen waren und niemandem ihre Abreise mitgeteilt hatten. Dass diese Abreise einen bestimmten Grund hatte, wusste sie nun mit Sicherheit. Der Adler, der ihnen den Weg zeigte, war ein göttliches Zeichen. Sie wünschte bloß, sie wüsste, um welche Gottheit es sich handelte und warum die Kinder aufgebrochen waren. Und wann sie zurückkehren würden. Hoffentlich wachte Amara, die Mutter, über sie, aber man konnte sich der Gegenwart dieser Göttin nie sicher sein, wenn sie unsichtbar zu bleiben geruhte. Gabria seufzte. Es gab so vieles, was sie nicht wusste. Das war immer die Schwierigkeit bei ihren Visionen. Sie schenkten ihr zwar Bilder, aber nur ganz selten die dazugehörige Geschichte.

Gabria erhob sich vom Bett und stellte fest, dass der Morgen mit einem blassen, kalten Dach aus Wolken und einem schweren Geruch nach herannahendem Regen über den Treld gekommen war. Obwohl sie es besser wusste, konnte sie sich nicht davon abhalten, in der geschäftigen Halle nach ihren geliebten Enkelkindern zu suchen.

»Herrin!« Ein junger Krieger verneigte sich vor ihr. Es war Hamal. »Fanderin hat mich gebeten, Euch zu sagen, dass die Fährtensucher Henos' Hufabdrücke gefunden haben. Sie führen zu der hoch gelegenen Weide und den drei Wasserfällen. Die Ausreiter folgen ihnen nun.«

Gabria dankte ihm. Sie fühlte sich benommen, und ihr war kalt. Sie schickte Kateri zu Bett, damit sie sich ausruhen konnte, und beschäftigte sich selbst mit der Krankenpflege im Heilraum. Savaron ging es unverändert; vielleicht war er noch etwas dünner geworden, doch dank der Bemühungen seiner Frau, seiner Mutter und seiner Schwester lebte er noch. Der Schäfer war vor einem Tag von seinem trauernden Sohn beerdigt worden. Den Rest ihrer Patienten bildeten einige Krieger, die von den Sektierern verwundet worden waren, und fünf ältere Leute, die in der Halle geschlafen hatten, als die Eidbrecher die Kugeln mit dem erstickenden Rauch zerbrochen hatten. Die Kranken und Verletzten sahen inzwischen besser aus, was sie Kateris Pflege zu verdanken hatten. Wenn alles gut ging, würde heute der Heiler Gadimir zurückkehren und die Arbeit hier übernehmen.

Kurz nach Mittag goss sich Gabria einen Becher starken, heißen Tee ein und setzte sich auf die Mauer der Feuergrube. Niemand belästigte sie, denn die meisten Leute bemerkten ihren eindringlichen, in weite Ferne gerichteten Blick, den sie dann hatte, wenn sie tief in Gedanken versunken war. Sie saß noch immer dort, als Hamal zurückkehrte.

Sein Gesichtsausdruck sprach bereits Bände, dennoch

kniete er steif vor ihr nieder und sagte: »Die Spuren haben sich in den Bergen verloren.«

»Die Götter stellen uns auf die Probe«, murmelte sie mit heiserer Stimme. »War ein Bär bei ihnen?«

Überraschung spiegelte sich auf Hamals Gesicht wider. »Ja, da waren auch Bärenspuren.«

»Sie haben einen großen Vorsprung. Wir werden schnell reiten müssen. Bitte Fanderin, er möge mich begleiten.«

Hamal öffnete den Mund und wollte etwas sagen, doch rasch schloss er ihn wieder. Es brauchte einen Mann von größerer Autorität als der seinen, um Gabria von diesem Gedanken abzubringen. In Erfüllung ihres Wunsches eilte er davon.

Gabria hatte bereits ihr Kettenhemd und das ausgepolsterte Wams angezogen und holte gerade einen Wassersack sowie einen Beutel mit Proviant, als der schlaksige Kommandant eintraf. Sie band ihre Ausrüstung mit heftigen, entschlossenen Bewegungen an Naras Sattel fest. Jede Widerrede wäre zwecklos.

»Herrin!« Fanderin versuchte es trotzdem.

Sie schnitt ihm mit einer heftigen Geste das Wort ab. »Ich reite hinter meinen Enkeln her«, sagte sie knapp. »Schick mir eine Eskorte mit, wenn du willst, aber versuch nicht, mich umzustimmen.«

»Lord Athlone würde nicht …«, wagte er es noch einmal.

»Das glaube ich auch. Er würde selbst gehen. Aber er ist nicht hier, und ich werde nicht einfach dasitzen und sie allein ziehen lassen.«

»Nein, Herrin, das würdet Ihr niemals tun. Aber *wir* können ihnen folgen.«

»Ihr habt ihre Spur verloren.«

Ihre Stimme klang nicht anklagend, sondern sehr sachlich, aber trotzdem spürte Fanderin den Stich. »Herrin, diesmal nehmen wir die Hunde mit. Bitte überlegt es Euch noch einmal. Die Sektierer könnten noch immer dort draußen sein.«

Weißt du, er hat Recht, und vor ihren Pfeilen kann ich dich nicht beschützen, sagte Nara zu ihr.

Sie seufzte und streichelte dem Tier über den Nacken, während sie sich wieder an Fanderin wandte. »Es ist möglich, dass die Eidbrecher hinter dem Treld darauf warten, dass ich oder sonst jemand herauskommt. Also werde ich Vorsichtsmaßnahmen ergreifen.« Sie schwang die Sattelrolle über die Decke und zurrte sie fest. »Man braucht ein Hunnuli, um ein Hunnuli einzufangen«, verkündete sie in einem Ton, der keinen Platz mehr für Widerworte ließ.

Fanderin fielen noch etliche andere Einwände ein, wie zum Beispiel der, dass Nara selbst für ein Hunnuli schon alt war, während Henos jung und stark war, oder der, dass Lord Athlone Fanderins Haut an die Wand der Klanhalle nageln würde, falls Gabria etwas zustieße, oder … Aber als er eindringlich in ihr scharfkantiges Gesicht schaute, fügte er sich in das Unvermeidliche und ging fort, um eine Eskorte zusammenzustellen.

Während Gabria sich den scharlachfarbenen Umhang um die Schultern gelegt hatte und Nara zu einem Aufsitzblock führte, befahl der Kommandant rasch einer Kriegereskorte, sie zu begleiten. Die Klanmänner hatten kaum Zeit, ihre Wasserschläuche zu füllen, die Reittiere zu satteln und Waffen einzusammeln, als die schwarze Stute auch schon vom Platz vor der Halle trottete und den Pfad nahm, der nach Nordwesten in die Ausläufer des Gebirges führte. Die Eskorte beeilte sich, ihr zu folgen.

Sie ritten eilends durch das Tal und hatten den Treld bald hinter sich gelassen. Sobald sie in den Bergen waren, führte sie der Späher hinauf zu dem Grat, wo er die Spuren inmitten von Geröll, Steinbrocken und vom Wind glatt geschmirgeltem Fels verloren hatte. Der Späher, der sich für gewöhnlich brüstete, jeder Spur auf jedem Untergrund folgen zu können, hatte nichts dem Zufall überlassen und seine zwei besten Spürhunde mitgebracht. Mit einem scharfen Kommando ließ er sie von der Leine und sah befriedigt zu, wie sie die Fährte aufnahmen. Mit aufgeregtem Bellen schossen die Hunde über die Felsen. Gabria und ihre Eskorte folgten ihnen hoffnungsvoll. Wenn die Fährte stark genug blieb, würden sie die Flüchtigen in einem oder zwei Tagen eingeholt haben.

Während des Ritts versuchte Gabria sich jedes einzelne Bild aus ihrem Traum ins Gedächtnis zurückzurufen, doch das brachte sie kaum weiter. Die Erinnerung an den weißen Bären plagte sie, und ein Gefühl des Unbehagens nagte an ihr. Sie verstand nicht, warum sie die weiße Kreatur gesehen hatte. Wen oder was sollte sie versinnbildlichen? Warum reiste sie mit den Kindern? Eine Unmenge von Fragen quälte sie wie ein Schwarm Fliegen, doch sie hatte keine Antworten. Sie musste die Kinder rasch finden, bevor sie außer Reichweite waren. Dann würden sie Gabria erklären, warum sie fortgelaufen waren. Wenn sie gute Gründe hatten, würde sie mit ihnen gehen.

Der Suchtrupp folgte der Spur des Hunnuli und des Bären bis spät in den Abend. Schließlich machten sie eine Rast, als es zu dunkel geworden war, um weiter zu suchen. Sie errichteten ein Lager ohne Feuer in einer Lichtung zwischen einigen Kiefern, rollten sich auf den duftenden Nadeln in ihre Decken und waren bald eingeschlafen.

Gabria war völlig erschöpft und dämmerte daher schnell hinweg. Sie hatte gehofft, wieder von Anwin und Jamarh zu träumen, doch ihr Schlaf war erfüllt von Rastlosigkeit, undeutlichen Empfindungen von Gefahr und Bildern einer lüstern dreinblickenden, rotgesichtigen Göttin.

Unvermittelt wachte sie auf. Ihr war unwohl und kalt. Zitternd bog sie die steifen Glieder und stand auf. Das Kettenhemd lag noch dort auf dem Boden, wo sie es vor dem Einschlafen fallen gelassen hatte, und sie entschied, es nicht wieder anzuziehen. Gerade jetzt konnte sie den Gedanken nicht ertragen, dieses kalte, schwere Ding überzustülpen. Die Dämmerung hatte noch kaum begonnen, und falls einige Eidbrecher vor dem Khulinin-Treld gelauert hatten, mussten sie diese inzwischen weit hinter sich gelassen haben. Es war sicherlich nicht gefährlich, wenn sie einen abgeschiedenen Busch aufsuchte und sich dahinter erleichterte. Sie nickte einer Wache zu, die neben einem Baum stand, und ging an den Pflöcken vorbei, an denen die Pferde angebunden waren und vor sich hindösten.

Ein plötzliches sirrendes Geräusch, verstohlen und unverkennbar, ließ ihr das Blut gefrieren. Die Hunde am Rande des Lagers bellten eine Warnung. Gabria verschwendete keine Zeit über ängstlichen Mutmaßungen oder dem nutzlosen Absuchen der Dunkelheit. Mit einem Geschick, das von vierzigjähriger Übung herrührte, errichtete sie einen magischen Schild wie eine rot-goldene Kuppel um sich. Erst dann drehte sie sich um und erblickte das Chaos, das über das Lager hereingebrochen war.

Im Zwielicht der frühen Morgendämmerung war das Wirrwarr kämpfender Gestalten zwischen den Schatten unter den Bäumen kaum auszumachen. Der Wächter, dem sie vorhin noch zugenickt hatte, war tot. Jener Pfeil, den sie gehört hatte, war ihm durch den Hals gefahren und hatte ihn an einen Baum geheftet. Die Übrigen schienen gegen halb unsichtbare Geister zu kämpfen, die keine Gesichter hatten und in unheimlichem Schweigen fochten.

Gabria hob unwillkürlich die Hände zum Kampf und senkte sie dann wieder voller Hoffnungslosigkeit. Wenn sie kämpfen wollte, musste sie den Schild senken und sich schutzlos den Waffen der Eidbrecher aussetzen – doch sie durfte es nicht zulassen, dass die Krieger getötet wurden. Es waren ausgezeichnete Männer, doch im Zweikampf gegen die bestens ausgebildeten Mörder der Krath gerieten sie in große Schwierigkeiten.

Jemand stieß einen verzweifelten Ruf aus, und Gabria sah, wie eines der Pferde mit einem Pfeil im Auge zu Boden ging. Die Sektierer weigerten sich, Metall jeglicher Art zu benutzen, doch die steinernen Pfeilspitzen, die sie in vollendeter Meisterschaft herstellten, waren gleichermaßen tödlich.

Entsetzt richtete Gabria den Blick auf Nara. Das Hunnuli war nicht angebunden wie die harachianischen Pferde, doch es war bei ihnen geblieben, damit sie nicht in Panik gerieten. Der Pfeil hatte ihren Hals knapp verfehlt. Plötzlich schoss ein dunkel gekleideter Eidbrecher auf die angebundenen Pferde zu und schnitt die Leine durch. Seine Peitsche schnalzte mit widerwärtigem Geknall über den Köpfen der Tiere und versetzte sie in wilde Panik. Weitere Pfeile flogen auf sie zu.

Die Tötung der Pferde war eine List, was Gabria bewusst war, doch sie konnte nicht einfach dastehen und sich selbst schützen, während die Krieger und ihre geliebte Stute niedergemetzelt wurden. Ihre Hände zitterten vor Wut, als sie die Kuppel ihres Zauberschildes zu einer kleineren, abgerundeten Form ähnlich den Schilden der Schlachtenreiter gestaltete. Sie hielt ihn vorsichtig in einer Hand, während sie auf Nara zurannte.

Schirme dich ab!, wieherte Nara.

»Ich kann uns alle schützen«, keuchte Gabria. Sie hätte gern von Naras Rücken aus gekämpft, doch sie besaß nicht mehr die Kraft, sich auf das große Hunnuli zu schwingen, und es gab keine geeigneten Aufstiegshilfen in der Nähe. Daher schützte Nara Gabrias Rücken, während sie die

Hände hob und die fürchterliche Kraft der trymianischen Kraft in ihre Fingerspitzen rief. Obwohl sie die Eidbrecher damit hätte versengen und mehr als nur Rache nehmen können, wollte Gabria sie lebend und in ihrer Gewalt haben. Daher brachte sie die Sektierer, die gegen ihre Männer kämpften, nicht um, sondern schleuderte das Feuer der hellblauen Kugeln vorsichtig und mit geringerer Gewalt, damit die Eidbrecher nur ohnmächtig und ihre eigenen Männer nicht gefährdet wurden. Im schwachen Licht der nebeligen Morgendämmerung flogen die blauen Kugeln aus ihren Händen mit großer Zielgenauigkeit in die Gruppe der kämpfenden Männer. Die Eidbrecher gingen unter ihrem Angriff in rascher Folge nieder.

Sie wollte soeben zum vierten Mal losschlagen, als Nara wieherte: *Im Baum! Sie sind in den Bäumen!*

Gabria hob den Schild, um sich und Nara zu schützen, doch sie hatte die Tücke der Eidbrecher unterschätzt. Mehrere Mörder waren auf die Bäume geklettert, um von dort aus auf die Menschen und Pferde zu schießen, doch einer war durch das Unterholz gekrochen, während die Zauberin abgelenkt war, und hatte sich im Gebüsch versteckt. Sobald sie den Schild zu Naras Schutz gehoben hatte, setzte der Sektierer ein Blasrohr an die Lippen.

Ein nadelspitzer Pfeil flog geradewegs auf sie zu und durchbohrte die dicke Wollhose, die Gabria unter ihrem Rock trug. Sie spürte den Stich, der wie der einer Wespe war, an ihrer Wade und wusste sofort, dass sie verloren hatte. Verzweiflung überkam sie, als das Gift langsam durch ihre Adern floss.

Wutschnaubend zertrampelte Nara den Mann zu einer blutigen Masse.

Entsetzt spürte Gabria, wie sich die Hitze ihrer Magie verflüchtigte. Zum ersten Mal in ihrem Leben verließ sie die

Macht ihrer Rechtgeburt und verdorrte, als hätte es sie nie gegeben. Sie ließ Gabria leer und hilflos zurück. Das rote Licht des Splitters unter ihrer Haut erstarb wie ein erlöschender kleiner Stern.

»Es tut mir leid«, flüsterte sie. Ihre Worte waren an viele Leute gerichtet, doch sie wusste, dass niemand davon sie hörte. Das Licht wurde schwächer; die Welt drehte sich um sie. Sie versuchte, eine Hand zu Nara auszustrecken, die wie rasend an ihre Seite lief.

»Gabria!«, hörte sie einen Krieger rufen, dann wurde sie bewusstlos.

Vier Tage später schlug Gabria die Augen auf und sah in die lächelnden Gesichter ihrer Schwiegertochter Kateri und der Klanpriesterin Linnae. Der Kopf tat ihr weh, und ihr Körper fühlte sich so schwach an wie der eines Neugeborenen, doch sie war wieder bei Bewusstsein, und dafür dankte sie den Göttern. Kateri freute sich sehr über ihre Wiederbelebung und brachte ihr Glühwein sowie eine Schale mit Fleischbrühe, und Linnae sorgte dafür, dass Gabria beides trank, bevor sie auch nur eine einzige Frage beantwortete.

Als sie damit fertig war und sich ein wenig stärker fühlte, griff sie zu der geflochtenen Kordel um ihren Hals und nahm sie ab. Als Schutzzauber hatte sie schrecklich versagt. Sie konnte nur hoffen, dass sich Kelene nicht vollständig auf ihren eigenen Wächter verließ. Besorgt schaute sich Gabria im Heilraum um und sah, dass ihr Sohn noch auf der Pritsche lag.

Dann geschah etwas Verwunderliches. Savaron hob schläfrig den Kopf, sah ihren auf ihn gerichteten Blick und grinste. »Endlich bist du wach«, sagte er mit einer Stimme, die vom langen Schweigen heiser war.

Gabrias Augen weiteten sich. Sie schaute in das hagere

Gesicht und die rot umrandeten Augen ihrer Schwiegertochter und erkannte, wie die Trauer darin zu Freude wurde.

»Er ist gestern aus dem Koma aufgewacht«, sagte Kateri mit einem strahlenden Lächeln. »Wir wollten, dass er es dir selbst erzählt, aber er hat geschlafen. Er ist noch immer sehr schwach.«

Die drei Frauen schauten noch einmal zu Savaron hinüber. Er war schon wieder eingeschlafen.

»Verzeihung«, sagte Kateri entschuldigend. »Er war den ganzen Morgen auf den Beinen und hat der Herdwache Befehle erteilt. Das hat ihn erschöpft.«

Gabria nickte. Falls sich Savaron so fühlen sollte wie sie im Augenblick, dann war es kein Wunder, dass er wieder eingeschlummert war. Sie flüsterte ein Dankgebet an Amara und stellte die nächste Frage. »Sind die Kinder schon zurückgekehrt?«, wollte sie leise wissen. Sowohl Linnae als auch Kateri schüttelten den Kopf. »Es tut mir leid«, sagte Gabria an dem Kloß in ihrem Hals vorbei.

Kateri ergriff Gabrias Hand. »Wieso? Wegen der Halsstarrigkeit meines Sohnes? Dagegen konnten wir nicht ankommen.«

»Ich habe sie nicht gefunden.«

»Ich habe über die beiden nachgedacht«, murmelte Jamarhs Mutter, »seit die Eskorte dich hergebracht hat. Ich weiß, dass Jamarh ein heftiger Draufgänger und Possenreißer ist, aber selbst er würde niemals ohne einen sehr wichtigen Grund auf diese Weise fortgehen. Er ist an Stärke und Ehrgefühl das genaue Abbild seines Vaters, und deshalb glaube ich, dass er gegangen ist, weil er gehen musste.«

»In Ordnung«, gestand Gabria ihr zu. »Aber warum Anwin? Sie ist erst acht. Warum hat er sie mitgenommen?«

»Vielleicht ist sie der Grund für seine Abreise«, erwiderte Linnae. »Vielleicht hilft er ihr nur.«

»Helfen? Wobei?«, wunderte sich Gabria.

»Ich weiß es nicht. Aber denkt einmal darüber nach. Was ist mit ihrer Anwesenheit hier? Warum hat sie darauf bestanden herzukommen, wo sie doch zu Hause in Sicherheit und es dort auch angenehmer für sie gewesen wäre? Warum hat sie dieses so herausfordernde Fohlen mitgebracht? Und was ist mit Eurer Vision? Ich vermute, dass das Mädchen der Mittelpunkt all dieser Rätsel ist, und der Junge hat sie begleitet, um sie zu beschützen.«

»Das sähe ihm ähnlich«, stimmte Kateri ihr zu.

Gabria lag auf ihrer Pritsche und spürte, wie die Hilflosigkeit ihr stärker zusetzte als die körperliche Schwäche. Sie hob die Hand und sah, dass ihr Splitter tatsächlich nicht länger glühte. Auch fühlte sich irgendetwas in ihren Knochen und ihrem Blut anders an. Etwas, dessen Gegenwart sie nicht bemerkt hatte, bis es sie verlassen hatte. Ihre Macht war fort.

»Wie kann ich ihnen helfen?«, ächzte sie.

»Indem Ihr gesund werdet«, meinte Linnae. »Lasst die Kinder in der Obhut der Muttergottheit.«

Der Vorhang vor der Tür wurde beiseitegeschoben, und Fanderin kam mit Hamal und dem Klanheiler Gadimir herein, einem stämmigen Mann mittleren Alters voller jugendlicher Energie.

Gabria fand genug Kraft, die drei Männer anzulächeln. »Es ist gut, dich zu sehen, Kommandant. Jetzt darfst du sagen: ›Ich hatte Euch gewarnt.‹«

»Ich bin froh, dass Ihr noch lebt, Herrin«, erwiderte Fanderin und hockte sich neben sie. »Erlaubt mir die Frage, wie es Euch gelungen ist, so schnell gesund zu werden.«

Sie dachte kurz darüber nach und antwortete: »Es war nur ein Kratzer. Ich vermute, es hat ausgereicht, um meine Macht zu vernichten, nicht aber, mich in Bewusstlosigkeit zu halten.« Sie richtete sich auf und lehnte sich mit einem

Kissen gegen die Wand. »Was ist nach meinem Sturz passiert?«

»Die verbliebenen Eidbrecher haben sich in den Wald zurückgezogen. Sie haben ein paar der Ihren mitgenommen, aber nach Eurem Zusammenbruch ist Nara wild geworden und hat zwei weitere getötet.« Dann grinste er in bösem Vergnügen. »Allerdings haben wir einen der Sektierer in unserer tiefsten und dunkelsten Zelle eingesperrt. Nach dem Kampf haben die Männer Euch und den Gefangenen zurückgebracht, und seitdem haben wir keinen Eidbrecher mehr zu Gesicht bekommen.«

Gabria presste die Lippen zusammen. »Gibt es Nachrichten von Lord Athlone?«

»Gestern ist ein Dangari-Bote gekommen. Zwei Dangari-Zauberer liegen vergiftet danieder. Einige weitere sind gestorben, bevor die Klananführerin dem Heiler Anweisungen zur Behandlung geben konnte. Lord Bendinor ist außer sich vor Wut. Sein Neffe, ein viel versprechender junger Zauberer, ist vor fünf Tagen verschwunden.«

»Ailoth?«, rief Gabria aus. Der junge Dangari erinnerte sie so sehr an den früheren Häuptling Lord Koshyn.

Fanderin verschränkte die Arme vor der Brust und machte ein grimmiges Gesicht. »Lord Bendinor hat unseren Werod durch ein großes eigenes Kontingent verstärkt, und er hat Boten zu den Geldring und den Bahedin sowie nach Moy Tura ausgesandt.«

»Geht es Lord Athlone gut?«, fragte Gabria. Sie fragte sich, wie sie es aufnehmen würde, wenn sie erführe, dass ihr Gemahl ebenfalls vom Gift der Sektierer niedergestreckt sei.

»Es ging ihm zumindest noch gut, als die Boten abreisten. Sie haben gesehen, dass ein paar Eidbrecher den Reitern entkommen sind, aber es hat keine Angriffe gegeben.«

»Noch nicht«, sagte Gabria trocken. »Das wird sich ändern,

sobald sich die Krieger der Zitadelle nähern.« Sie saß reglos auf der Pritsche und starrte lange die weiß getünchte Decke an, bevor sie wieder das Wort ergriff. »Führe mich zu dem Gefangenen.«

Kateri und Linnae sprachen dagegen, doch Fanderin wusste es besser. Er stand einfach da und wartete, bis die Frauen Gabria auf die Beine geholfen, ihr ein warmes Wams über das Hemd gelegt und weiche Lederschuhe angezogen hatten.

Die Zauberin konnte kaum aufrecht stehen, und sie benötigte ihre ganze Willenskraft, um den Arm des Kommandanten zu ergreifen und ihm zur Tür zu folgen. Als sie aber die Halle betraten, fühlte sie, wie ein wenig von ihrer alten Kraft zurückkehrte. Die Leute, die sich an diesem Nachmittag in der Halle befanden, grüßten sie freudig, besorgt und erleichtert zugleich. Während der Kommandant sie langsam durch die Halle führte, sprach sie zu vielen Klanleuten und versicherte ihnen, dass sie sich auf dem Wege der Besserung befinde.

Im hinteren Teil der Halle, wo das Gebäude in den Fels des großen Berges eingeschnitten war, hatte man einen abfallenden Schacht tief in das Gestein getrieben. Dort, in der engen, feuchten Dunkelheit der Erde, hatten die Khulinin mehrere Zellen für all jene angelegt, welche die wichtigsten der Klangesetze gebrochen hatten. Im Augenblick war nur eine dieser Zellen belegt, aber zwei Herdwachen befanden sich auf dem Posten vor dem Kerker.

Fanderin gab ihnen mit einer ruckartigen Kopfbewegung das Zeichen, ihm zu folgen, während er Gabria über die Rampe in die kühle Finsternis führte. Dahinter kamen die Wachen mit ihren Fackeln.

Aus der belegten Zelle drang nicht der geringste Laut. Fanderin öffnete sie vorsichtig. Schweigend standen sie vor der offenen Tür und starrten den Sektierer auf dem Boden an. Niemand sagte etwas. Es war nicht nötig. Es war nur allzu deutlich, dass der Eidbrecher tot war.

Nach einem Augenblick stummen Fluchens trat Fanderin ein und sah hinunter auf den Toten, der in einer Pfütze seines eigenen Erbrochenen lag. Zwischen den Fingern des Mannes glitzerte etwas, das das Licht der Fackeln auf einer winzigen glatten Oberfläche widerspiegelte. Der Kommandant zog eine kleine Phiole hervor, die in den Todeskrämpfen des Sektierers zerbrochen war, und überreichte sie Gabria.

Ein kurzes Schnuppern reichte aus, um ihr die Wahrheit zu verdeutlichen. »Aconit«, sagte sie bitter. »Er muss es bei sich gehabt haben.«

Eine Grimasse verunzierte Fanderins hübsches Gesicht. Aconit oder Eisenhut war ein scheußliches Gift und absolut tödlich. »Wann ist er zum letzten Mal durchsucht worden?«, fragte er die Wachen.

»Gegen Anbruch der Morgendämmerung«, sagten sie. Sie hatten darauf gewartet, dass der Mann sein Essen bekam, bevor sie ihn noch einmal abgesucht hatten. Man hatte ihm alles außer der Kleidung abgenommen. Natürlich war niemand auf den Gedanken gekommen, in ihr nach einer versteckten Phiole mit Gift zu suchen.

Einer der Wächter brachte ein in eine zerfetzte schwarze Robe gewickeltes Bündel und gab es Gabria. »Wir haben diese Dinge hier bei ihm gefunden. Vielleicht helfen sie Euch weiter.«

Sie kehrte mit Fanderin in die Halle zurück und legte das Bündel auf einen Tisch neben eine Lampe, in deren Schein sie die einzelnen Dinge genauer untersuchen konnte. Mit großer Vorsicht wickelte sie die Robe auseinander und fand ein Steinmesser aus schwarzem Obsidian, eine kleine Wasserflasche, eine Garotte aus Leder mit einem in der Mitte eingeknoteten Stein und eine kleine Lederbörse. Ihre Augen leuchteten vor Hoffnung, als sie die Börse öffnete. Darin fand sie zwei tödlich aussehende Pfeile und eine kleine Steinphiole in einem weichen Futteral.

Gabria sagte nichts, denn ihre Gedanken schwirrten umher. Sie gab alles bis auf die Börse der Wache zurück und erlaubte dem Kommandanten, sie zurück in den Heilraum zu bringen. Erst jetzt sagte sie in den Raum hinein: »Wir müssen Pläne machen.«

Kateri und Gadimir machten den Mund auf und wollten etwas entgegnen, doch Gabria schnitt ihnen das Wort ab. Wie ein General, der seine Streitkräfte mustert, richtete sie sich auf und stärkte ihre Entschlossenheit, bei der Entscheidung zu bleiben, die sie soeben gefällt hatte – eine Entscheidung, über welche die Herdwache sicherlich nicht glücklich sein würde, das wusste sie genau.

»Ich glaube, die Sektierer sind mit mir fertig. Meine Macht ist tot. Wenn sie mich hätten töten wollen, stündet ihr jetzt nicht an meinem Krankenbett, sondern an meinem Grab. Deshalb werde ich nach Norden gehen und mich dem Werod anschließen. Savaron erholt sich allmählich. Er kann sich allein um den Klan kümmern. Und das hier« – sie hielt das lederne Futteral mit den Pfeilen hoch – »muss zu Kelene gebracht werden.«

Wie erwartet, hatten Fanderin, Hamal, Kateri und Gadimir eine Menge dazu zu sagen. Sie erinnerten Gabria an ihren Gesundheitszustand, desgleichen an die Gefahren der Reise, die Unsicherheit, die sich aus dem bevorstehenden Kampf ergab, und die mörderischen Absichten der Eidbrecher. Gabria hörte geduldig zu, ließ sich aber nicht beirren. Nur Linnac blieb still, bis die anderen an Gabrias Entschlossenheit gescheitert waren.

Als sie verstummten, goss die Priesterin der Amara ihren Kräutertee in einen Becher und reichte ihn Gabria. »Ihr seid wegen Eurer Stärke und Zielstrebigkeit schon immer von der Göttin bevorzugt worden. Vielleicht dient Ihr Amara gut, wenn Ihr Euch zu Eurem Gemahl gesellt.«

Die Übrigen sahen einander an und wussten, dass sie verloren hatten.

Kateri schaute auf ihren schlafenden Mann hinunter. Tränen schossen ihr in die Augen, doch schließlich gab sie ihre Zustimmung. »Aber nicht jetzt. Jetzt musst du dich ausruhen. Schlaf ein wenig, damit du keinen Rückfall bekommst.«

»Schlafen!«, wandte Gabria ein. »Ich habe vier Tage lang geschlafen …« Plötzlich blinzelte sie und warf einen raschen Blick auf Linnae. Eine Welle der Schläfrigkeit überspülte sie so unvermittelt, dass ihr schwindlig wurde. Der Heiler und der Kommandant fingen sie rasch auf und legten sie sanft auf die Pritsche.

»Was habt Ihr in den Tee getan?«, murmelte sie und fiel auf das Kissen.

Linnae lächelte, zwinkerte Kateri zu und ging wieder ihrer Arbeit nach.

Neun

Die Priesterin Uthara lag ausgestreckt auf dem kalten Steinboden ihrer persönlichen *Kra'deth,* einer Art Kapelle, die zu Ehren der Göttin Krath errichtet worden war. Die *Kra'deth* war ein steinerner Raum tief in den Fundamenten der Zitadelle. Ursprünglich war er als Ort der Anbetung allein für den Hohepriester erbaut worden und hatte die vielen Generationen der Benutzung hindurch einen bei den Klanen einzigartigen Charakter angenommen. Die Gobelins, Waffen, Trophäen und Wandgemälde, die es in den meisten Klanhallen oder kleineren Tempeln gab, fehlten hier vollständig; stattdessen säumten menschliche Schädel und säuberlich aufgeschichtete Knochen die Wände der Kammer. Einige Knochen gehörten zu den früheren Hohepriestern, die von ihren Nachfolgern aus dem Amt gedrängt worden waren; alle stellten die Überreste der erfolgreichen Morde dar, die zu Kraths Ehren verübt worden waren. Utharas einzige Enttäuschung bestand darin, dass dieser Raum nicht die Gebeine des letzten Hohepriesters enthielt. Sie war immer noch wütend über seinen Tod und seine Beisetzung im Khulinin-Treld. Sie hätte sich persönlich um Seth kümmern sollen, anstatt die Verantwortung für seine Ermordung ihren Untergebenen zu übertragen.

An dem einzigen Platz vor den Wänden, der nicht von Schädeln eingenommen war, stand eine sieben Fuß hohe Statue der Krath, welche die Göttin im Schneidersitz auf einem Knochenhaufen darstellte. Ihre sechs Arme waren weit ausgebreitet, die Hände griffen gierig ins Leere. Ihr wollüstiger

Körper war blau angemalt, das Gesicht rot. Ein wilder Ausdruck der Wut, des Verlangens und der Bösartigkeit verzerrte ihr wunderschönes Gesicht zu einer scheußlichen Maske des Ekels und der Lust.

Zu Füßen der Statue stand ein etwa sechs Fuß langer Steintisch. In die Platte waren etwa ein Zoll tiefe Rinnen eingefräst, die in verschlungenen geometrischen Mustern zu vier Stellen am Rand des Tisches liefen. Dort, wo sie aufhörten, wies je eine steinerne Ausformung über die Platte hinaus.

Auf diesem Tisch lag der Körper eines Klanmannes, eines jungen Dangari-Zauberers, der erst kürzlich aus seinem Klan entführt worden war. Seine leblosen Augen starrten hoch zu der Statue über ihm. Aus seinen aufgeschlitzten Adern an Hals und Beinen tropfte Blut in die Rinnen und füllten die Steinbecken, die darunterstanden. Die Tätowierung aus blauen Punkten auf seinem Gesicht, ein Kennzeichen der Dangari, hob sich stark gegen seine blutleere Blässe ab.

Ein leises Klopfen störte die Stille der *Kra'deth.* Uthara beachtete es nicht. Sie war hergekommen, um der Göttin zu lauschen, und bisher hatte sie noch nicht mit der Priesterin gesprochen. Manchmal war viel Zeit notwendig, selbst wenn es ein Opfer gab.

Das Klopfen ertönte erneut; diesmal war es beharrlicher. Die Priesterin beachtete es immer noch nicht, doch sie nahm sich vor, ihren Diener, den *Mutef,* dafür zu bestrafen, dass er diese Störung zugelassen hatte.

»Meisterin«, rief die Stimme ihres *Mutef.* »Ein Bote ist von den Brüdern in der Nähe des Khulinin-Trelds zurückgekehrt.«

Diese Unterbrechung war ärgerlich. Allerdings hatte Uthara auf Nachrichten aus dem Süden gewartet. Die mangelnde Verständigung mit ihren Gefolgsleuten war eines von mehreren Ärgernissen, um die sie sich noch kümmern musste.

Man könnte Zaubersprüche benutzen, doch sie hatte in den Büchern, die in der Bibliothek zurückgeblieben waren, einfach nicht die richtigen gefunden, und es war ihr auch nicht gelungen, einen eigenen zu erschaffen. Sobald sich die Zauberer unter ihrer Kontrolle befanden, würde sie das Buch des *Matrah* von den Khulinin herausfordern und es dazu verwenden, eine Reihe von Unzulänglichkeiten auszumerzen.

»Vergib ihnen«, murmelte sie der Statue zu. Sie wischte sich den Staub von der schwarzen Robe, ging auf die schwere Tür zu und widerstand der Versuchung, sie dem *Mutef* gegen den Kopf zu schlagen. Gelassenheit, unbeirrbare Hingabe und vollkommene Autorität waren die Gesichter, die sie der Welt zeigte und die es ihr erlaubten, die Herrschaft über einen in der Mehrzahl männlichen Kult auszuüben.

»Schick ihn herein«, befahl sie.

Als der Bote zu ihr geführt wurde, saß sie bereits auf einem schwarzen Stuhl vor der Statue. Der Körper des toten Dangari war noch hinter ihr zu sehen. Eine schwarze Peitsche lag zusammengerollt in ihrem Schoß. Sie war das vollkommene Bild einer Hohepriesterin, der Stimme der Krath.

Der in seiner von der Reise schmutzigen Robe und ausgebeulten Hosen steckende Bote verneigte sich tief vor ihr. In wenigen Worten berichtete er ihr von der Flucht der Kinder und dem Angriff auf Gabrias Truppe.

Uthara schenkte ihm ein kaltes Lächeln der Freude. Ihre blutverschmierten Hände zuckten in ihrem Schoß. »Seths Familie fällt einer nach dem anderen in unsere Hände, während unsere Brüder die Streitkräfte dezimieren, die nach Norden ziehen. Und nun ist Gabria selbst außer Gefecht gesetzt.«

»Und die Kinder, Meisterin?«, fragte der Bote.

Die Priesterin überdachte diese unerwartete Entwicklung. Was hatten die beiden vor? Vielleicht war es nur ein kindlicher Streich, aber er spielte die beiden in ihre Hände.

»Sag der Peitsche, sie soll fünf Brüder nach ihnen ausschicken. Sie dürfen die Hunnuli töten, falls es nötig ist, aber die Kinder will ich lebend haben. Schießt keine Pfeile auf sie ab. Das Gift könnte zu mächtig für ein Kind sein.« Der Bote verneigte sich und schritt rückwärts aus dem Raum.

Uthara schloss die Augen. Sie spürte die Gegenwart der Göttin um sie herum wie eine große, dunkle Kraft, die sie trug, die ihr Mut einflößte, die sie erleuchtete. In ihrem Kopf brodelten die Gedanken, Pläne und Empfindungen, von denen sie wusste, dass sie nicht ihre eigenen waren. Sie war nur ein Gefäß, eine Stimme für die Macht der Krath. Es erregte sie mehr als alles, was sie je gekannt hatte. Selbst das Gefühl der Magie, die unter ihrer Kontrolle stand, war dagegen blass, denn es war nur eine Laune Amaras und hatte weder das Feuer noch die Leidenschaft von Kraths Streben. Sie wusste genau, dass Amaras Gabe an Valorians Abkömmlinge ihre mystische Bedeutung als göttliches Geschenk verloren hatte. Die Gabe, Magie zu wirken, war nichts anderes als ein Kniff und konnte von jedem eingesetzt werden, der von Valorian abstammte – selbst von Gefolgsleuten der Krath. Der gerühmte Valorian selbst hatte diese Macht eingesetzt, um Rache zu üben und Angst zu verbreiten, als er einen Gorthling aus den Tiefen Gormoths heraufbeschworen hatte. Welchen Unterschied sollte es für die Männer der Peitsche machen, wenn sie die Magie in die Zitadelle brachte? Wenn Krath es wünschte, dass ihre Gefolgsleute auf Zauberei zurückgriffen, dann würde Uthara alles tun, um dafür zu sorgen, dass die Wünsche ihrer Göttin Wirklichkeit wurden, selbst wenn das bedeutete, den Kult in seinen Grundfesten zu erschüttern.

Sie stand auf und betrachtete den toten Mann auf dem Tisch. Es war eine Schande, dass er durch ihre Experimente so sehr zu Schaden gekommen war. Er hätte einen wundervollen Zuwachs für ihre neue Bruderschaft abgegeben. Mit dem Finger fuhr sie durch die blutbefleckte Rinne neben seinem schönen Kopf. Was sie brauchte, war jemand Jüngerer: ein Kind, das noch nicht gelernt hatte, seine Kraft einzusetzen, und ihr keinen Widerstand bieten konnte; ein Kind, das man zu einem Zauberer formen konnte, der ganz dem Dienst an Krath ergeben war. Gabrias Enkel waren vollkommen dazu geeignet. Welch ein gelungener Streich wäre das! Allein der Gedanke daran erschuf in Utharas Kopf wirbelnde Bilder von Sieg, Rache, Eroberung und der Erregung des Tötens. Sobald sie das hatte, was sie benötigte, schwor sie, mit eigenen Händen all jene Zauberer umzubringen, die sich ihr widersetzten. Gabria, Lord Athlone, Kelene und all jene in Moy Tura, welche die vergifteten Pfeile ihrer Unterwanderer überlebt hatten, würden auf dem Altar der dunklen Göttin geopfert werden. Ohne ihre Macht waren sie nichts anderes als Schalen und würden zu Kraths Füßen einen langsamen Tod sterben.

Das hast du gut gemacht, flüsterte eine Stimme in ihrem Kopf.

Uthara fiel wieder flach auf den Boden und lauschte voller Entzückung den Worten, die nur sie allein zu hören vermochte.

»Ich wünschte, sie würde das nicht tun«, sagte Jamarh angewidert, während er die Bärin dabei beobachtete, wie sie im Wald verschwand.

»Sie ist schon wieder fort?«, seufzte Anwin. »Warum macht sie das?«

Es war eine Frage, die beide sich stellten und niemand beantworten konnte. Vier Nächte hindurch hatte die Höhlenbärin sie in grober Richtung nordwärts durch das zerklüftete Hochland geführt, an kahlen Bergkämmen entlang, hinunter in tiefe Täler und steinige Pfade hinauf, welche die jungen Hunnuli kaum erklimmen konnten. Sie kamen nur langsam voran, was nicht ausschließlich am Gelände lag, sondern auch daran, dass die Bärin sich weigerte, bei Tage zu reisen. Jeden Abend, wenn die Sonne hinter dem Horizont versank, erschien sie und führte sie mit ihrem langsamen, rollenden Gang über Pfade, die nur sie allein sehen konnte. Sie reisten die ganze Nacht hindurch, und kurz bevor sich die Sonne über den Horizont erhob, fand sie jedes Mal einen Unterschlupf und verließ die Kinder ohne ein Wort. Sie sagte ihnen nicht, wohin sie ging oder warum sie nur bei Nacht reisen wollte. Eigentlich sagte sie überhaupt sehr wenig – für einen sprechenden Bären.

Jamarh brummte in sich hinein und saß von Henos ab. Sie befanden sich auf einer hoch gelegenen Wiese nicht weit von der Baumgrenze entfernt – oder in diesem Fall der Schneegrenze. Die Luft war kalt und aufgewühlt. Die Berggipfel türmten sich über ihnen auf, ihre uralten Häupter waren grau vor Eis und Schnee.

Anwin zitterte, als sie abstieg und sich zu Glöckchen gesellte. Der Hund drückte sich glücklich gegen ihre Beine und wedelte mit dem buschigen Schwanz. Das Mädchen streichelte den Tesser freudig, kraulte ihm die Ohren und fuhr mit der Hand über den seidigen Rücken des Tieres. Sie bereute dieses Geschenk ihrer Großmutter nicht mehr, und sobald sie nach Hause zurückgekehrt waren, würde sie Gabria dafür von ganzem Herzen danken.

»Was haben wir denn heute?«, fragte das Mädchen.

Jamarh schnaubte: »Einen Felsüberhang. Nicht einmal eine Höhle. Wenigstens ist da drüben ein abgestorbener Baum. Wir können Feuer machen.«

Anwin freute sich auf ein warmes Essen und brachte daher keinen Einwand vor. Für gewöhnlich machten sie nur selten Feuer, weil sie keine Aufmerksamkeit erregen wollten, doch sicherlich war so hoch in den Bergen und so spät im Herbst niemand mehr unterwegs. Während ihr Vetter Holz schlug und eine kleine Feuergrube aushob, machte sie sich mit dem Gelände am Fuß des großen Überhangs vertraut und merkte sich die Positionen großer Steine und anderer Hindernisse. Als sie damit fertig war, errichtete sie das Reisezelt auf einer ebenen Stelle an der windabgewandten Seite der Felsen und legte Zweige mit Blättern und einige Armvoll Gras darüber, um es zu tarnen.

»Noch etwas mehr auf die rechte Seite«, meinte Jamarh, während er das Feuer entzündete. »Ich hole Wasser, und du schneidest den Käse.« Er warf einen Blick auf Glöckchen. »Ein Kaninchen oder so etwas wäre prima fürs Frühstück.«

Der Hund begriff den Hinweis nicht. Müde und mit schmerzenden Pfoten rollte er sich vor dem Zelt zusammen und beobachtete Anwin.

Henos schüttelte den großen Kopf; seine lange, dunkle Mähne flatterte wie eine schwarze Flagge. Er stieß die Hündin freundlich an und trottete dann auf die Wiese, wo er sich lange und genüsslich umherwälzte.

Jamarh beäugte mit Abscheu die grünen Gasflecken und die Schlammschlieren, die Henos' schönes Fell nun überzogen. Er würde das Fohlen wieder bürsten müssen, bevor er ihm am Abend erneut das Reisegepäck umschnallen konnte.

Müde ließen sich die Kinder beim Feuer nieder und genossen ein karges Mahl aus Käse, Dörrfleisch und heißem Tee aus den Vorräten ihrer Großmutter. Als sie fertig gegessen hatten, krochen sie in das Zelt, wickelten sich in ihre Umhänge und legten sich schlafen. Glöckchen machte es sich zwischen ihnen bequem, weil es dort angenehm warm war.

Sie schliefen den größten Teil des Morgens und des frühen Nachmittages hindurch, ungestört von bösen Träumen oder unwillkommenen Besuchern. Gegen Ende des Nachmittags wachte Anwin durch ein tiefes, brummendes Grollen nahe bei ihren Kopf auf. Sie kam sofort zu sich; ihre Gedanken waren verworren, und ihr Magen krampfte sich vor Angst zusammen. Ihre Hand, die noch über Glöckchens Rücken lag, erbebte unter dem lauten Geräusch. Anwin erkannte angstvoll, dass der Hund ein dunkles Knurren ausstieß, das ihm tief aus der Brust kam.

»Hörst du das, Anwin?«, flüsterte Jamarh hinter dem Hund.

Anwin zischte zurück: »Ja. Warum knurrt sie?« Sie hörte eine sanfte Bewegung, und dann wurde das Zelt vorsichtig geöffnet.

»Ich weiß nicht. Ich sehe nichts«, erwiderte er.

Anwin streichelte den Tesser leicht und versuchte ihn zu beruhigen. Doch Glöckchen ließ sich davon nicht beeinflussen. Ihr Körper blieb steif vor Anspannung, und das Fell an ihrem Nacken war steif aufgerichtet. Ihre Beine schienen in der Hocke erstarrt zu sein.

»Wo ist Henos?«, murmelte Anwin.

»Ich weiß nicht. Ich kann ihn auch nicht sehen.« Plötzlich stand Jamarh auf. »Beweg dich nicht«, sagte er zu ihr. »Bleib hier!«

Sie hörte, wie er im Zelt umherhuschte. Es ertönte das wispernde Geräusch einer Klinge, die aus der Scheide gezogen wird, dann gab Jamarh einen schrecklichen Schrei von sich, unter dem Anwin zusammenzuckte, und hastete aus dem Zelt.

Wild bellend setzte Glöckchen ihm nach, und Anwin blieb allein im Zelt zurück.

»Was ist das? Was ist los?«, rief Anwin und packte die Zeltklappe vor ihr.

Jamarhs Stimme drang zu ihr. Verärgerung und Erleichterung lagen darin. »Gute Götter, du dummer Hund! Warum bellst du? Das ist doch nur Henos.«

Anwin schlang den Umhang um sich und kroch aus dem Zelt.

Ihr Vetter rammte sein Schwert zurück in die Scheide und meinte empört: »Ich vermute, Glöckchen hat bloß Henos angebellt. Er ist da hinten bei den Bäumen. Vielleicht hat sie ihn nicht erkannt.«

Davon war Anwin nicht überzeugt. Die Hündin stand angespannt da, als wolle sie jederzeit losrennen, und ihre Ohren erzitterten unter Anwins Berührung. Obwohl sie zu knurren aufgehört hatte, wimmerte sie nervös und lief kurz darauf vor dem Feuer auf und ab. Sie verhielt sich nicht wie ein angriffslustiger Wachhund, sondern eher wie ein Tier, das über alle Maßen entsetzt war. Der Anblick eines grasenden Pferdes konnte bei einem Klanhund keine solche Reaktion hervorrufen.

Doch Jamarh hatte Glöckchens Aufregung bereits aus seinen Gedanken verbannt. »Ich bin hungrig«, verkündete er mit dem Eifer eines heranwachsenden Jungen. »Wir sollten jetzt etwas essen.«

Anwin bewegte sich nicht. »Du bist verrückt, weißt du das?«, meinte sie, indem sie seine Bemerkung wiederholte, als sie zum ersten Mal im Khulinin-Treld eingetroffen war. »Warum bist du wie ein verwirrter Narr aus dem Zelt gestürmt, wo du doch gar nicht wissen konntest, was hier draußen ist?«

Er zuckte die Achseln. »Überraschung ist die beste Waffe.«

»Ich dachte, das wäre der gemeine Menschenverstand«, gab sie zurück.

Er lehnte das Schwert gegen einen Felsen und warf mehr Holz auf das von einem kleinen Wall umgebene Feuer. »Du konntest es nicht sehen, aber ich hatte einen Zauberschild um mich herum.«

Die besorgte Anwin antwortete nichts darauf. Sie schürte das Feuer und setzte den kleinen Kessel auf die heißen Kohlen. Währenddessen versuchte sie ihre ängstlichen Gedanken zu beruhigen. Schließlich hörte Glöckchen auf zu wimmern und herumzurennen, und Anwin spürte, wie sich das Tier vor dem Feuer eng gegen ihre Knie presste.

»Bist du sicher, dass nichts da draußen ist?«, fragte sie nach einer Weile. »Wo ist Henos?«

»Immer noch da drüben zwischen den Bäumen ... rechts von dir«, fügte er hinzu.

»Warum schaut Glöckchen dann nach links, und warum hat sie immer noch Angst?«

Jamarh warf einen Blick auf den Hund und erkannte, dass Anwin Recht hatte. Ursprünglich waren Tesser von den Murjik in den nördlichen Wäldern als Jagdhunde gezüchtet worden. Wegen der eng zusammenstehenden Bäume, zwischen denen die Klanleute oft jagten, hatten sie ihre Hunde dazu ausgebildet, das Wild aufzuspüren und in dessen Richtung zu deuten, statt ihm wild durch das Unterholz nachzusetzen. Ein kluger Tesser wusste, wann er jagen und wann er still bleiben musste, und Jamarh war sich darüber im Klaren, dass Glöckchen sehr klug war. Eine kleine Wolke der Unsicherheit legte sich über sein Denken.

»Ich weiß nicht«, sagte er schließlich. »Ich sehe nichts, und Henos scheint sich nicht aufzuregen. Ich werde mal nachsehen, wenn ich auf die Jagd gehe.«

Anwins Kopf ruckte hoch. »Nein! Jamarh, du kannst nicht auf die Jagd gehen. Nicht allein. Was ist, wenn da draußen zwischen den Bäumen wirklich etwas lauert?«

»Ich bin vorsichtig. Wir brauchen mehr zu essen«, sagte er in seinem überzeugendsten Tonfall. »Wir haben nur noch Käse, Pfadkuchen, Dörrfleisch und Tee. Bei dem Schneckentempo, in dem wir uns durch das Gebirge bewegen, wird das nicht mehr lange reichen. Wir brauchen Vorräte.«

»Ich weiß. Aber du solltest nicht gerade hier jagen«, gab Anwin zurück. »Wir sagen einfach der Bärin, dass wir mehr Verpflegung brauchen. Vielleicht findet sie etwas. Schließlich ist sie eine Bärin.«

Der Junge sah Glöckchen an, die sich eng an Anwin geschmiegt hatte, und beobachtete dann die Baumreihe, die die Aufmerksamkeit des Tieres so in Anspruch nahm. Vielleicht ... vielleicht hatte Anwin doch Recht.

Anwin spürte seine Unentschlossenheit und versuchte es mit einer anderen Taktik. »Bis Sonnenuntergang bleibt uns noch etwas Zeit. Warum zeigst du mir diesen Zauberspruch nicht noch einmal?«

»Welchen? Die trymianische Kraft?« Jamarh ließ sich auf einem Stein neben ihr nieder. Er sprudelte vor Begeisterung über. »Ich vermute, du hast Recht. Ich sollte dich nicht allein lassen.«

Anwin fühlte sich zutiefst erleichtert. Es war gut zu wissen, dass Jamarh, wie viele andere junge Männer, durch das Angebot, die feurigen Mächte der Vernichtung zur Schau zu stellen, von allem anderen abgelenkt werden konnte. »Vielleicht sollten wir den Schildzauber versuchen. Ich glaube nicht, dass die trymianische Kraft bei mir eine gute Idee ist.«

»Pah«, meinte er und wedelte mit der Hand herum. »Den kennst du doch schon. Wir haben den Schild drei Tage lang geübt. Versuch es mit der Kraft. Es ist doch egal, ob es eine gute Idee ist oder nicht. Tatsache ist, dass du die Kraft in dir hast. Es ist nichts, was du erst erschaffen musst. Am Anfang musst du lernen, wie du die Kraft beherrschen kannst, und dann magst du entscheiden, ob du sie einsetzen willst oder nicht.«

Jamarhs Tonfall und Worte klangen so sehr nach ihrem

Großvater Athlone, dass Anwin schon fast erwartete, seine an eine unsichtbare Herdwache gerichteten Befehle zu hören. »Ich weiß, wie man sie beherrscht. Mutter und Vater haben mir das schon vor Jahren beigebracht. Ich habe bloß keine Ahnung, wie ich sie einsetzen soll, wenn ich mein Ziel nicht sehen kann.«

»Stimmt«, meinte er und kitzelte sie mit einem Grashalm am Ohr. »Aber du kannst besser hören als die meisten Leute, die ich kenne. Wenn du dich auf eine Stimme oder einen Laut konzentrierst, kannst du darauf zielen. Versuch es.«

Sie dachte kurz über seinen Vorschlag nach und wandte dann ihre Aufmerksamkeit auf ihre Umgebung. Einige Minuten lauschte sie angestrengt. Sie kletterte langsam auf die Beine und deutete auf etwas, das sich in einer Entfernung von ungefähr zwanzig Schritt befand. »Da drüben brummt ein Insekt.«

»Wirklich?«, fragte Jamarh beeindruckt. »Da ist ein kleiner Hügel aus Steinen und Gras; du könntest also Recht haben.«

Sie dachte an alles, was Jamarh ihr beigebracht hatte, zog die Magie um sich herum zusammen und bildete eine Kugel aus trymianischer Kraft. Sie war nicht annähernd so intensiv und mächtig wie der Zauber eines Erwachsenen, doch Anwin war stolz darauf. Die Macht prickelte in ihren Muskeln und floss ruckhaft durch ihren Körper wie ein Zug brennender Geister. Eine blassblaue Aura bildete sich auf ihren Händen. Sie nahm all ihre Konzentration zusammen und feuerte einen kleinen Blitz in die Richtung des sirrenden Insekts. Sie hörte eine schwache Explosion von Staub und Kies, und das war alles.

»Geht es nicht besser?«, höhnte Jamarh. »Du hast vier Fuß danebengetroffen.«

Ein wildes Wiehern hallte über die Wiese, und beide Kinder hoben den Kopf. »Henos kommt. Offenbar haben wir ihn aufgescheucht«, bemerkte Jamarh.

Das scheckige Fohlen galoppierte mit hoch erhobenem Kopf über das Gras; sein Schweif flog wie ein Banner hinter ihm her. Vor den Kindern bremste es ab und wieherte erneut.

Was ist los? Warum habt ihr die trymianische Kraft benutzt?

»Ach ja, jetzt kommst du endlich. Glöckchen hat sich vor einiger Zeit über etwas zwischen den Bäumen aufgeregt. Wo warst du da?«, tadelte Jamarh ihn.

»Das ist ungerecht«, sagte Anwin zu ihrem Vetter. »Die Bäume lagen nicht in seiner Windrichtung, das weißt du genau.« Sie streichelte die Flanke des Hunnuli. »Tut mir leid, Henos. Er ist gemein. Wir haben nur geübt.«

Mit der trymianischen Kraft? Es wäre besser, wenn du dabei sehen könntest.

Jamarh sprang auf und rannte um das Pferd herum. »Natürlich! Darüber haben wir gerade geredet. Wenn sie sich auf die Geräusche besser konzentrieren könnte, wäre es einfacher für sie zu zielen.«

Ich habe darüber nachgedacht. Wenn sie ihre eigenen Augen nicht gebrauchen kann, warum dann nicht die von jemand anderem?, schlug Henos vor.

Jamarh lachte auf, doch dann verstummte er. Anwin hob die Hand vor ihre nutzlosen Augen und sagte: »Das ist nicht …« Dann hielt sie inne und wälzte die Idee in ihrem Kopf herum. »Was meinst du damit?«, fragte sie schließlich.

Hat nicht deine Großmutter mit Hunden gearbeitet, um deren Sprache zu erlernen? Du hast die Fähigkeit; vielleicht könntest du ihre Ideen auf andere Weise einsetzen, um durch Glöckchens Augen zu sehen.

Anwin legte die Hand auf Glöckchens Kopf. Es war ein

atemberaubender Gedanke, aber wie sollte es funktionieren? »Ich will sie nicht verletzen.«

»Warum versucht Anwin es nicht zuerst mit dir?«, meinte Jamarh zu Henos. »Du bist größer und stärker.«

»Weil er ein Hunnuli und deshalb für Magie unzugänglich ist«, sagte Anwin scharf. »Das weißt du doch.« Sie schwieg wieder; der Vorschlag des Hunnuli hatte sie gefesselt.

Während sie über die Möglichkeiten nachdachte, gab Jamarh den Gedanken an weitere Übungen auf. Stattdessen kochte er rasch Teewasser, schnitt die letzten Reste des Käses in Scheiben und stellte einige Pfadkuchen bereit. »Falls uns diese Bärin keine Nahrung holen kann, muss ich beim nächsten Halt auf die Jagd gehen«, teilte er Anwin während des Essens mit. »Wir haben fast nichts mehr. Hat die Göttin dir verraten, wie lang die Reise ist?«

Das Mädchen schüttelte den Kopf. Seit der Abreise aus dem Khulinin-Treld hatte sie weder eine Vision noch einen Traum gehabt. Vielleicht waren ihr Herz und Verstand so voll von Sorgen, Heimweh, Hunger und Verwirrung, dass sie der Göttin nicht mehr zuhören konnte. »Ich hoffe, es ist nicht mehr weit. Ich mache mir Sorgen um unsere Familie.«

Jamarhs Stimme war so leise, dass sie sie beinahe nicht gehört hätte. »Ich auch.«

Henos stampfte mit dem Huf auf. *Die Bärin kommt zurück.*

Zu Jamarhs und Anwins Überraschung stapfte das gewaltige Tier in ihr Lager und ließ einige frisch erlegte Wildtiere auf den Boden vor dem Feuer fallen. »Ihr könnt sie braten«, sagte die Bärin mit ihrer rauen Stimme.

Erfreut häutete und säuberte Jamarh ein Stück Rehfleisch und schnitt es in Stücke, die er dann an in Wasser getauchten Spießen über dem Feuer briet. Die Kinder aßen, bis sie satt waren, und hatten so viel, dass sie mit Glöckchen und der Bärin teilen konnten, die das Fleisch mit einer Zierlichkeit und Freude aß, welche bei einem Höhlenbär unangemessen schien. Als sie fertig waren, baute Jamarh das Zelt ab und bürstete Henos; Anwin packte die Taschen und löschte das Feuer.

Die Nacht war während des Essens rasch über die Berge hereingebrochen, und mit dem Schwinden des Tageslichts wich die Sonnenwärme dem Frost. Hohe Nebelschwaden flossen zu einer dichter werdenden Wolke zusammen, und der Wind frischte von Westen her auf. Die beiden Kinder hatten sich in ihre Umhänge gewickelt. Sie kauerten sich auf dem Rücken des Hunnuli aneinander und dachten dankbar zurück an das warme Essen und das Feuer. Henos und Glöckchen trotteten hinter der weißen Bärin dahin.

Als sie die erste Baumreihe am nördlichen Rand der Wiese erreicht hatten, warf Glöckchen einen nervösen Blick über die Schulter. Die Wiese lag verlassen da. Es gab nichts als den Geruch von Gras, Fels, Bäumen und Schnee. Was für böse Dinge sie auch immer gerochen haben mochte, nun waren sie verschwunden. Mit wedelndem Schwanz folgte sie Henos in den Wald aus Kiefern und dunklen Fichten.

»Anwin, ich glaube, ich weiß, wo wir sind«, sagte Jamarh plötzlich.

Unter seinen Worten – den ersten, die er seit Stunden gesprochen hatte – fuhr Anwin aus einem leichten Schlummer hoch. Sie setzte sich aufrecht, hob das Gesicht in den Wind und spürte, wie Schneeflocken über ihre Wangen strichen. »Woher weißt du das?«, fragte sie schläfrig.

»Ich habe über die Richtungen nachgedacht, in die wir bisher gereist sind, und über die Entfernungen, die wir zurückgelegt haben. Ich bin schon einmal hier in der Nähe gewesen. Ich glaube, wir sind nicht weit von dem alten Weg zum Wolfsohrenpass entfernt.«

Bei dieser Neuigkeit horchte Anwin auf. Der Wolfsohrenpass war der hoch gelegene, einzige Pass im Umkreis von Hunderten Meilen, der durch das Dunkelhorngebirge in die fremden Länder dahinter führte. Es war jener von zwei spitzen Gipfeln flankierte Pass gewesen, über den Valorian sein Volk vor fünfhundert Jahren aus dem Reich von Tarn in die Sicherheit und Freiheit der Steppe geführt hatte. Befand sich das, was sie finden musste, etwa in der Nähe von Valorians Pass?

»Sind wir bald da?«, fragte sie ihre Führerin.

Die Höhlenbärin brummte etwas Unverständliches und stapfte weiter auf ihr Ziel zu.

»Warum redest du nicht mit uns?«, rief Jamarh der Bärin zu. »Warum hast du Geheimnisse vor uns?« Die weiße Bärin bedachte ihn mit kalter Verachtung. Jamarh grunzte gereizt und sagte zu Henos: »Hat sie etwa mit dir geredet?«

Nein, nicht seit der Nacht, in der wir den Treld verlassen haben, sagte Henos zu ihnen. *Sie geht mir aus dem Weg. Aber vielleicht will sie mich bloß nicht fressen.*

Darüber kicherte der Junge. »Es muss schwer für eine Bärin wie sie sein, mit einem feinen, fetten Pferd zu reisen und nicht ans Essen zu denken.«

Auch Kinder geben gute Mahlzeiten ab, erwiderte Henos.

Anwin zog sich die Kapuze über den Kopf und lächelte in sich hinein. Diese beiden, der Junge und das Pferd, passten gut zueinander.

Anwin, würdest du auf der Flöte für mich spielen, falls du nicht zu müde bist?

Henos flüsterte seine Bitte kläglich in Anwins Kopf. Sie griff hinter sich und streichelte ihm über den Rücken. Manchmal vergaß sie den schwierigen Pfad und die Mühen, die er Henos bereitete. Selbst für ein Hunnuli war es eine harte Reise, und Henos war am Ende jeder Nacht wund gelaufen und erschöpft. Sie zog ihre Flöte aus einer der Satteltaschen und hielt sie unter den Umhang, bis die schlimmste Kälte aus ihr gewichen war. Sodann blies sie sanft warme Luft hindurch, um das Instrument und ihren Atem einander anzugleichen. Obwohl Roninir eine stabile Flöte geschnitzt hatte, gefiel keinem Instrument der plötzliche Wechsel von kalter und warmer Luft. Sie blies eine Note, doch sie war zu tief, was bei diesem Wetter nicht ungewöhnlich war. Also verstellte sie das Mundstück und versuchte es erneut. Diesmal klang der Ton süßer.

Anwin spielte ein fröhliches Lied aus einem beliebten Tanz und spürte, wie Henos darauf reagierte. Wie an jenem Nachmittag auf der Reise zum Khulinin-Treld, als er die Ohren gespitzt und seinen Tritt dem Tempo des Liedes angepasst hatte, so hielt er es auch in dieser Nacht und tanzte durch den fallenden Schnee.

»Wie lange spielst du schon Flöte?«, fragte Jamarh leise und mit einer gewissen Ehrfurcht in der Stimme.

»Wie lange sind wir schon unterwegs?«, erwiderte sie. »Roninir hat sie mir bei unserem Aufbruch gegeben. Ich hatte keine Gelegenheit, von ihm zu lernen.«

»Wie hast du das so schnell geschafft? Ich kann nicht mal einen Ton halten, geschweige denn ihn spielen.« Er lauschte noch ein wenig ihrem Spiel und fügte dann hinzu: »Was glaubst du, warum er sie dir gegeben hat?«

»Wer? Roninir?« Sie fuhr mit den Fingern an dem Holz entlang. Das Instrument fühlte sich rau an und musste noch poliert werden, und die Luftlöcher waren noch nicht vollkommen, aber was machte das schon? Sie liebte dieses Instrument, und mit etwas Zeit und Arbeit würde es wunderbar zu ihr passen. Sie wusste nicht, warum Roninir ihr es geschenkt hatte und warum es sich in ihren Händen so richtig anfühlte. Sie hoffte, ihn eines Tages danach fragen zu können.

Bis dahin würde sie einfach weiterspielen und sich darüber freuen, dass da etwas war, das sie liebte und gut konnte und wozu kein Augenlicht nötig war. Nicht jedermann war mit einem solchen Geschenk gesegnet.

»Hör mit diesem Lärm auf«, brummte die Bärin irgendwo vor Henos aus dem wirbelnden Schnee. »Wir werden verfolgt.«

Anwin stellte ihr Spiel ein und keuchte leise auf. »Wer verfolgt uns?«, rief sie.

»Nicht *wer. Was.* Beeilung.«

Anwin schob die Flöte in das Futteral zurück und schlang die Arme um Jamarh, während Henos schneller wurde.

Der Schnee fiel weiterhin, bedeckte die Landschaft und verbarg die Reisenden hinter seinem hauchdünnen weißen Schleier. Zwar konnte Anwin es nicht sehen, doch ein schwacher Dämmerschein erhellte die Dunkelheit und kündete den kommenden Tag an.

Plötzlich bellte Glöckchen etwas hinter ihnen wild an.

»Kannst du sehen, was es ist?«, rief Anwin.

Jamarh warf einen Blick zurück. »Nein. Es ist noch nicht hell genug.«

Verängstigt klammerten sich die beiden Kinder auf Henos aneinander, während das Pferd blind hinter der Bärin herrannte. Ihre Herzen hämmerten, und ihr keuchender Atem trieb hinter ihnen in der kalten Luft.

»Da! Da drüben!«, rief Jamarh. »Ich habe einen Umriss gesehen, der sich hinter uns bewegt.«

Weitere schweigende Gestalten kamen rasch aus dem Dämmer und verschwanden wieder hinter wirbelnden Schneewolken. Es schienen Dutzende zu sein.

Jamarh starrte in den treibenden Schnee, bis ihm die Augen stachen und tränten. »Was ist das?«, rief er.

»Wolfetare«, antwortete die Bärin über die Schulter.

Henos schnaubte, seine dunklen Augen waren weiß eingerahmt. *Was ist ein Wolfetar?*

»Nichts Gutes, vermute ich, wenn sogar ein Bär vor ihnen davonläuft«, meinte Jamarh.

Plötzlich erhoben sich in der Dunkelheit die Stimmen der Wolfetare, die in einem wilden Jagdchor heulten und bellten.

Henos wieherte angstvoll, brach in einen rasenden Galopp aus und ließ Hund und Bärin hinter sich.

»Glöckchen!«, rief Anwin verzweifelt.

Sie hörten ein Bellen und einen weiteren Ausbruch von Geheul.

»Henos! Langsamer, wegen Glöckchen!«, beharrte Jamarh. Er holte aus und schlug gegen den Hals des Hunnuli. Unter seiner festen Hand wurde das Fohlen langsamer. Der langbeinige Tesser schoss unter entsetztem Bellen an ihnen vorbei durch den Schnee; die Bärin polterte hinter ihm her.

Sie war in dem weißen Schnee beinahe unsichtbar. Als sie die Kinder und Henos erreicht hatte, brummte sie: »Da hinunter.« Sie wandte sich nach rechts und stürzte sich den Hang hinab in ein zerklüftetes Tal aus Felsenklippen und Hügeln aus Geröll. Henos versuchte ihr zu folgen, doch der raue und lockere Untergrund zwang ihn dazu, noch langsamer zu werden, und in dem fallenden Schnee und der Dunkelheit verlor er die Bärin aus dem Blick. Hinter ihm sprangen die Wolfetare den Hang hinab wie Geschöpfe des Wahnsinns.

Das Morgenlicht wurde stärker; es verbannte die tiefe Schwärze und färbte das Land grau und blau. Für die Kinder unsichtbar, schüttelte die Bärin den schweren Kopf und schaute ihnen kummervoll nach. Ihr lief die Zeit davon. Sie kräuselte die Lippen in einem schrecklichen Knurren, stürzte sich in ein Felslabyrinth, verschmolz mit dem Schnee und den Steinen und ließ das Rudel Wolfetare vorbei. Nur drei waren ihr gefolgt. Sie schnappten nach ihren Läufen, bis sie sich umdrehte und sich ihnen entgegenstellte. Mit einer Bewegung ihrer massigen Pfote tötete sie eine der bösartigen Kreaturen und verwundete eine weitere. Die dritte drehte um und floh. Mehr konnte die Bärin nun nicht tun. Mit schwerem Herzen zog sie sich zurück und kletterte die steile Bergwand hoch. Hierher könnte ihr das Hunnuli niemals folgen. Amara, beschütze die Kinder, dachte sie.

»Wo ist sie?«, rief Jamarh, während er verzweifelt nach einem Zeichen der weißen Bärin suchte.

»Ist sie weg? Kommt der Morgen bald?«

Jamarh schaute in den Himmel und zu den Felsen in seiner Umgebung und fluchte. »Ich kann es einfach nicht glauben!«, sagte er wütend. »Sie hat uns allein gelassen.«

Anwin hörte das Tappen vieler Pfoten auf den Steinen; sie hörte das Bellen und das hungrige Knurren hinter sich und sagte: »Wir sollten eine Stelle finden, wo wir uns verteidigen können. Henos kann diesen Wesen hier nicht davonlaufen.«

Jamarh warf einen Blick über die Schulter. Die Wolfetare waren nahe – so nahe, dass er sie schließlich genauer erkennen konnte. Ihr Aussehen erstaunte ihn ein wenig. Wegen ihres Namens hatte er erwartet, dass sie den grauen, zotteligen Wölfen ähnelten, die die nördliche Steppe und das Vorgebirge bewohnten – den Wölfen, deren warme Pelze die Leute aller Klane sehr schätzten. Doch diese Tiere hier hatten ein kurzhaariges, glattes graues Fell, das mit schwachen Streifen aus Schwarz und Dunkelgrau durchsetzt war. Ihre Beine waren lang und kräftig. Die grobschlächtigen Köpfe und mächtigen Kiefer wirkten stark genug, um ein Pferd oder einen Bullen zur Strecke zu bringen. Sie hatten keine Schwänze, keine hängenden Ohren, keinerlei ansehnliche Merkmale, mit denen sie jemandes Zuneigung hätten gewinnen können. Es waren grausame, mörderische Jäger, die sich nur ein paar Sprünge von Henos' Beinsehnen und Schlagader entfernt befanden.

»Schnell, Anwin«, rief Jamarh, »setz die trymianische Kraft ein!«

Anwin spürte, wie Panik sie durchpulste. »Worauf soll ich schießen?«

»Einfach nur hinter uns! Glöckchen ist knapp vor uns. Vielleicht treibt die Kraft diese Ungeheuer auseinander.«

Anwin hatte so große Angst, dass es ihr nicht die geringste Mühe bereitete, die trymianische Kraft herbeizurufen. Die Energie floss in ihre Hände und bildete Kugeln aus brennender Magie, noch während sie dabei war, sich an den Zauber zu erinnern. Rasch warf sie einige blaue Kugeln hinter sich in Richtung der kläffenden und knurrenden Wolfetare. Sie hörte zwei kurze Explosionen und ein Aufjaulen, doch die Bestien blieben ihnen auf den Fersen. Sie hatten keine Angst vor der tödlichen Magie.

Anwin feuerte ein weiteres halbes Dutzend sirrender Geschosse ab, doch ohne Augenlicht konnte sie nicht genau zielen, und die Wolfetare lernten rasch, auseinanderzustieben und ihren Blitzen auszuweichen.

»Da!«, hörte sie Jamarh zu dem Hunnuli sagen. »Auf den Berg da!«

Das Fohlen trug sie mit weit ausholenden Beinen einen steilen Anhang hinauf bis zu einer flachen Stelle am Fuß einer Klippe. Mit der Felswand im Rücken und den großen Steinen zur Rechten hatten das Pferd und die Kinder einige Hoffnung, sich hier verteidigen zu können. Henos wirbelte herum und stellte sich den Wolfetaren entgegen; Hufe und Zähne waren bereit zum Angriff. Jamarh rief seine eigene trymianische Kraft herbei. Glöckchen wich zur Felswand zurück, damit sie sich außerhalb der Reichweite von Henos' Hufen befand.

»Brauchen wir einen Schild?«, fragte Anwin.

»Noch nicht«, sagte Jamarh und versuchte ruhig zu bleiben. »Ich will diese Biester vertreiben und nicht den ganzen Tag hinter einem Schild stecken.«

Ja, wir können sie abwehren, sagte Henos ihnen und stampfte nachdrücklich mit dem Huf auf.

Nun blieb keine Zeit mehr für Gespräche. Die grauen Wolfetare beachteten die wenigen Blitze des Jungen gar nicht, sondern sprangen auf den Felsabhang. In ihren Augen brannte die Blutlust. Sie kamen so rasch, dass die Geschwindigkeit ihres Angriffs Henos überrumpelte. Mit lautem Geheul sprangen sie auf seine Beine zu und bissen nach den verwundbaren Fesseln.

Jamarh bereute nun, keinen Schild errichtet zu haben. Er konnte so nahe bei Henos keine trymianische Kraft abfeuern, und zwischen den Beinen des Pferdes befanden sich so viele Wolfetare, dass er sie nicht alle zu vertreiben vermochte. Henos geriet in Panik. Er trampelte, bäumte sich auf und trat wie rasend nach den angreifenden Bestien, damit sie ihm von Kehle und Beinen fernblieben.

Anwin gelang es zunächst, sich an Jamarh festzuhalten, bevor die wilden Bewegungen des Hunnuli sie zu Boden warfen. Entsetzt und verblüfft zugleich, lag sie atemlos auf den kalten Steinen und wusste, dass nun entweder das Hunnuli sie zertrampeln oder die Wolfetare sie zerreißen würden. Doch nichts dergleichen geschah. Henos war noch genug bei Sinnen, um sich ein wenig von ihr fortzubewegen, und die Wolfetare waren durch die Aussicht, das Pferd zu töten, so erregt, dass sie sich nicht um das kleine Mädchen kümmerten. Jamarh warf ihr einen schmerzerfüllten Blick zu, während er sein Schwert zog und auf jeden Wolfetar einhackte, der in die Reichweite seines Arms gelangte.

Plötzlich hörte Anwin die Glöckchen am Halsband des Hundes und spürte, wie er über ihren am Boden liegenden Körper sprang. Der Tesser knurrte die Wolfetare bedrohlich an und hockte sich neben seine kleine Herrin. Er war bereit, sie vor den größeren und schwereren Jägern zu beschützen. Anwins Augen füllten sich mit Tränen der Qual und Hilflosigkeit. Mühsam richtete sie sich auf und drückte sich gegen einen großen Felsen, während sie zu entscheiden versuchte, was sie tun sollte. Sie lauschte dem Aufruhr, der nicht weit von ihr entfernt tobte. Sie wusste, dass Henos sterben würde, und wenn das Hunnuli fiel, würden sich die Wolfetare als Nächstes ihr und Jamarh zuwenden.

Amara, betete sie stumm. *Du hast uns bestimmt nicht hierhergeführt, damit wir auf diese Weise sterben. Bitte hilf uns!*

Statt der volltönenden Stimme der Göttin hörte sie deutlich eine andere Stimme in ihrem Kopf: die ihrer Großmutter. Gabria hatte ihr einmal mit einem wissenden Lächeln mitgeteilt, dass die Götter jenen halfen, die sich selbst halfen. Sogar Valorian hatte sich um sich selbst kümmern müssen.

Eine sture Entschlossenheit, deren Saat von einigen Generationen willensstarker mütterlicher Vorfahren gelegt worden war, schlug Wurzeln in ihrem Geist. Sie tastete umher, bis sie Glöckchens Halsband fand, und zog den Hund zu sich heran.

»Hör mir zu, Glöckchen. Du musst sitzen bleiben. Beweg dich nicht. Ich werde dich nicht verletzen … hoffe ich.«

Es blieb keine Zeit für Feinabstimmungen, und sie konnte sich nicht auf ihr Geschick verlassen. Ihr blieb nichts anderes übrig, als den Zauberspruch in ihrem Kopf zu bilden, ihn vorsichtig einzusetzen und dabei zu beten, dass sie ihrem Hund nicht wehtat. Sie hatte ein- oder zweimal Magie bei dem

Versuch benutzt, ihr Augenlicht wiederzugewinnen, und ihre Mutter hatte jeden Zauberspruch angewendet, der ihr bekannt war. Nichts hatte eine Besserung bewirkt; sie hatte nur schlimme Kopfschmerzen davon bekommen. Kelene hatte gesagt, die Kanäle zwischen ihren Augen und ihrem Hirn seien zerstört worden. Doch was war, wenn Henos Recht hatte? Wenn sie Bilder sehen konnte, die sich in einem anderen Hirn bildeten? Es war einen Versuch wert. Wenn sie Erfolg hatte, könnte sie ihre neue Sehkraft dazu einsetzen, die Wolfetare von Henos und Jamarh fortzutreiben.

Das Herz schlug ihr bis zum Hals, als sie die Magie um sich herum zusammenzog und sie sanft in den Hund an ihrer Seite lenkte. Glöckchen versteifte sich und verstummte. Obwohl Anwin nicht genau wusste, was sie da tat, besaß sie offenbar die Gabe ihrer Mutter, die einem Hunnuli Flügel verliehen hatte, und die ihrer Großmutter Tam, die sich beigebracht hatte, dem »Gespräch« der Tiere zuzuhören. Ihr Zauber war zwar grob und ungeübt, aber von Verzweiflung befeuert. Er fand seinen Weg in den Kopf des Hundes und öffnete einen schmalen Pfad geistiger Zwiesprache. Voller Hoffnung verstärkte Anwin das Band zwischen ihr und Glöckchen und versuchte es mit den Augen des Hundes zu verbinden.

Sie konzentrierte sich so sehr, dass sie nicht hörte, wie Jamarh rief: »Eidbrecher! Mach einen Schild, Anwin!« Auch hörte sie nicht, wie Henos unter Schmerzen aufschrie. Alle Laute wurden zu einem störenden Hintergrundgeräusch, während sie ihre ganze Aufmerksamkeit auf den Gesichtssinn richtete.

Etwas bewegte sich in der Dunkelheit hinter ihren Augen – etwas, an das sie sich schwach erinnerte. Die Finsternis erhellte sich; vage Schatten bewegten sich darin. Erregt strengte sie sich noch mehr an, die Magie in den Kanal zwischen Glöckchens Augen und den ihren zu lenken. Grauschattierungen erschienen in ihrem Geist, und allmählich bildete sich ein bewegter Umriss. Die Größe des Bildes wich von dem ab, an das sie sich erinnerte. Es war größer, das Blickfeld war weiter und nicht ganz scharf. Aber es reichte aus. Sie erkannte einen schwarzen Umriss, der Henos sein musste, und sechs oder sieben andere Gestalten, die um ihn herumsprangen. Während sie sich noch immer mit einer Hand an Glöckchen festhielt, formte sie eine Kugel aus trymianischer Kraft und schleuderte sie auf eine der sich bewegenden Umrisse.

Etwas jaulte vor Schmerz auf.

Anwin lachte wie eine Wahnsinnige und warf eine weitere Kugel, dann noch eine. Auch diese trafen die Wolfetare, verbrannten ihnen den Pelz und versengten ihre Haut. Die Bestien hielten inne und wichen ein wenig zurück, um sich über diese neue Bedrohung klar zu werden. Irgendwo zwischen den Felsen hinter den Kreaturen blies jemand eine Pfeife. Mit einem Aufheulen griffen die Bestien wieder an.

Anwin feuerte zwei weitere Kugeln aus trymianischer Kraft ab, doch das Bild in ihrem Kopf verschwamm, und die Energiebälle waren schon beinahe aufgebraucht. Sie war es nicht gewöhnt, eine so schwierige Magie unter Kontrolle zu halten, und die Anstrengung forderte nun ihren Tribut. Sie schwankte und spürte, wie ihre Verbindung zu Glöckchen sich allmählich auflöste. Ihre Freude verwandelte sich in Verzweiflung.

Als ihr Blick verschwamm, kehrte ihr Gehörsinn zurück. Sie hörte, dass etwas herannahte. Glöckchen hörte es auch und regte sich unter ihrer Hand. Mit einem wilden Bellen sprang der Hund plötzlich auf die Beine. Ein Pferd nahte. Anwin hörte das Klappern der Hufe, als es den Hang hoch und auf das bedrängte Fohlen zu galoppierte. Ein gewaltiges, hallendes Wiehern dröhnte zwischen den Felsen.

Die Wolfetare erstarrten einen Augenblick zu lang. Ein

großes schwarzes Pferd schoss aus dem Schneegestöber heran und brach in ihre Mitte ein. Zwei Bestien rammte es mit den Hufen wie mit Eisenhämmern in den Boden. Ein Hinterlauf schlug aus und zerquetschte einen weiteren Wolfetar an einem Felsblock. Henos, dessen junger Reiter wundersamerweise noch immer auf ihm saß, sprang vor und gesellte sich zu dem Neuankömmling. Er erwischte einen Wolfetar mit den Zähnen und warf die Kreatur unter die Hufe des neuen Pferdes, das sie zu einem blutigen Brei zerstampfte.

Das war zu viel für die übrigen Wolfetare. Still zogen sich die Überlebenden zurück; in wenigen Augenblicken waren sie verschwunden. Die Toten waren über die felsige Lichtung verstreut.

Bevor Anwin oder Jamarh ein Wort sagen konnten, senkte Henos den Kopf und verbeugte sich vor dem fremden Hunnuli.

Zehn

Nach dem Aufruhr des Angriffs lag Stille wie eine Göttersegnung über der kleinen Lichtung am Fuß der Klippe. Sie dauerte gerade so lange, dass das fremde Pferd die beiden Kinder, den zitternden Hund und das erschöpfte, blutende Hunnulifohlen ansehen und fragen konnte: *Was macht ihr hier?*

Sobald die tiefe, mächtige Stimme in ihren Köpfen verstummt war, redeten die beiden Kinder gleichzeitig drauflos. Ihre hohen, erregten Stimmen hallten wider vor Erleichterung und Freude über die unerwartete Rettung. Jamarh sprang von Henos' Rücken, und Anwin stand auf und stand vor Erschöpfung schwankend da, während sie ihren Bericht abgaben.

Das Hunnuli hörte ihnen kurz zu, bevor es den Befehl wieherte, sie sollten still sein. *Das klingt wie eine lange Geschichte, und die Männer der Peitsche sind noch immer hier draußen. Ihr braucht Ruhe und einen Unterschlupf. Ich bringe euch zu einer Höhle in der Nähe. Dort könnt ihr mir alles erzählen.*

Anwin wollte schon ihre Führerin erwähnen, doch sie entschied sich dagegen. Die Bärin hatte sie verlassen, als sie sie am dringendsten gebraucht hatten. Wenn sie weg war, dann war es gut so. Falls sie hingegen zurückkam, musste sie halt nach ihnen suchen.

»Vielen Dank für deine Hilfe bei den Wolfetaren«, sagte Jamarh und betastete ein paar Risse in seiner Hose. »Seht euch das nur an! Diese verdammten Biester hätten uns beinahe aufgefressen! Was sind das eigentlich für Tiere? So etwas habe ich noch nie gesehen.«

Sie sind Kreaturen der Krath. Der Kult, der der dunklen Göttin huldigt, züchtet sie zum Jagen und Spurenlesen. Ich glaube nicht, dass sie euch gefressen hätten.

Jamarh war noch immer erschüttert über den Angriff. Er verschränkte die Arme vor der Brust und starrte den Hengst an. »Und wer bist du?«

Das weißt du nicht? Henos war verblüfft. *Das ist der Hunnulikönig, der Herr der wilden Herden.*

»Wirklich? Aber Großmutter hat gesagt, er wäre tot«, sagte Jamarh.

Anwin hielt den Kopf schräg. Mit einer Hand an Glöckchens Halsband tat sie einen unsicheren Schritt nach vorn und legte die andere Hand auf das Vorderbein des großen Hengstes. Sie erkannte, dass sie ihm nicht einmal bis zur Schulter reichte. Sein Fell fühlte sich rau und zerzaust an, und die Muskeln unter seiner Haut waren hart und knotig wie die Wurzeln einer uralten Eiche. Er neigte den Kopf und beschnupperte vorsichtig ihr Haar.

Wer ist deine Großmutter?, fragte das Pferd. Seine Gedanken klangen stolz, aber freundlich, und sie spürte eine tiefe Weisheit in seinem Verstand, der sie in einer Aura aus kräftigem Blau durchdrang.

»Gabria von den Klanen Corin und Khulinin«, antwortete Anwin leise.

Das hatte ich vermutet. Nur die Kinder ihrer Linie können allein mit einem jungen Hengst in den Bergen stecken, grobe Magie ausüben und Wolfetare angreifen.

»Wir haben sie nicht …«, begann Anwin, und Jamarh lachte auf.

Ihr habt von mir nichts zu befürchten, sagte der alte Hengst zu ihnen. *Kommt, wir sollten den Unterschlupf finden, bevor dieses unbezähmbare Fohlen wegen seiner Wunden umkippt. Vielleicht reitet ihr besser auf meinem Rücken.*

Voller Ehrfurcht kletterten die beiden Kinder auf einen großen Felsen und bestiegen von dort aus den Rücken des Hunnulikönigs. Sobald sie auf ihm saßen, drehte er sich rasch um und trottete bergab, gefolgt von Henos und Glöckchen.

Anwin bemerkte bald Unterschiede zwischen Henos' Rücken und dem des Königs, und sie hoffte, dass ihr Ziel nicht allzu weit entfernt lag. Henos' Rücken war nicht so breit wie der des älteren Hengstes und auch nicht so knochig, und die Rippen stachen nicht derart deutlich hervor. Anwin erkannte, dass der Hunnulikönig ein sehr altes Pferd war. Sie dachte darüber nach, während die beiden Tiere das steinerne Tal verließen und in südlicher Richtung einem verschneiten Bergkamm folgten. Anwin wusste, dass ihre Großmutter den Hengstkönig zum ersten Mal getroffen hatte, als sie siebzehn Jahre alt gewesen war. Das lag schon mehr als vierzig Jahre zurück. Damals hatte er die Blüte seiner Jahre schon beinahe hinter sich gelassen und im Dunkelhorngebirge über die letzte Herde wilder Hunnuli geherrscht. Nur die Götter wussten, wie alt er jetzt war.

»Anwin«, unterbrach Jamarh ihre Gedanken. »Wie hast du beim Kampf diese Wolfetare mit der trymianischen Kraft fertig gemacht, ohne Henos oder mich dabei zu treffen?«

»Ich habe es mit Henos' Vorschlag versucht«, erwiderte sie mit stillem Stolz.

Der Junge drehte sich mühsam um und sah ihr ins Gesicht. Obwohl sie seine Miene nicht erkennen konnte, war doch seine Aufregung deutlich zu hören. »Das hast du getan? Hat es funktioniert?«

Sie nickte und lächelte strahlend. »Ich konnte nicht sehr gut sehen, aber ich habe genug erkannt, um euch zu helfen und zu wissen, dass es geht. Glöckchen scheint es nichts getan zu haben.«

»Sie ist ein guter Hund«, sagte er stolz.

»Und du bist ein guter Reiter«, gab Anwin zurück. »Wie hast du es geschafft, auf Henos zu bleiben, wo ich doch schon beim ersten Aufbäumen heruntergefallen bin?«

»Ich hatte zu viel Angst, um herunterzufallen«, gab Jamarh zu.

Es wäre besser, wenn ihr nur leise redet, meinte der Hunnulikönig. *Die Männer der Peitsche sind in der Gegend.*

Die beiden Kinder sagten nichts mehr, bis der Hengst sie an dem Bergkamm vorbei in ein benachbartes Tal geführt hatte, in dem ein schmaler, geschützter Bach floss. Flussabwärts kam er schließlich zu einer Höhle, die von den Fluten vieler Jahrhunderte in das Steilufer gewaschen worden war. Treibholz lag am Ufer angehäuft und war für ein Feuer gut zu gebrauchen, und die Höhle erwies sich als geräumig und hatte einen Sandboden.

Rasch hob Jamarh eine Feuergrube unter dem überhängenden Felsdach aus. Obwohl Anwin von ihrer Zauberei so erschöpft war, dass sie beinahe taumelte, holte sie Wasser, um Henos' Wunden auszuwaschen, und setzte Teewasser auf. Während sie arbeiteten, erzählten sie dem Hunnulikönig die ganze Geschichte von Savarons seltsamer Verwundung bis zum Angriff der Wolfetare. Das alte Pferd hörte mit ungeteilter Aufmerksamkeit zu, auch als Henos hin und wieder unterbrach oder die beiden Kinder die Geschichte in unterschiedliche Richtungen lenkten. Als sie die Höhlenbärin erwähnten, peitschte sein Schweif vor Zorn, und er schüttelte das graue Haupt. Nachdem sie schließlich zum Ende gekommen waren, sagte er nur sehr wenig und betrachtete sie nachdenklich, während sie sorgfältig die Bisse und Schnittwunden an Henos' Beinen und Bauch säuberten und sie mit einer Salbe einrieben, die Jamarh eingepackt hatte. Einige der Wunden des jungen Hunnuli mussten genäht werden, doch daran wagte sich Anwin nicht, und Jamarh hatte nicht die Fähigkeit dazu. Stattdessen verbanden sie ihn eifrig mit Streifen eines sauberen Hemdes, bis seine Beine die drei Farben Schwarz, Weiß und Blau aufwiesen.

Nach einem raschen Essen und einer Tasse heißem Tee warfen die Kinder begehrliche Blicke auf ihre Umhänge und Laken, doch sie warteten höflich, bis der Hunnulikönig entschied, was zu tun war.

Er schaute sie unter seinen langen Stirnlocken an und warf einen raschen Blick auf den Hund, der schon beim Feuer schlief. *Ruht euch aus, Kinder. Ihr habt es euch verdient. Ich werde heute über euch wachen.*

Sie fühlten sich so wohl in der Gegenwart des würdigen alten Hengstes, dass sie keine Zeit verloren und keine Fragen stellten. Schon nach kurzer Zeit schliefen sie neben dem Hund, eingewickelt in den goldenen und scharlachfarbenen Umhang ihres jeweiligen Klans.

Henos sah sie traurig an und senkte den Kopf. *Sie hat sie mir anvertraut, und ich hätte sie beinahe im Stich gelassen.*

Wer?, fragte der König freundlich.

Kelene, Gabrias Tochter.

Das sind nur die Schmerzen und die Erschöpfung, die du empfindest. Du hast sie vor Schaden bewahrt. Du hast gut gekämpft. Nicht viele einzelne Hunnuli hätten einen Angriff von Wolfetaren überlebt. Sie sollten dich töten.

Das scheckige Tier hob den Kopf wieder und betrachtete das ältere Pferd. *Ich habe mich gefragt, warum sie Anwin nicht getötet haben, als sie von mir heruntergefallen ist. Glaubst du, jemand wollte die Kinder lebend haben?*

Aus ihrer Geschichte schließe ich, dass die Männer der Peitsche versuchen, diese beiden Kinder lebend zu fangen. Und das dürfen wir auf keinen Fall zulassen.

Henos schnaubte zustimmend und freute sich, in die Betrachtungen des Königs einbezogen zu werden. *Glaubst du, dass die Wolfetare zurückkommen?*

Möglicherweise. Wir haben viele von ihnen getötet. Die Sektierer brauchen vielleicht einige Zeit, um sich neu aufzustellen.

Es wäre uns nicht so schlecht ergangen, wenn die Bärin bei uns geblieben wäre und uns geholfen hätte, erwiderte Henos verbittert.

Der König warf den großen Kopf herum. *Ich werde mich um sie kümmern, falls sie es wagen sollte zurückzukehren.*

Es war der Abend des sechsten Tages nach der Abreise der Kinder aus dem Khulinin-Treld. Obwohl sie Angst hatten und von ihren eigenen Schwierigkeiten gequält wurden, machten sich Jamarh und Anwin große Sorgen um ihre Familien. Sie wussten nicht, dass Gabria an jenem Morgen zusammen mit einer kleinen Eskorte aus Herdwachen den Khulinin-Treld verlassen hatte und sich auf dem Weg zum Dangari-Treld befand. Auch hatten sie nichts von dem Khulinin-Werod und dessen Reise nach Norden zur Zitadelle gehört. Sie konnten nur hoffen und beten, dass Jamarhs Vater noch lebte und es dem Rest der Familie gut ging. Davon, wie viele Gebete ihretwegen zu den Göttern gesandt wurden, wussten sie nichts.

Kurz vor Sonnenuntergang hörte es in den Bergen um den Wolfsohrenpass auf zu schneien, und der Himmel klarte gerade rechtzeitig auf, sodass die niedergehende Sonne die westlichen Gipfel in Brand setzen konnte.

Jamarh wachte auf, als das goldene Feuer auf den schneebedeckten Gipfeln loderte und die Berge mit rötlichem Schein überzog. Steif stand er von seinem Platz am Feuer auf und trat aus der Höhle, um sich den Himmel anzusehen. Er erkannte Henos und den Hunnulikönig, die Seite an Seite neben dem

Fluss standen und den Sonnenuntergang betrachteten. Glöckchen stöberte zwischen den Weiden und im Ried herum und schenkte der Schönheit des Himmels keine Aufmerksamkeit. Der Junge schaute dem Hund eine Weile zu, bevor er hinüber zu den Hunnuli ging.

Während er den Blick auf das verblassende Gold und Orange im Himmel richtete, fragte er: »Kann eine Zauberin durch die Augen eines anderen Wesens sehen?«

Henos schwang den Kopf herum, schwieg aber respektvoll, bis der König antwortete.

Wenn ich dich und Anwin heute Morgen richtig verstanden habe, dann hat sie bereits einen solchen Zauber gewirkt, erwiderte der alte Hengst.

»Vermutlich.« Jamarh trat unruhig von einem Bein aufs andere und war sich nicht sicher, was er eigentlich fragen wollte.

Glaubst du ihr nicht?

Rasch antwortete der Junge: »Doch, natürlich. Ich habe die trymianische Kraft gesehen, die sie benutzt hat. Ich war nur überrascht, dass sie es so schnell geschafft hat.«

Das alte Hunnuli senkte den Kopf und schaute ihn mit Augen an, die vor Weisheit glommen. *Amara hätte sie nicht auserwählt, wenn sie unfähig wäre.*

»Du glaubst unserer Geschichte?«

Ja. Und ich glaube, dass deine Kusine eine sehr starke junge Zauberin ist, die sich ihre Gefährten sehr gut ausgesucht hat.

Plötzlich grinste Jamarh und warf den Arm um Henos' Hals. »Hast du uns kämpfen gesehen? Wir waren gut.«

Ihr werdet weiterhin gut sein müssen. Die Männer der Peitsche sind noch da draußen. Ich glaube nicht, dass sie uns sehr bald wieder angreifen werden, aber wir müssen schnell weiterziehen.

»Wir?«, wiederholte Jamarh überrascht. »Kommst du mit uns?«

»Was tust du hier?«, brummte jemand.

Die Hunnuli, der Junge und der Hund schauten auf und sahen die Bärin einige Schritte entfernt flussaufwärts auf einer Kiesbank stehen. Die Sonne war hinter die Berge geglitten und hatte die meisten der strahlenden Farben mit sich genommen, und im Zwielicht sah der Pelz der Bärin schmutzig und zerzaust aus. Jamarh zog sofort sein Schwert aus der Scheide an seiner Hüfte und hielt es dem großen Tier entgegen.

»Du Verräterin!«, schrie er.

Die weiße Bärin stellte sich auf die Hinterbeine und überragte ihn weit. Sie streckte die Klauen aus, aber er war so wütend, dass er sich nicht einschüchtern ließ. Mit beiden Händen schwang er das Schwert in einem schnellen Bogen auf den ungeschützten Bauch der Bärin zu.

Sie wischte ihn beiseite wie eine Fliege und knurrte ihn an: »Ich hatte meine Gründe.«

Ächzend stand der Junge aus dem nassen Sand auf und sah sie böse an. »Nichts kann entschuldigen, dass du uns beinahe hättest sterben lassen.«

Die Bärin ließ sich auf alle viere nieder und senkte zu seiner Überraschung den Kopf. »Nein, für dich kann es keine Entschuldigung geben. Du solltest aber wissen, dass ich keine andere Wahl hatte.«

Es gibt immer eine andere Wahl. Die Worte des Hunnulikönigs hallten in Jamarhs Kopf wider und anscheinend auch in dem der Bärin, denn sie wandte sich dem Pferd zu, und ihre kleinen Augen waren hart vor Wut.

»Nicht für mich. Ich frage dich noch einmal: Was tust du hier?«, wollte sie wissen.

Das alte Pferd trat mit erhobenem Haupt und geblähten Nüstern vor. Jamarh bemerkte, dass sein Kopf fast so weiß wie der der Bärin war. *Das würde ich gern von dir wissen. Was tust du hier?*

»Ich wurde von der Muttergottheit hergeschickt, um diese Kinder an einen Ort zu bringen, den ich sehr gut kenne«, knurrte die Bärin und wich vor dem Hunnuli zurück.

Warum sollte Amara gerade dich schicken?, fragte das Hunnuli.

»Sie vertraut darauf, dass ich ihre Wünsche erfülle. Du tätest gut daran, uns allein zu lassen.«

»So wie *du* es jeden Tag mit uns machst?«, hallte Anwins Stimme aus der Höhle. Sie trat zögernd hervor, bis Glöckchen an ihre Seite kam und sie zu Jamarh führte.

Ihr Vetter sagte mit scharfer Stimme: »Hast du uns schon lange zugehört?«

»Lange genug«, verkündete sie und warf einen bösen Blick in die Richtung der Bärin. »Jeden Morgen hast du uns zu einem neuen Lager geführt und uns dann bis zur Abenddämmerung allein gelassen. Was bist du nur für eine Führerin?«

Die Bärin gab ein Schnauben von sich. »Die Einzige, die ihr habt.«

Das muss sich ändern. Der König stampfte nachdrücklich mit dem Huf auf. *Der Angriff der Wolfetare war kein Zufall. Der Kult der Krath hat schon zu viel Interesse an diesen Kindern gezeigt. Falls Amara sie wirklich in die Wildnis geschickt hat, müssen sie unbedingt ihr Ziel erreichen.*

Die weiße Bärin setzte sich widerwillig. »Was du sagst, ist richtig. Aber es ist mir nicht möglich, tagsüber bei ihnen zu sein.«

Der alte Hengst sah sie von den runden Ohren bis zu den großen, krallenbewehrten Pfoten eingehend an. *Vielleicht sollten wir einen Waffenstillstand eingehen. Du führst sie, und ich werde sie beschützen.*

Anwin und Jamarh zögerten, bevor sie eine Antwort gaben, denn sie beide fragten sich, ob Henos etwas dagegen haben würde, wenn ein anderer Hengst in sein kleines Reich einbrach. Doch das junge scheckige Tier verhielt sich sehr unterwürfig. Sein sonst so unbeschwertes und stolzes Verhalten war begraben unter den Schmerzen und der Steifheit, die aus der Schlacht mit den Wolfetaren herrührten. Er sah den Hunnulikönig nur mit einem wachsamen Auge an und sagte kein Wort.

Die Bärin kräuselte die Lippen zu einem stummen Knurren und bleckte dabei die gelben Zähne. »Anscheinend bleibt mir nichts anderes übrig.«

Anwin verneigte sich vor dem König. »Wir wären froh, wenn du bei uns bliebest. Ich hoffe, wir müssen nicht mehr weit reisen«, fügte sie bedeutungsvoll hinzu. »Uns gehen allmählich die Vorräte aus.«

»Noch ein paar Tage«, sagte die Bärin. »Wir sollten jetzt aufbrechen.«

Die Kinder waren müde und wund und beachteten den Vorschlag der Bärin nicht. Sie trödelten um das Feuer herum, aßen in aller Ruhe und trockneten ihre feuchte Kleidung und Ausrüstung. Der Mond ging schon auf, als sie schließlich ihre Satteltaschen packten und das Feuer löschten.

Henos wartete reglos, während Jamarh ihm die Satteldecke auf den Rücken legte, doch als die beiden Kinder zögerten, ihn zu besteigen, schlug der Hunnulikönig vor, sie sollten sich in dieser Nacht aufteilen und jedes Kind auf einem Pferd reiten. Jamarh konnte Henos nehmen, und Anwin sollte auf den Rücken des Königs steigen. Anwin war begeistert davon, dieses Vorrecht zu genießen, und bat Jamarh, eine Decke über den Rücken des alten Hengstes zu legen, da sie sich an den kurzen Ritt auf ihm nur allzu gut erinnerte.

Die Bärin brummte in sich hinein und führte sie aus dem Tal. Für den Rest der Nacht sagte sie kein einziges Wort mehr. Ohne Eile geleitete sie die beiden Pferde nordwärts und behielt ihren gleichmäßigen, schlurfenden Gang bei, der es ihr erlaubte, die ganze Nacht zu wandern, ohne sich, die Pferde und den Hund zu erschöpfen.

Auf dem Ritt erzählte Anwin dem Hunnulikönig von ihrer Großmutter und ihrer Mutter sowie der Wiedererrichtung von Moy Tura, und er unterhielt im Gegenzug die Kinder mit der Geschichte von Gabrias Sieg über den Gorthling auf dem Tir Samod viele Jahre vor ihrer beider Geburt.

Bei Sonnenaufgang verschwand die Bärin wieder und überließ den Hunnuli die Wahl des Lagerplatzes. Falls die Eidbrecher noch immer den Reisenden folgten, ließen sie es nicht erkennen, und auch von den Wolfetaren gab es keinerlei Anzeichen. Zur Sicherheit führte der König Henos zu einer Steinwand, wo ein überhängender Sims eine Nische bildete, die groß genug für die Kinder, den Hund und die beiden Hunnuli war. Von dieser Wand aus konnten sie die beiden Enden des weiten Tals einsehen und überblickten zudem noch die kahlen Spitzen einiger Berge.

An diesem Morgen spielte Anwin vor dem Lagerfeuer für Jamarh und die Hunnuli auf der Flöte, und zu Henos' Freude komponierte sie für ihn ein Lied mit dem Titel »Donnergeist«.

»Ich werde es mit Worten versehen, wenn wir wieder zu Hause sind«, versprach sie. »Vielleicht kommen auch noch Trommeln dazu.«

»Da wir jetzt Tageslicht haben, solltest du noch einmal den Zauber versuchen, den du mit Glöckchen ausgeführt hast«, meinte Jamarh. »Der Hunnulikönig ist ja dabei, falls etwas schiefgeht.«

Anwin schnitt eine Grimasse. Sie war müde und wollte einen so schwierigen Zauber nicht vor dem ehrwürdigen Hunnuli wirken, doch sie bezwang ihr Widerstreben und rief Glöckchen herbei. Als der Hund still neben ihr saß, zog sie die Magie zusammen, wie ihre Mutter es ihr beigebracht hatte, und versuchte den Zauber noch einmal. Diesmal geschah nichts. Ihr Geist sah nur die Dunkelheit hinter ihren eigenen Augen. Enttäuscht versuchte sie es wieder und wieder, doch sie konnte nicht einmal einen Schimmer hervorrufen.

Jamarh machte einige Vorschläge, bis er die Enttäuschung und Wut auf ihrem Gesicht sah.

Schließlich gab sie es auf und streichelte Glöckchen für ihre Geduld. »Es tut mir leid, dass ich dir das zumute«, flüsterte sie. Der Hund wimmerte und leckte die Tränen von Anwins Wangen. »Ich weiß, dass es funktioniert hat!«, rief das Mädchen zornig. »Ich habe den Zauber gewirkt, wirklich!«

Der König stupste freundlich ihre Schulter an. *Das wissen wir. Jamarh hat deine Blitze aus trymianischer Kraft gesehen, und ich habe die Auswirkungen deiner Magie gespürt. Du hast einen sehr schwierigen Zauber in einem Augenblick äußerster Verzweiflung gewirkt. Mit Übung und Geduld wirst du in der Lage sein, ihn nach deinem Willen immer wieder auszuüben.*

»Glaubst du wirklich?«, fragte sie elend.

Ja, erwiderte der König nachdrücklich in ihrem Kopf. *Ich möchte vorschlagen, dass du versuchst, deine Musik mit dem Zauber zu verbinden. Deine musikalische Gabe steht offensichtlich in Beziehung zu deiner Magie.*

»Was meinst du damit? Soll sie ihre Zaubersprüche singen?«, kicherte Jamarh.

Wenn es ihr hilft … Das Wirken eines Zaubers kann sehr umständlich sein. Alles Lauthafte – ein Wort, ein Klang, ein Gedicht, ein Lied – kann von einem Zauberer dazu benutzt werden, die Magie in Gang zu setzen. Die Worte helfen, den Zauber zu formen und ihn im Kopf des Zauberers klarer zu machen. Das Wichtigste an jedem Zauber ist die Entschlossenheit und Stärke des Magiers, egal wie einfach oder schwierig der Spruch ist. Es ist deine eigene Wahl, wie du ihn beginnen willst.

Anwin hörte begeistert zu, als die weisen Worte des Hengstes durch ihren Kopf strömten. Ihre Eltern hatten ihr ähnliche Dinge gesagt, doch erst jetzt verstand sie deren Bedeutung.

Jamarh war da sachlicher: »Wieso weißt du so viel über Magier, wo du doch wild lebst? Hast *du* dich je mit Menschen verbunden?«

Der alte Hengst drehte den Kopf und sah über die Berge hinweg zu einem Ort, den nur er kannte. *Der größte Teil meines Wissens wurde mir durch meine Vorfahren vermittelt, welche dieses Wissen seit dem Untergang der Zauberer vor vielen Generationen bewahrt haben. Wir haben gehofft, dass eines Tages ein Zauberer die Magie zu den Klanen zurückbringt.*

Jamarh grinste. »Das war Großmutter, nicht wahr?«

Ja.

»Hast du je zuvor einen menschlichen Reiter getragen?«, fragte Anwin leise.

Einmal. Das ist lange her. Ein junger Khulinin durchstreifte die Berge und wurde verletzt. Ich habe ihm geholfen, zu seinem Klan zurückzukehren, und wäre gern bei ihm geblieben, denn seine Gabe war stark. Aber er wurde auf der Sommerversammlung im folgenden Jahr von einem betrunkenen Kaufmann getötet. Vor Trauer bin ich zu meiner Herde zurückgekehrt. Erst später habe ich gehört, dass sein jüngerer Bruder an seiner Stelle Häuptling geworden ist.

Es dauerte eine Weile, bis die Worte des Königs und die Zeitangaben zueinanderpassten, doch als die Kinder allmählich die Wahrheit begriffen, waren sie sehr erstaunt.

Jamarh starrte das schwarze Pferd an. »Meinst du damit den Vater unseres Großvaters? Lord Savaric? Ich wusste gar nicht, dass er einen älteren Bruder hat.«

»Wie alt bist du?«, rief Anwin aus.

Der Hengst lachte wiehernd. *Mit etwas Glück und gutem Gras kann ein Hunnuli so alt wie ein Mensch werden.*

»Wo ist deine Herde jetzt?«, fragte Jamarh.

Die meisten Tiere haben die Berge verlassen und sind in die Ebene gegangen, um Magier zu suchen. Die wenigen, die zurückgeblieben sind, werden von einem meiner Enkel geführt. Ich konnte nicht mehr mit ihnen mithalten.

Diese Worte erklangen in den Köpfen der Kinder mit schlichter Würde und Anmut und dem Wissen um das Kommende. Der Junge und das Mädchen fanden keine passenden Worte darauf und schwiegen daher respektvoll. Sie räumten ihre einfachen Werkzeuge zusammen und entfachten ein Feuer. Jamarh sah nach Henos' Wunden, während Anwin die Decken und Umhänge auseinanderfaltete und beim Feuer einen Schlafplatz bereitete. Still legten sie sich nieder, und Jamarh schnarchte schon, als sich Anwin noch nicht ganz in ihren Umhang gewickelt hatte.

Das Mädchen lag einige Zeit still da, bevor sie genügend Mut gefasst hatte zu fragen: »Weißt du, wohin wir unterwegs sind?«

Der König regte sich und verlagerte sein Gewicht von einer Seite zur anderen. *Nein. Aus einem nur Amara bekannten Grund war ich zur richtigen Zeit am richtigen Ort und habe gesehen, wie die Anhänger der Krath zwei Kinder Valorians gejagt haben. Seit der Verwandlung Hunnuls sind wir gezüchtet worden, um die Nachkommen des Kriegshelden zu schützen.*

Anwin gähnte. »Gut«, sagte sie schläfrig. »Das ist gut.«

Weit entfernt in den verschneiten Bergen, außer Hörweite der Kinder, stieß ein Wolfetar ein lang gezogenes, zitterndes Heulen aus, das von einem Geheul irgendwo im Norden aufgenommen wurde.

Bei diesen fernen Lauten hoben der Hunnulikönig und Henos die Köpfe und zogen sich tiefer in die Schatten des Überhangs zurück.

Elf

»Wertain!«, rief ein Khulinin-Krieger. »Langsamer! Du reitest zu weit voraus.«

»Ich passe schon auf«, rief Rafnir zurück, doch in Wirklichkeit war er viel zu wütend, um auf den Krieger zu hören. Zum fünften Mal in fünf Tagen hatten die todbringenden Mitglieder des Kultes der Krath still und gnadenlos unter den Klankräften gewütet und waren ungehindert entwischt. Sie hatten jede einzelne Waffe ihres beachtlichen Arsenals eingesetzt, hatten beinahe eine ganze Kompanie getötet – mehr als zwanzig Krieger – und dabei keinen einzigen Sektierer verloren. Niemand wusste, wann oder wo sie wieder zuschlagen würden; meistens sah man sie erst, wenn es zu spät war. Außerdem hatten sie ein halbes Dutzend Magier vergiftet, nämlich Lord Athlones Vetter Gaalney, zwei Dangari und drei Geldring. Von ihnen lebte nur noch Gaalney. Zwei der drei Geldring waren vermisst. Gleichermaßen erschütternd war für die Klanleute der Tod von zwei Hunnuli, die zusammen mit ihren Reitern niedergemetzelt worden waren. Zwei weitere waren verschwunden.

Rafnir warf einen Blick über die Schulter auf die Männer hinter ihm. Es waren gute Krieger, von Savaron ausgebildet und Lord Athlone treu ergeben. Sie folgten ihm bereitwillig in die Düsternis eines nebligen Abends, doch Rafnir hätte es vorgezogen, seinen eigenen Werod im Rücken zu haben, denn das waren die Männer, die er gut kannte und selbst ausgebildet hatte. Natürlich waren diese Männer jetzt in

Moy Tura und verteidigten Helmar und seinen Vater Sayyed sowie den Rest seiner Familie. Wenn er es sich recht überlegte, waren seine Krieger genau dort, wo er sie haben wollte. Er wollte sich keine Sorgen über seinen Vater oder seine Kinder machen, während er hier draußen im Himachalgebirge war und versuchte, die bösen Geister im Zaum zu halten.

Geister. Rafnir schnaubte verächtlich. Die Sektierer waren aus Fleisch und Blut – sogar aus Klanblut. Aber die wütenden, enttäuschten und besorgten Klankrieger hatten die Sektierer »Peitschengeister« genannt – wegen ihrer Fähigkeit, sich beinahe lautlos zu bewegen, und wegen der schweren schwarzen Peitschen, mit denen die Mörder Genicke brechen, Männer von ihren Pferde ziehen, oder – wenn die Waffe zwischen zwei Bäumen gespannt war – einen Reiter vom Pferd und in die wartenden Messer der Eidbrecher stürzen konnten. An diese Art der Kriegsführung waren die Klansoldaten nicht gewöhnt. Sie erachteten solche Taktiken als unehrenhaft und feige. Ein echter Krieger kämpfte zu Fuß oder auf dem Rücken seines Pferdes in offener Schlacht mit dem Feind. Er kämpfte mit Lanze und Schwert und Schild, nicht mit heimtückischen Giften, Peitschen und Hinterhalten. Diese andauernden Angriffe der Sektierer untergruben die Disziplin und machten die Männer zornig.

Weißt du, er hat Recht. Rafnir hörte in seinem Kopf deutlich Tibors weise Stimme. *Sie sind zurückgefallen.*

»Die Sektiererbande hat vorhin drei Khulinin getötet«, stieß Rafnir zwischen zusammengebissenen Zähnen hindurch. »Sie sind irgendwo da vorn zwischen den Bäumen. Diesmal werde ich sie nicht entkommen lassen.«

Dann errichte wenigstens einen Schild um dich, riet ihm der große schwarze Hengst.

Rafnir bildete einen Zauberschild um sich herum, der die

Giftpfeile abwehren würde. Bisher war er vorsichtig gewesen und hatte Glück gehabt, und das sollte so bleiben. Leider war der Schild nicht gut geeignet, um Männer im Wald zu jagen. Die Macht, die den Schild erschuf, glomm üblicherweise in einem roten Licht, das die Sicht nahm, und überdies erforderte er große Anstrengungen, um aufrechterhalten zu werden. Die meisten Zauberer konnten einen vollständigen Schild nur für kurze Zeit halten.

Die Männer, die du suchst, sind in der Nähe, warnte Tibor.

Rafnir versuchte zu erkennen, was das Hunnuli sah, doch sie waren soeben in einen Hain aus Fichten und kahlen Birken eingedrungen. Er sah lediglich verschwommene Baumstämme und Schatten hinter dem Nasenstück seines Helms und dem Glimmen des Schildes. Verärgert trieb er das Hunnuli an. Er wollte seine Jagdbeute nicht verlieren, wo sie doch so nahe war.

Tibor beachtete sein Drängen hingegen nicht. Das große Pferd legte stur den Kiefer gegen die Brust und trottete noch langsamer dahin, damit die übrigen Pferde und Krieger sie einholen konnten.

Ein paar Pfeile schossen aus dem immergrünen Blätterdach hervor, prallten von dem Schild ab und fielen ins Unterholz. Rafnir knurrte einen Fluch. Zwischen den Fichten vor ihm bewegte sich etwas, und jemand rannte an den Bäumen entlang. Die schwarze Kleidung war vor den dünnen, grauen Stämmen der Birken und den dunkleren Fichtenzweigen deutlich sichtbar.

Rafnir stieß einen Schrei aus, entledigte sich seines Schildes mit einer einzigen Handbewegung und zog die trymianische Kraft in sich zusammen. Eine Kugel aus blauem Licht bildete sich in seiner Handfläche. Er hob die Hand und schoss auf den fliehenden Eidbrecher. Doch in diesem Wald standen die Bäume zu dicht beieinander. Der Ball aus blauer

Energie schlug in einen Baumstamm ein, und Holzsplitter stoben in alle Richtungen davon.

Hinter ihm schrie jemand eine Warnung.

Er sah noch einmal den laufenden Mann und feuerte eine zweite Kugel aus blauem Licht auf ihn ab, bevor er sich umdrehte und nachsah, was der Grund für den Schrei gewesen war. Schrecken und Wut erfüllten ihn. Hinter ihm schwärmten grau gekleidete Gestalten aus, die in dem verblassenden Abendlicht kaum mehr zu sehen waren, und griffen seine Männer mit Peitschen, gut gezielten Pfeilen und Steinkeulen an.

Auf sein Zeichen drehte Tibor sich um und galoppierte dorthin zurück, woher sie gekommen waren. Rafnir hob die Hand und wollte einen weiteren Stoß aus trymianischer Kraft auf die Sektierer abfeuern. Doch bevor er dazu kam, schwankte Tibor und wäre beinahe gefallen. Sein Reiter pendelte hin und her. Rafnir schlug gegen den kräftigen Hals des Pferdes und verlor die Kontrolle über die versengende blaue Kugel, die er geformt hatte. Die Kraft donnerte in den Boden vor Tibors Hufen. Blätter, Schlamm und Steine spritzten in alle Richtungen.

Rafnir kämpfte wie wild darum, auf seinem Pferd zu bleiben. »Was …«, schrie er in Furcht um die Sicherheit des Hunnuli, dann taumelte Tibor erneut und stürzte mit einem Krachen zu Boden. Rafnir wurde über die Schulter des Tieres geworfen. Er schlug gegen einen Baumstamm und hörte ein Knacken, während er in sich zusammensackte. Schmerzen explodierten in Arm und Schulter und zuckten durch Hals und Kopf. Sein Blick verschwamm. Undeutlich sah er, wie sich eine Gestalt über ihn beugte und ihm etwas in den Arm rammte. Um ihn herum brüllten Stimmen, aber er verstand die Worte nicht. Er rief Tibors Namen mit all seiner verebbenden Kraft.

»Auf!«, schrie er das Hunnuli an. »Verschwinde von hier!« Tibor gab keine Antwort.

Hände packten Rafnir bei den Beinen und Armen und trugen ihn rasch zwischen die Bäume. Er kreischte einmal in Schmerzen auf, die ihm seine gebrochenen Knochen verursachten, dann wurde er geknebelt. Alles um ihn herum drehte sich und wurde dunkel. Er konnte kaum noch einen klaren Gedanken fassen.

Tibor, dachte er verzweifelt. *Gute Götter, wo ist Tibor?* Dann: *Kelene, es tut mir leid.*

Die Eidbrecher verschwanden mit ihrem Gefangenen im dichter werdenden Nebel.

Kelene hob beunruhigt den Kopf. Aus keinem ersichtlichen Grund verspürte sie Sorge und Kälte. Ein Zittern lief ihr über den Rücken und prickelte an Hals und Armen. Ein schwaches Geräusch, eine Stimme oder etwas anderes hallte in ihrem Kopf wie aus großer Ferne wider.

»Wir wissen noch immer nicht genau, wie groß ihre Anzahl ist«, hörte sie Lord Athlone sagen. »Die wenigen Späher, die wir ausgesandt haben, sind bisher nicht zurückgekehrt.«

Kelene sah ihren Vater an, der an seinem Arbeitstisch zwischen dem Dangari-Lord Bendinor und dem Geldring-Lord Hendric saß.

»Wir haben gehört, dass der Kult Verbannte rekrutiert«, teilte der jüngere Lord Hendric ihm mit. Er war an diesem Abend gemeinsam mit seiner Herdwache eingetroffen und wollte seine Streitkräfte mit denen der Khulinin und der Dangari gegen die Männer der Peitsche verbinden. Der Geldring-Treld, welcher der Zitadelle am nächsten lag, hatte die meisten Angriffe auf Hunnuli und Magier erlitten, und Lord Hendric hatte geschworen, das Wergeld einzufordern, das seinem Klan zustand, und wenn er die Zitadelle

Stein um Stein niederreißen musste. Sein Werod, der unter dem Befehl von Rafnirs altem Freund Morad stand, befand sich nördlich der Kultfestung und würde auf sein Wort hin losschlagen.

Kelene rieb sich die Arme, ging zum Zelteingang und öffnete die Klappe. Die Wachen traten höflich zur Seite, sodass sie ins Gebirge schauen konnte. Von dort, wo sie im Lager stand, wirkten die dicht bewaldeten Höhen des Himachal beinahe schwarz gegen den blau-goldenen Abendhimmel. Sie sah, wie Nebel in die niedriger gelegenen Bereiche und die Bergtäler floss. Bald würde er sie angefüllt haben und auf die Felder zukriechen, auf denen sich das Lager befand. Es wäre eine gute Nacht für die Eidbrecher. Sorgenvoll beobachtete Kelene das Vorgebirge. Sie konnte das Gefühl, dass etwas falsch war, einfach nicht abschütteln.

Eine Bewegung lenkte ihren Blick wieder auf das Lager, und gleichzeitig brach eine völlig verzweifelte Bitte in ihre Gedanken ein. *Kelene! Etwas ist mit Tibor geschehen.*

Fleckig vor Schweiß galoppierte Demira den Pfad zum Zelt des Häuptlings hinauf und trieb dabei die Männer auseinander. Schlitternd kam sie vor Kelene zum Stehen; ihre Schwingen hatte sie halb ausgebreitet. Athlones Hunnuli Eurus wieherte sie von seinem Platz unter der Zeltmarkise aus herrisch an.

»Wo sind sie?«, fragte Kelene Demira.

Die schwarze Stute tänzelte vor Aufregung. *Ich weiß es nicht. Ich kann ihn nicht mehr hören.*

Kelene kämpfte eine schwarze Welle der Verzweiflung nieder. Sie würde es nicht zulassen, dass ihre Vorstellungskraft ihre Fähigkeit zum logischen Denken zerstörte. Rafnir und Tibor lebten, und sie würde nichts anderes glauben, bis sie die Leichen sah. Sie drehte sich um und wollte ihren Umhang ergreifen, doch ihr Vater warf ihn ihr in den Arm. Er gürtete bereits sein Schwert und ging mit schnellen Schritten auf den Eingang zu.

»Sie sind hinter einer kleinen Gruppe von Sektierern hergeritten«, erklärte er ihr mit angespannter Stimme. Zu den anderen Männern sagte er: »Wir suchen nach Rafnir und seinen Leuten. Holt die Pferde; wir treffen uns am Rand des Lagers.«

Vater und Tochter bestiegen ihre Hunnuli und galoppierten hinter dem Feld auf die Wiesen, wo die Pferde grasten. Sobald sie allein waren, fragte Lord Athlone: »Was ist los? Weißt du, was nicht stimmt?«

Demira und Kelene antworteten gleichzeitig und erschufen so ein wildes Echo von Worten in seinen Ohren und seinem Kopf. Er hob die Hand, um sie zum Schweigen zu bringen. »Könnt ihr fliegen? Aus der Luft seht ihr die Gruppe vielleicht schneller.«

Kelene nickte und glitt von ihrer Stute. »Demira kann noch fliegen, wenn ich nicht auf ihr sitze.«

Das geflügelte Pferd stupste ihre Reiterin freundlich an und lief auf den nächsten Hügel. Mit Hilfe des Hangs und des Abendwinds erhob sie sich in die Luft und flog so schnell auf das Gebirge zu, wie es ihr trächtiger Körper erlaubte.

Einige Minuten später stießen mehrere von Athlones Herdwachen sowie Lord Bendinor, Lord Hendric und ihre Wachen hinzu und brachten Fackeln mit. Athlone reichte seiner Tochter den Arm, damit sie sich hinter ihn auf Eurus setzen konnte, und das alte Hunnuli führte die anderen dorthin, wo die fliegende Stute war.

Sie galoppierten über die ebenen Felder bis zur ersten Reihe grasbewachsener Hügel, welche die Vorhut der uralten Gipfel des Himachal bildeten. Das Sonnenlicht war schon beinahe verschwunden und ließ die Welt in einem tiefblauen

Zwielicht zurück, welches das Sehen sehr schwierig machte. Der Suchtrupp hätte die Reiter, die aus dem Gebirge kamen, nicht bemerkt, wenn Demira nicht plötzlich über ihnen gekreist wäre und ihren Standort Eurus, Athlone und Kelene mitgeteilt hätte. Sie wandten sich zu dem engen Tal, das die Stute beschrieben hatte, und fanden dort die Überlebenden von Rafnirs Gruppe. Die blutbesudelten Krieger hatten die Verwundeten mitgebracht und ritten langsam in Richtung des Lagers. Es waren erbarmungswürdig wenige.

Kelene betrachtete sie kurz und stellte mit einem Gefühl kalter Angst fest, dass sich weder Tibor noch Rafnir unter ihnen befanden.

»Lord Athlone!« Die Khulinin-Krieger begrüßten ihren Häuptling voller Erleichterung und Trauer. Sie berichteten Athlone und den anderen Häuptlingen von dem Angriff und davon, wie Rafnir von ihnen fortgelockt und zwischen den Bäumen zu Fall gebracht worden war.

»Lebt er noch?«, fragte Kelene mit zitternder Stimme.

Die Krieger brachten es nicht fertig, ihr in die Augen zu schauen.

»Wir wissen es nicht«, gab einer von ihnen zu. »Nachdem er zu Boden gegangen ist, sind die Sektierer genauso schnell im Wald verschwunden, wie sie gekommen sind, und haben Rafnir mitgenommen. Wir haben ihn nicht gefunden, und wir wissen nicht, ob er noch lebt.«

»Was ist mit Tibor?«

»Der Hengst ist tot«, sagte ein anderer Khulinin.

Demira landete gerade rechtzeitig, um die Aussage des Kriegers mitzubekommen. *Nein, das ist er nicht,* beharrte ihre Stimme in Kelenes Kopf. *Sonst wüsste ich es.*

»Ich würde mir das Gelände gern selbst ansehen«, sagte Kelene zu ihrem Vater.

Lord Hendric wirkte entsetzt. »Die Sektierer sind noch irgendwo da draußen. Wir dürfen ihnen nicht noch eine Zauberin geben.«

»Ich werde Tibor nicht allein lassen, falls er noch lebt. Er ist die Verbindung zu Rafnir!«, rief Kelene und fügte hastig hinzu: »Mein Lord.«

Lord Athlone sagte ruhig: »Eurus und ich werden sie dorthin bringen. Wir können lange genug abgeschirmt bleiben, bis wir Tibor gefunden haben.«

»Dann gehen wir auch mit«, beharrte Lord Bendinor. »Falls diese verfluchten Mörder euch angreifen, werdet ihr zur Abwehr mehr als einen Schild brauchen.«

Die anderen stimmten ihm zu, und Lord Athlone schickte einige seiner Wachen zusammen mit den Überlebenden ins Lager, damit sie den Verwundeten helfen konnten. Die Nacht hatte sich bereits über die Berge gesenkt, als die beiden Gruppen sich trennten, und da Demira in der Finsternis nicht fliegen wollte, blieb sie bei Eurus und den beiden Zauberern. Obwohl Lord Athlone und Kelene ihre Magie dazu hätten einsetzen können, helle Lichter zu erschaffen, unterließen sie es, weil sie keinerlei Aufmerksamkeit auf sich lenken wollten. Stattdessen benutzte der Suchtrupp seine Fackeln, um der Spur der geflohenen Krieger zurück in den Wald zu folgen, wo sie gegen die Eidbrecher gekämpft hatten. Bald fanden sie den Ort des Angriffs auf einer kleinen Lichtung, in welcher die Leichen der Krieger verstreut lagen. Es gab keine toten Eidbrecher, nur Blut und eine zerrissene schwarze Robe. Jedes Leben schien aus den Wäldern geflohen zu sein.

Lord Hendric betrachtete die Szene angewidert und fluchte leise. Lord Bendinor schwieg, doch er hörte mitleidig zu, wie die Khulinin-Krieger ihre Toten identifizierten.

Einige hundert Fuß entfernt von den toten Kriegern fand Kelene schließlich Tibor. Er lag auf der Seite zwischen feuchten Ranken und Unkraut. Mit einem unterdrückten Schrei ließ sie sich neben ihm nieder und drückte ihre rechte Wange gegen seinen Hals. »Er atmet«, sagte sie zu ihrem Vater und Demira.

Ja, und sein Herz schlägt. Aber ich höre seine Gedanken nicht. Demira stieß ihren Gemahl verzagt an und wieherte.

Kelene zog die Magie um sich zusammen und benutzte ihre Heilergabe, um das große Pferd zu untersuchen. Als sie damit fertig war, schaute sie mit gewisser Erleichterung zu ihrem Vater auf. »Er ist mit demselben schlimmen Gift infiziert, das die Sektierer auch bei Savaron eingesetzt haben.«

»Liegt er im Koma?«

»Nein, das glaube ich nicht. Die Dosis war vermutlich für Rafnir bestimmt und hat stattdessen Tibor getroffen. Das Gift hat ihn bewusstlos gemacht, aber Hunnuli werden durch Magie nicht verletzt. Ich glaube, er wird bald aufwachen.«

Lord Athlone streichelte über Demiras Schulter. »Dann warten wir.«

Sie warteten, während die Wachen den umgebenden Wald nach einem Zeichen von Rafnir und den Sektierern absuchten und die Toten auf die Rückkehr ins Lager vorbereiteten. Nach einiger Zeit sagte einer der Krieger zögerlich zu Lord Athlone und Kelene, dass man Rafnir nicht gefunden habe, wohl aber seinen roten Umhang in einem Busch am anderen Ende des Hains.

Kelene nahm den Umhang entgegen und nickte dankbar. Die Tatsache, dass man Rafnirs Leiche nicht entdeckt hatte, war eine gute Nachricht, doch sie wollte lieber nicht daran denken, was die Sektierer mit ihm tun würden, wenn er noch lebte.

Lord Athlone musste denselben Gedanken gehabt haben. »Ich bezweifle, dass sie ihn töten werden«, sagte er mit ausdrucksloser Miene.

Sie erwiderte hölzern: »Seth hat uns gesagt, dass die Priesterin lebende Magier haben will.«

»Rafnir wäre ein gutes Opfer. Er ist schließlich der Sohn Sayyeds und der Gemahl der Heilerin. Sie werden ihn zur Zitadelle bringen.«

»Wie viele Tage dauert es, bis wir die Zitadelle erreicht haben?«, fragte sie ihren Vater.

Lord Athlone schaute hinunter auf Tibors leblosen Körper. »Wir könnten in zwei Tagen dort sein.«

Aus der Ferne, von Süden, hörten sie plötzlich ein Hunnuli wiehern und fuhren zusammen. Eurus hob das Haupt und blähte die Nüstern. Er stieß eine Antwort aus, unter der die Bäume erbebten und die Männer erzitterten. Auch Demira hob den Kopf und fügte ihren eigenen Gruß hinzu.

Nara und Gabria kommen, trompetete Eurus.

»Was?«, sagten Lord Athlone und Kelene gleichzeitig.

Sie hörten mindestens ein halbes Dutzend Pferde in den Wald laufen und auf das Licht der Fackeln sowie auf Eurus' Ruf zukommen.

»Gabria?«, rief Lord Athlone. »Was, in aller Götter Namen, tust du hier?«

»Es freut mich auch, dich zu sehen«, drang Gabrias Stimme zwischen den Bäumen hindurch. Nara trottete in den Fackelschein und war dankbar, dass sie vor den Häuptlingen und Kriegern endlich stehen bleiben durfte. Einige erschöpft aussehende Herdwachen auf gleichermaßen erschöpften Pferden folgten ihr. Lord Bendinor half Gabria beim Absitzen und bot ihr seinen Wasserschlauch an.

Sie nahm einen tiefen Schluck und reichte ihn an ihre Gefährten weiter. »Wir haben die Krieger getroffen, die zum Lager unterwegs waren, und sie haben uns berichtet, was passiert ist.«

Ihr Gemahl trat auf die Lichtung. Zuerst umarmte er sie,

dann sah er sie böse an. »Was tust du hier?«, wiederholte er nachdrücklich.

Sie seufzte und lehnte sich gegen ihn. Zur Antwort hielt sie den Arm hoch, damit er und Kelene ihr Handgelenk sehen konnten.

Kelene begriff es zuerst. »Du bist vergiftet worden«, rief sie aus.

Gabria nickte. »Meine Fähigkeit, Magie zu wirken, ist verschwunden. Ich kann nicht einmal mehr die trymianische Kraft zusammenziehen.«

Die Häuptlinge Bendinor und Hendric wirkten entsetzt. Lord Athlone nahm seine Frau in die Arme und hielt sie fest.

Müde, aber mit einer Stimme, die jedermann hören konnte, erzählte Gabria ihre Geschichte von Savarons Erwachen, vom Verschwinden der Kinder, von ihrer Traumvision, ihrer Suche nach Anwin und Jamarh und dem Angriff auf ihre Gruppe, der mit Gabrias Zusammenbruch geendet hatte. »Ich bin erst nach vier Tagen erwacht, und da waren die Kinder schon außerhalb meiner Reichweite. Wir hatten keine Nachricht von ihnen oder sonst jemandem, der sie gesehen hätte. Savaron sagte, er wolle die Jagd fortsetzen, doch wenn sie weiter nach Norden gegangen sind, habe ich keine große Hoffnung, dass wir sie finden werden. Es tut mir so leid, Kelene.«

Kelene war von den Neuigkeiten verblüfft. Zuerst war ihr Gemahl verschwunden, und nun hatte es auch die Kinder getroffen; vermutlich befanden sich alle in großer Gefahr. Sie konnte kaum mehr klar denken. Sie wusste nicht, wie sie sich nun verhalten sollte, und der Kopf schmerzte ihr von den mächtigen Gefühlen, die sie durchbrausten. Das erste dieser Gefühle, das aus dem Mahlstrom auftauchte, war Zorn.

»Sie werden schon sieben Tage vermisst?«, rief sie und lief auf der Lichtung umher. »Wie konntet ihr sie nur ziehen lassen? Warum habt ihr nicht jemanden hinter ihnen hergeschickt? Wie konnten sie so etwas tun?«

Lord Athlone legte ihr eine Hand auf die Schulter und versuchte sie zu beruhigen. »Ich glaube, du hast nicht richtig zugehört. Sie sind mitten in …«

Gabria schnitt ihm das Wort mit einem Flüstern ab. »Es ist schon in Ordnung. Sie hat mich verstanden. Lass ihr etwas Zeit.«

Kelene warf die Hände in wütender Verzweiflung hoch. »Ich begreife das nicht! Warum sollte Anwin so etwas tun? Sich auf den Markt stehlen, ja, vielleicht, aber mit Jamarh und Henos in die Berge fliehen? Warum haben die Wachen sie nicht aufgehalten? Und jetzt ist auch noch Rafnir verschwunden. Was soll ich bloß tun? Ich muss Anwin finden, aber wenn ich fortgehe, wer wird dann Rafnir helfen? Wohin sind sie gegangen?«

Plötzlich drehte sich Kelene um und taumelte an den Männern vorbei zu der Stelle, wo Tibor im Unterholz lag. »Demira, wir brechen auf!«, schrie sie. Tränen rannen ihr über die Wangen. Demira stellte sich neben sie und bot Kelene ihre Schulter zum Anlehnen. Statt aufzusteigen, bohrte Kelene den Kopf in das warme Fell der Stute und ließ ihren Tränen freien Lauf. Sie weinte heftig um ihren geliebten Gemahl und ihre Tochter, um Gaalney und all die Magier, die für die Klane verloren waren.

Als Kelenes Tränen allmählich versiegten und ihre schmerzende Wut abebbte, trat Gabria neben sie und legte ihr den Arm um die Hüfte. »Erinnerst du dich daran, was die Priesterin Linnae darüber gesagt hat, den Geist für Amara offen zu halten? Ich glaube, das ist es, was wir tun müssen. Hab Vertrauen in unsere Göttin. Sie wird Anwin, Jamarh und Rafnir leiten. All dem unterliegt ein Plan, den wir nur noch nicht sehen können.«

Kelene blinzelte und wischte sich mit dem Ärmel über das Gesicht. Ihre Augen waren rot und geschwollen, und es war ihr peinlich, dass sie ihre Gefühle auf so kindische Weise vor ihrem Vater und den übrigen Häuptlingen gezeigt hatte. Das Weinen hatte ihre Kopfschmerzen nur noch schlimmer gemacht. Sie rieb sich die Schläfen und sagte verbittert: »Glaubst du wirklich, dass die Göttin etwas mit dem Fortlaufen der Kinder zu tun hat?«

»Auf alle Fälle hat ihnen jemand geholfen, den Treld zu verlassen, und jemand hat ihnen eine Bärin geschickt, die mit ihnen reist. Ich habe sie in meiner Vision gesehen, und ich habe die Spuren erkannt.«

Kelene schüttelte den Kopf. Sie konnte nicht glauben, was sie da hörte. »Bist du sicher, dass sie nicht entführt wurden?«

»Ganz sicher. Sie wussten, was sie tun. Sie hatten gepackt und waren bereit zum Aufbruch. Sie haben Glöckchen und Henos mitgenommen. Und Jamarh hat sein Schwert dabei.«

»Aber warum? Selbst wenn die Göttin sich dazu herablassen sollte, zu unseren Gunsten einzugreifen, warum hat sie dann diese beiden ausgewählt?«

»Seit Tagen versuche ich das zu verstehen«, sagte Gabria.

Kelene dachte an die hektischen Tage im Khulinin-Treld zurück. Anwin war wortkarg und abgelenkt gewesen. Und sie hatte seltsamerweise darauf bestanden, ihre Eltern zum Khulinin-Treld zu begleiten. Hatte sie bereits damals etwas gewusst und es niemandem gesagt?

Kelene holte tief Luft und stieß sie langsam wieder aus. Ihre Mutter hatte Recht. Nichts war klar; es gab keine Antworten, nur Angst und viele Fragen.

Sie rieb mit der Hand über Demiras Hals und ging mit Gabria zurück zu der Stelle, wo Tibor lag. Zu ihrer großen Erleichterung atmete der Hengst nun gleichmäßiger, und seine Hinterbeine zuckten. Allmählich kam er wieder zu Bewusstsein.

»Warum bist du hergekommen?«, fragte Kelene ihre Mutter. »Du hättest einen Boten schicken und bei Kateri und Savaron bleiben können.«

»Ich weiß.« Gabria band ein kleines Päckchen von ihrem Gürtel und gab es Kelene. »Ich hoffe, du findest ein Gegenmittel gegen dieses Gift. Wenn du es schaffst, möchte ich bei dir sein. Ich will ein paar Worte mit Uthara wechseln.«

Kelene zog hörbar die Luft ein, als sie den Inhalt des ledernen Päckchens sah. Sie hielt es in ihrem Schoß und versuchte die Tränen unbeachtet zu lassen, die sich wieder in ihren Augen sammelten.

Die beiden Frauen setzten sich auf einen umgestürzten Baum und sahen geduldig Tibor an, während ihre Gedanken auf viele verschiedene Dinge gerichtet waren. Der große Hengst erholte sich und konnte sich bald von der Seite auf den Bauch rollen, doch er ließ das Maul am Boden und hielt die Augen geschlossen.

»Was soll ich jetzt tun?«, fragte Kelene nach einer Weile.

»Willst du meinen Rat haben, oder führst du nur ein Selbstgespräch?«, fragte ihre Mutter.

Kelene schaute von Tibor auf. »Was würdest du an meiner Stelle tun?«, wollte sie wissen.

Gabria hob den Kopf und schaute hoch zu den Sternen, die durch die blattlosen Äste funkelten. »Frag Amara. Lass sie dich dorthin geleiten, wo du hingehen musst.«

Kelene gab darauf keine Erwiderung. Eine müde Ruhe legte sich über die beiden Frauen. Sie saßen beieinander; Nara und Demira waren hinter ihnen, und gemeinsam beobachteten sie, wie Tibor langsam und schmerzhaft das Bewusstsein wiedererlangte.

»Sind noch andere Magier vergiftet worden?«, fragte Gabria, als die Stille zu lange anhielt.

Kelene nickte geistesabwesend. Ihre dunklen Augen blickten in die Schatten. »Gaalney wurde vor zwei Tagen getroffen. Wir pflegen ihn. Auch fünf andere hat es erwischt, von denen zwei wie Rafnir verschwunden sind; drei andere sind tot.« Sie hielt inne und sah nachdenklich drein. »Ich frage mich, warum alle Magier auf das Gift anders reagieren.«

Gabria zuckte zusammen. Der Tod oder die Verwundung eines Magiers waren schmerzhaft für sie, weil die meisten, die mit dieser Gabe geboren wurden, zu irgendeinem Zeitpunkt ihres Lebens zu ihr kamen, damit sie von ihr den Gebrauch ihrer Fähigkeit erlernten. Sie waren ihre Freunde, ihre Kinder, ihre Hinterlassenschaft an die Klane. »Ich nehme an, du hast mit dem Gegenmittel keinen Erfolg gehabt.«

»Noch nicht«, erwiderte Kelene mit müder Stimme. »Das Gift ist sehr schwierig zu bestimmen. Sie hielt das Paket hoch. »Das hier sollte uns helfen.«

»Gibt es Nachrichten aus Moy Tura?«

Ein schwaches Lächeln stahl sich auf Kelenes Lippen. »Wenigstens von dort gibt es gute Neuigkeiten. Sayyed hat uns die Botschaft geschickt, dass sie drei Sektierer getötet haben, die in die Stadt einzudringen versuchten. Bisher ist kein Corin in Moy Tura verletzt worden. Man bittet uns lediglich, uns zu beeilen und das Gegenmittel zu finden. Er sagt, er kann die verstärkte Bewachung nicht mehr lange fortsetzen.«

Tibor hob den Kopf, öffnete die Augen und betrachtete langsam die Frauen und die Stuten vor ihm. *Sind wir zurück im Khulinin-Treld?,* lauteten seine benommenen Gedanken.

Kelene kniete sich neben seinen Kopf. »Nein. Du bist von Eidbrechern angegriffen worden. Rafnir wurde gefangen genommen.«

Der Hengst dachte eine Weile mit glasigen Augen nach. Schließlich antwortete er mit völliger Überzeugung: *Er lebt noch.*

Kelene stellte seine Bemerkung nicht in Frage. Hunnuli

und ihre Reiter waren oft so eng miteinander verbunden, dass sie spürten, ob der andere lebte oder tot war. »Vielen Dank«, flüsterte sie.

Mit Hilfe von Eurus und den Männern gelang es Kelene und Gabria, Tibor aufzurichten. Sie gaben ihm Wasser und ermutigten ihn, ein wenig umherzugehen, während die Männer die Leichen auf die anderen Pferde legten und sich zur Abreise bereit machten. Bald war Tibor in der Lage, der Gruppe den Hügel hinab und zurück ins Lager zu folgen.

Das bewaffnete Lager war in Aufruhr, als die Häuptlinge mit ihrer Truppe eintrafen. Die Männer der Peitsche hatten erneut angegriffen; sie waren aus dem Nebel wie Rachegeister gekommen und hatten die Wachen um das Lager getötet. Sieben Männer waren tot oder verletzt, und der Rest der Krieger war wütend, angespannt und verängstigt.

Lord Athlone und Lord Bendinor widmeten sich ihren Männern, um ihre Ängste zu beschwichtigen und ihre Wut weiterhin zu schüren. Sie waren nur zwei Tage von der Zitadelle der Krath entfernt, zwei Tage trennten sie von der Konfrontation mit ihren Feinden. Lord Athlone versprach, dass die Schlacht bald vorüber sein würde und die Priesterin samt ihrem Gefolge einen hohen Preis für ihre blutigen Morde und gnadenlosen Angriffe bezahlen müsste.

Kelene sah finster auf das Chaos im Lager und untersuchte die verwundeten Männer sowie Tibor und Gaalney. Als sie von einem zum anderen ging, Wunden verband und ihre Heilsteine einsetzte, betete sie stumm zur Muttergottheit um Führung und Begreifen. Als sie mit dem letzten Krieger fertig war, verstand sie immer noch nicht, warum das alles geschah, doch sie spürte die wachsende Überzeugung, dass sie hier gebraucht wurde. Diese Männer bedurften ihrer Fähigkeiten, wie auch Rafnir, falls er noch lebte, ihre Hilfe brauchte. Außerdem hatte sie ihrem Vater versprochen, dass sie an dem

Gegengift arbeiten würde. Gabria hatte das Gift gebracht, das Kelene benötigte, um es zu analysieren. Sie durfte es nicht wegwerfen und im Gebirge nach einem eigensinnigen Kind suchen. Daher betete sie darum, dass Anwin unter dem Schutz der Göttin stünde und bald heimkehren würde. Sie verdrängte ihre Sorgen, verbrachte den Rest der Nacht bei ihrer Mutter, half den Verwundeten und kümmerte sich um Gaalney, der noch immer bewusstlos war.

Bei Anbruch der Morgendämmerung ritten Lord Hendric und seine Herdwache auf schnellen Pferden los und kehrten zu ihren wartenden Werod zurück. Inzwischen hatte sich Tibor von dem Gift erholt. Obwohl er davon überzeugt war, dass Rafnir lebte, machte er sich genauso große Sorgen um seinen Reiter wie Kelene. Er lief zwischen den Zelten umher, bis die Werode das Lager abschlugen und nach Norden ritten. Von nun an lief er der Streitmacht an Eurus' Seite voran und sagte zu niemandem mehr ein Wort.

Leichter Schnee fiel aus dem bleiernen Himmel, als sich die Werode der drei Klane am Eingang eines bewaldeten Tals trafen. Die Geldring kamen aus dem Norden; ihre grünen Umhänge und Banner flatterten im schwachen Wind. Die blauen Dangari und die goldenen Khulinin ritten von Süden auf der alten tarnischen Straße hinter den Flaggen ihrer Häuptlinge heran. Zu ihrer Überraschung fanden sie ein kleines Kontingent Bahedin in ihren orangefarbenen Umhängen vor, das von ihrem Häuptling Lord Ryne angeführt wurde.

Der grauhaarige, in voller Kriegsmontur steckende Häuptling salutierte vor Athlone, Bendinor und Hendric und zeigte dann mit der behandschuhten Hand auf das Tal, in dem die Zitadelle der Krath auf einem Felsvorsprung thronte.

»Ich habe Eure Nachricht vor vier Tagen erhalten«, sagte er zu Lord Athlone. »Ich dachte, ich bringe die Antwort höchstpersönlich mit.« Er deutete auf einen Wagen, der von Bahedin-Kriegern eskortiert wurde. Darin lagen die Körper von drei Leuten, zwei Männern und einer Frau. Ryne fuhr fort: »Sie leben noch – so gerade noch. Eure Botschaft besagte, dass Kelene bei Euch sei. Ich hatte gehofft, sie könne ihnen helfen. Wir haben schon fünf weitere verloren, einschließlich meines Wertains. Ich musste den größten Teil meines Werods im Treld lassen, aber der Rest ist hier und will kämpfen.«

Lord Athlone sah den für gewöhnlich so zurückhaltenden Häuptling an und bemerkte die dunklen Ringe unter seinen Augen sowie die Furchen der Erschöpfung auf seinem bärtigen Gesicht. Ryne war ungefähr in Athlones Alter und war ihm ein Freund und zuverlässiger Verbündeter gewesen, seit er mit Lord Savaric gegen den abtrünnigen Zauberer Medb gekämpft hatte. Dennoch mussten die Bahedin durch die Morde und Verheerungen, die der Kult verübt hatte, hart getroffen worden sein, wenn Ryne seinen Klan und Werod ohne einen Wertain verließ und an dem Sturm auf die Zitadelle teilnehmen wollte. Athlone nickte zustimmend und hieß die Bahedin willkommen.

Seite an Seite und mit im Wind flatternden Bannern galoppierten die vier Häuptlinge auf ihren Pferden durch das Tal und auf die Zitadelle der Krath zu. Ihre Krieger folgten ihnen in dicht geschlossenen Reihen. Kelene, Gabria und die anderen Magier, die noch unverletzt waren, ritten auf ihren Hunnuli mit den Kriegern und achteten eingehend auf Anzeichen für die Sektierer und ihre vergifteten Waffen.

Unter dem Donner der Hufe ritten die bewaffneten Klanleute durch den Schnee zum Fuß der Felsmasse, auf der die Zitadelle der Krath in drohender Stille brütete. Unter dem Vorsprung hielten die Häuptlinge und ihre Reiter an und schauten hoch zu den schwarzen Türmen der Festung. Ein Pfad zweigte vom Hauptweg ab und wand sich den steilen Hang zum einzigen sichtbaren Eingang der Burg hoch. Von dort aus, wo sich die Reiter befanden, war das Bauwerk nur ein hoher, mit Zinnen bestandener Wall aus schwarzem Granit und der obere Teil des massiven Hauptgebäudes, das von nadelspitzen Türmen aus demselben dunklen Stein bekrönt wurde. Die Burg hockte wie ein bösartiges Biest auf dem Vorsprung und warf ihren Schatten über die versammelten Streitkräfte.

Die Klanmänner betrachteten die Zitadelle mit Furcht und Abscheu. Nur wenige waren ihr je so nahe gekommen, denn die meisten Klanleute mieden den Kult wie einen tollwütigen Wolf. Sie schenkten seiner Existenz so wenig Beachtung wie möglich und erlaubten seinen Fortbestand nur, weil die von ihm verehrte Gottheit Teil des heiligen Klanpantheons war. Seit Generationen zogen es die Sektierer vor, ihre Geheimnisse hinter hohen Mauern zu verbergen, und ihre erschreckende Göttin und sie selbst hatten nur wenig Kontakt zu ihren Brüdern und Schwestern in den Klanen. Selbst als Lord Medb einen Teil der Zitadelle zerstört und die Überlebenden fortgetrieben hatte, waren die Sektierer nur wenige Tage bei Lord Savaric geblieben, bevor sie sich zurück in die Schatten und Einsamkeit ihrer Festung begeben hatten. Doch jetzt war die Zeit vorbei, in der die Männer der Peitsche unbeachtet geblieben waren. Uthara hatte das empfindliche Gleichgewicht zwischen Duldung und Hass gestört. Sie hatte es gewagt, die Klane zu überfallen, Klanleute offen zu ermorden, Hunnuli zu stehlen und den zerbrechlichen, hart erworbenen Ruf der Magier in Frage zu stellen. Es war Uthara, die die Aufmerksamkeit der Klane auf den Kult der Krath gelenkt hatte. Und nun ruhte diese Aufmerksamkeit von dreihundert wütenden Kriegern auf den schwarzen Türmen.

»Es sieht ziemlich ruhig aus«, bemerkte Lord Bendinor.

Lord Athlone schaute die kahlen Wände hoch. Der Dangari hatte Recht. Die Klankrieger mussten von der Festung aus deutlich sichtbar sein, aber niemand griff sie an. Es gab keine Wachen neben dem großen Spitzbogentor oder auf den Mauern, keine Lichter oder Fackeln, und kein Rauch drang aus den Kaminen, keine Gesichter waren hinter den Fenstern oder Schießscharten zu sehen. Die Zitadelle wirkte seltsam leblos. Doch Athlone wusste es besser. Er war zusammen mit Gabria und Kelene einer der wenigen Uneingeweihten, denen der Zugang zu der Festung gestattet worden war und die sie lebend wieder verlassen hatten. Er war sich ziemlich sicher, dass Dutzende Sektierer in den Schatten hinter den verriegelten Türen lauerten.

»Lasst euch nicht von ihrem fehlenden Willkommensgruß täuschen. Sie wissen, dass wir hier sind«, knurrte er.

Die vier Häuptlinge, ihre Bannerträger und deren Herdwache ritten über den schmalen, gewundenen Pfad zum Vordertor der Zitadelle. Lord Athlone befahl einem seiner Männer, auf einem tief tönenden Horn einen lauten Ruf auszustoßen.

Als die mächtigen Töne im Wind verblassten, erschien eine einzelne Person auf der Mauer oberhalb des Tores. Es war eine große, hagere Frau, deren langes, offenes Haar wie ein Pferdeschweif im Wind flatterte.

»Geht weg von unseren Toren!«, rief sie befehlend. »Dieses Land ist Krath geweiht, der Göttin des Sturms und Bringerin des Winters.«

Wie um ihren Worten Nachdruck zu verleihen, jagte ein wilder Windstoß durch das Tal, zauste die Klanmäntel und Fahnen und trieb den Kriegern stechenden Schnee in die Gesichter. Die Pferde wurden nervös; die Männer murmelten und machten ihre Waffen einsatzbereit.

»Wir gehen nicht!«, rief Athlone zurück. »Wir fordern eine Versammlung, auf der wir unsere Forderungen gegen Euren Kult unterbreiten können. Euer Volk hat in unseren vier Klanen Morde begangen, und wir verlangen, dass uns die

Täter übergeben werden, damit wir sie richten, oder wir fordern ein angemessenes Wergeld.«

Die Frau auf der Mauer lachte und hob die Arme hoch über den Kopf. Sofort stand ein Dutzend Bogenschützen zwischen den Zinnen und feuerte einen tödlichen Pfeilschwarm auf die Häuptlinge ab.

Die Männer hatten kaum genug Zeit, ihre Schilde aufzurichten. Lord Athlone reagierte sehr schnell. Er rief ein Wort und bildete einen großen Schild aus magischer Energie vor der ganzen Klandelegation. Die Pfeile prallten von ihm ab und fielen zu Boden. Erbost über die Grobheit, löste er den Schild rasch wieder auf und feuerte einen mächtigen Schuss aus trymianischer Kraft auf das Tor. Die blaue Kugel explodierte mit gewaltigem Getöse und sandte eine Schockwelle durch das ganze Tal, doch die gewaltige Macht verflüchtigte sich, und das Tor blieb unbeschädigt. Raues Lachen drang von den Mauern der Zitadelle herab.

»Es herrscht ein Patt, Lord Athlone«, rief die Priesterin. »Erspart Euch die Mühe. Unsere Mauern werden nie fallen, und wir werden uns nie ergeben. Ihr und Eure Männer könnt den ganzen Winter da draußen lagern, wenn Ihr wollt. Zumindest jene, die überleben werden. Erspart Euch den sinnlosen Tod und all die Übel, mit denen unsere Göttin Euch überhäufen wird. Liefert Euch und Eure Magier an uns aus, und wir werden mit dem Töten aufhören. Den Rest der Krieger werden wir in Frieden ziehen lassen.«

»Ein Patt? Was meint sie damit?«, brummte Bendinor.

Lord Athlone deutete auf den schwarzen Fleck am hölzernen Tor. »Die Tore sind durch Magie geschützt. Es wird einige Arbeit kosten, sie zu Fall zu bringen.«

»Könnt Ihr das überhaupt? Wir wollen unsere Zeit nicht mit einer winterlichen Belagerung verschwenden«, meinte Lord Hendric.

»Ich auch nicht. Mit einigem Nachdenken werden wir eine Bresche in die Festung schlagen können.« Die Runzeln um Athlones Augen vertieften sich unter seinem finsteren Blick. »Ihr habt wohl Recht, was die Verbannten angeht. Die meisten der Männer auf den Mauern sind keine Sektierer.«

Die Frau hoch droben lehnte sich über die Brüstung und rief: »Lord Athlone, falls Ihr einen neuen Angriff gegen die Mauern führen wollt, dann erinnert Euch an unsere Gäste. Wir haben mehrere, aber an diesen hier werdet Ihr Euch bestimmt besonders gut erinnern.« Zwei Männer in grober Kleidung erschienen neben ihr und zerrten einen dritten Mann mit sich. Dieser schien halb bewusstlos zu sein, denn die beiden anderen mussten ihn aufrichten, damit er auf der Mauer sichtbar war. Das Licht schimmerte auf seinem goldenen Gürtel, und Schnee sprenkelte seine dunklen Haare.

Lord Athlone brüllte einen Fluch heraus. Selbst durch den Schnee hindurch erkannte er Rafnir.

»Falls Ihr versuchen solltet, noch einmal unsere Mauern zu durchbrechen, wird dieser Mann sterben, so wie einige andere in unserer Halle. Den hier könnt Ihr sofort haben.«

Einen schrecklichen Augenblick lang glaubte Athlone, sie würden Rafnir über die Mauer stürzen. Doch es war ein anderer, in einen blauen Umhang gewickelter Körper, der herabgestoßen wurde und vor dem Tor aufschlug.

Lord Bendinor gab einen Schrei von sich und trieb sein Pferd vor, doch Athlone packte die Zügel und brachte es zum Stehen. »Wartet!«, rief er. Er warf ein Bein über Eurus' Hals und sprang auf den Boden. Abgeschirmt durch eine Kuppel aus Magie, ging er langsam unter den Mauern entlang, um den Leichnam zu holen, während zahlreiche Pfeile an seinem Schild abprallten und auf den felsigen Untergrund fielen. Als er am Fuß der gewaltigen, kreisförmigen Mauer den Leichnam hochheben wollte, legte er eine Hand gegen Stein und

Mörtel und konzentrierte sich. Ah, dachte er nach einem Augenblick, so wird es gehen.

Mit der Leiche in den Armen ging er zu den wartenden Häuptlingen und zog für Bendinor die Kapuze des Toten zurück, damit der Lord sein Gesicht sehen konnte. Es handelte sich um einen jungen Mann mit sandbraunem Haar und im Todeskrampf verzerrten, blutleeren Zügen.

Lord Bendinor stieß einen unterdrückten Laut der Trauer aus. »Das ist mein Neffe Ailoth.«

Athlone legte die Leiche über den Rücken von Bendinors Pferd, dann schwang er sich auf Eurus und führte die Häuptlinge schweigend den Berg hinunter.

Unten kamen Gabria und Kelene auf sie zu.

»Es mag ein paar Tage dauern«, sagte Athlone zu ihnen, »aber ich habe einen Plan.«

Zwölf

»Aufstehen!«, rief Jamarh gereizt und stieß Anwin mit dem Fuß an.

Anwin zog sich das Laken über den Kopf und weigerte sich. »Nein! Ich will nicht. Ich bin müde. Ich habe Angst, ich bin hungrig, und ich vermisse meine Eltern.«

»Ich auch! Aber ich heule deswegen nicht in meine Decke wie ein zwei Jahre altes Kind!«

Sie riss sich das Laken vom Kopf und schrie zurück: »Nein, dafür scheuchst du die Leute herum, als ob sie dein Eigentum wären. Ich bin nicht deine Dienerin. Du willst packen und gehen? Dann geh doch! Ich halte dich nicht auf.« Sie zerrte an dem Laken und drückte es zu einem festen Ball zusammen. Sie wusste, dass sie wie ein kleines Kind klang, aber bei Amara, sie war fast am Ende mit ihrer Leidensfähigkeit. Sie wusste nicht mehr, wie viele Tage sie in den Bergen umhergewandert waren. Ihre Vorräte waren fast aufgebraucht, und Anwins Körper schmerzte von den Tagen unablässigen Reitens. Sie war todmüde und hatte die ganze Angelegenheit satt. Warum konnten sie nicht einfach finden, was sie suchten, und nach Hause gehen?

»Das passt mir sehr gut«, giftete Jamarh und stopfte seine Satteltaschen voll.

Glöckchen jaulte neben Anwins Kopf. »Geh weg«, murmelte das Mädchen.

Etwas Großes und Weißes platzte in das Zelt herein, in dem die Kinder geschlafen hatten, und brachte es zum Schaukeln. »He!«, rief Jamarh. Glöckchen bellte wütend, als eine große Tatze Anwin aus ihren Laken rollte.

»Es ist dunkel. Zeit zu gehen«, brummte die Bärin.

Anwin lag auf dem Rücken und verschränkte die Arme vor der Brust. Sie spürte den schweren Atem der Bärin auf ihrem Gesicht und erkannte, dass die Schnauze des Tieres nur wenige Zoll von ihrer Nase entfernt war. »Nein!«, wiederholte sie stur. »Ich bewege mich nicht. Nicht, bis du mir gesagt hast, wohin wir unterwegs sind und wann wir endlich ankommen.«

»Halsstarriges Kind! Wir müssen aufbrechen. Die Zeit wird knapp.«

»Die Zeit wird knapp«, wiederholte Anwin mit jammernder Stimme. »Woher sollen wir das wissen? Du sagst uns ja nichts. Sag uns etwas, oder ich gehe nicht mehr weiter.«

Die weiße Bärin stieß einen tiefen, brummenden Laut der Verärgerung aus.

Plötzlich spürte Anwin, wie Zähne ihr festes Hemd packten. Bevor sie sich davonwinden konnte, wurde sie in die Luft gehoben und aus dem Zelt getragen. Weil die Bärin weder ihr noch Jamarh gegenüber je gewalttätig geworden war und ihnen nie etwas angetan hatte, schrie Anwin nicht auf, und sie versuchte sich auch nicht zu befreien. Sie regte sich nicht und war wütend über die mangelnde Auskunftsbereitschaft der Bärin und ihre plumpe Art. Sobald die Bärin sie auf dem kalten, frostigen Boden abgelegt hatte, drückte Anwin die Schnauze des Tieres fort und stand auf.

Was tust du da? Die wütende Frage des Hunnulikönigs donnerte durch Anwins Kopf und offenbar auch durch den der Bärin, denn das Tier bewegte sich von Anwin fort und stellte sich plötzlich auf die Hinterbeine. Anwin hörte, wie der Königshengst neben sie trat und angriffslustig mit dem Huf aufstampfte.

»Wir müssen gehen. Das Kind ist stur«, antwortete die Bärin mit einem Knurren.

Und deswegen hast du sie aus dem Zelt gezogen wie ein totes Tier? So behandelt man kein Menschenkind.

Jamarh schlenderte hinüber zu Anwin und sagte: »Siehst du, was du angerichtet hast? Es geht schon wieder los. Sie können sich *kaum* ertragen.«

Anwin schlang die Arme um den Brustkorb und zitterte. Sie hatte nicht gelogen, als sie gesagt hatte, sie sei erschöpft und besorgt und verängstigt und habe von all dem die Nase voll. Sie wollte nichts anderes, als nach Hause gehen und sich am Feuer wärmen. Sie wollte kein kaltes Essen, kein kaltes Bett und keine kalten Nächte mehr haben. Sie wollte nicht mehr in Lagern umhertappen, die sich jeden Tag veränderten, und sie hatte keine Lust mehr, endlose Nächte durchzureiten und Jamarhs schlechten Witzen zuzuhören.

Vor allem hatte sie genug von den Spannungen zwischen dem Hunnulikönig und der Bärin. Irgendetwas stimmte ganz und gar nicht. Von dem Augenblick an, als der Hengst sich zu der kleinen Gruppe gesellt hatte, war die Beziehung zwischen ihm und der Bärin angespannt gewesen. Anstatt zusammenzuarbeiten, verhielten sich die Tiere wie ein Paar brummiger Erwachsener, die sich schon seit Jahren hassten. Der Hengst schien Dinge über die Bärin zu wissen, die ihr unangenehm waren, doch als Anwin ihn danach fragte, wollte er keine Antwort geben, sondern sagte ihr nur, sie solle im Umgang mit dieser Kreatur vorsichtig sein. Die Bärin verhielt sich in Gegenwart des Hengstes abwehrend und ging ihm so oft wie möglich aus dem Weg, obwohl sie ihn mit einem Schwung ihrer gewaltigen Tatzen hätte ausweiden können. Auch sie wollte nicht mit Anwin reden und führte die Reisenden weiterhin die Nacht hindurch, während sie jeden Morgen ohne ein Wort verschwand.

»Na los«, meinte Jamarh. »Da du schon einmal aufgestanden bist, sollten wir uns zur Abreise bereit machen.«

»Ich will doch nur wissen, wohin wir gehen«, sagte Anwin immer noch mürrisch.

Das ist eine verständliche Frage, antwortete der Hengst und stampfte mit dem Huf auf. Er schwang seinen Schweif, und in seinen Augen glänzte ein rötliches Licht. *Wir nähern uns dem Berg Hrothgrim, der nicht weit von den Überresten des Corin-Trelds entfernt liegt. Wenn wir noch viel weiter gehen, kommen wir zu den nördlichen Wäldern.*

Die Bärin ließ sich auf alle viere nieder. »Wir gehen zu einem Ort, den Amara kennt und der von Krath bewacht wird.«

»Von Krath bewacht!«, wiederholten beide Kinder entsetzt. »Du bringst uns zur Zitadelle?«, rief Anwin.

»Wenn wir zu der Zitadelle unterwegs wären, würden wir nicht durch dieses Gebirge hier ziehen. Es gibt noch andere Orte auf der Welt, die der dunklen Göttin wohl bekannt sind«, entgegnete die Bärin. Ihre graue Stimme klang infolge ihrer Verärgerung und ihres Grolls noch barscher.

Der König wieherte. *Ja! Orte, an denen kein Kind sein sollte.*

»Orte, die nur ein Kind betreten kann«, gab die Bärin zurück. »Krath ist keine Göttin der Kinder! Sie kümmert sich nicht um sie. Erst wenn die Kinder älter und erwachsen werden, wenn sie die Leidenschaften der körperlichen Liebe spüren, können sie Krath schätzen und anbeten.«

»Hui«, meinte Anwin, während Jamarh neben ihr unterdrückte, kichernde Laute ausstieß.

Und was werden sie dort finden?, wollte das Hunnuli wissen.

»Das, was sie nach Amaras Willen finden sollen. Aber nur, wenn sie jetzt aufbrechen!«

Anwin hörte, wie die Bärin davonstapfte und damit das Gespräch für beendet erklärte.

Henos schnaubte. *Soll ich sie zurückholen?*

»Nein«, antwortete Anwin und stieß einen Seufzer aus. »Wir brechen auf. Ich wünschte nur, Mutter wäre hier. Sie würde wissen, was man dieser Bärin sagen muss.«

»Ja«, stimmte Jamarh ihr zu. »Oder Großmutter. Vermutlich würde sie die Bärin in eine Kröte verwandeln.«

Deine Großmutter hat nie der leichtsinnigen Seite der Magie gefrönt, ermahnte ihn der Königshengst.

Ein langgezogenes, scharfes Heulen erhob sich in den nachtdunklen Bergen und zitterte in der frostigen Luft. Anwin erbleichte unter diesem Laut, und Glöckchen wimmerte. Beide Hunnuli hoben die Köpfe; ihre Nüstern blähten sich schnüffelnd im Wind. Sie hatten seit einigen Nächten nichts mehr von den Wolfetaren gehört und gehofft, sie würden diese scheußlichen Jäger nie wiedersehen.

Der Hunnulikönig stupste Anwin an. *Wir müssen gehen. Die Wolfetare jagen wieder.*

Anwin erwiderte nichts mehr darauf. Rasch packten die Kinder ihre Sachen zusammen und stiegen auf die Hunnuli. Die Bärin warf einen besorgten Blick in die Richtung des Heulens und scheuchte die Reisenden auf den Weg.

Während des größten Teils der Nacht folgten die Wolfetare der kleinen Gruppe in einiger Entfernung und stellten ihr Heulen erst ein, als die Strahlen der Sonne über die Ebene fielen und die Gipfel mit schillerndem goldenem Licht bemalten. Nun war die Bärin wieder verschwunden, und den Kindern blieb nichts anderes übrig, als erneut ein kaltes Lager aufzuschlagen und den Tag mit Sorge und Warten zu verbringen.

Anwin kroch zwischen ihre Decken und weinte sich in den Schlaf. Den kalten, windigen Tag hindurch schlummerte sie unruhig und erwachte steif und voller Schmerzen am späten Nachmittag mit leerem Magen und brennender Kehle. Mürrisch kroch sie aus den Decken hervor und setzte sich im Umhang vor das kleine Feuer. Glöckchen war an ihrer Seite.

O Mutter Amara, betete sie stumm. Wo bist du? Wohin sind wir unterwegs?

Sie bekam keine Antwort.

Stattdessen hörte sie Hufgetrappel und Henos' aufgeregte Stimme in ihrem Kopf. *Wecke Jamarh. Macht euch fertig. Der König hat Wolfetarspuren in der Nähe gefunden. Wir brechen auf.*

»Was ist mit der Bärin?«, keuchte Anwin.

Sie muss uns halt einholen.

Jamarh musste nicht geweckt werden. Er schoss zwischen seinen Laken hervor, sprang in die Stiefel und gürtete sein Schwert. Anwin begrub rasch das Feuer unter Erde und Schnee, während Jamarh ihre Ausrüstung in die Satteltaschen steckte und die Decken aufrollte. Sie waren abreisebereit, als der Hengstkönig in das Lager trottete.

»Wie nahe sind sie?«, fragte Anwin und versuchte, die Angst in ihrer Stimme zu verbergen.

Sehr nahe. Sektierer sind bei ihnen. Sie haben noch nicht versucht, uns wieder zu jagen. Vielleicht haben sie neue Anweisungen erhalten.

»Und weitere Wolfetare zur Verstärkung«, meinte Jamarh.

Sobald sie aufgesessen waren, hielten sich die beiden Kinder an dem Hunnuli fest, das rasch in einen Galopp verfiel. Glöckchen sprang hinter ihnen her; ihre übliche Begeisterung war durch Angst gedämpft. Ohne Führerin oder Kenntnis ihres Zieles zogen sie weiter in nördlicher Richtung, doch die Hunnuli folgten ihrem Instinkt und begaben sich von den höheren, zerklüfteteren Hängen ins Vorgebirge, wo das Gelände weniger schwierig war und die Pferde ihre überlegene

Geschwindigkeit sowie das verbleibende Tageslicht dazu einsetzen konnten, um möglichst viel Raum zwischen sich und die Wolfetare der Eidbrecher zu bringen.

»Reiten die Sektierer auf Pferden?«, fragte Jamarh den Hunnulikönig, der neben Henos einherlief.

Wenn es nötig ist. Die Männer der Peitsche reisen manchmal, um eine Suche zum Abschluss zu bringen oder ein bestimmtes Ziel zu erreichen.

»Was könnte das sein? Ich war der Meinung, dass sie die meiste Zeit in ihrer Festung bleiben.«

Die Sektierer sind zum Töten ausgebildet.

»Ja, und darin sind sie sehr gut«, sagte Jamarh ziemlich ungeduldig. Er erinnerte sich nur allzu deutlich an die Szene in der Halle, als die Sektierer mitten in der Nacht zugeschlagen hatten.

Normalerweise töten sie im Stillen – hier und da einen Klanmann, ein paar Verbannte, Reisende, Banditen, und sie morden auch im Auftrag. Der Fons von Pra Desch benutzt die Eidbrecher oft als Attentäter. Ich weiß nicht, warum der Kult gerade jetzt sein Gesetz der Heimlichkeit gebrochen hat und warum er Kindern nachjagt. Aber wenn sie Pferde haben, dann werden sie sie dazu einsetzen, euch zu finden.

Anwin hörte dem Gespräch mit kalter Angst im Bauch zu. Diese Männer, diese Mörder waren die Leute, die sie und Jamarh jagten, die ihren Eltern etwas antun wollten und die den Onkel ihres Vaters getötet hatten. »Warum?«, murmelte sie. »Warum tun sie so etwas?«

Sie begriff erst, dass sie laut gesprochen hatte, als der Königshengst ihr antwortete. *Ich weiß es nicht, aber wir müssen dafür sorgen, dass sie euch nicht finden.*

»Woher sollen wir wissen, wo unser Ziel liegt? Die Bärin kann dich niemals einholen.«

Sie hat uns einen Hinweis gegeben. Ich glaube, ich weiß, wohin sie euch führt. Denk daran, dass diese Berge lange Zeit hindurch meine Heimat waren. In ihnen gibt es einen Ort, an dem wir auf die Bärin warten können. Amara wird sie zu uns führen.

»Ist dieser Platz hier in der Nähe?«, fragte Anwin wehleidig.

Ja. Wir können bei Mondaufgang dort sein.

Plötzlich lachte Jamarh auf und schlug Henos auf den Hals. »Ich hab's gehört«, krähte er. »Du hast gestöhnt. Ist der unbeugsame Donnergeist das Abenteuer und die Suche etwa leid?«

Das junge Hunnuli warf zur Antwort sofort den Kopf zurück, hob den Schweif wie ein Banner und stellte die Ohren auf. Es war die Verkörperung pferdlicher Begeisterung. *Niemals. Solange du reiten kannst, werde ich weitergaloppieren.*

Im Schutz ihrer Kapuze runzelte Anwin die Stirn und versuchte ein aufkeimendes Selbstmitleid zu ersticken. Sie wollte nicht eifersüchtig sein, aber sie konnte nichts dagegen tun. Henos war mit ihr aus Moy Tura gekommen. Er war ihr Freund und Gefährte, doch er passte besser zu Jamarh. Sie waren verwandte Seelen, stark, lustig und unberechenbar. Sie konnte sich für ihren Vetter kein besseres Hunnuli vorstellen, und dieses Wissen schmerzte sie. Zwar hatte sie Henos auserwählt, mit ihr zum Khulinin-Treld zu reiten, aber sie hatte gewusst, dass er nicht das richtige Hunnuli für sie war. Ihr gefielen seine Eigenarten und Begeisterung, und tief in ihrem einsamen Innersten hatte sie gehofft, dass er sie trotzdem auswählen würde. Nun fragte sie sich, auf welchem Pferd sie nach Hause reiten würde, wenn alles vorbei war.

Sie vergrub ihre kalten Hände in der Mähne des alten Hengstes und seufzte. Sie wünschte sich nur noch, dass diese ganze dumme Sache bald vorbei wäre und sie nach Moy Tura zurückkehren könnte und die Stadt nie wieder verlassen müsste. Sie hatte genug Abenteuer für ein ganzes Leben.

In jener Nacht spürten die Pferde den Mondaufgang eher, als sie ihn sahen, denn der abnehmende Mond stieg hinter einem dichten Tuch aus schweren Wolken auf, die den Nachthimmel von Horizont zu Horizont bedeckten. Die Luft war feucht vom Nebel, der sich bei Sonnenuntergang gebildet und am Fuß des Gebirges sowie in den Tälern wie Rauch ausgebreitet hatte. Die Hunnuli liefen so lange weiter, wie sie es wagen konnten, und kletterten stetig höher hinauf, bis sie schließlich zu größerer Vorsicht gezwungen wurden. Bisher hatte es keinerlei Anzeichen für Wolfetare oder die Bärin gegeben, und die Kinder und die Hunnuli bewegten sich unerkannt und allein durch die dichte Finsternis.

Die Nacht war schon zur Hälfte vergangen, als der Königshengst plötzlich stehen blieb und den Kopf hob, wodurch Anwin aus ihrem leichten Schlummer gerissen wurde. Er wieherte leise. *Da, vor uns, ist eine enge Schlucht, deren Eingang von einer Statue bewacht wird. Wir können nicht weitergehen.*

»Ich sehe weder eine Schlucht noch eine Statue«, sagte Jamarh mürrisch.

Sie ist da, aber Henos und ich wagen sie nicht zu betreten. Sie ist ein Ort der Krath. Wir werden den Rest der Nacht hier verbringen.

»Was, hier?«, rief Jamarh aus. »Hier sind doch nur Felsen, und es gibt weder Holz noch Wasser. Wir können nicht einmal unser Zelt aufschlagen. Ich sehe gar nichts. Ich will wenigstens ein Licht machen.«

»Nein«, sagte Anwin nachdrücklich. Ein seltsames Gefühl der Angst glitt an ihrem Rücken wie ein eisiger Hauch entlang. Sie konnte es nicht erklären, aber sie fürchtete sich davor, an diesem Ort die Aufmerksamkeit auf sich zu lenken. Die Dunkelheit war ihr egal; daran war sie gewöhnt. Es war etwas anderes, etwas wie eine Aura, die sich aus einer Quelle irgendwo vor ihnen ergoss. Es fühlte sich verwirrend, wild und unbeherrschbar an, und es berührte ihren Geist auf eine Weise, die sie zutiefst erschreckte.

Sie glitt von dem Hunnulikönig herunter, tastete nach ihrer Sattelrolle und setzte sich an Ort und Stelle auf den Boden. Jamarh nahm neben ihr Platz; Glöckchen legte sich auf ihre Beine. Sie kauerten sich zusammen, während die beiden Pferde zur Seite gingen.

»Was ist los?«, flüsterte Jamarh.

»Dieser Ort fühlt sich … merkwürdig an«, flüsterte sie zurück und zuckte leicht die Achseln. Sie fand keine passenden Worte, um das Unbehagen in ihrem Geist zu beschreiben.

Da drüben. Die Worte des Hunnulikönigs erreichten ihre Gedanken. *Dort könnt ihr bis zum Morgen Unterschlupf suchen.*

Die Finsternis war so dicht, dass sich Jamarh fast so blind wie Anwin fühlte. Zusammen ertasteten sie sich ihren Weg zu der beruhigenden Masse der Hunnuli und fanden die beiden Hengste neben einer kleinen Höhle, die kaum größer als ein Spalt im Fels war. Als Schlafplatz ließ sie viel zu wünschen übrig, doch als Verteidigungsposition war sie fast uneinnehmbar. Die beiden Kinder und der Hund krochen hinein, machten es sich auf dem kalten, feuchten Stein so bequem wie möglich und versuchten sich auszuruhen. Darin waren sie nicht sehr erfolgreich. Der Morgen brach schon fast an, als Jamarh endlich in den Schlaf der Erschöpfung fiel. Anwin konnte überhaupt nicht schlafen und lag mit weit geöffneten Augen gegen ihren Vetter und Glöckchen gepresst. Die seltsame Aura, die irgendwo in der Nähe ihren Ausgang nahm, bedrückte sie wie ein schräger Ton von einer ungestimmten Saite. Was war da draußen?, fragte sie sich. Warum hatte der Hunnulikönig sie hierhergebracht? Würde die Bärin in dieser Wildnis zu ihnen stoßen? Wie sollten sie dieses Ding finden, das Amara haben wollte? Da durchdrang ein anderer Gedanke den Aufruhr in ihrem Kopf: Was sollten sie mit diesem Ding tun, wenn sie es gefunden hatten? Würde die Göttin kommen und es persönlich in Empfang nehmen, oder mussten sie es irgendwohin bringen?

Nicht weit entfernt polterten Steine in die Tiefe und lenkten Anwin von ihren Gedanken ab. Sie setzte sich aufrecht und lauschte angestrengt. Das Herz schlug ihr bis zum Hals. Sie hörte die Hufe der Hunnuli auf den Felsen klappern und wusste, dass etwas sie beunruhigt hatte. »Bitte lass es nicht die Wolfetare sein«, flüsterte sie.

Plötzlich wieherte Henos eine Warnung, und der Königshengst antwortete mit einem zwingenden Befehl. *Stehle dich nicht fort! Komm hier herunter!*

»Warum seid ihr weggegangen?«, brummte eine tiefe Stimme durch die Nacht. Anwin erkannte die Sprecherin und holte tief Luft. Die Bärin hatte sie gefunden.

Der Hunnulikönig schnaubte wütend. *Wir wurden verfolgt. Du musst die Wolfetare gesehen haben. Hast du sie hierhergeführt?*

Still machte sich Anwin von Jamarh und den Laken los und kroch aus der Höhle. Glöckchen folgte ihr. Sie hockten sich neben den Eingang; Anwin schlang den Umhang fest um sich und den Hund und hörte zu.

»Die Tiere sind mir nicht gefolgt«, erwiderte die Bärin mit einigem Zögern. »Wie habt ihr diesen Ort gefunden?«

Was glaubst du, mit wem du redest? Ich bin der Herdenhengst, das Hunnuli. In meinen Adern fließt das Blut Hunnuls und seiner Söhne, die den ersten Magiern dienten. Diese Berge sind seit Generationen meine Heimat. Ich kenne jeden Ort, der von Amara gesegnet oder von Krath berührt wurde. Auf diesem Ort liegt die Hand von Krath. Warum sind wir hier?

Die Bärin grunzte. »Ihr wart es, die hierhergegangen sind. Ich bin euch nur gefolgt.«

Ein Huf stampfte auf einem Felsen auf; es hörte sich an, als schlüge ein Schwert gegen einen Schild. Anwin prallte zurück, denn die Wut des Königshengstes grollte wie Donner in ihrem Kopf.

Du wolltest uns hierherführen, nicht wahr?, wollte das Hunnuli wissen. *Nein! Geh nicht weg. Bleib hier und erkläre dich.*

»Es spielt jetzt keine Rolle mehr. Ich kann es nicht erklären. Ich werde es dir später sagen«, meinte die Bärin.

Anwin hörte eine wachsende Panik in der Stimme der Bärin, was sie sehr überraschte. Wovor sollte eine sieben Fuß große Bärin Angst haben?

Die Sonne ist knapp hinter dem Horizont, wieherte Henos. *Der Tag bricht bald an.*

Plötzlich ging Anwin ein Licht auf. »Warum hast du Angst vor der Sonne?«, fragte sie die Bärin.

Jamarh kletterte aus der Höhle und rieb sich die Augen. »Was ist hier los? Was soll der ganze Lärm?«

»Die Bärin hat uns gefunden, aber sie will schon wieder gehen«, sagte Anwin.

Der schwarze Hengst schüttelte heftig den Kopf. *Nein, das wird sie nicht. Es ist Zeit, uns die Wahrheit zu sagen,* meinte er zu der Bärin. *Diese Kinder haben auf dich gehört, sind dir beinahe zweihundert Meilen gefolgt und haben dir ihr Leben anvertraut. Du schuldest ihnen die Wahrheit. Sag ihnen, wer du bist.*

Anwin keuchte auf. Es war ihr nicht bewusst gewesen, dass sie so weit gereist waren.

»Das kann ich nicht!« Die seltsame Stimme der Bärin nahm einen Tonfall echten Entsetzens an. »Amara wird mich niederstrecken.«

»Ach, verdammt! Warum sollte sie das tun?«, fragte Jamarh gereizt. »Wir wissen schon lange, dass du keine echte Bärin bist.«

Die weiße Bärin beachtete ihn nicht, sondern drehte sich um und wollte die Steine hochklettern, die sie auf dem Weg hierher hinabgestiegen war, aber die Hunnuli schnitten ihr rasch den Weg ab. Gemeinsam sprangen sie nach vorn und stellten sich ihr entgegen. In dem engen Bereich vor der Höhle war kaum Platz für drei so große Tiere, und die Bärin wurde in Richtung der Kinder zurückgedrängt. Anwin spürte die Hitze des großen Tieres und hörte das Kratzen ihrer Tatzen auf dem Stein.

Du wirst nicht gehen!, wieherte der Königshengst.

Die Bärin brüllte auf und versuchte sich gegen die Felsen zu drücken, doch sie machte keinen Versuch, die Hunnuli oder die Kinder anzugreifen.

Nun hatte die Sonne den östlichen Horizont erreicht und umgürtete die Erde mit einem Band, das von demselben Orange war wie die Mäntel der Bahedin. Die Wolken der Nacht hatten sich verzogen, und der Himmel war tiefblau. Einige Sterne glitzerten noch am Firmament.

Mit einem Jammern versuchte sich die Bärin an den Hunnuli vorbeizudrücken und in die Felsen und das Geröll zu entkommen. Der Hengstkönig schoss wütend auf sie zu und brachte sie aus dem Gleichgewicht. Die beiden stolperten und fielen in einem Gewirr aus schwarzen und weißen Beinen zu Boden. Die Bärin wirbelte herum und stand schneller wieder auf als das langbeinige Pferd. Erneut schoss sie auf die Felsen zu. Henos bäumte sich vor ihr auf und schlug ihr mit den Vorderhufen gegen Kopf und Schultern.

»Was ist da los?«, rief Anwin.

Bevor Jamarh ihr antworten konnte, kreischte die Bärin auf. Es war ein eindeutig menschlicher Schrei, der Henos so entsetzte, dass er fortzuspringen versuchte und dabei schmerzhaft gegen einen Felsen stieß.

»Was war das?«, versuchte Anwin es noch einmal.

Jamarh hockte sich neben Anwin. Er hatte die Augen vor Überraschung aufgerissen und vergessen, den Mund zu schließen. Er konnte keine Antwort geben.

Schneidend kalte Morgenluft drang herbei, und blassgoldenes Sonnenlicht ergoss sich über die Bergflanken, verbannte die Dunkelheit und trieb die Schatten davon. Die ersten Sonnenstrahlen erreichten das felsige Gelände, auf dem die Kinder und die Hunnuli Schutz gesucht hatten, und das klare Morgenlicht berührte den Pelz der weißen Bärin. Sie kreischte erneut vor Entsetzen und brach auf dem Boden neben dem Hunnulikönig zusammen. Ihre Glieder wanden sich im Schmerz.

Das alte Pferd eilte ihr aus dem Weg. Der Körper der Bärin zuckte mehrere Male heftig, dann erschien ein grelles, weißes Licht auf ihrem Pelz.

»Was passiert da gerade?«, wollte Anwin wissen. Sie drückte Jamarhs Arm, um seine Aufmerksamkeit zu erlangen.

Ihr Vetter hielt den Blick fest auf die Bärin vor ihm gerichtet und sagte: »Sie ist eine Gestaltwandlerin!«

»Natürlich ist sie das!«, rief Anwin aus. Es ärgerte sie, dass sie nicht sehen konnte, was nun geschah. »Wie sonst könnte man einen sprechenden Bären erklären?«

»Sie hätte verflucht sein können!«

»Worin verwandelt sie sich?«

Jamarh schaute auf den zuckenden Körper der Kreatur vor ihm. Die Bärin schrumpfte, und der größte Teil des Pelzes verwandelte sich in etwas, das wie Kleidung aussah. »Ich glaube, es ist eine Frau«, meinte er.

Anwin nickte heftig. »Wie der Korg. Ich frage mich, ob sie so alt ist, wie er war.«

»Sie sieht noch älter aus«, sagte Jamarh. »Ihr Haar ist weiß, und auch ihre Kleider sind weiß.«

»Nein, ich meine damit, dass ich mich frage, ob sie ihre Gestalt genauso oft gewandelt hat wie er. Wenn ja, dann stammt sie aus dem goldenen Zeitalter der Zauberei.«

»Aber warum hat die Sonne ihre Verwandlung bewirkt?«, betonte Jamarh.

Darüber musste Anwin nachdenken. Der Korg hatte seine Gestalt nach Belieben wechseln können. Es waren nur Schmerz, seelische Erschütterung und Angst gewesen, die ihm so viele Jahre lang die Gestalt eines Löwen verliehen hatten, bis Gabria nach Moy Tura gekommen war und ihm gezeigt hatte, dass die Gesetze, welche die Zauberei verboten hatten, geändert worden waren. Vielleicht hatte sich diese Frau aus einem anderen Grund verwandelt.

»Oh, ich glaube, sie ist fertig«, sagte Jamarh und sprang auf die Beine.

Sei vorsichtig, warnte der Hengstkönig. *Sie ist gefährlich.*

Für Jamarh schien die Frau auf dem kalten Boden keine Gefahr darzustellen. Sie lag auf einem seltsamen Umhang auf schmutzigem Weiß. Das Haar war ihr über das Gesicht gefallen, und sie schrie, als sollte sie hingerichtet werden.

Anwin streckte die Hand aus. »Bring mich zu ihr«, sagte sie.

Jamarh gehorchte und führte das Mädchen an die Seite der jammernden Frau. Die beiden Hunnuli kamen näher und standen schützend neben den Kindern, während sich Anwin auf den Stein kniete.

»Wer bist du?«, fragte Anwin.

Die Frau rollte sich herüber und setzte sich auf. Als sie sich das weiße Haar aus dem Gesicht strich, keuchte Jamarh überracht auf.

»Sie ist gar nicht so alt«, flüsterte er recht laut zu Anwin. »Sie ist sehr schön!«

Bei diesen Worten gelang der Bärenfrau ein schwaches Lächeln. »Ich bin viel älter, als du dir vorstellen kannst«, sagte sie mit einer Stimme, die beträchtlich angenehmer und höher als die der Bärin war.

Der Hunnulikönig neigte das Haupt, blähte die Nüstern und schnupperte an ihrem Haar. *Du stammst nicht aus unserem Zeitalter, Zauberin.*

Die Tatsache, dass sie keine echte Bärin, sondern eine menschliche Zauberin war, erklärte nach Anwins Ansicht schon vieles. »Warum hat Amara dich zu mir geschickt?«, fragte sie.

Bei der Erwähnung Amaras kauerte sich die Bärenfrau wieder auf den Boden und verbarg das Gesicht in den Händen.

Jamarh ging die Sache wie immer praktisch an, nahm einen Wasserschlauch aus einer der Satteltaschen und drückte ihn der Frau in die Hände. »Die Muttergöttin hat dich bisher nicht niedergestreckt. Vielleicht wird sie das noch tun. Falls sie dich wegen der Verwandlung umbringt, wird es sehr bald geschehen. Also beeil dich und beantworte Anwins Frage.«

Die Frau schaute Jamarh durch die Strähnen ihres schneeweißen Haares an, als ob sie nicht glauben könnte, was er da gesagt hatte. Schließlich richtete sie sich auf, reckte die Schultern, und ein schwaches Lächeln kehrte auf ihre Lippen zurück.

»Erst einmal das hier«, sagte sie leise. Sie murmelte einige Worte, fuhr mit der Hand über den Wasserschlauch und trank lange und ausgiebig, dann gab sie ihn Jamarh zurück. Der Junge schnupperte misstrauisch daran. »Anwin«, sagte er, »sie hat das Wasser in Met verwandelt.« Er nahm einen Schluck und reichte den Schlauch seiner Kusine. »Er ist besser als der von Großvater.«

Anwin hielt sich den Schlauch an die Nase und atmete den süßen Honigduft eines vollmundigen Mets ein.

»Ich bin Elliana, die Tochter von Geldron, dem zehnten Sohn von Lord Valorian«, begann die Frau.

Jamarh sperrte wieder den Mund auf, und Anwin legte nachdenklich den Kopf schräg. »Das war vor fünfhundert Jahren. Wieso bist du noch nicht tot?«

Daran ist ein Geas schuld, ein heiliger Fluch von einer der Gottheiten, erklärte der Hunnulikönig.

»Allerdings.« Elliana erhob sich. Unter dem Umhang trug sie ein altes, langes Hemd über einem Unterhemd aus ungefärbter Wolle. »Da wir nun schon einmal hier sind, kann ich es dir zeigen.« Sie ging von der Höhle fort und zwischen den herabgestürzten Felsbrocken hindurch. Diesmal versuchten die Hunnuli sie nicht aufzuhalten.

Mit Glöckchens Leine in der einen Hand und Jamarhs Hand in der anderen folgte Anwin der Bärenfrau; dicht hinter ihnen kamen die Hunnuli. Sie kletterten hinauf und bahnten sich einen Weg durch das Geröllfeld, bis sie zu zwei großen Felsen kamen, die wie Torpfosten am Ende des Weges standen. Sie traten hindurch auf Gras, und Jamarh stieß einen anerkennenden Pfiff aus.

»Anwin, das solltest du sehen. Wir stehen auf einer riesigen Wiese.«

»Sie heißt Merrodel«, sagte die Bärenfrau. »Es ist eine Hochebene voller Gras und Bäumen, gesegnet mit Wasser, und von hier aus sind die Wiesen weiter unten im Tal leicht erreichbar. Früher lag an diesem Ort eine Ansiedlung; da hinten zwischen den Bäumen stehen noch die Überreste. Valorians Volk verbrachte hier viele Jahre hindurch den Sommer. In ihrem Herzen war es ein Bergvolk, und auch wenn es die Ebene und deren Freiheit schätzte, fühlte es sich nur in den Bergen wirklich zu Hause. Erst in der zweiten Generation teilte sich die Mehrheit der Klanleute auf und ging hinunter in die Ebene. Valorian hat immer diesen Ort hier vorgezogen.«

Die Frau schritt über das Gras; ihr Gesicht wurde von der

Morgensonne erhellt. Die Kinder und die Hunnuli folgten ihr schweigend.

»Ich habe viele Jahre lang hier gewartet«, sagte Elliana. Sie stieß ein kleines Lachen aus, das bar jeglichen Humors war. »Amara hat mich zu dir geschickt, junge Anwin, weil ich weiß, wo Valorians Leichnam verborgen liegt.«

Dreizehn

Unvermittelt hob Glöckchen den Kopf und spitzte die Ohren. Im selben Augenblick schauten auch die Hunnuli auf und spannten sich an. Sie blähten die Nüstern und sogen den Wind ein.

Wolfetare, warnte Henos.

»Wo?«, fragte Jamarh scharf. »Ich habe nichts gehört.«

Sie sind noch weit weg. Menschliche Ohren können ihr Heulen nicht hören, aber sie jagen uns nach.

»Dann ist es Zeit zu gehen«, sagte Anwin. Ihr Gesicht war blass im Morgenlicht. »Wir sind auf das Geheiß Amaras an diesen Ort gekommen. Also sollten wir das finden, was sie haben will, und dann nach Hause gehen.«

Die weißhaarige Frau sah traurig in den Himmel, als ob sie stumm betete, dann neigte sie den Kopf und führte die Gruppe zurück zur Höhle.

»Holt euch Wasser, Nahrung und eure Mäntel. Lasst alles andere zurück. Die Hunnuli können uns nicht zu dem Ort folgen, zu dem wir nun unterwegs sind.«

Darüber war Henos ungehalten. *Was willst du damit sagen? Natürlich gehe ich mit.*

Der Hunnulikönig antwortete nur: *Ihr geht in den Berg.*

Elliana richtete sich zu ihrer vollen, beeindruckenden Größe auf. Sie war eine wohlgestaltete Frau mit breiten Schultern und ausladenden Hüften. »In der Schlucht nicht weit von hier befindet sich ein Eingang zu einer Höhle. Seit hunderten von Jahren bewache ich diesen Eingang für Amara und warte darauf, dass die Göttin mir die richtige Person schickt. Es war mir verboten, diesen Ort zu verlassen, bis sie mich ausgesandt hat, um dich zu suchen.«

Anwin lauschte Ellianas Stimme und hörte darin sowohl Hass als auch Ergebung. »Das war dein Fluch?«

»Ein Teil davon. Ein anderer Teil war meine Fähigkeit zur Gestaltwandlung. Die Göttin hat mir die Macht genommen, mich nach meinem Willen zu verwandeln, und mich gezwungen, mich dem Lauf der Sonne anzupassen. In der Nacht bin ich eine Bärin, und bei Tage bin ich so, wie ihr mich jetzt seht.«

Jamarh starrte sie mit großen Augen an. »Was hast du getan, um eine Göttin wie Amara so zu erzürnen?«

Die Bärenfrau wischte seine Frage mit einer Handbewegung fort. »Das erzähle ich euch später. Wir sollten uns beeilen. Holt eure Sachen.«

Jamarh tat rasch, was ihm aufgetragen war, und packte Nahrung und Wasserschläuche in eine Lakenrolle. Außerdem schnitzte er einen Wanderstab für Anwin und einen weiteren festen Stock für sich selbst. Während er sein Schwert umgürtete und das Messer in den Stiefel schob, warf er einen vorsichtigen Blick auf die Bärenfrau und flüsterte zu dem Hunnulikönig: »Können wir ihr vertrauen?«

Der große Hengst neigte den Kopf hinunter zu Jamarh und sagte zu ihm: *Nein. Aber sie steht unter einem mächtigen Geas. Sie muss ihre Pflicht erfüllen, oder sie ist auf ewig verflucht. Seid vorsichtig und wachsam. Henos und ich werden den Eingang bewachen.*

Als ob sie ihn gehört hätte, sagte Elliana zu den Hunnuli: »Bleibt nicht zu lange hier. Die Wolfetare werden euch finden, und ihre Herren werden wissen, wohin wir gegangen sind. Wir treffen uns an der Gabelung des Dunkelwurzelflusses.«

Die Hunnuli stimmten diesen weisen Worten zu und erlaubten Jamarh, ihnen die Satteldecken und das Gepäck auf den Rücken zu schnallen. Anwin und Jamarh sagten den Pferden widerwillig Lebewohl und folgten Elliana weg von der Höhle und tiefer in den Wirrwarr der Felsbrocken hinein.

»Noch mehr Höhlen«, ächzte Jamarh. »Wenn wir nach Hause kommen, will ich nie wieder eine Höhle sehen.«

Anwin nickte bloß. Es war schmerzhaft deutlich für sie, dass sie sich immer näher an die Quelle der starken Aura heranbewegten, die ihre Nerven so seltsam zum Erzittern brachte. Ihr standen die Haare auf den Armen zu Berge, und an ihrem Rücken lief eine Gänsehaut entlang. Ihr war kalt und heiß zugleich, und Schweiß bildete sich auf ihrer Stirn. Fühlte sich so die Berührung Kraths an?

»Elliana!«, rief sie. »Wenn du unter einem *Geas* stehst, den Amara über dich verhängt hat, warum wird dann dieser Ort von Krath bewacht?«

»Ach, meine Kleine, das ist das Rätsel dieses Ortes. Warum schickt Amara eine Wächterin an einen Ort, der von Krath beeinflusst ist?« Sie gab ein freudloses, kaltes Kichern von sich.

»Weil die Götter das Gleichgewicht einhalten müssen«, gab Anwin zurück und erinnerte sich dabei an die Worte ihrer Großmutter.

Jamarhs Hand hatte sich plötzlich fester um ihren Arm geschlossen. »Anwin, die Schlucht liegt direkt vor uns.« Er zog scharf die Luft ein. »Sie ist tief und dunkel, und überall an den Wänden sind Malereien.«

Die Bärenfrau lachte. »Das hier ist die Bemalte Schlucht. Lange nachdem die Siedlung verfallen war und die Klanleute hinunter in die Ebene gewandert waren, kamen die Männer der Krath hierher, um ihre Göttin anzubeten, und haben ihre Zeichen auf den dunklen Steinen hinterlassen. Jedes

Zeichen oder Gemälde stellt einen Mord dar, den sie im Namen Kraths begangen haben.« Sie trat aus dem Geröllfeld auf einen Pfad, der während fünf Jahrhunderten durch Bärentatzen und menschliche Füße in den Grund getreten worden war.

Anwin spürte die Kälte, sobald sie aus dem Sonnenlicht in die Schatten der Schlucht trat. Jamarh drängte sich enger an sie. »Anwin, dieser Ort ist wirklich seltsam«, sagte er leise. »Die Schlucht ist nur fünf Schritte breit, aber die Wände erheben sich hoch über unsere Köpfe. Und überall diese Gemälde! Hunderte weiße oder schwarze Handabdrücke, tanzende Gestalten, Pferde, und immer wieder diese hässliche rote Frau mit den sechs Armen.«

»Das ist Krath, die Verführerin«, sagte Elliana und warf ein wachsames Auge auf die Bilder.

»Mich kann sie nicht verführen«, gab Jamarh trotzig zurück.

»Doch, das wird sie«, seufzte die Bärenfrau.

Sie gingen tiefer in die Schlucht hinein, wo die Schatten dicht an den Wänden klebten und die Bilder bis auf ein paar tapfere Handabdrücke verschwanden. Der Pfad verlor sich zwischen den Steinen, die es Anwin, Jamarh und Glöckchen schwer machten, nebeneinander herzugehen.

Schließlich fragte Jamarh: »Wie weit ist es noch bis zu dieser Höhle?«

Anwin flüsterte: »Wir sind fast da.« Sie brauchte weder Augen noch die Antwort der Bärenfrau, um zu wissen, dass ihr Ziel ganz in der Nähe war. Sie spürte, wie die mächtige Aura gleich dem Pochen schrecklicher Kopfschmerzen aus der Öffnung quoll. In ihrem Geist sah sie ein gespenstisches Licht, das mit jedem Herzschlag am Rande ihres Blickfeldes flackerte. An dieser Höhle war etwas Beängstigendes, aber Anwin hatte keine Ahnung, was es war. Sie wusste nur, dass sie es nicht ertragen würde, hineinzugehen. Ihre Schritte wurden immer zögerlicher. Ihre Hände zitterten, und ihr Magen verknotete sich.

»Amara, wo bist du?«, wimmerte sie.

Elliana rief über die Schulter: »Kommt! Wir müssen schneller gehen.« Sie lief weiter und bemerkte nicht, dass die Kinder nicht mehr unmittelbar hinter ihr waren.

»Was ist los, Anwin?«, fragte Jamarh leise.

»Es ist schrecklich. Ich kann nicht! Ich kann nicht da hineingehen.« Anwin blieb stehen und lehnte sich auf ihren Stock. Tränen rannen an ihren Wangen herab. Glöckchen drückte sich gegen ihre Beine.

Der Junge zwang sich zu einem kurzen Lachen. »Was? *Du* hast Angst vor der Dunkelheit?«

»Ich weiß nicht!«, zischte sie. »Da drin ist etwas.«

»Natürlich ist da etwas. Luft und Stein, genau wie hier draußen ... nur ... andersherum, mehr Stein und weniger Luft. Und das Ding, das Amara haben will, was immer es ist. Da sind keine Gorthlinge, also sollte es einfach sein.«

Anwin wusste, dass Jamarh sie aufzumuntern versuchte, und sein Mut war ansteckend, doch sie zögerte immer noch. »Da ist noch mehr!«, beharrte sie. »Spürst du es nicht?«

»In Ordnung«, seufzte er übertrieben. »Vielleicht sind da drinnen noch Schlangen, Fledermäuse und Höhlenratten. Aber das ist egal, wenn das, was wir brauchen, da drinnen ist, und ich will es haben, damit ich nach Hause gehen und meinen Vater wiedersehen kann.«

Anwin stand zitternd da, während sie über Jamarhs Worte nachdachte. Sie fühlte sich beschämt und reckte das Kinn. Er hatte Recht. Sie waren so weit gegangen, dass sie jetzt nicht mehr umkehren konnten, nur weil sie etwas verspürte, das sie nicht einmal in Worte zu fassen vermochte. Sie tat einen Schritt nach vorn. Obwohl die nervzerrüttenden

Ausdünstungen ihr nach wie vor Angst machten, zwang sie sich weiterzugehen.

»Na los!« Elliana kam zurück; Wut brannte in ihren dunklen Augen. »Was du spürst, ist das Entsetzen, mit dem Krath diesen Ort belegt hat, um Eindringlinge abzuschrecken. Beachte es nicht. Es wird besser, sobald wir den Eingang hinter uns gelassen haben.«

Glöckchen knurrte sie an, doch die Kinder beugten sich dem Drängen in der Stimme der Frau. Sie eilten hinter ihr her, bis die Schlucht vor einem gewaltigen Steinwall endete. Der Pfad führte durch einen rechteckigen Durchgang, der in den Fels geschnitten war, und verschwand in der lichtlosen Leere eines unterirdischen Ganges. Ohne einen Blick zurückzuwerfen, schritt Elliana durch das Portal und verschwand.

Da Anwin es nicht sehen konnte, entschied Jamarh, ihr nichts über die scheußlichen Gesichter und boshaft starrenden Schädel zu sagen, die in den Stein um den Rahmen des Portals gemeißelt waren. Er fragte sich, was wohl dort unten war, das gleich zwei Göttinnen zu schützen versuchten? »Das ist es«, sagte er und ergriff ihren Arm. Er führte die zitternde Anwin durch das Portal und in die dichte Dunkelheit dahinter.

»Wie lange sind wir schon hier?«, fragte Anwin und schlang die Arme um die Knie.

»Schon so lange, dass sich die Frau wieder in einen Bären verwandelt hat. Ich glaube, als Bär gefällt sie mir besser«, sagte Jamarh. Er nahm einen Schluck aus dem Wasserschlauch und reichte ihn Anwin.

»Wenigstens lässt sie uns nicht allein.«

»Noch nicht«, meinte Jamarh düster.

Die Kinder fielen in finsteres Schweigen und lehnten sich

in der Dunkelheit gegeneinander. Sie waren beide erschöpft und hofften, dass die Höhle bald ein Ende hatte.

Nach einer langen Pause fragte Anwin: »Leuchtet dein Licht noch?«

»Ein wenig. Für den Augenblick reicht es.«

Jamarh hatte ein kleines Zauberlicht gebildet, das als glimmende Kugel über seinem Kopf schwebte und den Weg erhellte. Nun hüpfte es umher wie ein Glühwürmchen und warf einen schwachen Schein in die dichte Düsternis der Höhle. Die Bärin saß nicht weit entfernt von ihnen und wartete darauf, dass sie ihre Pause beendeten. Für Jamarh war ihr weißer Pelz wie ein blasses Schimmern in der Dunkelheit.

»Sag uns endlich, warum wir hier sind, Elliana«, verlangte Anwin. »Woher kennst du diesen Ort?«

»Das werde ich euch sagen, wenn wir am Ziel sind. Vielleicht werdet ihr es dann besser verstehen«, sagte die Gestaltwandlerin.

Jamarh warf einen Kiesel fort. »Und wann wird das sein? Wie weit führt diese Höhle noch?«

»Meilenweit«, brummte die Bärin.

Müde standen die Kinder wieder auf und trotteten hinter der weißen Bärin her. Sie folgten einem Pfad, der sich tiefer und tiefer in den Berg wand wie eine Schlange im Bauch der Welt. Der Pfad war günstig für Anwin, denn mit Hilfe Glöckchens und des Wanderstabes, den Jamarh für sie geschnitzt hatte, konnte das Mädchen ohne große Schwierigkeiten durch die schwarzen Kavernen gehen.

Dass es überhaupt einen Pfad gab, machte Jamarh Sorgen, denn wer lief hier drinnen so oft entlang, wenn die Bärin nur den Eingang bewachte und die Höhle für gewöhnlich nicht betrat? Eine kleine Grotte war jedem Klanmenschen in einer kalten, regnerischen Nacht willkommen, doch diese Höhle bestand aus vielen Wegen und Kammern, welche an einer unterirdischen Straße lagen, von der nur die Götter wussten, wohin sie führte. An manchen Stellen flossen Bäche, und in einer besonders großen Höhlung schwappte ein unterirdischer See gegen einen schmalen Sims, der eine der Wände säumte. Erstaunt erkannte Jamarh eine grobe Brücke, die über den zerklüfteten Rand des Pfades führte. Das war doch unmöglich! Wer konnte hier unten in der ewigen Dunkelheit leben?

Anwin fragte sich dasselbe, auch wenn es nicht die Dunkelheit war, die sie nachdenklich machte. Ihr äußerst scharfer Geruchssinn teilte ihr mit, dass es in diesem Höhlensystem merkwürdig roch. Die Luft war abgestanden und feucht, und an manchen Stellen stank es nach Fledermauskot und Fäulnis. Überall und in jedem Atemzug lag der deutliche Geruch von nassem Kalkstein, von Mineralien in Wasser und Stein, von schwerer, alter Luft sowie von feuchtem Bär und Hund.

Am schlimmsten war die Kälte. Sie drang ihr bis in die Knochen und widerstand jedem Versuch, sie zu vertreiben. Anwin hatte unter ihrem Mantel alle Kleidung angezogen, die sie dabeihatte, doch immer noch zitterte sie in der feuchten Kälte. Sie sehnte sich nach einem heißen Getränk und einem wärmenden Feuer, aber bestimmt gab es hier unten nirgendwo Feuerholz, und Elliana hatte sogar verboten, ein Zaubererfeuer zu entzünden, um damit Wasser zu erhitzen. Anwin war hungrig, müde und verängstigt. Verloren stapfte sie neben Glöckchen dahin und versuchte nicht an die Bilder von den Gorthlingen und von Valorian zu denken, wie er durch die von Dämonen heimgesuchten Schächte Gormoths ritt.

»Sind wir bald da?«, fragte sie und versuchte, nicht ungeduldig zu klingen.

»Psst! Wir müssen still sein«, brummte die Bärin.

»Warum?«, wollte Jamarh lauthals wissen. »Das war doch bisher nicht nötig.«

Die Bärin schaute sich nervös um und gab zu: »Es könnte hier … einen Wächter geben.«

Jamarh blieb so abrupt stehen, dass Anwin gegen ihn stieß. »Was für einen Wächter?«

Die Bärin schwang den schweren Kopf herum, und im Licht von Jamarhs Kugel glühten ihre Augen rot. »Ich weiß es nicht. Aber wenn ich hier bin, kann auch jemand anderes hier sein.«

Jamarh war nun wütend, und seine Stimme hallte von den Steinwänden wider. »Was soll das heißen, du weißt es nicht? Bist du etwa noch nie hier gewesen?«

»Erst ein Mal, und zwar vor fast fünfhundert Jahren. Ich war dazu bestimmt, den Eingang zu bewachen, und ich befürchte, jemand anderes bewacht den Leichnam.« Sie schwenkte eine Tatze vor ihm. »Bitte sei jetzt still!«

»Jemand wie du? Eine andere Zauberin? Das ergibt doch keinen Sinn!«

Die Bärin machte ein brummendes Geräusch, das wie ein Knurren klang, und ging weiter, ohne eine Antwort zu geben. Die Kinder waren gezwungen, ihr zu folgen, wenn sie nicht zurückbleiben wollten.

Jamarh fluchte leise, lockerte sein Schwert in der Scheide und eilte ihr nach.

Anwin streckte die Hand aus und berührte die Wand zu ihrer Linken. Die Bärin hatte Recht mit dem Entsetzen am Eingang gehabt. Das erschütternde, schreckliche Gefühl war verschwunden, kurz nachdem sie durch das Portal getreten waren, doch nun spürte Anwin etwas anderes. Es war eine schwache Schwingung in der Luft, die sie nicht erklären konnte. Anwin stellte fest, dass sie nicht die Einzige war, die es bemerkte. Glöckchen jammerte leise neben ihr, und unter Anwins Hand stellten sich die Nackenhaare des Hundes auf.

Die kleine Gruppe ging weiter und lauschte auf den Widerhall ihrer Schritte in dem Steinschacht. Die Kaverne, in der sie sich befanden, endete vor einem Haufen aus großen Felsbrocken. Vor vielen Jahren musste hier ein Teil der Decke zusammengebrochen sein, doch dahinter führte der Weg weiter über die Felsen, durch einen langen Spalt und in eine weitere Kammer.

Sofort spürte Anwin, dass diese Kammer gewaltig war. Sie hörte den Klang fallenden Wassers auf der fernen anderen Seite der Höhle und hatte ein Gefühl von Weite, das ihr die übrigen Kammern nicht vermittelt hatten. Doch da war noch etwas anderes, ein seltsames Geräusch, das sie nicht recht einordnen konnte.

»Wir sind fast da«, sagte die Bärin leise. Sie trottete mit erhobenem Kopf weiter und führte die Kinder zum Mittelpunkt der riesigen Kammer. Die Bärin strahlte eine solche Anspannung aus, dass Jamarh sein Schwert zog. Glöckchen versteifte sich so sehr, dass sie bald auf den Pfotenspitzen lief.

Die Empfindungen der Bärin erschienen in Anwins Geist wie ein blassrotes, mit blauen Streifen durchsetztes Glimmern. Sie wunderte sich über diesen neuen Aspekt ihrer Blindheit. Seit einiger Zeit schien sie in der Lage zu sein, starke Gefühle oder Auren mit größerer Deutlichkeit und Farblichkeit zu spüren. Das war bereits ein oder zwei Mal geschehen, und vielleicht war es durch die Härte der Reise oder auch die Tatsache verstärkt worden, dass sie ihre magischen Fähigkeiten einsetzte. In gewisser Hinsicht waren diese Fähigkeiten nützlich. Andererseits hätte sie einen klaren Blick bevorzugt. Sie streichelte Glöckchens sanftes Fell und spürte, wie der Hund unter ihren Fingern zitterte.

Die Bärin hielt an. Lange stand sie in der Dunkelheit, lauschte und hielt die Nase in die Luft. Sie stand so lange da, dass Anwin schließlich zu ihr hinüberging und ihr eine Hand auf den Nacken legte. Das Mädchen war nicht überrascht, als sie spürte, dass die Bärin keuchte und nicht weniger zitterte als der Hund.

»Er ist hier«, brummte die Bärin leise.

»Endlich!«, rief Jamarh aus. »Wo?« Bevor die Bärin ihn aufhalten konnte, rief er ein Kommando, unter dem die kleine Leuchtkugel wie ein strahlender Stern davonschoss. Die gesamte Höhle wurde von einem blendenden blauweißen Licht erhellt, das die alten Schatten bannte und die Dunkelheit in ihre Verstecke zurücktrieb. Jamarh erkannte sofort, dass er einen Fehler gemacht hatte. Seine Augen, die an das schwache Glimmen gewöhnt waren, brannten plötzlich vor Schmerz. Er heulte auf und schlug sich die Hände vor die Augen. Er war wütend über seine unüberlegte Handlung. Auch die Tiere kauerten sich unter dem Licht zusammen.

Nur für Anwin blieb alles dunkel. Sie packte Glöckchens Leine und zog den Hund von Jamarh und der Bärin weg. »Spiel nicht herum, sondern hör dir das an!«, rief sie. »Was ist das für ein Geräusch? Hörst du es nicht?«

Der Junge gab keine Antwort. Er war zu sehr damit beschäftigt, sich die Augen zu reiben, um wieder etwas sehen zu können. Er schwächte das Licht seiner Kugel, blinzelte einige Male und schaute Anwin an. Es schnürte ihm die Luft ab, denn unmittelbar vor ihr erkannte er so etwas wie ein Steingebäude. Jamarh hatte keine Vorstellung davon, welche Art von Gebäude das war, denn es war länglich und knochenfarben und hatte den seltsamsten Umriss, den er je bei einem Bauwerk gesehen hatte. Wenn er es aus einem bestimmten Blickwinkel anschaute und die Augen zusammenkniff, sah es aus wie ein gewaltiger …

»Es ist ein Drachenschädel«, betonte die Bärin und trottete auf Anwin zu. Die beiden Kinder fuhren unter der Traurigkeit in ihrer Stimme zusammen. »Wir haben ihn hierher gestellt, damit er ihn beschützt.«

»Wen? Valorian?«, Jamarh verstummte und fügte schließlich ungläubig hinzu: »Ein Drachenschädel? Es gibt keine Drachen.«

»Es hat sie einmal gegeben«, erklärte die Bärin.

Da sich Jamarhs Augen nun an das Licht gewöhnt hatten, machte er seine Kugel wieder heller und schaute sich den Schädel genauer an. Der seltsame Umriss, den er bemerkt hatte, war dem Winkel des Kiefers zuzuschreiben. Der Schädel war lang, und der Kieferknochen stand offen, denn die Knochen wurden durch die Kalkablagerungen ungezählter Jahre in ihrer Position gehalten. Der gesamte Schädel war mit einer dünnen Schicht aus hartem Stein überzogen, und aus dem Knochen der Hirnschale wuchsen einige Stalagmiten wie Hörner hervor. Die Zähne waren zu steinernen Stäben geworden. Nur die Augenhöhlen waren frei von jedem Stein; nichts als Finsternis verbarg sich in ihren hohlen Knochen. Wenn in diesem Schädel ein menschlicher Leichnam lag, dann konnte Jamarh ihn zumindest nicht sehen. Der Schädel war sicherlich groß genug, um einen ausgewachsenen Mann im Mund zu halten, doch vermutlich war Valorians Körper schon vor Jahrhunderten verwest.

Plötzlich wich Anwin zurück und hielt sich die Hände vor den Kopf. Sie stolperte und fiel kreischend hin.

Hinter dem gewaltigen Drachenschädel erhob sich ein weiterer Kopf. Es war die lebende Verkörperung des toten Drachen, dessen Haupt versteinert auf dem Höhlenboden lag. Die Gestalt war nicht so groß wie der ursprüngliche Lindwurm, doch sie war immer noch mindestens dreißig Fuß lang. Es war ein ungeheuerliches, schuppiges, schwarzes

Ding mit einem geschmeidigen, sehnigen Körper, platten Beinen und einem schrecklichen Kopf voller Zähne. Es blinzelte und schaute sich auf dem Höhlenboden um, wobei es den Atem zischend durch das Maul ausstieß.

Jamarh starrte es an, zerrissen zwischen Grauen und Faszination, doch die Bärin warf sich sofort zwischen Anwin und den Drachen und stellte sich auf die Hinterbeine.

»Endlich bist du zurückgekehrt, Elliana.« Die tiefe, dröhnende Stimme des Drachen hallte wie Donner durch die Höhle.

Ellianas mächtige Stimme erstickte die Echos. »Telerund, wie ich sehe, hast du eine angemessene Gestalt angenommen.«

»Sie schien mir passend zu sein«, knurrte der Drache. »Ein legendärer Wächter für einen Kriegshelden. Krath war damit einverstanden.« Die Bestie ringelte ihren langen Körper um den Schädel. »Was mein ist, bleibt hier.«

»Amara hat den Boten geschickt. Es ist Zeit für dich, das herauszugeben, was du dir unrechtmäßig angeeignet hast.«

»Die Göttin hat diese Kinder geschickt?«, gab der Lindwurm zurück. Seine Augen glühten wild in Jamarhs Licht.

Jamarh war gleichzeitig wütend und entsetzt. Er rannte an Anwins Seite und half ihr auf die Beine. »Wer bist du?«, schrie er den Drachen an. »Warum versteckst du dich in dieser Höhle wie ein Feigling?«

Der Drache schlug mit seinem gehörnten Schwanz aus, und seine Augen starrten die Kinder böse an. »Frag deine Führerin, wer ich bin! Und dann frage sie, wer sie ist!« Der keilförmige Kopf hob sich. Das Wesen reckte das Kinn, streckte den Hals so weit wie möglich vor und riss die Kiefer auseinander.

»Macht euch einen Schild!«, kreischte die Bärin und ließ sich wieder auf den Boden nieder.

Anwin und Jamarh reagierten gleichzeitig und vereinigten ihre Kräfte zu einem einzigen Zauber, der eine schimmernde Kuppel um sie und den Hund legte. Der Drache stieß eine mächtige Gasfontäne aus, die sich sofort entzündete, und die Flammen legten sich gelb und orangefarben über den Schild.

»Wo ist Elliana?«, schrie Anwin.

Die Flammen erstickten, und Jamarh sah die weiße Bärin hinter dem Schild. »Sie lebt noch, und sie scheint dem Drachen etwas zuzubrüllen.«

»Hol sie her, bevor er sie in Brand setzt«, keuchte Anwin.

»Mach vier weite Schritte nach vorn«, wies Jamarh sie an.

Die Vorderkrallen des Drachen schabten über den Stein, Funken sprühten. Das Wesen sah, wie sich die Kinder bewegten und ihren Schild mitnahmen, und öffnete abermals das Maul.

Die Bärin geriet in Panik, drehte sich um und rannte los. Der rote Glanz der Kuppel umgab sie gerade in dem Augenblick, als die heißen, gelben Flammen zu der Stelle drangen, an der sie soeben noch gestanden hatte.

Mit einem angewiderten Schnauben verließ der Drache den alten Schädel und umkreiste den magischen Schild. Sein schuppiges Gesicht und die rauchenden Nüstern waren nur eine Hand breit von der schimmernden Kraft entfernt.

»Wer ist das?«, wollten Anwin und Jamarh gleichzeitig wissen. Panik lag in ihren Stimmen. »Was tut er hier?«

Jamarh hielt eine Hand auf dem Schild und drehte sich um. Er hatte rote Flecken der Aufregung im Gesicht. »Ein Drache? Ich dachte, sie sind alle seit hunderten von Jahren ausgestorben! Niemand hat uns gesagt, dass es hier unten noch einen gibt.«

»Ich wusste es selbst nicht«, sagte die Bärin und keuchte heftig.

»Aber du weißt, wer er ist«, rief Anwin.

»Schrei nicht so. Das verbraucht nur noch mehr Luft«, sagte die Bärin. Wie eine alte Frau sackte Elliana zusammen und ließ den Kopf hängen. »Ich kenne ihn, weil er und ich Valorian gemeinsam umgebracht und seine Leiche hier unten versteckt haben.«

Eine weitere Flamme leckte über die magische Kuppel. »Sag es ihnen, Elliana! Sag ihnen, dass du mich in sein Schlafzimmer eingelassen und zugesehen hast, wie ich ihm ein Messer zwischen die Rippen gestochen habe!«, brüllte der Drache.

Jamarh fuhr mit der freien Hand an sein Schwert, doch Anwin trat ihm in den Weg und legte ihre Hand auf den Kopf der Bärin. In ihrem Geist sah sie, dass sich die Aura der Bärenfrau von angstvollem Rot und Blau zu einem tiefen Purpur der Verzweiflung gewandelt hatte. »Halt den Schild aufrecht, Jamarh«, befahl sie. »Elliana, sag mir den Grund dafür.«

Die Bärin sah das Mädchen verwundert an; dann begann sie mit zögerlichen, kummerschweren Worten ihre Geschichte.

»Valorian war mein Großvater, auch wenn ich das viele Jahre hindurch nicht gewusst habe. Sein Sohn Geldron hatte keine Frau genommen, doch er hatte seinen Samen in jede willige Klanfrau eingepflanzt und mehr Kinder gezeugt, als er in Erinnerung behalten konnte. Meine Mutter heiratete einen anderen Mann, der mich wie sein eigenes Kind annahm.

Schließlich ging ich zu Valorians Familie, um einen der jungen Männer zu heiraten, und zu meiner Überraschung verliebte ich mich in Valorian selbst. Seine Frau war gestorben, und er war viel älter als ich, aber er war bemerkenswert schön, mächtig und sogar geheimnisvoll. Ich habe ihn angebetet.«

Ein Knurren drang aus dem Drachen, der um die Kuppel herumschlich. »Er war ein alter Mann, Elliana. Du hättest unter den Kriegern auswählen können, die dich begehrt haben.«

Die Bärin beachtete ihn nicht, sondern fuhr fort: »Valorian fand heraus, dass ich die Gabe der Magie besitze, also hat er mir beigebracht, sie zu gebrauchen, und mir gesagt, woher diese Fähigkeit kommt. Ich wollte ihm nicht glauben. Er war mein Lehrer, mein Freund, der Gegenstand meines größten Verlangens.« Sie hielt inne und ließ den Kopf sinken. »Ihr seid noch jung. Ihr versteht nicht die Leidenschaft, die daraus erwächst, dass man jemanden liebt, den man nicht haben kann und darf.«

Anwin sagte nichts darauf; sie richtete ihre ganze Aufmerksamkeit auf die Stimme und die Worte der Bärin. Jamarh zog eine Grimasse bei der Vorstellung, jemanden zu lieben, der so alt war, und kümmerte sich dann wieder um die Aufrechterhaltung des Schildes.

Elliana sah den Drachen böse an. »Telerund da draußen hatte mehr Ehrgeiz als Verstand. Er verband sich mit Krath und versuchte sich über alle anderen zu erheben und der Führer seines Volkes zu werden. Es war eine Katastrophe. Die Kriegertruppe, die er zusammengestellt hatte, wurde von Valorians Streitkräften angegriffen und fast vollständig ausgelöscht. Die wenigen Überlebenden flohen ins Himachalgebirge, wo sie sich eine Festung bauten und ihren eigenen Kult errichteten.«

»Den Kult der Krath?«, unterbrach Jamarh sie. »Warum hat Valorian sie nicht auch ausgelöscht?«

Der Drache stampfte auf und brüllte: »Das hat er nicht gewagt!«

Die Bärin schüttelte den Kopf. »Er begriff, dass es ein Gleichgewicht in der Anbetung der Gottheiten geben muss.

Krath ist für das Klanleben genauso wichtig wie Amara. Ohne sie gäbe es keine Leidenschaft, keinen Kampf, keine Gewitter, die den Regen bringen, und keinen Winter, der den Frühling bringt. Krath verdient genauso viel Anbetung wie die anderen Götter, also ließ Valorian den Kult in Ruhe. Doch Telerund schwor Rache. Verkleidet kam er nach Merrodel zurück und wartete auf die passende Gelegenheit. Sie kam bald – wegen mir.«

Lange, schwarze Klauen kratzten über die Kuppelwände. Jamarh zuckte zusammen. Ein weiterer Ausbruch von Drachenfeuer erhellte das Innere des Schildes mit unheimlichem Licht. Der weiße Pelz der Bärin sah aus, als stünde er in Flammen.

»Während des Festes der Rechtgeburt versuchte ich Valorian zu verführen. Er hat mich zwar nicht ausgelacht, aber er hat mich zurückgewiesen. Seit dem Tod seiner geliebten Gattin hatte er keine Frau mehr genommen, und mich wollte er nicht haben. Ich war gedemütigt und voller Scham, und es hat mir das Herz gebrochen. Ich bin aus dem Lager in die Nacht hinausgeflohen, wo Telerund mich schließlich gefunden hat. Er hat meine Gefühle verdreht, meine Scham in Hass verwandelt und mich schließlich dazu überredet, ihm zu helfen. Gegen mein besseres Wissen habe ich meinen verletzten Gefühlen nachgegeben und ihm dabei geholfen, den einzigen Mann zu töten, den ich wirklich geliebt habe.

Wir haben ihn wie Attentäter im Schlaf ermordet und seinen Leichnam unter den Augen seiner Leibwächter entführt. Telerund hat auch den Gefallenen Stern mitgenommen. Dann haben wir Valorian und den Stein an diesen Ort gebracht. Wir haben die Leiche versteckt und sind nach Merrodel zurückgekehrt, als wäre nichts geschehen.«

»Und was war mit Amara?«, fragte Anwin ruhig.

Die Bärin sackte vor Anwins Füßen zu Boden. »Ich konnte

nicht lügen. Meine Gewissensbisse haben mich bei lebendigem Leibe aufgefressen, bis ich es nicht länger ertragen konnte. Ich habe mich in einen Fluss geworfen, damit ich zu Valorian gelangen und ihn um Vergebung bitten konnte. Aber die Muttergöttin hatte andere Pläne mit mir. Sie hat mich wiederbelebt und ist mir in Gestalt eines feurigen Pferdes erschienen. Sie war wütend. Sie sagte mir, die Götter hätten einen Pakt geschlossen, sich nicht unmittelbar in das Leben der Menschen einzumischen oder Ereignisse heraufzubeschwören, welche das Gleichgewicht zwischen den Göttern stören könnten. Zwar hatte sie den im Namen der Krath an Valorian begangenen Mord nicht zu verhindern vermocht, aber es gab Wege, die Täter zu betrafen und den Schaden, den sie angerichtet hatten, wiedergutzumachen. Zur Strafe hat sie mich mit einem *Geas* belegt. Mir wurden langes Leben, Gesundheit und die Fähigkeit verliehen, mich selbst zu ernähren, doch es war mir verboten, den Eingang zu verlassen und in die Berge zu gehen, bis die Göttin zu mir zurückkehrte. Ich habe mich in meiner Scham gesuhlt und wurde dazu verflucht, bei Nacht ein Bär zu werden, um das Portal zu bewachen, und bei Tag wieder eine Frau zu sein, um mich daran zu erinnern, was ich gewesen war und was ich verloren hatte.«

Jamarh schaute die Bärin an und rollte mit den Augen, wie es Elfjährige taten. Anwin dagegen zog die Hand zurück und sagte: »Hilf uns jetzt, und die Zeit deiner Bestrafung wird enden.«

Sie sagte diese Worte mit einer so seltsamen Stimme voller Reife und Sicherheit, dass Jamarh und die Bärin sie anstarrten.

»Wir können nicht für immer unter diesem Schild bleiben, und wir können nicht allein gegen den Drachen kämpfen. Du musst uns helfen«, sagte Anwin. »Rede mit dem Drachen. Vielleicht wird er dir nach der langen Zeit zuhören.«

Die Bärin rieb sich das pelzige Gesicht an den Pfoten, setzte sich auf und sagte so leise, dass es der Drache nicht hören konnte: »Telerund ist nicht aus Strafe hier. Er hat diese Gestalt selbst gewählt. Er bleibt freiwillig an diesem Ort, damit niemand an Valorians Leichnam herankommt. Er glaubt, er dient der Göttin Krath. Niemals wird er diese Zwangsvorstellung aufgeben. Nein, es gibt nur ein einziges Wesen, das euch beim Kampf gegen den Lindwurm helfen kann. Ihr müsst die Steinzieher rufen.«

Jamarh stieß ein kurzes Lachen aus. »Diese Steinwesen, die Valorian geholfen haben? Ich dachte, sie leben auf der anderen Seite des Gebirges.«

»Sie leben unter den Bergen. Sie kennen keine Grenzen.«

»Warum sollten sie zu uns kommen?«, fragte Anwin.

»Weil sie Valorian ehren wollen. Ihr müsst nur einen Weg finden, sie herbeizurufen.«

»Warum kannst du sie nicht rufen?«

Die Bärin grunzte: »Mir werden sie nicht helfen.« Sie murmelte noch etwas, das Anwin nicht verstand.

»Anwin, du musst es tun«, sagte Jamarh. »Ich kann diesen Schild kaum noch aufrechterhalten. Erinnere dich daran, was der Hunnulikönig gesagt hat. Gebrauche deine Stärken.«

Anwin wusste nicht, ob sie lachen oder weinen sollte. Sie sollte ihre Stärken einsetzen, um Wesen jenseits des mächtigen Dunkelhorngebirges herbeizurufen? Das war doch verrückt. Niemand in den Klanen hatte je einen Steinzieher gesehen. Was, wenn es sie gar nicht mehr gab?

»Beeil dich, Anwin!«, rief Jamarh, als der Drache eine weitere Stichflamme ausspie.

Es war nichts verloren, wenn sie es versuchte, dachte Anwin. Sie stellte sich breitbeinig hin und legte eine Hand auf Glöckchens Kopf. Dann unterwarf sie die Magie ihrem Willen. Sie zog die Macht in ihren Geist und in ihr Herz, formte sie zu einer Bitte um Hilfe und schickte sie durch ihre Kehle, ihren Mund und an den Lippen vorbei. Heraus kam ein klarer, hallender Ton, der den Schild durchdrang und sich zur gewölbten hohen Höhlendecke erhob.

Als der Drache diesen Laut hörte, hob er den Kopf und stimmte ein Gebrüll an, das ihr Lied übertönen sollte. Dabei fuhr er mit den Krallen über die gebogenen Seiten von Jamarhs Schild.

Anwin hob ihre Stimme und sang einen weiteren fließenden Ton. Nun erkannte sie, dass die beiden Töne, die sie soeben gesungen hatte, der Beginn eines Lobliedes auf die Göttin Amara waren. Es war ein einfaches Lied, das man den Kindern auf dem Fest der Rechtgeburt beibrachte. Die Melodie floss durch ihren Kopf, perlte von ihren Lippen mit aller Macht der Verzweiflung und drang in die tiefen Schächte ein, in denen die Steinzieher angeblich hausten.

»Es wird keine Antwort auf deine Bitte geben, du winselndes Gör«, tobte der Drache. »Amara wagt es nicht, diese Höhle der Krath zu betreten.«

Anwin beachtete ihn nicht, sondern begann erneut mit dem Lied. Sie hörte, wie Jamarh unter der Anstrengung aufstöhnte, den Schild allein aufrechterhalten zu müssen. »Kannst du ihm nicht helfen?«, zischte sie die Bärin an.

Das Tier schüttelte den schweren Kopf und gab schließlich zu: »Ich kann in dieser Gestalt keine Magie wirken.«

»Siehst du, was Amara dir angetan hat?«, brüllte der Drache. »Du hättest zu Krath kommen sollen. Sie hätte dich auf eine Weise belohnt, von der du nicht einmal träumen kannst.«

»So wie dich?«, knurrte die Bärin.

Anwin sang das Lied zum dritten Mal und bat dann Jamarh, in der Höhle nach Anzeichen dafür zu schauen, ob ihre Bitte erhört worden sei. Der Junge gehorchte, aber er bemerkte keine Bewegung, keine Wesen stürmten zu ihrer Rettung herbei, es gab nur den schweigenden Felsen und die herankriechenden Schatten. Sein Geist war so beschäftigt mit der Aufrechterhaltung des Schildes gewesen, dass sein Zauberlicht erloschen und es in der Höhle dunkel geworden war. Das einzige Licht kam von dem roten Glanz des Verteidigungsschildes. Jenseits des Schildes verschmolz der schwarze Drache so vollkommen mit der Finsternis, dass Jamarh von ihm nur noch die feurig roten Augen und gelegentlich einen Blitz roten Lichts sah, der sich auf seinen Schuppen widerspiegelte, wenn er sich bewegte.

»Da draußen ist nichts«, sagte er zu Anwin und versuchte, die Angst in seiner Stimme zu verbergen. »Versuch es mit deiner Flöte. Vielleicht ist ihr Ton durchdringender.«

Die Flöte steckte in der langen Tasche ihrer Hose, die unter drei Schichten aus Hemden und Mantel begraben lag. Eilig tastete Anwin nach ihr und zog sie endlich aus der Stoffhülle. Sie fühlte sich warm an und schien wie aus eigenem Willen in ihre Hände zu gleiten. Anwin hob sie an die Lippen und blies sogleich mit aller Kraft einen lang gezogenen Ton. Dann spielte sie das Lied, das sie zuvor gesungen hatte. Die Musik erfüllte die Kuppel und stieg unter der Kraft ihrer Magie in die Höhle auf. Sie erfüllte die Schächte und Spalten, die den Berg in jeder Richtung durchzogen.

Der Drache gab ein hohles Lachen von sich. »Du kannst rufen, so viel du willst, es gibt niemanden, der dir antworten könnte. Dein Schild versagt allmählich. Ich habe lange warten müssen, um deinen Untergang vollkommen zu machen!«

Jamarh sah sich verzweifelt um und rief dann: »Anwin, ich kann nicht mehr. Ich brauche deine Hilfe.«

Anwin nickte, aber sie änderte die Tonfolge zu einem Lied des Widerstands und der Herausforderung und spielte weiter auf ihrer Flöte, bis sie rot im Gesicht war und ihre Lunge vor Erschöpfung brannte. Zu Jamarhs Überraschung verstärkte sich der Schild unter seinen Händen, als Anwin ihre Musik einsetzte, um ihre Magie seinem Zauber hinzuzufügen.

Beide Kinder wussten, dass der Schild trotzdem nicht mehr lange standhalten würde. Die Luft in ihm wurde schal, und sie waren so erschöpft und unerfahren, dass sie einen Verteidigungsschild nicht auf unbegrenzte Zeit halten konnten. Bald würde er irgendwo nachgeben, und der Drache würde sie alle verbrennen. Was konnten sie noch tun?

Plötzlich hob Glöckchen den Kopf, stellte die Ohren auf und schaute etwas in der Dunkelheit an, das die Kinder nicht sehen konnten. Sie bellte eine Warnung.

»Was ist das? Was ist da?«, rief Jamarh. »Sind die Steinzieher gekommen?«

Vierzehn

Uthara stand schweigend auf der Brustwehr über dem Haupttor und lächelte befriedigt. Obwohl sie das Klanlager am Fuß des Felsvorsprungs in der Dunkelheit nicht deutlich erkennen konnte, schloss sie aus dem Aufruhr und der wilden Bewegung der Fackeln, dass ihr heimlicher Angriff erfolgreich gewesen war. Das war gut. Wenigstens war nun einer ihrer Feinde aus dem Weg geräumt. Vielleicht hatten die Mörder sogar noch mehr Opfer gefunden, falls Krath es gewollt hatte, und die Zauberer würden ihre Verluste beweinen. Die Brüder, die sich freiwillig für diese Mission gemeldet hatten, würden vermutlich nicht zurückkehren, aber Krath würde ihre Seelen im Reich der Toten willkommen heißen.

Sie raffte den Umhang, drehte sich um und schritt die Treppe in den geschäftigen Innenhof vor der Haupthalle hinunter. Für gewöhnlich war der Hof zu dieser Nachtzeit ruhig, wenn die Sektierer im Gebäude waren und meditierten oder studierten, doch jetzt war er übervoll mit Verbannten, Söldnern und ihren eigenen Sektierern, die die Mauern verteidigten, die Schäden durch die Klanangriffe ausbesserten und die Verwundeten versorgten. Die Verbannten und Söldner waren eine unangenehme, aber notwendige Verstärkung, denn Uthara wollte nicht das Leben allzu vieler, gut ausgebildeter Männer der Peitsche bei etwas so Gewöhnlichem wie der Verteidigung aufs Spiel setzen. Die neuen Krieger beäugten die Sektierer argwöhnisch und nahmen sich besonders vor Uthara in Acht, doch für den richtigen Preis kämpften sie gegen jedermann.

»Priesterin!«, rief ihr *Mutef* durch den Lärm im Hof. Der alte Mann eilte an ihre Seite und verneigte sich tief. »Tochter der Krath, ein Bote ist mit Neuigkeiten eingetroffen. Er wartet in Eurem Arbeitszimmer.«

Eine Welle der Vorfreude durchfuhr sie. Niemand war durch das Haupttor gekommen, also hatte der Bote einen der geheimen Tunnel unter der Festung benutzt. Sie eilte in die dunkle Burg und betrat einen Raum, der von der Haupthalle abzweigte. Eine einzelne Lampe erhellte den Arbeitstisch, der mit Büchern und Schriftrollen bedeckt war. In dem kleinen Kamin brannte ein Feuer, in dessen Licht Uthara einen dürren Mann erkannte, der in das Graugrün ihrer besonders ausgewählten Mörder gekleidet war und neben dem Tisch auf sie wartete. Das Gesicht hatte er unter einer Kapuze und Maske verborgen, und seine Augen funkelten im Licht der Flammen, als er sich zu ihr umdrehte und eine Verbeugung machte.

»Priesterin«, sagte er mit tiefer und ehrerbietiger Stimme. »Ich komme von der Bemalten Schlucht.«

»Du hast die Kinder?«, unterbrach sie ihn ungeduldig.

»Priesterin, Ihr befahlt uns, sie nicht mit Pfeilen zu beschießen. Sie reiten auf Hunnuli. Selbst Wolfetare können nicht mit Hunnuli Schritt halten«, sagte er ohne eine Spur von Entschuldigung in der Stimme. »Wir sind den Spuren der Hunnuli und des Bären bis zu den Ruinen gefolgt. Dort hat sich die Gruppe aufgeteilt. Die Hunnuli sind nach Süden und Osten gegangen und warten in der Nähe des Dunkelwurzelflusses.«

Uthara starrte geistesabwesend in das Feuer. »Sie haben die Höhle unter den Augen Kraths betreten. Warum nur? Könnte es sein, dass …« Plötzlich ging sie zum Tisch, schob einige Bücher fort und zog ein uraltes Manuskript aus dem Stapel. »Der Hohepriester Seth hat die Bemalte Schlucht und die Legenden über deren Eingang untersucht, der angeblich von einem Bären bewacht wird. Welches Wissen könnte er den Khulinin gebracht haben?« Ihr Blick flog zu einem anderen Tisch an der Wand, auf dessen Holzplatte ein Mann lag. »Lass uns allein«, befahl sie dem Mörder, ohne den Blick von dem Gefangenen abzuwenden.

Sie schenkte dem Sektierer, der sich verneigte und den Raum verließ, keine Beachtung mehr, während sie eilig ein ganzes Dutzend verschiedener Möglichkeiten bedachte. Still glitt sie zu dem Tisch an der Wand und schaute hinunter auf den Gefangenen, der auf dem Rücken lag und mit Händen und Füßen an die schwere Holzplatte gekettet war. Er schien zu schlafen, aber sie wusste es besser.

Sie holte mit der Hand aus, packte seinen Kiefer und zwang ihn, sie anzusehen. Zwei geschwärzte, rotrandige Augen schauten mit unvermindertem Hass zu ihr auf.

»Sage mir, Wertain, hat Seth dem Khulinin-Treld Neuigkeiten gebracht?«

Rafnir bemühte sich, nicht zu antworten. Er zerrte den Kopf aus ihrem Griff und drehte das Gesicht zur Wand.

Die Priesterin stieß ein heiseres Lachen aus und riss an seinen Haaren. »Du wirst mir antworten«, sagte sie. Ihr Blick bohrte sich in ihn wie ein Messer in einen verwundeten Hirsch. Sie wollte ihre Magie nicht einsetzen, denn jedes Mal, wenn sie durch einen Zauber Informationen aus ihrem Gefangenen herausholte, wurde er stärker verletzt. Rafnir hatte schon mehrfach ihren Zaubersprüchen widerstanden und darunter mehr gelitten, als sie es bei einem gewöhnlichen Klanmann für möglich gehalten hätte. Aber sie war in Eile.

»Was hat er euch erzählt?«, wollte sie wissen und grub die Finger in seinen Kiefer.

Rafnir keuchte vor Schmerz auf, sein Körper zuckte in den

Ketten. »Er hat uns von dir erzählt«, murmelte er zwischen den zusammengebissenen Zähnen.

»Er hat doch nicht den weiten Weg gemacht, nur um Athlone von mir zu erzählen. Was hat er sonst noch gesagt? Was noch?« Jedes ihrer Worte war wie eine Falle, die sich um ein unglückliches Tier schloss. »Sag es mir, Halbblut, oder ich werde dich so hernehmen, dass selbst deine Frau dich nicht mehr heilen kann.«

Rafnir ballte die Hände zu Fäusten und schloss die Augen. »Nichts«, keuchte er. »Nichts sonst! Er ist gestorben. Er war bereits krank. Hatte Fieber. Hat seltsame Dinge gesagt. Verrückte Dinge über Valorian und den Sternenstein.«

Uthara wippte auf den Absätzen vor und zurück. Diese Enthüllung brachte ihren Geist in Aufruhr. »Der Gefallene Stern, o Göttin!«, keuchte sie. Was für ein Schatz wäre das: die Quelle der Diamantsplitter, die die Fähigkeit der Magier verstärkte. Mit einem solchen Relikt wären ihre eigenen Zauberer unaufhaltbar. War es das, wonach diese Gören unter dem Berg suchten? Aber warum hatten sie Kinder losgeschickt, um etwas so Wichtiges zu finden? Vielleicht … vielleicht hatte außer ein paar Kindern niemand den weitschweifigen Worten des Sterbenden geglaubt. Der Junge und das Mädchen waren ohne einen Erwachsenen aus dem Treld geschlüpft, und Gabria war auf der Suche nach ihnen gewesen, als sie den Brüdern begegnet war. Vielleicht hatten die Eltern gar nicht erkannt, dass ihre Kinder in Gefahr waren.

Sie verzog die Lippen zu einem Lächeln und beugte sich über Rafnir, als wolle sie ihn küssen. »Rafnir«, flüsterte sie. »Wusstest du, dass deine Tochter aus dem Treld fortgelaufen ist und sich auf die Suche nach dem Sternenstein gemacht hat? Du hättest Seth mehr Aufmerksamkeit schenken sollen.«

Die weit aufgerissenen Augen und zuckenden Kiefermuskeln waren Antwort genug. Sie fuhr mit der Fingerspitze über sein Gesicht und berührte die Verletzungen, die sie ihm zugefügt hatte. »Ich habe vor, sie zu finden und diesen Stein zu bekommen. Übrigens habe ich meine Mörder losgeschickt, damit sie heute Nacht deine Frau umbringen. Ich glaube, sie waren bereits erfolgreich.« Seine geschwärzten Augen wandten sich ihr in Wut und Entsetzen zu, und er kämpfte darum, mit seinen gefesselten Händen ihre Kehle zu erreichen. Sie lachte ihn aus, bis ein Klopfen an der Tür ihre Belustigung unterbrach.

Ihr *Mutef* trat ein, fiel auf das Knie und bat die Priesterin um Vergebung. »Tochter, der Hauptmann der Söldner hat mich gebeten, Euch zu sagen, dass der äußere Wall immer schwächer wird. Was immer die Zauberer mit ihm gemacht haben, der Mörtel löst sich auf.«

»Was immer *Athlone* mit ihm gemacht hat«, berichtigte sie ihn verbittert. »Dieser Mann ist trickreicher als eine Ratte. Trotzdem können wir das zu unseren Gunsten ausnutzen. Teile den Brüdern mit, dass sie sich still in die Tunnel zurückziehen sollen, wie es geplant ist. Sie müssen die Zitadelle bei Tagesanbruch verlassen haben. Wir treffen uns an dem angekündigten Ort.«

Der *Mutef* verneigte sich. »Und was ist mit den Söldnern?«

Uthara antwortete ohne zu zögern: »Beachte sie nicht. Sie wurden bezahlt, um die Festung zu verteidigen, also sollen sie sie verteidigen.«

Der *Mutef* verneigte sich erneut und eilte davon, um ihre Befehle weiterzugeben.

Zufrieden mit ihrer Erkenntnis nahm Uthara das alte Manuskript an sich und eilte aus dem Zimmer, um einige wenige wichtige Dinge zusammenzupacken und sich auf das Verlassen der Zitadelle vorzubereiten. Sie überlegte, ob sie Rafnir mitnehmen sollte, doch dann verwarf sie diese Idee.

Er war zu sehr wie die Hunnuli und würde eher sterben, als sich ihr zu unterwerfen. Außerdem würde er sie langsamer machen. Es gab ja immer noch die Kinder, derer sie sich bedienen konnte. Die Verbannten sollten ihn haben, entschied sie. Falls sie ihn nicht töteten, würden dies vermutlich die Verletzungen tun, die sie ihm zugefügt hatte.

»Gabria, da kommt jemand.«

Die Stimme der Herdwache vor dem Zelt weckte Gabria mit einem Ruck aus ihrem leichten Schlummer neben der Kohlenpfanne. Sofort sprang sie auf. Draußen wieherte Nara, und die Herdwache rief den Neuankömmling an. Gabria erzitterte und legte sich einen warmen Schal über die Schultern. Gute Götter, war sie müde! Wie schaffte Athlone es bloß, dieses Tempo beizubehalten? Sobald er von seiner Runde zurückkäme, würde sie darauf beharren, dass sie beide zu Bett gingen. Der Angriff auf die Zitadelle war geplant, besprochen und bereit zur Ausführung. Ein wenig Schlaf würde ihnen beiden gut tun. Sie stocherte gerade in den Kohlen herum und stellte den Kessel näher an die Glut, als die Herdwache den Zeltvorhang zur Seite schob.

Lord Bendinor trat ohne Gruß in das Zelt und sagte: »Ihr müsst mitkommen. Es geht um Athlone.« Er sah den Ausdruck auf ihrem Gesicht und fügte hastig hinzu: »Er lebt noch.«

Ein kalter, dunkler Griff presste Gabria den Magen zusammen, und das Herz schlug ihr bis zum Hals. Sie nickte, warf sich den Umhang über den Schal und folgte dem Dangari-Häuptling aus dem Zelt. Sobald sie das Zentrum des Lagers hinter sich gelassen hatten, wo die Klanhäuptlinge ihre Zelte errichtet hatten, und den ausgedehnten Bereich betraten, in dem die Khulinin lagerten, erkannte sie, dass die Krieger von irgendetwas aufgeschreckt worden waren. Gruppen von Männern bewegten sich zielstrebig und wütend hin und her; sie trugen Fackeln und suchten jeden Fußbreit des Bodens ab.

»Was ist geschehen?«, fragte sie Bendinor.

Der grauhaarige Häuptling zog eine Grimasse. »Mörder sind in Klankleidung in das Lager eingedrungen. Einer trug einen Khulinin-Mantel und hat es bis zum Heilerzelt geschafft.«

»Zum Heilerzelt? Warum war Athlone dort?«

»Wir hatten dort mit Kelene gesprochen und herausfinden wollen, ob sie Fortschritte mit dem Gegenmittel macht. Wir glauben, dass sie das eigentliche Ziel des Attentäters war. Sie war so beschäftigt, dass er nicht nahe genug an sie herankommen konnte. Der Attentäter hat einen Pfeil auf sie abgeschossen. Athlone kam dazwischen.«

»Lebt der Mörder noch?«

Bendinor schnaubte nur. »Die Herdwache hat ihn in Stücke gehauen.«

Sie kamen bei einem großen Zelt an, das von Wachen umgeben und von Fackeln erhellt war. Zwei Khulinin standen neben einem zerfetzten Körper, dem bereits jedes Stück Klankleidung ausgezogen worden war. Krieger hatten sich um den Eingang versammelt, unterhielten sich aufgeregt und warteten auf Neuigkeiten über ihren Häuptling, doch vor Gabria traten sie rasch zur Seite. Im Zelt umgaben weitere Männer einen behelfsmäßigen Tisch, vor dem Gabria Kelenes dunkelbraunen Haarzopf zwischen den Helmen der Männer ausmachte. Sobald sie erkannten, dass Gabria eingetroffen war, bildeten die Männer eine Gasse für sie, und so sah sie schließlich ihren Gemahl bäuchlings auf dem Tisch liegen. Sein Kettenhemd, das Wams und das Hemd waren ihm ausgezogen worden und enthüllten eine kleine, blutende Wunde zwischen den Schulterblättern. Die Wunde sah unbedeutend aus, aber Athlone bewegte sich nicht mehr, obwohl um ihn herum Aufruhr herrschte. Diese Tatsache allein reichte aus, um Gabria mit Entsetzen zu erfüllen. Sie eilte an Kelenes Seite und legte eine zitternde Hand auf den nackten Rücken ihres Gemahls. Seine Haut war warm, aber er reagierte nicht auf ihre Berührung.

Kelene sah ihre Mutter mit großer Wut in den Tiefen ihrer dunklen Augen an und zeigte ihr einen kleinen Holzbolzen, der von Feuer gehärtet war und eine blutrote Spitze hatte. Lord Hendric stand auf der anderen Seite des Tisches und hielt die winzigste Armbrust hoch, die Gabria je gesehen hatte. Es war eine hervorragend gefertigte kleine Waffe, die in der großen Hand des Häuptlings fast verschwand.

»Es ist eine Waffe mit geringer Reichweite und nur einem einzigen Schuss«, sagte der Geldring-Häuptling mit vor Wut rotem Gesicht. »Der Eidbrecher hat sie hinter unserem Rücken hereingebracht. Wir haben ihn und sie erst gesehen, als es schon zu spät war.«

»Der Bolzen war vergiftet, nicht wahr?«, fragte Gabria, während sie gegen die Tränen ankämpfte.

Kelene runzelte die Stirn und betupfte die Wunde am Rücken ihres Vaters mit einem feuchten Tuch. »Der Bolzen wurde mit einer Kraft abgefeuert, die ausgereicht hätte, jemanden ohne Rüstung sofort zu töten«, erklärte sie. »Er hat Vaters Kettenhemd kaum durchdrungen, aber unglücklicherweise hatte sich der Sektierer die Zeit genommen, seinen Bolzen in Gift zu tränken.« Sie hielt Athlones Arm hoch, in den vor vielen Jahren der Diamantsplitter im Handgelenk eingesetzt worden war. Jedermann konnte sehen, dass das Glimmern der Magie erloschen war.

»Wenigstens lebst du noch und kannst ihm helfen«, sagte Gabria sehr gefasst.

Lord Ryne schlug mit den Händen so heftig auf die Tischkante, dass Kelene zusammenfuhr. »Was sollen wir jetzt tun?

Wir brauchen Lord Athlone, um den Zauber zu vervollständigen.«

Gabria sah Kelenes Gesichtsausdruck und nahm ihr geschickt den Bolzen aus der Hand, bevor ihre Tochter jemanden damit verletzte.

Kelene wandte sich an den Häuptling neben ihr. Zwei rote Flecken blühten auf ihren Wangen, und ihre Stimme wurde so laut, dass sie alle anderen Geräusche im Zelt übertönte. »Macht Eure Männer bereit, Lord Ryne. Ich weiß, was mein Vater getan hat, und ich habe meine Kraft noch. Ich werde diesen Zauberspruch zu Ende bringen und die Zitadelle bis auf die Grundmauern schleifen! Ich habe genug von diesen Leuten!«

Die Männer verstummten und starrten entsetzt die Frau an, die es wagte, einen Häuptling vor anderen Leuten anzuschreien. Lord Ryne wich einen Schritt zurück, doch er sah zugleich erleichtert aus und erwiderte nichts. Lord Hendric grinste nur.

Mit einem kleinen Nicken in Gabrias Richtung wies Bendinor zum Eingang. »Heilerin, wenn Ihr bitte mit uns kommen wollt. Wir werden Euch sagen, welche Schlachtpläne wir für die nächste Morgendämmerung haben.«

Gabria überreichte rasch den Bolzen Lord Hendric, der ihn und die Armbrust vorsichtig für weitere Untersuchungen in eine Tasche steckte. Dann nahm sie Kelene die feuchten Stofffetzen aus der Hand. »Geh«, sagte sie. »Jetzt ist es deine Aufgabe, Rafnir zu befreien. Ich werde mich um meinen Gemahl kümmern.«

Noch zitternd vor Aufregung, schritt Kelene ohne ein weiteres Wort aus dem Zelt, gefolgt von der Mehrheit der Männer. Nur die Verwundeten und die Herdwache der Khulinin blieben mit Athlone und Gabria zurück.

Gabria sah ihr nach und seufzte. Die Sektierer taten ihr beinahe leid. Kelene zeigte selten ihre Gefühle, doch wenn sie gereizt wurde, konnte sie Berge versetzen. Die alte Zauberin machte sich daran, sanft die Wunde im Rücken ihres Mannes zu säubern, und als sie das Blut auswusch, erfüllte sie eine seltsame Ruhe, die sie mit größerem Frieden erfüllte, als sie seit vielen Tagen empfunden hatte. Im Zelt war es still und warm, da nun die Klappe geschlossen und die meisten Männer fort waren, und im Augenblick konnte sie für niemanden sonst etwas tun. Nur Athlone brauchte sie. Der Kampf war in andere Hände übergegangen.

Bei Anbruch der Dämmerung setzte leichter Schneefall ein und bedeckte das Eis, das sich während der Nacht gebildet hatte. Wind blies durch das Tal, fuhr durch die Bäume und das gefrorene Gras, und die Klanbanner flatterten verdrießlich an ihren Pfählen.

Am Fuß des Felsvorsprungs, zum Teil durch Schatten und den fallenden Schnee verborgen, warteten die versammelten Werode der vier Klane auf den Marsch gegen die Festung der Eidbrecher. Die Khulinin in ihren goldenen Umhängen standen in der ersten Reihe hinter ihrem zweiten Wertain Gerrard und Kelene, der Heilerin aus dem Klan Corin. Beunruhigt schauten die Männer im kalten Halbdunkel hoch zu der Steinzitadelle, die sich über ihnen in den kalten Wintermorgen erhob. Kein Klankrieger griff gern eine steinerne Festung an, und niemand hatte ihnen gesagt, was Lord Athlone geplant hatte. Auch gab es keinerlei Anzeichen für ein Kriegsgerät zum Erstürmen. Mehr als nur ein paar Krieger fragten sich, wie sie eine solche Burg ohne Katapult oder Schleudern angreifen sollten, während sie auf einer schmalen Straße einen steilen Hang erklettern mussten.

Doch falls die Frau vor ihnen Zweifel hegte, so zeigte sie diese nicht. Sie steckte in einem Kettenhemd, ausgepolsterter

Kleidung und einem schweren scharlachfarbenen Umhang und stand gelassen und selbstsicher da, während sie mit ruhiger Stimme etwas zu Lord Bendinor sagte. Als das Gespräch beendet war, verneigte sie sich vor dem Dangari-Lord, nickte dem Wertain Gerrard zu und ging allein die gewundene Straße hoch. Die Männer beobachteten sie schweigend. Sie gaben ihr ein paar Minuten Vorsprung, dann folgten sie ihr still mit gezogenen Schwertern und schussbereiten Bögen.

Kelene hörte sie hinter sich; sie hörte das Klirren der Kettenhemden und der Rüstungen, das rhythmische Stampfen der Stiefel, das Rasseln der Waffen und das dumpfe Schlagen der Schilde, aber keine Stimme, kein Horn, keine Trommel erklang. Im dahintreibenden Schnee, dem scharfen Wind und dem Zwielicht der Morgendämmerung hatte der Marsch für Kelene etwas Unheimliches an sich.

Ihre Hand schloss sich enger um den Gürtel, an dem ihr Heilerbeutel hing, und sie schaute hoch zu den Türmen und dem Vordereingang der Zitadelle. Der Fackelschein wurde von den Mauern zurückgeworfen, und hinter einigen Schießscharten im Turm schimmerte Licht, aber Kelene sah niemanden auf den Brustwehren. War sie überhaupt schon bemerkt worden?

Nicht, dass es wichtig gewesen wäre. Bald würden die Bewohner der Festung zweifelsfrei wissen, dass eine Zauberin an ihrem Tor war. Sie marschierte schneller; Wut kochte in ihrem Blut. Mit einem Fingerschnippen und einem knappen Wort bildete sich ein Zauberschild um sie herum und verbreitete einen blutroten Schein im blauen Licht der Dämmerung. Endlich hörte sie Rufe auf den Steinmauern, und ein Horn blies Alarm.

Auf dem Felsvorsprung blieb sie vor dem Tor stehen und betrachtete die Mauern daneben. Sie kniff die Augen zusammen und zog die Lippen in einem schwachen Lächeln hoch.

Ihr Vater hatte einen Zauber aus feinsinniger und heimtückischer Kraft benutzt, der allmählich den Mörtel zwischen den Steinen zerstörte; es war wie die Trockenfäule bei Holz. Nun lag es an ihr, die Vernichtung mit etwas Mächtigerem zu Ende zu bringen.

Sie atmete tief ein und stieß die Luft langsam und bedächtig wieder aus. Dann hob sie mit einer raschen, wohl eingeübten Bewegung die Hände und den Schild und feuerte eine Reihe großer Kugeln aus trymianischer Kraft in rascher Folge auf die Fundamente der Mauern zu beiden Seiten des Tores.

Die Ergebnisse waren Aufsehen erregend. Die Explosionen erschütterten die Zitadelle in ihren Grundfesten, und eine Wolke aus staubigem Mörtel stieg von den Mauern auf. Sofort lösten sich etliche Steine mit einem knirschenden Geräusch, unter dem Kelene zusammenzuckte. Sie hörte lautes Krachen – in dem schwachen Licht und durch die Staubwolken konnte sie nicht gut sehen – und ein Ächzen, das klang, als käme es aus den Eingeweiden der Zitadelle. Von den Mauern drangen verzweifelte Stimmen herab.

Kelene dachte an ihren Bruder, ihren Vater und ihre Mutter, an ihren Gemahl und all die Freunde und Zauberer, die unter dem Kult der Krath hatten leiden müssen. Sie fragte sich, ob es richtig war, Gefühle, die von Krath erweckt worden waren, dafür einzusetzen, ihre heilige Zitadelle zu zerstören. »Du erntest, was du gesät hast«, flüsterte sie und schoss ein weiteres Sperrfeuer aus trymianischer Kraft auf die Mauern ab. Mit einem befriedigenden, erderschütternden Knall brachen einige Abschnitte in sich zusammen und öffneten klaffende Wunden in den Wällen. Das geschützte Tor blieb hingegen verschlossen und verriegelt, doch nun waren die Mauern durchlässig geworden.

Hinter Kelene erhob sich ein lautes Gebrüll, denn niemand

brauchte viel Licht, um die großen Löcher in den Festungsmauern zu erkennen. Die Werode drängten nach vorn.

Ohne auf die Krieger zu warten, lief Kelene los und stürmte nur mit ihrem Zauberschild und ihrer Magie gegen die Wände an. Sie wollte unbedingt Rafnir finden, bevor die Sektierer ihn töteten. Kelene kletterte über die zusammengestürzten Steinblöcke und Geröllhaufen in den Innenhof und rannte an den verblüfften Verteidigern vorbei. Einige Verbannte versuchten sie aufzuhalten, doch sie blies sie mit trymianischer Kraft beiseite und rannte auf den Hauptteil der Festung zu, wo die Türen zur Halle weit offen standen und nichts als Dunkelheit enthüllten.

Kelene konnte sich gut an die Anordnung der Räume und Korridore erinnern, die sie während ihres früheren Aufenthalts hatte sehen dürfen, doch sie erwartete, Rafnir irgendwo im tiefsten Labyrinth der Kultfestung suchen zu müssen. Sie hoffte bloß, dass sie nicht an jeder Ecke gegen Eidbrecher kämpfen musste.

Sie schoss in die Haupthalle, erschuf eine Kugel aus hellem Licht, die sogleich unter die hohe Decke stieg, und war überrascht, dass sie den Raum leer vorfand. Nun erinnerte sie sich plötzlich daran, dass sie auf dem ganzen Hof keine einzige Person in der traditionellen schwarzen Robe des Kultes oder den graugrünen Kleidern der Meuchelmörder gesehen hatte. Wo waren die Sektierer?

Aufmerksam und misstrauisch rannte sie auf die Treppe zu, die zu den tiefer gelegenen Stockwerken führte. »Rafnir!«, rief sie in die Stille hinein, doch eigentlich erwartete sie so rasch keine Antwort.

Ein Wispern brachte sie zum Stehen. Die Stimme war aus einem kleineren Seitenraum zu ihrer Linken gekommen, und sie eilte darauf zu. Das Herz schlug ihr bis zum Hals.

Noch schützte sie der Schild, und sie zog ihre Lichtkugel

hinter sich her. Sie betrat den Raum, in dem ein kleines Feuer in einem Kamin brannte und eine winzige Lampe einen einzelnen Mann beleuchtete, der auf einem hölzernen Tisch an einer der Wände lag. Er drehte ihr das Gesicht zu; seine geschwollenen und geschwärzten Augen blinzelten im plötzlichen Licht ihrer Kugel.

»Rafnir!«, keuchte sie. Sie dachte rasch nach, schlug die Tür zu und versiegelte sie, damit nur ein anderer Magier sie öffnen konnte, dann löste sie ihren Schild auf und flog an Rafnirs Seite.

Er schaute sie an; auf seinem zerschmetterten Gesicht spiegelten sich Schmerz und Freude wider. »Sie hat mir gesagt, du wärest tot«, flüsterte er.

Kelene lächelte ihn an, während ihre Finger sanft seinen Körper und sein Gesicht untersuchten. »Wer? Uthara? Hat sie dir das angetan?«

Er konnte kaum nicken. »Sie wollte, dass ich ihrem neuen Kult beitrete – dass ich ein Zauberer in Kraths Namen werde. Es gibt noch andere. In den Zellen.«

»Ich werde diese Frau töten«, sagte Kelene kalt.

»Krath spricht mit deiner Stimme«, schnaufte Rafnir.

Kelene hielt inne und dachte über ihre Reaktion nach. »Vielleicht«, sagte sie schließlich. »Hin und wieder huldigen wir alle der dunklen Göttin.« Sie bildete einen Zauber, der die Fesseln um seine Gelenke sprengte, dann zog sie ihren Mantel aus und bedeckte ihn damit.

Rafnirs Hand packte sie mit unerwarteter Stärke. »Uthara hat auch gesagt, dass Anwin weggelaufen ist, um nach dem Gefallenen Stern zu suchen. Stimmt das?«

»Das wusste sie?« Plötzlich formte sich in Kelene ein schrecklicher Verdacht. »Ja. Mutter hat gesagt, dass Anwin und Jamarh in die Berge gegangen sind, weil sie nach irgendetwas suchen wollen, aber sie wusste nicht, worum es sich dabei handelt. Sie hat versucht, sie zu finden, aber die Eidbrecher haben sie vergiftet.«

»Uthara hat die Nachricht bekommen, dass Anwin und Jamarh zur Bemalten Schlucht unterwegs sind.« Rafnir hustete; es war ein rauer, heiserer Husten, unter dem er sich zusammenkrümmte und der ihm Blutflecken auf die Lippen warf.

Rasch packte Kelene ihre Steine aus und legte sie aus. Um Rafnir zu helfen, würde sie die meisten von ihnen und ihr ganzes Geschick benötigen. »Schlaf jetzt«, sagte sie und legte ihm einen der Steine auf die Stirn. »Wir reden weiter, wenn du wieder stärker bist.«

»Nein!«, keuchte er zwischen weiteren Hustenanfällen. »Uthara und der Kult! Sind gegangen, alle. Um die Kinder zu suchen. Sie will den Sternenstein haben. Muss sie aufhalten!«

Kelene beruhigte ihn und rückte den Stein auf seiner Stirn wieder zurecht. Sie rief die Magie herbei, und während die Macht durch Kelenes Blut und Nerven rauschte und sich in den Stein ergoss, sagte sie sanft: »Wir werden sie finden, mein Gemahl, hab keine Angst.«

Die Schlacht um die Zitadelle war kurz, aber heftig, und als sie vorbei war, waren alle Verbannten und viele Söldner tot. Die Verbannten, die selbst einmal Klanleute gewesen waren, wussten sehr genau, dass sie getötet werden würden, wenn ihre Leute sie in die Hände bekamen, also leisteten sie vor dem Haupttor zähen Widerstand und kämpften erbittert bis zum letzten Mann. Die Söldner, die jenseits des Schlangenflusses angeheuert worden waren, fochten ebenfalls hart, doch schließlich ergaben sie sich den Häuptlingen und boten ihnen Informationen im Gegenzug für ihr Leben.

Ihr Anführer, ein großer, muskulöser Pra Descher mit einem voluminösen schwarzen Bart, kniete in dem frierenden Schlamm vor den drei Klanlords und berichtete ihnen, dass sich die ganze Garnison plötzlich allein in der Festung befunden hätte.

»Es sieht so aus, als ob sie während der Nacht durch die Tunnel da unten abgehauen wären. Ein paar hier, ein paar da, sodass wir sie nicht vermisst haben. Die Hohepriesterin war nach Mitternacht noch da, danach hab ich sie nicht mehr gesehen. Diese Hexe. Sie hat ihren Anhängern befohlen, die Türen zu den Tunneln abzuschließen, damit wir ihr nicht folgen können. Wir waren hier eingesperrt.«

Lord Bendinor wirkte verärgert. »Warum habt ihr euch nicht ergeben?«

Der Pra Descher wischte sich ein wenig Blut aus dem Gesicht und gab einen verächtlichen Laut von sich. »Diese Verbannten haben sich geweigert.« Er kräuselte die Lippen. »Außerdem sind wir eine freie Gruppe. Wir haben Geld genommen, um die Festung zu halten. Unsere Ehre ist uns etwas wert.«

»Ihr habt die Gefangenen nicht getötet«, sagte Kelene, während sie in die Gruppe der Söldner trat. »Dafür bin ich euch dankbar.«

Der große Anführer betrachtete sie und riss die Augen auf, als er in ihr die Zauberin erkannte, welche die Festungsmauern zerstört hatte. Unwillkürlich wich er vor ihr zurück.

»Lebt Rafnir noch?«, fragte Bendinor.

Kelene nickte. Mit vor der Brust verschränkten Armen und steinkaltem Blick sah sie den riesigen Söldner an. »Rafnir glaubt, es gebe noch weitere Gefangene in den unteren Kellergeschossen. Aber ich hatte keine Zeit, die ganze Festung zu durchsuchen.« Sie trat so nahe an den Pra Descher heran, dass sie den ranzigen Geruch seiner Lederrüstung und des Kettenhemdes sowie von Blut wahrnahm. »Erzähl mir von dem Gegenmittel, das Uthara benutzt hat. Berichte mir von ihren Plänen.«

Der Söldner sah ihr in die Augen und bekam eine Gänsehaut. »Die Priesterin hat uns nicht vertraut. Sie hat nur mit ihrem Diener gesprochen, der ihre Befehle an uns weitergegeben hat. Wenn du mich fragst, würde ich sagen, dass diese Frau so verrückt wie ein tollwütiger Fuchs ist. Ihr Diener hat gesagt, sie spricht mit den Göttern. Das waren wohl eher die Stimmen in ihrem eigenen Kopf, mit denen sie gesprochen hat.«

»Und das Gegenmittel?«

Der Krieger zuckte müde die Achseln. »Sie hat ein Arbeitszimmer im zweiten Kellergeschoss. Da hat sie ihre Kräuter und ihre Medizin aufbewahrt.«

Kelene richtete sich auf und sah nachdenklich drein. Bisher hatte sie diesen Raum nicht bemerkt, doch nun wusste sie, wo sie suchen musste. »Lord Bendinor«, sagte sie. »Wenn ich einen Vorschlag machen darf, dann nehmt ihm den Eid ab, dass sie nicht zurückkehren werden, und bringt sie mit einer Eskorte zum Schlangenfluss. Wir haben keine Zeit, uns um Gefangene zu kümmern.«

»Weißt du, wohin die Sekte gegangen ist?«, fragte Lord Ryne.

»Ich glaube schon. Unsere Späher sollten in der Lage sein, ihre Spuren zu finden. Sie sind zum Dunkelhorngebirge unterwegs, um Anwin und Jamarh zu suchen.«

Die drei Häuptlinge waren erstaunt. Das Verhalten der Priesterin wurde immer verwirrender, und Lord Ryne war die Neuigkeit über die Kinder noch nicht bekannt gewesen. Kelene nahm die Männer beiseite und erklärte ihnen rasch alles, was sie von Gabria und Rafnir erfahren hatte und wonach die Priesterin vermutlich suchte.

»Der Gefallene Stern«, wunderte sich Lord Hendric. »Er

ist schon so lange verschwunden, und wenn du nicht in Moy Tura diese Splitter gefunden hättest, wäre ich immer noch der Meinung, dass es sich bloß um eine Legende handelte.«

Kelene hob den Arm, damit alle den Glanz des Diamanten unter ihrer Haut sehen konnten. »Bisher tragen nur diejenigen, die während der Seuche in die Stadt gereist sind, einen Splitter – also außer mir noch meine Eltern, Helmar, Rafnir und Savaron. Wenn wir diesen Stein finden, könnte jeder Magier aus den Klanen einen haben.«

»Dann müssen wir diese Verrückte von dem Stein fernhalten«, sagte Lord Ryne.

»Und die Kinder«, fügte Kelene mit eisiger Stimme hinzu.

Die Häuptlinge, die sich auf einen längeren Feldzug eingerichtet hatten, befahlen ihren Männern, die Toten zu begraben, sich um die Verwundeten zu kümmern, Kelene zu helfen und alle nützlichen Güter aus der Festung zu holen. Eine Gruppe Bahedin wurde ausgesandt, um die überlebenden Söldner zur Grenze zu geleiten, und eine weitere bewaffnete Truppe sollte die unteren Kellergewölbe nach den Tunneln absuchen. Die besten Späher wurden in die westlichen Ausläufer des Himachalgebirges geschickt, um nach Anzeichen für die entkommene Sekte Ausschau zu halten.

Sobald Rafnir hinunter in das Heilerzelt getragen worden war, begann Kelene mit der Durchsuchung von Utharas Arbeitsräumen und Vorräten. Die Ergebnisse beeindruckten und entsetzten sie gleichermaßen. Obwohl sie keine Aufzeichnungen über die Arbeit der Hohepriesterin fand, entdeckte Kelene einige abgegriffene Bücher und Manuskripte aus den frühen Tagen der Zauberei – Bücher, die man ihr nicht gezeigt hatte, als sie vor Jahren hier zu Besuch gewesen war. Überdies fand sie Pergamentfetzen mit Symbolen darauf, außerdem seltsame Werkzeuge, leere Flaschen und zerbrochene Federkiele. Offensichtlich hatte die Priesterin das Wissen besessen, die Kunst der Magie auszuüben, und sie hatte das Beste daraus gemacht. Unklar blieb aber, warum ein Mitglied des Kultes der Krath diese Kunst erlernt hatte und warum ihr die Brüder dies gestattet hatten. Aus welchem Grund hatte Seth ihr das durchgehen lassen?

Kelene dachte über dieses Rätsel nach, während sie in das zweite Kellergeschoss ging und nach dem Zimmer suchte, das der Söldner beschrieben hatte. Sie fand es bald, doch es war völlig verwüstet, als hätte jemand alles Wichtige mitgenommen und den Rest zerstört. Angewidert verließ sie den Raum und eilte mit dem Kriegertrupp unter ihrem Befehl in die tieferen Verliese, um nach den Gefangenen zu suchen, die Rafnir erwähnt hatte. Es dauerte nicht lange, bis sie ein halbes Dutzend elende und sehr erleichterte junge Männer aus verschiedenen Klanen gefunden hatten und daneben noch zwei bewusstlose Gefangene, die offenbar ähnliche Torturen wie Rafnir durchgemacht hatten, sowie vier Leichen vor einer Statue Kraths in einem Raum, den Kelene nur als Kapelle des Schreckens bezeichnen konnte.

Nachdem sie alles in ihrer Macht Stehende getan hatte, um den Verwundeten zu helfen, führte Kelene die Klanhäuptlinge hinunter, damit sie die Gefangenen untersuchten und die Toten identifizierten.

Die drei Lords fühlten sich in den feuchten Tiefen von Kraths Festung sichtlich unwohl, doch sie stellten freudig fest, dass die acht noch lebenden Gefangenen vermisste Mitglieder ihrer Klane und viel versprechende Zauberer waren.

»Die Priesterin wollte, dass wir ihrer Sekte beitreten und ihr unsere Zaubersprüche beibringen«, sagte ihnen ein junger Bahedin.

»Wenn sie euch wiederbelebt hat, hatte sie doch sicherlich auch die Möglichkeit, eure Magie wiederzubeleben?«, fragte Kelene drängend.

Der Bahedin sah die anderen an und runzelte die Stirn. »Sie sagte, sie hätte die Mittel dazu, aber sie wollte sie erst dann einsetzen, wenn sie uns vertrauen könnte. Allerdings wollte sich keiner von uns auf ihre Seite schlagen.«

»Warum wollte sie nur Männer haben? Ich sehe keine Frau hier«, bemerkte Lord Hendric, während er sich neugierig in den Zellen umsah.

Der Gefangene wirkte verlegen. »Sie wollte mehr von uns als nur Zaubersprüche.«

Kelene entschied, in dieser Richtung nicht weiter zu fragen. Uthara hatte wohl jedes mögliche Mittel angewendet, um die Zauberer unter ihre Kontrolle zu bringen. Kelene spürte, wie die Wut ihren Magen zusammenkrampfte. Der Gedanke an Anwin und Jamarh in den Fängen dieser Frau war mehr, als sie ertragen konnte.

»Wie schnell können wir aufbrechen?«, wollte sie wissen. »Die Sekte hat schon einen halben Tag Vorsprung.«

»Hast du das Gegengift gefunden?«, fragte Lord Ryne.

Kelene unterdrückte ihre Ungeduld und antwortete: »Noch nicht. Ihr Arbeitsraum war das reine Chaos. Sie muss sich die Zeit genommen haben, alles Wichtige zu vernichten.«

Ein junger Geldring namens Dallion, den Kelene gut kannte, berührte sie am Arm. Er war im vergangenen Jahr für einige Monate nach Moy Tura gekommen, um Kräuterkunde und Heilwissen bei Kelene zu studieren, und hatte eine Nase, die fast so gut wie die von Anwin war. »Sie hat das Gegengift in einer Glasphiole aufbewahrt«, sagte er. »Ich würde sie wieder erkennen, falls sie sie nicht mitgenommen hat.«

Kelene ließ die anderen Gefangenen in der Obhut ihrer Häuptlinge zurück und nahm Dallion mit in den verwüsteten Arbeitsraum. Er durchstöberte die zerbrochenen Flaschen, die leeren Regale und verstreuten Kästen und untersuchte die verbrannten Überreste in einer kalten Kohlenpfanne.

»Ich glaube nicht, dass es hier ist. Rafnir war der letzte Gefangene, den sie hergebracht hat, und die Priesterin hat ihn irgendwo anders wiederbelebt. Vielleicht finden wir dort etwas, wo er …« Dallion schwieg kurz, dann fragte er: »Lebt er noch?«

Kelene hatte sich schon umgedreht und hielt auf die Tür zu. »Ja, er ist bei Gabria. Komm.«

Nachdem sie den Kräuterraum verlassen hatte, führte sie den jungen Geldring zu der Kammer, die von der Haupthalle abzweigte. Der Raum war dunkel; Feuer und Lampe waren erloschen. Rasch bildete Kelene eine weitere Zaubererkugel, welche das Zimmer von der Decke bis zum Boden erhellte und die schweren Schatten vertrieb. Sie suchten auf den Tischen und dem Boden, auf den Regalen und um die Bücher herum, die auf dem Schreibtisch lagen, und sie sahen sich den einzigen Stuhl eingehend an. Zunächst fanden sie nichts, was einer Phiole oder irgendeinem Glasbehältnis glich. Doch dann sah Kelene aus den Augenwinkeln etwas Kleines im Licht ihrer Kugel aufglänzen. Sie kniete sich am Rande des Kamins nieder, wo die steinerne Einfassung auf den Fußboden stieß. Dort lagen Glasscherben; es sah aus, als hätte jemand eine Flasche in die Flammen werfen wollen, diese aber verfehlt. Eine winzige Menge öliger Flüssigkeit schimmerte auf den Bruchstücken und schwamm noch auf dem Boden der zerbrochenen Phiole.

»Ist es das?«, fragte Dallion quer durch den Raum. Er humpelte hinüber und hockte sich neben Kelene. Wortlos hielt sie ihm das zerbrochene Stück unter die Nase. Die Miene des Geldring spiegelte deutlich seine Erleichterung wider. »Das ist das Gegengift. Öl der schwarzen Mohnblume, Guarwurzel, noch ein paar andere Zutaten. Sie muss die Phiole in den Kamin geworfen haben, nachdem sie Rafnir wiederbelebt hatte. Reicht die Menge aus?«

Kelene setzte sich auf die Hacken und ließ einen Tropfen der Flüssigkeit auf ihre Handfläche fallen. Auch sie roch die vermischten Düfte einiger der Zutaten, aber es war die magische Komponente, die ihr Sorgen machte. Was hatte Uthara mit diesen einfachen Kräutern angestellt, dass sie auf Magier so tödlich wirkten, besonders auf jene Magier, die keinen Splitter besaßen? Anscheinend hatten die Diamantsplitter eine Art Schutz dargestellt. Von denen, die den Splitter trugen und vergiftet worden waren – Savaron, Rafnir, Athlone und Gabria –, war niemand gestorben, während die Todesrate bei den anderen Zauberern recht hoch war. Wenn Uthara nicht Einhalt geboten worden wäre, hätte sie vermutlich alle Zauberer ausgelöscht.

Kelene schob diese Gedanken beiseite und unterdrückte alle Sorgen und Verwirrungen. Sie schloss die Augen und konzentrierte sich auf den öligen Tropfen in ihrer Hand. Sie hatte das Gift an dem Pfeil analysiert, den Garbai ihr gebracht hatte, und wusste daher, welche Zutaten in ihm steckten. Nun hoffte sie, dass das Gegenmittel preisgab, welche Kräuter und magischen Handlungen notwendig waren, um das heimtückische Gift zu bekämpfen. Sie benutzte ihre Gabe und Erfahrung dazu, ihren Willen auf diesen einzigen Tropfen zu richten, bis seine Ingredienzien sich in ihrem Geist wie eine Blume entfalteten. Dallion hatte mit dem schwarzen Mohn und der Guarwurzel Recht gehabt. Es gab noch andere Dinge, die sie erkannte und die miteinander vermischt waren, um das Blut zu säubern, den Geist zu beleben und das Herz zu stärken. Schließlich begriff Kelene, wie das Gegenmittel hergestellt worden war, und sie wusste, dass sie es nachmischen konnte.

Sie öffnete die Augen und sah, dass Dallion neben ihr wartete. »Wirst du mir helfen? Ich glaube, wir haben die Zeit, eine kleine Menge davon herzustellen, bevor die Werode abreisen.«

Fünfzehn

»Was ist das?«, rief Jamarh abermals und spähte durch das rötliche Glimmen des Zauberschildes. »Was ist da draußen?«

Was immer es war, der Drache bemerkte es ebenfalls, denn plötzlich hob er den Kopf und starrte in die Dunkelheit der großen Kammer. Er stieß die Luft aus und entfachte ein Feuer, das den aufgebrochenen Boden der Höhle erhellte. Soweit Jamarh und die Bärin es erkennen konnten, befanden sich außerhalb des Schildes nur Steine, Dunkelheit und der Drache.

Doch Anwin spürte eine Veränderung in der Atmosphäre. Der gewaltige, widerhallende Raum schien nicht mehr so leer und der uralte Stein nicht mehr so allein zu sein. Irgendeine Gegenwart hatte die Höhle betreten. Anwin holte tief Luft und spielte eine bewegte Melodie aus einer Ballade, die von Valorian und seiner Flucht in die Höhlen der Steinzieher erzählte, jener Kreaturen aus lebendigem Stein, die im Herzen der Berge wohnten. Die Musik durchpulste sie; sie war erheiternd und ließ ihr Herz schneller schlagen. Als sie Anwins Kopf und Muskeln erfüllte, fügte sie eine Note der Hoffnung und Hilfsbedürftigkeit hinzu.

Der Drache wirbelte herum und blickte misstrauisch in die andere Richtung. In dem Augenblick, als er den Rücken drehte, flog ein großer Steinbrocken aus der Dunkelheit auf ihn zu und traf ihn an der Schulter. Der Aufprall trieb ihn von der Kuppel der Kinder weg. Er brüllte vor Schmerz und Wut und wandte sich sofort in die Richtung, aus welcher der

Stein gekommen war. Ein weiterer Felsbrocken flog aus einem anderen Teil der Höhle auf ihn zu und prallte gegen seinen Rücken. Nun kamen weitere Steine aus allen Richtungen; sie wurden mit großer Kraft und Treffsicherheit geschleudert. Der Drache warf sich herum; er schrie und versuchte Flammen zu speien, doch er konnte seine Gegner nicht sehen; außerdem griffen sie von zu vielen verschiedenen Orten aus an. Mit einem Heulen wich er von der Kuppel und dem Schädel zurück und zog dabei ein Vorderbein hinter sich her.

Anwin hörte auf zu spielen und lauschte. Neben ihr rang Jamarh nach Luft, während Glöckchen und die Bärin keuchten und winselten. Jenseits der Kuppel hörten sie den Drachen seine Wut herausbrüllen. Noch immer prasselten die Steine auf ihn herab.

»Die Steinzieher sind hier«, sagte Anwin ruhig. Sie hörte einen dumpfen Schlag und einige andere Geräusche innerhalb der Kuppel und spürte, wie Glöckchen sich enger an ihre Beine drängte.

Jamarh brummte: »Hm, es muss Tagesanbruch sein.«

»Ist sie wieder zur Frau geworden?« Anwin streckte die Hand aus. »Benutze deine Magie, Elliana, und hilf uns!«

Die Bärenfrau kam langsam wieder auf die Beine und starrte den rasenden Drachen an. »Er war einmal ein guter Mann«, sagte sie wie zu sich selbst. »Es gab eine Zeit, in der er mich geliebt hat.«

»Dann geh hinaus und sag ihm, dass er verschwinden soll!«, meinte Jamarh hitzig.

Ein gleißender Feuerball lenkte Jamarhs und Ellianas Aufmerksamkeit auf eine große Gestalt, die nicht weit entfernt auf einem Steinhaufen stand. Die Drachenflammen umtosten sie, doch der Gestalt schien die starke Hitze nichts auszumachen. Sie beugte sich vor, hob einen Felsklotz auf und schleuderte ihn gegen den Drachen. Er wich dem Stein aus, wurde aber am Rücken von einem größeren getroffen, der aus einer anderen Richtung gekommen war. Der Drache heulte vor Pein auf und wich weiter zurück.

»Verschwinde, du unnatürlicher Lindwurm«, donnerte eine Stimme, die so schwer wie Granit und so knirschend wie ein Bergrutsch war.

Der Drache brüllte auf und erschütterte die Stalaktiten über sich. »Das ist meine Höhle! Das ist mein Grab, das ich bewachen muss! Geht weg von hier!«

Drei schwerfällige Gestalten erschienen am Rande des Lichts, das von der Kuppel abstrahlte, und stellten sich zwischen den Drachen und den Schädel. »Uns gehören diese Höhlen. Wir haben dir erlaubt zu bleiben, bis Amara die Wächterin schickt. Nun ist sie hier. Jetzt wirst du gehen«, sagte einer von ihnen mit tiefer, dröhnender Stimme.

Um ihrer Forderung Nachdruck zu verleihen, regneten weitere Steine aus der Dunkelheit auf den erzürnten Drachen herab. Einige trafen ihn am Kopf und der bereits verwundeten Schulter, und bald taumelte er vor Schmerzen. Er quiekte einen langen, wütenden Protest, zog sich aber allmählich in die eine Richtung zurück, aus der keine Felsbrocken herbeiflogen und keine seltsamen Gestalten kamen. Die Steinzieher schlichen hinter ihm her und hielten ihr erbarmungsloses Sperrfeuer aufrecht. Damit trieben sie ihn zu einem Spalt in der Höhlenwand. Der Drache taumelte von ihnen fort. Schließlich drehte er sich um, floh in die Spalte und verschwand aus der Höhle. Die Steinzieher versperrten den Spalt rasch mit Steinen, die sie so dicht aufeinanderschichteten, dass nicht einmal ein Zauberer sie hätte durchbrechen können.

Während die Steinzieher arbeiteten, löste Jamarh endlich seinen Schild auf und brach erschöpft auf dem rauen Boden zusammen. Anwin sank neben ihn. Sie war zu müde, um mehr zu tun, als ihm den Wasserschlauch zu reichen. Dabei vernahm sie, wie sich die Steinzieher bewegten, aber den Drachen konnte sie nicht mehr hören, und dafür flüsterte sie ein Dankgebet zur Göttin Amara.

Elliana erhob sich zögernd und bildete eine Lichtkugel, die über ihrem Kopf schwebte und die Kinder sowie den Schädel in milde Helligkeit tauchte. Sie sagte nichts, weil sie nicht die Aufmerksamkeit auf sich lenken wollte, und beobachtete besorgt die Steinzieher.

»Ich sehe vier von ihnen«, sagte Jamarh zu Anwin mit gedämpfter Stimme. Er zitterte noch vor Erschöpfung, erhob sich aber und half Anwin auf die Beine. Das Mädchen legte den Kopf schräg und fuhr mit den Fingern in Glöckchens Nacken. Sie hätte so gern die Steinzieher gesehen. Wäre es die Zeit wert, den Zauber noch einmal zu versuchen? Als sie ihn zum ersten Mal in Angriff genommen hatte, war sie verzweifelt gewesen, und beim zweiten Mal war sie verlegen und gehemmt gewesen. Vielleicht würde es beim dritten Mal ein Erfolg, denn nun hatte sie einen klaren Kopf und war höchst erleichtert.

Sie summte sich etwas vor und machte sich ein Bild von dem, was sie tun wollte, während die Melodie durch ihre Gedanken tanzte und die Magie in sie und weiter durch die Fingerspitzen in den Hund floss. Die Dunkelheit klebte zäh an ihren Augen, doch dann, ohne die Ablenkung durch Angst oder Anspannung, kehrte das Licht langsam zurück. Die Bilder, die sich in ihrem Kopf formten, waren nicht das, woran sie sich erinnerte: Das Blickfeld war weiter, die Einzelheiten waren etwas verschwommen, und es gab nur wenig Farbe. Dann erkannte sie, dass sie die Höhle so wahrnahm, wie Glöckchen sie sah. Trotzdem waren die Bilder da; sie befanden sich in einem Bereich ihres Geistes, der drei Jahre lang nur Dunkelheit erblickt hatte. Sie sah Elliana mit ihrem milchweißen Haar einige Fuß vor ihr stehen; sie sah den gewaltigen Schädel mit dem Überzug aus weißem Stein, und was das Aufregendste war, sie sah die undeutlichen Gestalten von vier Steinziehern, die scheu am Rande des Lichtkreises standen. Erregt ergriff sie Jamarhs Hand.

Ihr plötzlicher Griff lenkte seine Aufmerksamkeit auf sie, und er sah im selben Augenblick zu ihr hinunter, als Glöckchen zu ihm aufschaute.

Zum ersten Mal seit Jahren blickte sie in das Gesicht ihres Vetters, und für einen Augenblick erkannte sie ihn nicht. Dann wurde die Phantasie von der Wirklichkeit abgelöst, und sein älter gewordenes Gesicht ersetzte das jüngere aus ihrer Erinnerung. Er war dünner, als sie gedacht hatte, und hatte mehr Sommersprossen. Außerdem war er sehr schmutzig. Zwischen seinen Schneidezähnen klaffte eine Lücke, und ein Kratzer verunzierte den linken Flügel seiner Hakennase. Er sah neugierig auf sie herunter, doch bevor er etwas sagen konnte, erregte ein Laut Glöckchens Aufmerksamkeit, und der Hund schaute wieder hinüber zu den Steinziehern. Anwin hielt den Atem an.

Zwei der vier Wesen schlichen vorsichtig in das Licht, das von Ellianas Kugel ausging, und nun konnten die beiden Kinder und der Hund sie zum ersten Mal deutlich erkennen. Die Klankinder hatten all die Geschichten und Lieder über Valorians Begegnung mit den sagenhaften Steinziehern gehört, aber selbst ihre lebhafte Vorstellungskraft hatte sie nicht auf den Anblick der wahren Gestalten vorbereiten können. Sie waren groß und schwerfällig, wie Statuen aus Stein, die sorgfältig zu einer menschenähnlichen Gestalt zusammengesetzt worden waren. Ihre Körper hatten die Farbe von Kalk, durchsetzt mit Steifen aus Rostrot und blassem Orange, und sie wirkten kräftig genug, um Felsbrocken zu zerschmettern. Kein Wunder, dass der Drache geflohen war, dachte Anwin.

»Vielen Dank dafür, dass ihr gekommen seid«, rief sie.

»Man sagte uns, dass wir dich erwarten sollen, Tochter Amaras«, erwiderte eine tiefe, brummende Stimme. »Deine Musik klang sehr süß in diesen alten Hallen.«

»Es wäre gut, wenn ihr rasch das tun würdet, was ihr tun müsst, und dann wieder geht«, sagte eine knirschende Stimme, »bevor der Drache einen anderen Weg hierher findet.«

Jamarh führte Anwin und Glöckchen zu dem Schädel und blieb vor dem klaffenden Maul stehen. Während die Steinzieher zusahen, ließ Jamarh Anwins Hand los und tastete zwischen den Stalaktiten umher, die sich auf den beachtlichen Zähnen des Drachen gebildet hatten. Die kalkhaltigen Fänge reichten fast bis auf den Boden.

Anwin stand reglos neben ihrem Hund und war immer noch gefangen im Wunder ihres Zaubers. Fasziniert beobachtete sie Jamarh durch Glöckchens Augen und sah zu, wie der Junge den Schädel hochkletterte und die Augenhöhlen und knochigen Vorsprünge an der Stirn untersuchte.

»Falls da wirklich eine Leiche drinliegt, kann ich sie nicht sehen!«, rief Jamarh hinunter.

»Sie ist da«, sagte Elliana, ohne ihre Hilfe anzubieten.

»Komm, Glöckchen«, meinte Anwin. »Wir können uns dort hineindrücken.«

Die Hündin schaute vertrauensvoll zu ihr auf, und Anwin war verblüfft vom Anblick ihres eigenen Gesichts, das genauso dünn und schmutzig wie das von Jamarh war. Mit wedelndem Schwanz schob sich Glöckchen in den Spalt zwischen zwei großen Zähnen.

Ohne Vorwarnung stach ein blendender Lichtblitz in Anwins Geist. Schmerz hüllte ihren Kopf ein, und ihr Zauber zerbrach. Plötzlich fand sie sich in der Dunkelheit wieder, und statt Glöckchens warmem Fell lag ihre Hand nun auf einer kalten, schlüpfrigen Oberfläche.

Ihr Entsetzensschrei erfüllte die Höhle.

»Anwin!«, rief Jamarh. »Nicht bewegen!«

Anwin kreischte wieder auf. »Glöckchen! Glöckchen, wo bist du?« Verwirrt und orientierungslos streckte sie die Hände aus und tastete panisch nach dem Hund. Dabei schlug sie mit dem Kopf gegen den kalten Stein.

Starke Hände packten ihre Arme und zogen ihren Körper aus dem Schädel. Sie wurde gegen Ellianas weiße Robe gedrückt.

»Was war das?«, wollte Jamarh wissen, während er von dem Kiefer des Schädels heruntersprang. Sein hageres Gesicht war straff vor Ärger, und er hatte die Hände zu Fäusten geballt. »Was ist mit Glöckchen passiert?«

Die Bärenfrau schüttelte verwirrt den weißen Kopf. »Telerund muss in dem Schädel eine Falle für mögliche Eindringlinge aufgestellt haben. Seht nur.«

Jamarh folgte ihrem Blick und erkannte nun erst auf dem Boden und zwischen den Zähnen des Schädels eine Handvoll kleiner versteinerter Käfer und Spinnen sowie eine kleine erstarrte Schlange. Nun stand eine weitere Steinkreatur im Mund des Drachen. »O nein!«, ächzte er.

Anwin weinte in Ellianas Pelzrobe.

Mit äußerster Vorsicht wandte Jamarh den Blick an und steckte eine Hand gerade weit genug in den Raum zwischen den Zähnen, sodass er Glöckchens Schwanz zu packen bekam und sie daran zurück durch den Spalt zog. »Sie ist in Kristall verwandelt«, sagte er zu Anwin. »In milchigweißes Kristall.«

»Sie ist tot!«, jammerte Anwin. Ihre Stimme hallte durch die Höhle. Ruckartig machte sie sich von Elliana los und hämmerte mit den Fäusten gegen die Frau. »Warum hast du uns das nicht gesagt? Wie konntest du das nur zulassen? Das war *mein* Hund!«

»Besser dein Hund als du oder dein Vetter.«

Anwin hatte keinen Sinn für eine verstandesmäßige Erklärung. Sie lief von der Frau weg und tastete sich zu Jamarh. Neben dem Kristallhund fiel sie auf die Knie. »Bitte bring sie mir zurück. Mach den Zauber rückgängig«, schluchzte sie. »Bitte bring sie mir zurück.«

»Ich wünschte, ich könnte es«, sagte Elliana traurig.

Jamarh sah sie mit tiefem Abscheu an. »Was kannst du überhaupt? Du bist doch eine Zauberin. Wozu bist du denn gut? Du hast uns nicht einmal gewarnt.«

Elliana fuhr zusammen, als wäre sie gestochen worden. »Ich habe es nicht gewusst. Bei Amara, ich habe es wirklich nicht gewusst. Telerund muss den Zauber nach seiner Rückkehr hierher erschaffen haben.«

»Das ist doch verrückt«, giftete Jamarh. »Warum sollte er das tun, wo er sich doch selbst in einen Drachen verwandelt und in der Höhle fünfhundert Jahre persönlich Wache gesessen hat?«

»Er lebt immer noch. Er muss sich am Leben erhalten ...« Sie schaute sich in der dunklen, kalten Höhle um und erzitterte. »Seine Besessenheit wird es nicht erlauben, dass er die Höhle ungeschützt zurücklässt.«

Jamarh sah mit gerunzelter Stirn in die Finsternis, nahm einen Stein auf und warf ihn gegen den Schädel. Glöckchens Verlust traf ihn tief, und seine Angst machte ihn wütend. »Du hast ihn gekannt. Warum kannst du nicht herausfinden, welchen Zauber er verwendet hat, damit wir in der Lage sind, uns dagegen zu wehren?«

Elliana sah auf das Mädchen herunter, das sich auf den Boden neben den toten Hund gekauert hatte, und ihre Miene wurde sehr nachdenklich. Ohne ein Wort ging sie vorsichtig zu dem Schädel, legte ihre Hand auf den bleichen Nasenknochen und schloss die Augen, um sich zu konzentrieren.

Jamarh starrte sie an. Dann legte er den Arm um Anwin und hockte sich neben das weinende Mädchen.

Nach einer Weile gingen ihre Schluchzer in einen Schluckauf über, und ihr Körper bebte nicht mehr. Schließlich sah sie ihren Vetter mit tränenüberströmtem Gesicht an. »Weißt du, mein Zauber hat funktioniert«, flüsterte sie. »Ich konnte durch Glöckchens Augen schauen. Ich habe dein Gesicht gesehen.«

Jamarh war verblüfft. Er wusste nicht, was er sagen oder tun sollte, und streichelte unbeholfen den Kopf des Kristallhundes. Dann gab er Anwin einen Fetzen seines zerrissenen Hemdes, mit dem sie sich die Tränen abwischen konnte. Hinter ihnen hörten sie das Knirschen von Kies, und Elliana kniete sich an Anwins Seite.

Die Bärenfrau seufzte. »Ich habe mich tagelang gefragt, warum Amara ein so junges, unerfahrenes Kind für diese Suche ausgewählt hat, das überdies blind ist. Darin schien mir keine Weisheit zu liegen. Aber meine Meinung änderte sich, als wir die Bemalte Schlucht erreichten. Dann wurden mir die Gründe der Göttin plötzlich klar. Sie hatte auf den richtigen Augenblick und – was noch wichtiger ist – auf die richtige Person gewartet.«

»Hast du inzwischen eine Erklärung für das alles?«, brummte Jamarh.

Die Zauberin sagte: »Ich glaube, Telerund hat einen Zauber erschaffen, der die Macht des Sternensteins benutzt – einen Zauber, der den einen Sinn vernichtet, den jeder braucht, der den Weg in diese Höhle finden will.«

Jamarh blinzelte und wandte seine Aufmerksamkeit wieder Anwin zu. Elliana nickte. »Amara hat Anwin geschickt, weil sie blind ist und der Zauber ihr nichts anhaben kann.«

»Was ist, wenn es noch andere Zauber und Fallen gibt?«

»Das glaube ich nicht. Ich habe keine gespürt. Da ist nur

noch der Stein. Wenn Anwin ihn an sich nehmen kann, ist ihre angeborene Gabe groß genug, um den Zauber zu brechen.«

»Du *glaubst* es nicht, dass es weitere Fallen gibt?«, rief Jamarh. »Also weißt du es nicht. Ich werde nicht zulassen, dass Anwin auf eine bloße Vermutung dort hineingeht. Wir werden die Steinzieher bitten, den Schädel zu zerschmettern.«

Elliana sprang auf die Beine. »Nein! Der Zauber muss zunichte gemacht werden. Wenn die Steinzieher lediglich Felsbrocken auf den Schädel werfen, könnten sie den Sternenstein zerstören oder selbst Schaden nehmen, was noch schlimmer wäre.«

»Warum gehst du eigentlich nicht hinein?«, gab er verdrießlich zurück. »Du kannst doch die Augen zumachen.«

Anwin schniefte laut und stand auf, wobei sie sich auf Jamarhs Schulter abstützte. Sie fühlte sich erschöpft und ausgelaugt und dennoch seltsam ruhig. Sie wusste, was sie tun musste. »Elliana hat ihre Aufgabe erfüllt. Jetzt bin ich an der Reihe. Sie hat Recht. Amara hat schließlich *mich* dazu auserwählt.«

»Aber was ist, wenn sie nicht Recht hat?«, sagte Jamarh. Seine blauen Augen füllten sich mit Sorge.

»Dann kannst du Glöckchen und mich zurück zu meiner Mutter bringen und ihr die ganze Sache zu erklären versuchen.« Sie schenkte ihm ein unsicheres Lächeln, um die Spannung zu verringern.

Jamarh stieß ein Kichern aus. »Das sollte ich lieber nicht tun. Deine Mutter kann ganz schön aufbrausend sein.«

Anwin nickte und drehte den Kopf in Richtung des Schädels. Ihr Herz klopfte heftig, als sie zurück zu dem Spalt zwischen den Zähnen ging. Trotz ihrer tapferen Worte an Jamarh hatte sie noch Zweifel – so viele Zweifel, dass ihr Magen sich zusammenzog und ihre Hände zitterten. Sie hoffte mit aller Kraft, dass Elliana nicht versuchte, sie zu betrügen.

Sie setzte einen Fuß über die unebene Oberfläche des Drachenkiefers und ertastete sich vorsichtig einen Weg zwischen den gezackten Zähnen hindurch. Unwillkürlich spannte sie die Muskeln an und erwartete jeden Augenblick, zuerst einen stechenden Schmerz und dann gar nichts mehr zu spüren. Sie atmete weiter und tat den nächsten Schritt. Falls erneut ein gleißendes Licht vor ihr aufblitzte, sah sie es nicht, und ihr geschah nichts außer einer Prellung am Ellbogen, als sie mit einem der Steinzähne in Berührung kam. Mit ausgestreckten Händen kroch sie tiefer in den Schädel hinein und versuchte nicht zu jammern. Sie befand sich in einem Drachenschädel, suchte nach einer Leiche und hoffte, dass der Zauber sie nicht in Kristall verwandeln würde und dass in diesem unheimlichen Grab keine weiteren schrecklichen Fallen aufgestellt waren. Falls sie das hier überlebte, wollte sie, dass Roninir ein Lied darüber schrieb.

»Anwin! Das Licht ist wieder aufgeblitzt! Ist alles in Ordnung mit dir?«

Jamarhs aufgeregte Stimme machte sie unsicher. Sie stolperte über etwas Hartes und fiel zu Boden. Ihre Knie trafen schmerzhaft auf Stein, und ihre Hände fühlten etwas, das sich wie eine umgestürzte Säule anfühlte. Ihr Aufschrei hallte durch den hohlen Schädel. »Anwin!«, hörte sie Jamarh rufen.

»Ich bin hier!«, rief sie zurück. »Ich bin nur über etwas gestolpert.« Auf den Knien rutschte sie vorwärts und streckte die Hände aus. Dabei fühlte sie etwas wie Leder, das lange Zeit im Freien gelegen hatte und daher hart, trocken und ziemlich rau geworden war. Erst als sie eine Schwertspitze ertastete, war sie sicher, dass sie einen Körper in der Dunkelheit gefunden hatte, der unter einer ausgedörrten ledernen

Leichenhülle ruhte. Das Schwert lag neben dem Unterkörper und den Beinen. Wenigstens hatten seine Mörder ihn mit einer gewissen Ehrerbietung beerdigt, dachte sie – ausgerechnet in einem Drachenschädel, dem verrücktesten aller vorstellbaren Orte.

Ein Kichern, das an Hysterie grenzte, drang aus ihrer Kehle und erschreckte sie so, das sie rasch wieder verstummte. Wenn Elliana Recht hatte, dann war das hier der Kriegsheld Valorian, der erste Zauberer, der Häuptling aller Klane. In seinem Grab durfte sie nicht wie ein dummes Mädchen kichern.

»Ich habe ihn gefunden«, rief sie den beiden anderen zu. »Was soll ich jetzt tun?«

»Der Gefallene Stern sollte irgendwo in der Nähe seines Brustkorbes sein«, rief Elliana. »Er ist groß und rund wie eine Melone.«

Mit ausgestreckten Armen tastete Anwin an der Brust, den Schultern und dem Hals der Leiche entlang und fand keinen Stein. Die Hysterie, die sie tief in ihrem Innern verspürte, pulsierte wie ein Übelkeitsgefühl und drohte, ihre brüchige Selbstbeherrschung zu vernichten. Noch war sie nicht von einem Zauber heimgesucht worden – das war gut –, aber sie hatte Angst davor, allein an diesem Ort zu sein. Wenn nur Glöckchen …

Trauer stieg erneut in ihr auf, und Tränen rannen an ihren Wangen herunter. Wie sollte sie Großmutter Glöckchens Tod erklären? Und Henos? Das Fohlen und der Hund waren auf der Reise zu Freunden geworden. Wie würde er die Neuigkeit aufnehmen, dass …

»Anwin! Was tust du gerade?« Die scharfe Frage riss sie aus der Benommenheit ihrer Trauer und ihren umherirrenden Gedanken. »Was?«, rief sie zurück. »Ich kann nicht …« Dann spürten ihre Finger etwas Rundes, das so hart und rau wie ein Kieselstein war. Es lag ausbalanciert auf der Stirn des Toten. »Oh! Das muss es sein. Was soll ich jetzt tun?«

Ellianas Stimme drang zu ihr: »Du musst einen Weg finden, den Zauber zu brechen, ohne den Stein zu zerstören.«

»Wie kann ich das tun?«, rief Anwin.

»Der Stein hat seine eigene Macht, mit dem Amara ihn durchtränkt hat. Telerunds Zauber wird darüberliegen. Benutze deine Magie, um den Letzteren zu identifizieren und zu entfernen.«

»Den Zauber brechen, den Zauber entfernen«, murmelte Anwin. Was sollte das alles bedeuten? Bei der Muttergöttin, war sie müde! Sie würde fast alles darum geben, wieder zu Hause in Moy Tura zu sein, in ihrem warmen Bett in dem Raum, den sie mit ihren Brüdern teilte. Versuchsweise berührte sie den Stein mit einem Finger, und als nichts geschah, hob sie den Stein an. Von seinem Gewicht war sie so überrascht, dass sie ihn beinahe fallen gelassen hätte. Sie legte ihn auf den Brustkorb des Toten und überlegte, was sie als Nächstes tun sollte. Falls ein Zauber auf dem Stein lag, spürte sie ihn nicht. Sagte Elliana die Wahrheit? Vielleicht entging Anwin bloß etwas. Vielleicht lag der Zauber nicht auf dem Stein.

Erneut fuhr sie mit den Händen über den ganzen Körper und entdeckte nichts als das Schwert und den ledernen Leichensack. Falls bei der Leiche noch weitere wichtige Dinge oder persönliche Gegenstände lagen, dann waren sie unter der ledernen Bedeckung verborgen, und nichts könnte sie dazu bringen, darunter nachzusehen. Sie wollte gerade um Hilfe rufen, als ihr eine Idee kam. Der einzige andere Gegenstand, der neben der Leiche lag, war das Schwert. Es handelte sich um einen großen Beidhänder in einer schweren ledernen Scheide. Diese Scheide hatte sie zwar schon berührt, nicht aber das Schwert selbst. Mit angehaltenem Atem griff sie danach. Ihre Finger ertasteten den langen, geschwungenen Handschutz, fuhren hoch zum Griff, und dort fand sie Telerunds Magie, die wie ein kleines Leuchtfeuer von dem Juwel im Knauf ausstrahlte.

Eine tief verwurzelte Wut flammte plötzlich in ihr auf. Diese Magie hatte ihren Hund getötet, ihren Freund und Helfer. Nie wieder würde sie Schaden anrichten können! Anwin holte tief Luft, und genährt von Schmerz und Trauer, rief sie die Magie herbei, damit sie den alten Zauberspruch entschlüsselte. Zu ihrer Überraschung nahm dieser in ihrem Geist eine bestimmte Form an. Nun begriff sie, wie er erschaffen worden war, wie er Kraft aus dem Sternenstein zog und wie er tötete. Mit diesem Wissen nahm sie ihre eigene Magie und riss den Spruch auseinander; sie löste seine Macht vom Griff des Schwertes.

»Es ist vollbracht«, rief sie. Die Zufriedenheit in ihrer Stimme war deutlich zu hören.

Jamarh war der Erste, der zu ihr kam. Er brachte einen kleinen Lichtball mit. Elliana folgte ihm. Sie musste sich bücken, damit sie in den Schädel passte. Beide starrten das kleine Mädchen an, das neben dem toten Krieger kniete.

»Für einen fünfhundert Jahre alten Leichnam sieht er noch gut aus«, sagte Jamarh nach einem kurzen Blick.

»Hast du den Stein?« Elliana entdeckte ihn neben Anwins Ellbogen und hob ihn rasch auf. Sie drehte ihn in den Händen hin und her und zeigte ihn Jamarh. Der Gefallene Stern sah aus wie eine große Druse und war von unauffälligem Grau und einer eher knotenartigen Beschaffenheit. Ein etwa drei Zoll großes Loch war in den Stein gebohrt worden, und als Jamarh im Licht der Zaubererkugel hineinblickte, sah er, dass das Innere mit nadelspitzen Kristallen besetzt war, die so klar wie Eis und so strahlend wie Diamanten waren.

»Er ist wunderschön, Anwin!«, rief er aus. »Ist er es, den

wir nach Amaras Willen finden sollten? Sicherlich einfacher zu tragen als …«

»Wir nehmen beide Leichname mit«, sagte Anwin knapp und schnitt ihm damit das Wort ab.

»Aber …« Weiter kam Jamarh nicht.

»Die Steinzieher werden uns helfen. Ich lasse weder Glöckchen noch Valorian hier unten zurück.« Anwins Ton war unerbittlich.

Sie hatte mit Nachdruck gesprochen, weil sie Einwände von der Bärenfrau erwartet hatte. Daher war sie umso überraschter, als Elliana mit echtem Bedauern sagte: »Unser Verbrechen war lange genug verborgen. Die Klane sollten ihn wiederhaben.«

»Vermutlich – falls die Steinzieher uns wirklich helfen«, meinte Jamarh mit zweifelndem Blick.

Insgeheim glaubte er nicht, dass die sagenumwobenen Wesen beim Tragen eines Leichnams und eines kristallisierten Hundes behilflich sein würden, vor allem da es sich um den Leichnam handelte, den sie seit über fünfhundert Jahren still bewacht hatten, doch die großen Geschöpfe vernahmen schweigend Anwins Bitte, und nach einer ruhigen Besprechung boten zwei von ihnen ihre Hilfe an.

Da die Leiche nicht an den Steinsäulen, die sich über den Zähnen und dem Kiefer gebildet hatten, vorbeigetragen werden konnte, machten die Steinzieher mit dem Schädel kurzen Prozess. Sie zerschmetterten den hinteren Teil der Hirnschale und hoben die Leiche durch das entstandene Loch. Nach wenigen Minuten waren der in Leder eingewickelte Körper sowie das große Schwert aus der Gruft befreit und auf dem Rücken eines Steinziehers festgebunden.

Jamarh war verblüfft über die Schwere der Leiche und fragte Elliana: »Warum ist der Körper so gut erhalten? Er müsste doch schon längst zu Staub zerfallen sein.«

»Ich weiß es nicht«, sagte sie ehrlich. »Vielleicht hat Telerund ihn mit einem Konservierungszauber belegt.«

»Woher wusstet ihr beide überhaupt, dass dieser Drachenschädel hier unten liegt? Er ist nicht gerade leicht zu finden.«

Elliana warf einen Blick in den hinteren Teil der Höhle, wo Telerund verschwunden war. »Er sagte mir, Krath hätte ihm diese Stelle gezeigt. Vielleicht war es wirklich so. Der Kult der Krath pflegte sich zu früheren Zeiten in der Bemalten Schlucht zu treffen und in einigen der anderen Höhlen seine dunklen Riten abzuhalten.«

»Jetzt haben sie eine Festung im Himachalgebirge«, sagte Jamarh. »Unser Großvater ist dorthin gezogen, um mit der Hohepriesterin zu sprechen.«

»Ist das die Hohepriesterin, die ihr fürchtet? Diejenige, die die Wolfetare auf euch gehetzt hat? Weiß sie, wonach ihr beiden gesucht habt?«

Jamarh sah kurz Anwin an, deren blinde Augen Elliana mit seltsamer Eindringlichkeit anstarrten. »Ich weiß es nicht. Sie hat Zauberer aus unserem Klan vergiftet. Großvater war sehr wütend darüber.«

»Das kann ich mir vorstellen«, sagte die Bärenfrau trocken. »Vielleicht sollten wir den Rat der Steinzieher beherrschen und schnell von hier verschwinden.«

Obwohl beide Kinder erschöpft waren und sich gern ausgeruht hätten, wollten sie ebenfalls rasch die Höhle verlassen und aus der Reichweite des Drachen fliehen, selbst wenn das bedeutete, sich wieder den Wolfetaren zu stellen. Der Drache war sicherlich noch in der Nähe und kochte vor Wut und Enttäuschung. Sie wollten lieber nicht daran denken, was er mit ihnen tun würde, wenn er einen Weg zurück in die Höhle fände und feststellte, dass das Grab leer war. Wenn das geschah, wollten die beiden so weit weg wie möglich sein.

»Bringe euch auf einem kürzeren Weg hinaus«, brummte einer der Steinzieher. Er hob den Kristallhund mit einer Hand hoch und hielt auf einen anderen Ausgang zu. Die Kinder und die Frau eilten ihm dankbar hinterher. Der zweite Steinzieher, der Valorians Leiche und den Sternenstein trug, folgte ihnen.

Sobald die Gruppe die Höhle verlassen hatte, zerschmetterten die verbliebenen Steinzieher den Schädel zu kleinen Stücken und trugen aus Gründen, die nur sie kannten, lediglich die Zähne fort.

Viele Stunden vergingen, bis der verletzte Drache einen Weg durch die gewundenen Schächte zurück zu der Höhle gefunden hatte. Er trat vorsichtig ein, Schritt für Schritt, und prüfte die Luft nach Spuren von Menschen, Bären oder Steinziehern. Von der Mündung des Schachtes aus fing er nur die verbliebenen Gerüche der Kinder, den metallischen Odem der Magie und den trockenen, beißenden Gestank von Knochenstaub ein.

Da die Höhle leer zu sein schien, glitt er aus seiner Deckung in den großen, offenen Raum und humpelte zu den Überresten des Grabes, das er so lange bewacht hatte. Er beschnüffelte die zertrümmerten Teile des Schädels, und seine dunklen Augen leuchteten vor Zorn. Der Sternenstein gehörte *ihm.* Er hatte ihn gestohlen und seine Macht eingesetzt, um sein Leben all die Jahre hindurch zu verlängern. Der Körper seines Feindes gehörte ihm ebenso; er war seine Siegesbeute, und bei Krath, er würde beides zurückbekommen, selbst wenn das bedeutete, dass er die Höhlen verlassen musste. Er konnte die Kinder und Elliana nicht angreifen, solange die Steinzieher bei ihnen waren, doch sobald diese Wesen weg waren, würde die kleine Gruppe nicht mehr weit kommen. Er würde sie rasch einholen, bevor die Macht seines Zaubers verblasste – bevor er zur menschlichen Gestalt zurückkehrte und sich dem Tod und den Vorboten stellen musste, welche seine Seele ins Nachleben mitnahmen.

Er knurrte aus der Tiefe seiner langen Kehle. Unbedingt musste er den Gefallenen Stern wiederbekommen! Er hatte sonst nichts mehr. Die Erinnerung an sein Leben als Mensch, als Zauberer und Valorians Enkel war in den Kerkern seines Geistes verborgen und ersetzt worden durch die Dunkelheit, die Bedürfnisse eines anderen Leibes und die unbarmherzige Notwendigkeit, um jeden Preis am Leben zu bleiben. Weil er sein eigenes Blut, den Liebling der Götter, getötet hatte, befürchtete er, dass nicht einmal Krath ihn von den Qualen Gormoths befreien konnte, wenn er starb. Nur der Sternenstein gab ihm genug Kraft, seine Seele in festem Griff zu halten. Und nur das Grauen war der Grund dafür, dass er sich an dieses Leben der Verbitterung, Leere und Not klammerte.

Sechzehn

Die Werode waren abreisebereit, als der erste Späher zur Zitadelle zurückkehrte. Die Festung war aller nützlichen Dinge beraubt, und nur Gabrias Einschreiten hatte die Klanlords davon abgehalten, die Halle in Brand zu setzen. Sie gab zu bedenken, dass die Zitadelle ein Tempel war, und es würde ihrer Suche nicht gut tun, wenn sie die Göttin Krath zu Beginn des Winters erzürnten. Schließlich stimmten die Häuptlinge ihr zu und begnügten sich damit, die Festung zu plündern und die toten Verteidiger in der großen Halle auf einen Haufen zu legen.

»Der Kult soll sich um die Seinen kümmern«, erklärte Lord Bendinor.

Trotz ihrer wachsenden Sorge um Anwin und Jamarh blieb Kelene bei Gabria, um ihren Gemahl zu pflegen und das Gegenmittel für die erkrankten Zauberer zu brauen. Rafnir war von der Magie der Priesterin schwer verwundet worden und benötigte mehrere Behandlungen mit Kelenes Heilsteinen, um sich wieder halbwegs normal zu fühlen. Er blieb mit den Verwundeten im Zelt und schlief die meiste Zeit.

Lord Athlone hingegen kam wieder zu Kräften, nachdem Kelene ihm das Gegenmittel verabreicht hatte. Er betrachtete den toten Splitter in seinem Handgelenk und machte sich sofort wieder an die Arbeit, wobei ihn seine Wut mächtig antrieb.

Als der Späher der Geldring kurz vor dem Einsetzen der Abenddämmerung zurückkehrte, warteten sowohl Lord Hendric als auch Lord Athlone am Fuß des Felsvorsprungs auf ihn. Der schlanke Späher berichtete, was er gesehen hatte.

»Ich weiß nicht, wo sie aus den Tunneln gekommen sind, aber die Sektierer haben die westliche Flanke der Berge in der Gegend des Rothirschgipfels erreicht. Sie bewegen sich auf den Hornwächter zu. Ich habe Cinion zurückgelassen, damit er ihnen folgt.«

»Wie viele sind es? Reiten oder gehen sie?«, wollte Lord Athlone wissen.

»Sie reiten, mein Lord. Es sind etwa hundertzwanzig Sektierer, eine Hand voll Soldaten und diese Priesterin.«

Lord Athlone murmelte einen Fluch. »Sie haben einen großen Vorsprung. Wir können nicht schnell genug durch das Gebirge reiten. Also müssen wir es umrunden.«

Lord Hendric nickte. »Dann müssen wir schon heute Nacht aufbrechen. Die Straße nach Norden ist frei, und der Mond wird bald aufgehen. Wir können so schnell wie möglich zum Hornwächter reiten und im Tageslicht die Spur aufnehmen.«

»Uns bleibt nichts anderes übrig. Aber der Kult hat trotzdem noch zwei Tage Vorsprung. Wenn wir den Hornwächter erreicht haben, werden sie schon fast in den Bergen sein.«

Der Geldring-Häuptling kratzte sich am graubärtigen Kinn. »Gibt es eine Möglichkeit, zuerst die Kinder zu finden? Könnte ein Hunnuli sie warnen?«

Lord Athlone schloss kurz die Augen und leistete Abbitte für sein mangelndes Erinnerungsvermögen. »Natürlich. Rafnirs Tibor kann gehen. Rafnir ist noch auf dem Weg der Besserung, also hat Tibor keinen Reiter. Ich werde ihn fragen. Inzwischen sollen sich die Werode bereit zur Abreise machen.«

Sobald die Lords Ryne und Bendinor von den Neuigkeiten in Kenntnis gesetzt worden waren, nahmen die Klanwerode ihr Abendessen zu sich und bauten das Lager ab. Diejenigen, die wegen ihrer starken Verletzungen nicht reiten konnten, wurden in Wagen gesetzt. Man würde sie im Geldring-Treld lassen, sobald man ihn erreicht hatte. Dort wollte man auch zusätzliche Vorräte und Güter aus der Zitadelle abladen, denn die Häuptlinge hatten vor, nur die unbedingt notwendigen Rationen und die schnellsten Reiter mitzunehmen. Alle anderen konnten im Treld bleiben.

Tibor brach bei Sonnenuntergang zu seiner Mission auf und verschwand in der Finsternis, nichts als ein dunkler Schatten im Wind. Da das Hunnuli schneller und ausdauernder als jedes harachianische Pferd war, konnte es ihm gelingen, die Kinder vor den Sektierern zu erreichen – falls es Anwin und Jamarh überhaupt fand.

Kelene sah hinter ihm her und gab ihm ihre Gebete mit, bevor sie sich umdrehte und sich wieder an die Arbeit machte. Einige genesene Magier hatten sich bereit erklärt, das Gegenmittel den anderen Klanen zu bringen, aber dafür musste es zuerst gut verpackt werden, und die Boten mussten in seinem Gebrauch unterwiesen werden, bevor sie sich auf den Weg machen konnten.

»Er wird sie finden«, sagte Gabria sanft, als sie neben ihre Tochter trat.

Kelene schnürte das letzte Bündel mit dem Gegengift und übergab es einem wartenden Boten. »Wenn nicht, und wenn Uthara sie zuerst findet«, sagte sie zu ihrer Mutter, »dann komme ich persönlich her und schleife diesen Ort bis auf die Grundmauern, egal was du dazu sagst.«

Gabria nickte zustimmend. »Wenn Uthara ihnen auch nur ein Haar krümmt, dann helfe ich dir dabei.«

Die Dunkelheit hatte den Tag bereits vertrieben, als die Steinzieher und die Kinder bei dem breiten Spalt ankamen, der sich in den Nachthimmel und eine enge, zerklüftete Klamm öffnete. Die Steinzieher murmelten ein rumpelndes Lebewohl, legten ihre Lasten ab und zogen sich rasch wieder in ihr Reich aus Stein und ewiger Finsternis zurück.

Anwin rief ihnen einen Abschiedsgruß hinterher und wandte dann wieder das Gesicht der kalten Luft zu, die von draußen hereinströmte. Sie hörte, wie Jamarh in von Herzen kommender Erleichterung aufseufzte, und lächelte, denn seine Gefühle waren ein Widerhall ihrer eigenen. Es war eine ungeheuerliche Erleichterung, der überwältigenden Macht der Höhlen fast entkommen zu sein.

»Und jetzt?«, fragte er. »Wir können die beiden Körper nicht über die Berge schleppen. Warum sind die Steinzieher nicht so lange bei uns geblieben, bis wir die Hunnuli wiedergefunden haben?«

»Sie haben schon genug für uns getan«, sagte Anwin und verspürte große Dankbarkeit für die Hilfe der Steinwesen.

Elliana hatte wieder ihre Bärengestalt angenommen und trottete an den Kindern vorbei. »Die Steinzieher waren klug, uns hierherzubringen. Die Hunnuli sind nicht weit entfernt. Ruht euch hier aus, während ich sie hole.«

Nachdem sie gegangen war, standen die Kinder in der frostigen Dunkelheit der Höhle neben den Leichnamen und suchten nach Worten. Beide waren so müde, dass sie kaum mehr aufrecht stehen konnten.

»Was sollen wir jetzt tun?«, flüsterte Anwin.

»Ich habe diese Höhlen satt, aber hier sind wir wenigstens windgeschützt. Ich könnte uns ein Feuer machen«, schlug Jamarh vor.

Anwin hob hoffnungsvoll das Kinn. »Ein kleines vielleicht?«

Ihre bettelnde Stimme war alles, was er brauchte, um sich auf die Suche nach Holz zu machen und am Höhleneingang ein Feuer zu entfachen. Dicht eingewickelt in ihre Mäntel saßen sie aneinandergekauert und genossen die erste richtige Wärme, seit sie vor vier Tagen das Geröllfeld verlassen hatten. Bald ergab sich Anwin der Erschöpfung, die sie plagte, und schlief ein. Jamarh versuchte angestrengt, wach zu bleiben, das Feuer in Gang zu halten und aufzupassen, doch es dauerte nicht lange, bis auch er in den Schlaf sank.

Sie hatten sich hinter einige große Felsplatten gekauert und bekamen keinerlei Bewegung außerhalb ihres Unterschlupfes mit; daher sahen sie die muskulöse, langbeinige Kreatur nicht, die in geringer Entfernung von der Spalte anhielt und den Geruch des Feuers in der frostigen Nachtbrise einsog.

Der Wolfetar hob den schweren Kopf und richtete die stumpfe Schnauze in Richtung der Höhle. Er wimmerte drängend. Sein Herr hielt neben ihm und legte ihm eine Leine um das Halsband, die er dann an einem Baumstumpf festband, damit der Wolfetar nicht sofort auf seine Beute losschoss. Mit einer Heimlichkeit, die aus jahrelanger Übung herrührte, stahl sich der Sektierer zu der Höhle, spähte um die Felsen und sah die Schläfer vor dem ersterbenden Feuer. Zufrieden zog er sich zurück und führte seinen Wolfetar die Schlucht hoch zu einem schmalen, nach Norden führenden Pfad. Bevor der Mond den Zenit erreichte, war der Sektierer zu einigen seiner Brüder gestoßen und sprach mit ihnen im Schutz einer Baumgruppe ein paar karge Worte.

»Die Kinder haben den Berg verlassen.«

»Gut. Die Priesterin wird zufrieden sein. Ich werde ihr eine Nachricht schicken.«

»Sollen wir sie aufhalten?«

»Noch nicht. Folge ihnen nur und warte auf die Hohepriesterin. Sie wird herkommen.«

Befriedigt kehrte der Späher zurück zur Schlucht, wachte und wartete.

Kurz vor Sonnenaufgang brachte Elliana die Hunnuli herbei und weckte die Kinder aus ihrem Schlaf. Das Wiedersehen war freudig und wäre viel ungestümer ausgefallen, wenn nicht die Bärenfrau und die Hunnuli den Geruch des Wolfetars im Nachtwind aufgenommen hätten. Während Anwin den beiden Hunnuli mit leisen Worten berichtete, was im Berg vorgefallen war, band Jamarh Valorians Leichnam und den Kristallhund mit Riemen am Rücken des Hengstkönigs so fest, dass sie rechts und links herabhingen. Mit Anwins und Ellianas Hilfe befestigte er die massigen Körper, das Schwert und den Stein so, dass sie nicht wegrutschen konnten. Es war eine unangenehme und lästige Arbeit, doch beide Hunnuli wollten so wichtige Gegenstände weder den Sektierern noch den Wolfetaren oder dem Drachen überlassen.

»Ich fürchte, er wird uns verfolgen«, warnte Elliana. »Die Steinzieher können ihn vielleicht für eine gewisse Zeit aufhalten, aber irgendwie wird er einen Weg nach draußen finden.« Sie tappte mit der Tatze auf den eingepackten Sternenstein, der an Valorians Leiche festgebunden war. »Das hier ist ihm noch wichtiger als Rache.«

Jamarh knüpfte den letzten Knoten, trat einen Schritt zurück und betrachtete sein Werk. »Wenn wir ebenen Boden erreicht haben, werde ich eine Ziehbahre für die Leichen bauen. Dann hast du es leichter«, sagte er zu dem Königshengst.

Wohin gehen wir jetzt?, fragte Henos.

»Zu Großmutter«, antwortete Anwin nachdrücklich. »Wir müssen den Stein zum Khulinin-Treld bringen.«

Elliana lief zum Eingang und kam wieder zurück. »Zuerst müssen wir das Gebirge verlassen. Wir gehen hinunter zum Hornwächter und entscheiden dann, welche Richtung wir einschlagen. Ich fürchte, Telerund …« Plötzlich verstummte sie und starrte angespannt zu der Spalte, die in den Berg hineinführte.

Die Bärin hat Recht. Wir brauchen weitere Informationen, bevor wir entscheiden können, wohin wir gehen. Die Dinge haben sich geändert, seit ihr den Treld verlassen habt, teilte der Hunnulikönig ihnen mit.

Anwin legte den Kopf schräg und fragte die Bärenfrau: »Kannst du die Berge jetzt verlassen? Ist deine Aufgabe erledigt?«

Elliana sah das Mädchen an. »Ich glaube schon«, sagte sie langsam. »Was ich von nun an tue, kommt nur noch meinem eigenen Seelenheil zugute.«

Anwin und Jamarh sagten nichts darauf. Sie waren so froh und erleichtert, wieder mit den Hunnuli zusammen zu sein, dass sie freudig jeden vernünftigen Vorschlag annahmen.

Mit den beiden Kindern und dem Gepäck auf dem Rücken übernahm Henos die Führung und suchte einen gangbaren Weg aus der Schlucht. Der Hunnulikönig folgte ihm mit seiner wertvollen Last, und die Bärin bildete die Nachhut. Sie reisten vorsichtig, hielten nach allen möglichen Anzeichen von Gefahr Ausschau und begaben sich die Schlucht hinunter, wo der Dunkelwurzelfluss einen Spalt in das Gebirge geschnitten hatte und auf das fruchtbare Grasland beim Hornwächter zufloss. Sie kamen nur langsam voran, denn der Pfad durch die zerklüftete Schlucht war uneben, und der Hunnulikönig musste sich mit den zwei Körpern auf dem Rücken sehr vorsichtig bewegen.

Als der Tag hinter einem Schleier aus dünnen, grauen Wolken ins Land zurückkehrte, machten die beiden Pferde und die Kinder eine kurze Rast und aßen ein wenig, während Elliana unter ihrer Rückverwandlung in eine Frau litt. Nachdem auch die Zauberin etwas gegessen hatte, stieg sie hinter Jamarh auf Henos. Da Anwin die Leichteste und Kleinste war, fand sie einen unbequemen Platz auf dem Rücken des Königs. Sie versuchte angestrengt, nicht den kalten, leblosen

Kopf ihres Hundes zu berühren, der an die linke Seite des Hunnuli gebunden war.

Der Morgen verging für Anwin in Benommenheit. Am liebsten hätte sie angehalten und sich hingelegt, doch die beiden Hunnuli hatten es eilig, denn sie wussten, dass dort, wo sich die Wolfetare befanden, auch die Eidbrecher nicht weit waren. Anwin versuchte zu schlafen, konnte es aber nicht, weil sie zu wund, hungrig und ängstlich war. Sie konnte nicht auf ihrer Flöte spielen, weil sie befürchtete, damit die Aufmerksamkeit der Wolfetare auf sich zu ziehen, und sie wollte lieber nicht an Glöckchen, den Drachen oder den Kult denken. So saß sie auf den Seilen über dem breiten Rücken des Hunnuli und dachte an gar nichts.

Die Hunnuli und ihre Reiter durchquerten die Schlucht der Länge nach und verließen schließlich die steilen Bergwände. Sie kamen in ein Land der sanften Hügel und dichten Wälder aus Fichten und Laubbäumen. Der Dunkelwurzelfluss plätscherte zwischen den Hügeln dahin und stürzte über Steinstufen hernieder. Schneefelder lagen noch in den Schatten und unter den Bäumen; sie waren die Überbleibsel eines abgezogenen Unwetters.

Am späten Nachmittag führte der Hunnulikönig Henos zu einer einsamen Lichtung in der Nähe eines der Wasserfälle und erlaubte Jamarh, Anwin und Elliana, ihm die Last und die Seile vom Rücken zu nehmen, damit er und Henos sich ausruhen und grasen konnten. Anwin nahm einen großen Schluck Wasser, wickelte sich auf einem Flecken alten Grases in ihren Umhang und schlief sofort ein. Jamarh zog ein Laken aus ihrem Gepäck und deckte sie gegen den kalten Nachmittagswind zu, der von den Berggipfeln herabwehte. Dann sammelte er Feuerholz und wollte gerade eine kleine Grube ausheben, als der Hengstkönig ihn anstieß.

Wir haben keine Zeit für ein Feuer. Ein Sturm zieht auf. Wir müssen noch weiter hinunter ins Tal gehen und einen besseren Unterschlupf finden.

Besorgt betrachtete Jamarh den Himmel und fand, dass er keineswegs stürmisch aussah. Die Wolken hatten sich verzogen, und die Sonne senkte sich durch einen makellos blauen Himmel allmählich auf die Gipfel herab. Der Wind war bestenfalls launisch. Aber wenn ein in den Bergen geborenes Hunnuli vor einem Sturm warnte, durfte Jamarh ihm nicht widersprechen. Er warf das Holz beiseite und zog seine eigene Decke hervor. Dabei fragte er sich, ob er auch Elliana eine anbieten sollte. Die Bärenfrau saß in einiger Entfernung auf einem Felsen und betrachtete so nachdenklich die Berge, dass er sie lieber nicht störte. Er setzte sich neben Valorians Leichnam und den Gefallenen Stern.

»Ich werde ihn nicht stehlen, Jamarh«, sagte die Bärenfrau und richtete die dunklen Augen auf ihn.

Er warf ihrem müden Gesicht einen raschen Blick zu und war überrascht, dass sie nun viel älter aussah als bei seiner ersten Begegnung mit ihr. Ihre Haut war blass, und die tiefblauen Augen waren von Grau überschattet. »Das hatte ich auch nicht angenommen«, sagte er leichthin, denn er hatte tatsächlich nicht an so etwas gedacht.

Das Gespenst eines Lächelns suchte ihr wunderschönes Gesicht heim. »Das glaube ich dir. Du bist eine gute Seele, Jamarh. Eine solche Falschheit würde dir gar nicht in den Sinn kommen.«

Er betrachtete einen Augenblick lang das eingewickelte Bündel des Sternensteins und fragte: »Warum willst du ihn nicht haben? Alle anderen scheinen verrückt danach zu sein.«

»Derjenige, der ihn in Händen hält, besitzt große Macht«, sagte Elliana. »Aber alles, was ich will, ist Frieden.« Ihre Stimme verhallte, und sie nahm die Betrachtung der Berge wieder auf.

Jamarh glaubte, sie sei in ihren eigenen melancholischen Gedanken abgetrieben, doch plötzlich stand sie auf und setzte sich neben ihn. Sie zögerte, dann berührte sie mit der Hand sanft die uralte lederne Leichenbedeckung.

»Ich würde diesen Stein jedem geben, der Valorian zurückrufen kann«, murmelte sie so leise, dass Jamarh sie kaum verstand.

Einer plötzlichen Eingebung folgend, entschied Jamarh, sie nicht daran zu erinnern, dass Valorian sie nicht mit gleicher Innigkeit geliebt hatte wie sie ihn. Er fragte: »Wie war er denn so?« Das hielt er für ein ungefährlicheres Thema.

»Er war so …« Sie hielt inne und suchte nach dem richtigen Wort.

Jamarh erwartete, dass sie »stark«, »edel« oder »heldenhaft« sagen würde. Doch das Wort, das sie gesucht hatte, war ein vollkommen anderes gewesen.

»Er war so traurig. Seine Frau war gestorben. Sein Hunnuli war tot. Valorian hatte seine Freunde, seinen Bruder und seine Familie überlebt.«

»Aber er hatte doch zwölf Söhne!«, rief Jamarh aus.

»Und fast alle waren fortgegangen. Sie waren ausgezogen, um der Steppe ihren Stempel aufzudrücken, und hatten jedermann mitgenommen, der sich ihnen anschließen wollte. Nur Corin, der Jüngste, war in der Nähe geblieben. Sie sind mit dem Segen ihres Vaters und dem Versprechen gegangen, einmal im Jahr zusammenzukommen und die Klanbande zu erneuern. Tun das die Leute noch?«

Jamarh hob erstaunt eine Braue. »Die Versammlung. Wir halten sie jedes Jahr beim Tir Samod ab.«

Sie saß in ihre weiße Fellrobe gekauert da und nickte beifällig. »Erzähle mir mehr über die einzelnen Völker. Was sind das für farbige Umhänge, die ihr da tragt? Warum ist Henos schwarz und weiß?«

Der Gedanke, dass jemand, der so alt war, nichts über die Geschichte und Traditionen der Klane wusste, war Jamarh noch nicht gekommen. Er hatte nicht daran gedacht, dass diese Zauberin in ihrer Bergfeste eingesperrt gewesen war und nicht einmal ein Hunnuli als Gesprächspartner gehabt hatte. Sicherlich hatte es auch niemanden gegeben, der auf ein Schwätzchen zu ihr gekommen war. Also berichtete er ihr von seinen Großeltern und Lord Medb, von der Säuberung, dem Massaker am Corin-Klan, von der Pest, von Moy Tura, von seinen Eltern und denen von Anwin, und er streute in die Geschichten Informationen über die Klane, ihre Traditionen und Lebensart ein. Währenddessen bemerkte er nicht, mit welcher grenzenlosen Begeisterung und Beredsamkeit er sprach, und für eine kleine Weile machte er die Klane für Elliana lebendig.

Sie lauschte ihm, lächelte und stellte einige Fragen. Die beständige Traurigkeit auf ihrem Gesicht wurde allmählich zu Freude. Als er schließlich zum Ende gekommen war, kehrte die Trauer zurück, und ihr Blick fiel auf den umhüllten Leichnam. »Er wäre stolz auf dich«, sagte sie sanft.

Die blaue Dämmerung hatte sich über die Hügel gelegt und deutete die Zeit von Ellianas Verwandlung an. Sie eilte tiefer in den Wald hinein und kam kurz darauf als zerzauster, großer Höhlenbär wieder hervor. Mit ihren kraftvollen Tatzen half sie, die Körper wieder auf das alte Hunnuli zu laden; dann nahm sie ihren Platz hinter den beiden Pferden ein und folgte ihnen in den Wald.

Stundenlang zog sie hinter ihnen über die dicht bewaldeten Hügel und hatte sie auch noch nicht verlassen, als der Wind die ersten Schneeflocken zwischen den Bäumen umherwirbelte.

Unglücklicherweise bemerkte niemand, als sie anhielt und misstrauisch durch den fallenden Schnee zurückschaute. Die

Hunnuli achteten zu angestrengt auf den Weg, und Anwin konnte es nicht sehen, und Jamarh bekam es nicht mit. Sie erkannten nicht, dass Elliana zurückfiel, plötzlich herumwirbelte und etwas hinter ihr anknurrte. Bevor sie ein Warngebrüll ausstoßen konnte, sackte sie bereits zusammen. Ihr Kopf schaukelte vor und zurück, und sie fiel zwischen den Felsen und umgestürzten Bäumen auf die Seite. Ihre Gefährten kämpften sich weiter voran durch die Finsternis und den aufkommenden Schneesturm und glaubten, die Bärin folgte ihnen noch immer.

Elliana erwachte und stellte fest, dass sie mit Händen und Füßen an eine schlanke Kiefer gefesselt war. In ihrem Mund steckte ein Knebel, und Schmerzen durchpulsten ihren Kopf. Sie blinzelte benommen die Gestalten um sie herum an und zuckte unter dem hellen Licht zusammen, das ihr schmerzhaft in die Augen fuhr. Entweder war es bereits Tag, oder jemand leuchtete ihr mit einer Zaubererkugel ins Gesicht.

»Sie ist wach«, sagte eine männliche Stimme neben ihr.

»Wer bist du, Zauberin? Warum hattest du die Gestalt eines Bären angenommen?«

Die zweite Stimme war eindeutig weiblich und hatte den leidenschaftslosen Klang von geschmiedetem Eisen.

Elliana zuckte unter den scharfen Worten zusammen. Verwirrt versuchte sie zu begreifen, wo sie sich befand und wie sie hierhergekommen war, doch sie konnte sich nicht erinnern. Ihr kamen die Hunnuli als schwarze Schemen im weißen, wirbelnden Schnee in den Sinn, doch ab dann wusste sie nichts mehr. Es musste Tag sein, entschied sie, denn ihre schmerzenden, fest an den Baumstamm gefesselten Hand- und Fußgelenke und ihre Schultern befanden sich in einer eindeutig menschlichen Haltung. Ein bitterer, öliger Geschmack überzog ihre Zunge.

»Wer seid ihr?«, gab sie zurück und blinzelte ihre Feinde an.

Eine Hand gab ihr eine Ohrfeige, und ihr Kopf schlug gegen den Baum. Die Kopfschmerzen wurden noch stärker.

Die weibliche Stimme sagte: »Wir sind der Kult der Krath, die Männer der Peitsche, die Anbeter der dunklen Gottheit.«

Elliana spürte, wie ihr eine Gänsehaut über den Rücken lief. Die verschwommene Gestalt vor ihr konnte nur die Priesterin sein, vor der sich die Kinder fürchteten – diejenige mit den vergifteten Pfeilen. Sie versuchte es mit gespielter Tapferkeit. »Du bist eine Frau? Bist du sicher? Jedermann weiß, dass der Kult den Dienst von Frauen nicht erlaubt.«

Ein weiterer Schlag fuhr über ihre rechte Wange und den Mund, und diesmal schmeckte sie Blut. Wütend setzte sie ihre Gabe ein, um die Magie um sie herum zusammenzuziehen und einen Zauber zu wirken, der diese schreckliche Kreatur vor ihr zu Staub zerblies, doch zu ihrem Entsetzen spürte sie nichts. Es kam keine Welle der Macht, keine Erhabenheit, keine Hitzewallung im Blut.

»Das Gift.« Sie spuckte das Wort aus und war wütend darüber, dass der Kult sie so leicht hatte überwältigen können.

Die Priesterin stieß ein schneidendes Spottgelächter aus. »Sieh es einmal so: Du brauchst dir keine Sorgen mehr über Flöhe oder diese ärgerlichen Verfilzungen in deinem Fell zu machen. Jetzt, da deine Macht tot ist, kannst du nicht mehr die Gestalt wandeln … und du kannst auch nicht mehr gegen mich kämpfen.«

Eine Hand griff Ellianas Gesicht, und ein feuriger Schmerz fuhr ihr in die Augen. Ihre Haut brannte, wurde versengt und fiel von ihren Knochen. Die Augen bohrten sich in das Hirn. Ihr Mund füllte sich mit brodelndem Blut. In ihrem Entsetzen versuchte sie zu schreien und spürte, wie Zunge und Kehle Feuer fingen.

Die Priesterin zischte ein Wort, und die Vision verschwand aus Ellianas Kopf. Die Bärenfrau sackte gegen den Baum und rang nach Luft. Die Gewalt der Bilder hatte sie verblüfft.

»Sag mir, wer du bist«, befahl die Stimme, die ihr geradewegs in den Kopf drang. »Sag mir alles über die Kinder und die Last, die sie tragen.«

Elliana wimmerte: »Nein … ich …«

Die Priesterin hob die Hand an den Kopf der Frau, und die Schreie begannen erneut.

»Hast du das gehört?«, fragte Anwin.

Jamarh hielt die Hand an das Ohr. Es war schwer, durch das Brausen des Windes in den Bäumen etwas zu hören. »Wolfetare?«

»Nein. Es hat sich angehört, als schreie jemand.«

»Das war vielleicht nur der Wind. Es zieht ein Sturm auf.«

Anwin war nicht davon überzeugt. Ihr Gehör war schärfer als das von Jamarh und erlaubte ihr, viele verschiedene Töne in der Musik des Windes zu vernehmen. Dieser ferne, angstvolle Schrei hatte nicht dazu gehört. »Ist Elliana schon zurückgekehrt?«

»Nein.« Jamarh klang entrüstet. »Die Sonne ist bereits aufgegangen, also ist sie vermutlich irgendwohin gewatschelt, um sich zu verwandeln, und hat uns noch nicht wieder eingeholt.«

Sorgen nagten an Anwin. Elliana hatte keinen Grund mehr, sich vor ihnen zu verstecken, und sie wusste, wie gefährlich es sein konnte zurückzubleiben. War ihr etwas zugestoßen?

»Hast du dieses Geräusch auch gehört?«, fragte sie das große Hunnuli.

Der Hengstkönig drehte den Kopf in den Wind. *Ich habe etwas gehört. Ich kann nicht sagen, was es war. Der Wind und die Felsen können in diesen Bergen eine seltsame Musik erzeugen.*

»Glaubst du, dass etwas nicht stimmt? Sollten wir nicht nach ihr suchen?«, beharrte Anwin.

Zuerst müssen wir einen Unterschlupf finden. Falls sie dann noch nicht zurückgekehrt ist, werde ich nach ihr suchen.

Anwin gab nach. Sie zog sich den Mantel enger um die Brust und seufzte. Vielleicht hatte sie nur Phantome im Wind gehört. Das letzte Schneegestöber hatte genauso schnell geendet, wie es begonnen hatte, und das Kreischen hatte aufgehört.

»Wann halten wir an? Ich glaube, ich habe kein Gefühl mehr in den Füßen.«

Der Wald endet bald, und hinter ihm gibt es mehrere Orte, an denen wir uns verstecken und ausruhen können.

Die Hunnuli hatten eine bemerkenswerte Ausdauer und waren in der Lage, auch dann noch zu laufen, wenn ein gewöhnliches Pferd schon lange zusammengebrochen wäre. Kinder hatten diese Gabe nicht. Zu Mittag waren Anwin und Jamarh völlig erschöpft und durchgefroren, und sogar der Königshengst bewegte sich müde unter seiner massigen Last. Sie ließen den dichten Wald hinter sich und begaben sich auf die Wiesen und in die lichteren Haine der Vorgebirge. Der Wind frischte wieder auf, aber Anwin hörte keinerlei Schreie mehr.

Kurz nach Mittag führte der Königshengst sie zu einer Stelle, wo ein großer Baum über die Ecke eines Felsvorsprungs gewachsen und irgendwann umgestürzt war. Auf diese Weise bildete er eine Zuflucht aus Stein, Holz und Erde. Die Kinder sprangen von den Hunnuli auf ihre von der Kälte tauben Füße und nahmen mit Henos' Hilfe dem König die Last ab. Das alte Hunnuli schüttelte sich dankbar, und da es zu müde zum Grasen war, begab es sich in den Unterschlupf, vertrieb dort einen verärgerten Dachs und legte sich nieder. Anwin und Jamarh drückten sich im Halbdunkel an seinen warmen Körper und schliefen sofort ein.

Henos rupfte das gefrorene, getrocknete Gras unter dem Schnee ab und wartete. Als seine drei Gefährten schliefen, trottete er einige Meilen auf dem Weg, der sie hergeführt hatte, zurück und suchte nach Elliana. Anwin hatte Recht gehabt.

Das Kreischen, das sie im Wind gehört hatte, war nicht natürlichen Ursprungs gewesen. Er befürchtete, der Kult könnte die Bärenfrau getötet oder gefangen genommen haben, was für seine kleine Gruppe nichts Gutes bedeuten würde. Er lief von einem Hügel zum anderen, schnupperte im Wind, suchte nach Spuren, fand aber keine. Selbst die Späher der Sektierer waren nirgendwo zu bemerken. Schließlich gab der junge Hengst auf und galoppierte zurück zu dem Unterschlupf, damit er sich ausruhen konnte, bevor die Reise fortgesetzt wurde.

Er war erst kurze Zeit zurück, als der Hunnulikönig aus dem Schlaf aufwachte und die Kinder weckte. Aus den niedrig hängenden Wolken fiel wieder Schnee, und die Dunkelheit breitete sich rasch aus.

»Vielleicht sollten wir die Nacht hier verbringen«, wagte Jamarh vorzuschlagen. Er war sich nicht sicher, ob er die Kraft hatte, die Leichen wieder auf den Rücken des Königs zu heben.

Anwin sagte nichts. Ihre Augen schienen ferne Visionen zu erblicken, die nur sie sehen konnte.

Möglicherweise haben die Späher unsere Spur verloren, und ich habe keine Anzeichen von Elliana gesehen. Vielleicht ist sie in ihre Höhle zurückgekehrt, berichtete Henos.

Vielleicht, meinte der alte Hengst nachdenklich. *Aber ich bezweifle das. Weiter unten im Vorgebirge gibt es eine bessere und leichter zu verteidigende Höhle. Von dort aus ist es nur noch ein kurzer Weg bis in die Steppe.*

Jamarh ergab sich mit einem lauten Seufzen in das Unvermeidliche und lud die beiden Leichen wieder auf. Anwin und Henos halfen ihm dabei, und schließlich war es vollbracht, doch Jamarh vermisste zum ersten Mal die starken Pranken und große Reichweite der weißen Bärin.

Als sie aufbrachen, schneite es wieder. Vom Wind getriebene weiße Wellen legten sich still auf den Boden und verwandelten die Welt in ein seltsames Reich aus weißen Hügeln und dicken weißen Bäumen. Dunkle, undeutliche Schatten lagerten dort, wo immergrüne Gewächse standen, und die Berggipfel verschwanden hinter einem Schleier aus Wolken, Wind und treibendem Schnee.

An einem solchen Abend aus verschwommenem Schwarz und wirbelndem Weiß war Henos' geflecktes Fell fast unsichtbar. Das hatte Jamarh schon früher am Tag während des langen Ritts bemerkt, doch er begriff die Wichtigkeit dieser Beobachtung erst, als sie in einen lang gezogenen, schmalen Kiefernhain ritten.

Plötzlich flammten vor ihnen Fackeln auf, und ein Chor von Wolfetar-Stimmen heulte zu beiden Seiten in der Dunkelheit.

Das ist ein Hinterhalt!, wieherte der Hunnulikönig.

In diesem Augenblick lähmender Furcht traf Jamarh eine rasche Entscheidung. Er warf ein Bein über Henos und glitt zu Boden. Der König wurde von den Bäumen und seiner beschwerlichen Last behindert, doch das jüngere Hunnuli befand sich mehrere Schritte hinter seinem Gefährten und hatte genügend Platz für ein Manöver.

»Los, Henos, los! Suche Onkel Rafnir und Großvater. Such irgendjemanden. Hol Hilfe!«, zischte der Junge so laut, wie er sich getraute.

Henos rollte in der Dunkelheit mit den Augen und zögerte. *Nein! Ich kann dich nicht allein lassen.*

Jamarh schlug ihm auf die Schulter, um ihn fortzutreiben. »Du musst. Du bist schneller als alle anderen hier. Nur du kannst Hilfe holen.«

Ohne auf einen weiteren Einwand zu warten, zog Jamarh sein Schwert und preschte vor. Er betete darum, dass die Sektierer das fliehende Pferd in dem treibenden Schnee nicht sahen. In der Düsternis hörte er das Hufgetrappel rasch hinter ihm leiser werden. Falls jemand dort darauf wartete, einen Fluchtversuch zu vereiteln, würde er es hoffentlich schwer haben, das Fohlen in diesem Sturm überhaupt zu erkennen.

»Bleib sofort stehen!«, rief eine Stimme aus dem Schnee. »Wenn du dich bewegst, werden wir dich niedermachen.«

Ein Pfeil bohrte sich in einen Baumstamm knapp über Anwins Kopf.

»Schnell, Anwin, einen Schild!«, rief Jamarh, kletterte auf den Rücken des Hunnulikönigs und setzte sich hinter seine Kusine.

Er packte sie um die Hüfte, gerade als sich ein Zauberschild über die beiden Kinder und das Hunnuli stülpte. Schnee zischte auf seinen rot-goldenen Wänden, und ein rotes Licht glänzte unter den Hufen des Hengstes. Innerhalb des Schildes erwärmte sich die Luft von der Körperwärme und der Magie.

Jamarh schaute seine Kusine an und sah, dass ihr Gesicht reglos vor Anspannung war. Weder sie noch der König machten eine Bemerkung über Henos' Abwesenheit. Sie hatten gehört, wie das Fohlen davongaloppiert war, und kannten den Grund dafür. Der Schild würde sie nicht lange schützen, doch er verschaffte Henos Zeit. Auf ihm ruhte all ihre Hoffnung.

Plötzlich brach in der Dunkelheit hinter ihnen Geheul aus.

Wolfetare überholten sie und machten sich auf die Jagd nach dem Pferd.

»Nein«, keuchte Jamarh voller Entsetzen darüber, was er getan hatte.

Sie hörten ein durchdringendes Wiehern wie von einem verwundeten Pferd und weiteres Geheul; dann verstummten die Geräusche, und die Kinder vernahmen nur mehr den Wind in den Bäumen.

Siebzehn

»Senkt euren Schild. Er hilft euch nicht.«

Anwin hob den Kopf. Auch Jamarh schaute auf und sah eine große Gestalt in einem Umhang auf einer Erhebung zwischen blattlosen Bäumen. Das Fackellicht durchdrang nicht die Schatten auf dem Gesicht der Gestalt, aber ihre Stimme war unverkennbar weiblich.

»Euer schnellstes Pferd ist nicht mehr da, und eure Magie hat gegen meine keinen Bestand. Senkt euren Schild«, wiederholte die Stimme.

»Was hast du mit Elliana gemacht?«, rief Anwin.

Die schwarz gekleidete Gestalt gab zwei Sektierern ein Zeichen, woraufhin sie eine weißhaarige Frau ins Fackellicht zerrten. Einer der Männer riss ihr den Kopf hoch.

»Das ist Elliana«, sagte Jamarh heiser zu Anwin. »Sie scheint bewusstlos zu sein.« Sein jungenhaftes Gesicht war erstarrt vor kaum beherrschbarer Wut und Trauer, und seine Stimme klang härter und tiefer, als es Anwin bei ihm je bemerkt hatte. Sie spürte, wie die Kraft durch den Schild brandete, als Jamarh ihr zu Hilfe kam.

»Ist sie in Bärengestalt?«, flüsterte Anwin.

Einen Moment lang erhellte Überraschung seinen Tonfall. »Nein. Sie ist noch eine Frau, und es ist schon nach Sonnenuntergang.«

»Dann ist sie bestimmt vergiftet worden. Ohne ihre Magie …«

»… kann sie uns nicht helfen«, beendete Jamarh den Satz.

»Was sollen wir tun?«, fragte er den Hunnulikönig.

Wer ist diese Frau?

»Ich vermute, sie ist die Priesterin, von der Großvater gesprochen hat. Aber was tut sie hier? Ich war der Meinung, dass sich der größte Teil des Kultes in der Festung befindet.«

Diese Frau ist eine Zauberin. Der Hengst sprach mit großer Gewissheit. *Aber sie gehört nicht zu Amara. Ihr könnt ihr nicht vertrauen.*

»Das wissen wir!«, zischte Jamarh voller Ungeduld, Angst und Sorge.

Ein gleißendes, blauweißes Licht explodierte auf dem Schild, und die durchscheinenden Wände erbebten. Anwin zuckte zusammen, gab aber nicht auf.

»Senkt euren Schild«, verlangte die Frau erneut. »Dann werde ich eure Gefährtin verschonen.«

Die Eidbrecher zogen Elliana auf die Beine. Die Bärenfrau war kaum bei Bewusstsein und konnte nicht aus eigener Kraft stehen. Sie hielten sie hoch, damit Jamarh sie sehen konnte, und warfen sie dann in den Schnee.

Zur Bekräftigung ihrer Drohung feuerte die Priesterin einen weiteren Schuss trymianischer Kraft auf den Schild der Kinder. Die Kugel zischte versengend durch den Schnee und prallte mit gewaltiger Kraft gegen das rote Energiefeld. Ein lauter Knall hallte zwischen den Bäumen wider.

Einige Hügel weiter südlich von dem Wäldchen, in dem die Kinder gefangen gehalten wurden, fing ein schwarzes Hunnuli das leise Geräusch des Knalls auf. Es hob den Kopf und drehte die Ohren in die Richtung des Lautes. An diesem stürmischen Abend war das Geräusch für das Tier sowohl vertraut als auch unerwartet. Es brachte Hoffnung und Sorge, denn es half dabei, diejenigen zu finden, nach denen der Hengst in diesen zerklüfteten Bergen suchte, doch welche

Gefahren entstanden durch den Gebrauch der trymianischen Kraft?

Tibor fiel in einen vorsichtigen Galopp und sog den Wind mit geblähten Nüstern ein, als er eine schmale Klamm übersprang und den dahinter liegenden Hügel hinaufrannte. Der Wind kam nicht aus einer bestimmten Richtung, sondern blies von hier und dort in launischen Stößen, während er sich zu einem großen Sturm zusammenbraute.

Es war einer jener Luftstöße, der drei vertraute Gerüche aus geringer Entfernung mitbrachte. Die von Henos, von Blut und von den Wolfetaren.

Tibor galoppierte los.

Die dritte Kugel explodierte mit ungeheurer Macht am Zauberschild. Diesmal zog Anwin ihre Hände weg und beugte sich weinend über sie. Die Macht des Schildes verebbte.

Jamarh biss die Zähne zusammen und versuchte die Schmerzen in seinen Händen zu ignorieren. Er wusste, dass er allein den Schild nicht lange aufrechterhalten konnte, doch er durfte ihn nicht zusammenbrechen lassen. Noch nicht. Er kam aus einer sturen Familie und gab nicht so schnell auf. Nicht, solange der Gefallene Stern und Valorians Leichnam noch ihnen gehörte.

»Kannst du nicht von hier weglaufen? Wir können den Schild zusammen mit dir bewegen«, sagte er zu dem Hunnuli.

Anwin richtete sich wieder auf, hatte aber die Hände immer noch unter dem Mantel zusammengeballt. »Und was ist mit Elliana?«

»Was mit ihr ist? Sie ist ihre Gefangene. Wir können ihr jetzt nicht mehr helfen!«, sagte Jamarh scharf.

Haltet euch fest, befahl das Hunnuli mit tiefer Stimme.

Es stellte sich auf die Hinterbeine, spannte die Muskeln

und Sehnen an, drückte den Kopf gegen die Brust und legte die Ohren an. Es machte einen mächtigen Sprung und schoss zwischen den Bäumen an den schweigenden Gestalten vor ihm vorbei.

Durch den plötzlichen Sprung wurde Anwins Kopf zurückgerissen, und Jamarh wäre beinahe vom Pferd gefallen. Beide Kinder kämpften darum, sich an dem Hunnulikönig festhalten zu können, und für die Spanne einiger Herzschläge dachten sie nicht mehr an den Schild.

Die Priesterin nutzte diesen Vorteil aus und feuerte eine weitere Kugel aus trymianischer Kraft auf einen Punkt vor den Hufen des Hunnuli.

In Anwins Dunkelheit schien die Welt zu explodieren.

Ihr Schild wurde auseinandergerissen, wirbelte in einem unbeherrschbaren Sturm aus wilder Magie um sie herum und löste sich plötzlich auf. Der eiskalte Wind traf sie wie ein Schlag.

Die Macht der Explosion drückte den Hunnulikönig beiseite. Er kämpfte darum, das Gleichgewicht zu behalten, warf dabei Jamarh in den Schnee, prallte mit der Schulter gegen einen großen Baumstamm und stürzte in ein Durcheinander aus kleinen Tannen, aufgehäuftem Schnee, Seilen und verdrehten Beinen.

Anwin ging neben ihm zu Boden, und nur der feste Kristallkörper ihres Hundes schützte sie davor, von der schweren Masse des Pferdes zerdrückt zu werden. Still lag sie im kalten Schnee; ihre Beine und Hüften steckten unter dem alten Pferd fest. In ihrem Kopf dröhnte es schmerzhaft, und Blut tropfte aus ihrer Nase. Das Hunnuli über ihr bewegte sich nicht; vielleicht hatte es Angst, sie zu verletzen. Von Jamarh hörte sie keinen Laut.

Harte, starke Hände packten sie plötzlich an den Armen und zogen heftig an ihr. Sie schrie vor Schmerzen auf, konnte sich unter dem Gewicht des alten Hengstes aber nicht wegdrehen.

»Das Pferd ist nicht tot, Priesterin«, sagte einer der Sektierer dicht neben Anwins Kopf. »Was sollen wir mit ihm machen?«

»Nehmt es mit, wenn es noch gehen kann«, erwiderte eine näher kommende Stimme. »Wenn nicht, überlasst es den Wolfetaren. Der Junge ist von einem Pfeil getroffen. Nehmt ihn und das Mädchen sowie die Sachen mit, die das Pferd getragen hat. Ich möchte sie mir in besserem Licht ansehen.«

Vom Pfeil getroffen?, dachte Anwin erschüttert. Erst Glöckchen, dann Elliana und Henos und jetzt auch noch Jamarh und der Königshengst. Einer nach dem anderen hatte sie verlassen, und nun stand sie der Katastrophe allein gegenüber.

Stimmen brüllten, Peitschen knallten, und das große Hunnuli bewegte sich ein wenig, sodass Anwin aufstehen konnte. Sie erbebte unter der groben Hand eines Sektierers und lauschte, während die Männer den Sternenstein, den Kristallhund und Valorians Leichnam aufhoben und das Hunnuli wieder auf die Beine stellten.

Obwohl es sich am rechten Hinterbein verletzt hatte und stark humpelte, konnte es langsam zwischen den Bäumen hergehen. Anwin folgte ihm zusammen mit fünf Sektierern. Einer davon trug Elliana, ein anderer Jamarh.

Sie gingen und stolperten etwa eine Viertelmeile durch den Wald, bis sie zu einer tiefen Senke zwischen mehreren breiten Hügeln kamen. Hier hatte der Kult ein Lager aufgeschlagen, und einige große Feuer brannten, um wenigstens die bitterste Kälte abzuwehren.

Elliana und den Kindern wurde es nicht erlaubt, vor einem der Feuer Platz zu nehmen. Ihre Wächter brachten sie zu einem kleinen, grob errichteten Unterstand, schoben sie nach drinnen und verschlossen die Tür.

Anwin hörte kein verräterisches Knirschen im Schnee, das den Rückzug der Wachen angezeigt hätte. Sie lag still da, Tränen sammelten sich in ihren Augen. »Was sollen wir jetzt tun? Sie hat den Gefallenen Stern«, wimmerte sie zu sich selbst.

»Ausruhen«, antwortete die Bärenfrau.

Anwin streckte in der Dunkelheit die Hand aus und berührte die Frau am Arm. »Elliana! Ich dachte, du wärest vergiftet. Was ist passiert?«

»Ein Gegenmittel.« Die Frau konnte nur flüstern, und Anwin musste sich anstrengen, um sie zu verstehen. »Meine Magie ist fort. Der Stein ist fort. Valorian ebenfalls. Alles ist verloren.« Elliana verstummte und rang mühsam nach Luft. »Du musst dich ihr entgegenstellen.«

»Ich?« Anwin hörte, wie ihre Stimme schrillte, aber sie war so entsetzt, dass es ihr egal war. »Das kann ich nicht! Ich weiß nicht, wie ich das anfangen soll.«

»Valorian hat mir einmal gesagt: ›In großer Not leuchtet die wahre Begabung hervor.‹ Ich habe sie in dir gesehen.« Ellianas schwache Stimme wurde immer leiser.

Anwin gab darauf keine Antwort. Sie saß zitternd unter ihrem Umhang und fühlte sich, als wäre ihr Körper eine einzige Wunde. Sie lauschte auf ihre Gefährten und stellte fest, dass beide entweder schliefen oder bewusstlos waren. Anwin vergewisserte sich, dass sie eng aneinander lagen, damit ihre Körperwärme nicht verflog. Dann bedeckte sie die beiden so gut wie möglich mit Laken. Sie brauchten einen Heiler oder, besser noch, ihre Mutter.

Tränen rannen über Anwins schmutziges Gesicht. Sie wollte sich nicht der Priesterin gegenüberstellen. Diese Frau hatte große Erfahrung; sie war stark und ehrgeizig und hatte die Kunst der Magie erlernt. Wie könnte sie gegen so jemanden bestehen? Ihre Großmutter oder ihre Mutter wären besser dazu geeignet, eine Zauberin wie Uthara herauszufordern. Aber wo steckten sie? Hatten ihre Eltern bereits von Anwins und Jamarhs Flucht aus dem Khulinin-Treld erfahren? Suchte man nach ihnen? Ihre Mutter würde sehr wütend auf sie sein, aber Anwin hätte alles dafür gegeben, wenn in diesem Augenblick ihre Mutter hereingekommen wäre.

Leider kam niemand. Keine Hörner verkündeten einen Angriff, keine Hunnuli donnerten in das Lager, es ertönte kein Schlachtenlärm. Da waren nur die üblichen Geräusche eines Lagers, in dem man sich auf eine lange, kalte Nacht vorbereitete. Anwin jammerte leise, kauerte sich an Jamarh und wartete.

Sie musste nicht lange warten. Kurze Zeit später knirschten Stiefel draußen über den Schnee, und Anwin hörte eine Bewegung bei der Tür. Sie schmiegte sich noch enger an Jamarh und versuchte so zu tun, als schliefe sie.

»Komm her, Mädchen«, befahl ein Mann. Als sie sich nicht bewegte, griff der Sektierer in den Verschlag und zerrte sie grob heraus. Halb führte und halb trug er sie durch das Lager und drückte sie vor einem knisternden Feuer auf die Knie. Anwin spürte die Wärme auf ihrem Gesicht wie ein Gnadengeschenk. Sie hielt die geschwollenen, gerissenen Hände in Richtung der Flammen und atmete den wundervollen Duft des Rauches ein.

»Du hast meine Männer auf eine wahrhaft lustige Jagd geschickt«, sagte die vertraute Frauenstimme.

Anwin hörte sie links von sich in großer Nähe, und obwohl sie unter dem Klang dieser kalten Stimme zusammenzuckte, rückte sie nicht von ihr ab. Die Wärme des Feuers hatte sie allzu dringend nötig.

»Ich habe deinen Weg mit großer Aufmerksamkeit verfolgt«, fuhr die Stimme in geschäftsmäßigem Ton fort. »Vier

Tage lang habe ich mich gefragt, was du wohl tust. Weglaufen? Nach etwas suchen? Warum hast du die Sicherheit deines Trelds verlassen und bist zu dieser Jahreszeit durch das Gebirge gezogen?«

Anwin sagte nichts darauf. Sie roch den Dampf, der unter der Hitze des Feuers aus ihrem feuchten Umhang aufstieg, und irgendwo nahebei weichte jemand etwas ein, das grauenhaft stank.

»Ich weiß, dass du die Tochter von Kelenc und Rafnir bist. Wie heißt du?«

Das lange Schweigen wurde von dem Knistern und Knacken des brennenden Holzes sowie dem Knirschen und Ächzen der Bäume im Wind ausgefüllt.

»Hmm. Wie lautet der Name des Jungen, der bei dir ist? Ich glaube, er ist Savarons Sohn.« Als Anwin sich immer noch zu antworten weigerte, beugte sich Uthara zu ihr vor und sagte: »Ihr beide seid Enkel von Athlone und Gabria, Abkömmlinge von Lord Savaric. Vielleicht interessiert es dich zu wissen, dass wir miteinander verwandt sind. Ich bin deine Kusine, die Tochter Seths, des Bruders von Lord Savaric.«

Anwin drehte der Priesterin das Gesicht zu. Ihre blicklosen Augen starrten in die Dunkelheit. Wenn sie sich genügend anstrengte, glaubte sie dunkelblaue Wirbel und purpurne Schwaden zu sehen, die sich um die Aura dieser Frau wanden. Das verursachte ihr ein unangenehmes Gefühl in der Magengegend, und rasch wandte sie sich wieder ab.

»Es wird dich freuen zu hören«, fuhr Uthara fort, »dass ich den Leichnam, den ihr mitgebracht habt, nicht entweiht habe. Die Gestaltwandlerin hat mir gesagt, es handle sich um Valorian. Das ist ja ein erstaunlicher Fund. Ich kann ihn hervorragend gebrauchen, um meinem Feldzug Nachdruck zu verleihen. Den größten Dank aber schulde ich dir für den Gefallenen Stern. Woher wusstest du, wo du nach ihm suchen musstest?«

»Ich habe es nicht gewusst. Die Bärin hat es uns gezeigt«, sagte Anwin schließlich.

»Ah, endlich spricht das Kind. Aber warum ist die Bärin bis zum Khulinin-Treld gekommen, um dich zu suchen? Und warum bist du mit ihr gegangen?«

»Amara hat es mir befohlen«, sagte Anwin nur.

Sie hörte, wie die Priesterin scharf die Luft einsog und flüsterte: »Das ist unmöglich.«

Plötzlich hob Anwin den Kopf und starrte Uthara mit ihren tränennassen, blicklosen Augen an. »Warum? Warum ist es so schwierig für dich, das zu glauben?«, rief sie. »Du verehrst Krath und willst in ihrem Namen die Klantraditionen zerstören! Warum regt es dich auf, dass Amara um das Gleichgewicht kämpft?«

Mit einer Stimme, in der starker Fanatismus mitschwang, höhnte Uthara: »Indem sie ein Kind benutzt? Das glaube ich nicht. Ich glaube, Krath hat dir erlaubt, ins Gebirge zu gehen und den Stein zu finden, und sie hat dich und den Stein zu mir geführt!« Sie griff in einen Beutel, der mit einer Schnur zugezurrt war, und holte eine kleine Glasphiole hervor, die sie Anwin in die Hand drückte. »Gib dieses Mittel deinem Vetter. Ich will, dass ihr beide bei der letzten Niederlage der Klanmagier wach seid.«

Dann ergriff jemand Anwins Arm, zog sie vom Feuer weg und brachte sie zurück in den kalten Verschlag. Sie kroch hinein und drängte sich an Jamarh. Sie zitterte so sehr, dass sie kaum den Pfropfen von der Flasche bekam, und als sie es schließlich doch geschafft hatte, hätte sie Jamarh den Inhalt beinahe über das Gesicht gegossen. Ein durchdringender, unangenehmer Geruch erfüllte ihre Nase. Sie erkannte Guarwurzel, schwarzen Mohn, Fingerhut und andere Zutaten nebst einer Spur von etwas, das sie nicht erkannte. Sie schlug mit dem Finger auf die Flasche, und eine ölige Flüssigkeit tropfte in Jamarhs Mund. Er hustete einmal, schluckte und lag dann still.

Anwin breitete die Mäntel und Ellianas Pelzrobe über sich und die beiden anderen und drückte sich so eng wie möglich an Jamarh. Sie zitterte noch lange, doch als die Nacht voranschritt, fiel dichter Schnee auf die Wälder und Berge und legte sich wie ein Laken über das abgeschiedene Lager der Sektierer. Schließlich bedeckte er auch den behelfsmäßigen Verschlag, in dem die Bärenfrau und die Kinder lagen, und unter dieser Schicht blieb wenigstens ein bisschen Wärme zurück. Endlich fiel Anwin neben Jamarh in einen ruhelosen Schlummer, der von schlechten Träumen und dem Heulen der Wolfetare gestört wurde.

Am nächsten Morgen erwachte Anwin durch die Geräusche im Lager. Pferde wieherten, Männer riefen, und in der Ferne rief die Priesterin ihre Befehle.

Jamarh blinzelte im schwachen Licht, das durch die Wände fiel. »Was für ein Alptraum«, flüsterte er.

»Geht es dir gut?«, fragte Anwin, während sie sich aufsetzte.

Ihr Vetter ächzte. »Es wird mir dann gut gehen, wenn ich alle Bruchstücke meines Kopfes wiedergefunden habe und meine Schulter nicht mehr weh tut.« Er jammerte erneut auf und fügte in einem Tonfall großen Leids hinzu: »Außerdem habe ich mein Schwert verloren.«

»Das ist noch nicht alles«, sagte Anwin traurig. Bevor sie ihm von dem Gift und dem Gegenmittel erzählen konnte, wurde der Eingang geöffnet, und ein grimmig aussehender Sektierer beugte sich in den Verschlag und drückte Anwin einen Topf mit einer dampfenden Flüssigkeit in die Hände.

»Trinkt das, ihr alle. Und dann kommt heraus«, befahl er.

Anwin erkannte den scheußlichen Geruch wieder. »Was ist das?«, fragte sie und rümpfte die Nase. »Grauflechte, rote Buschstängel, Weidenborke …«

Der Sektierer war beeindruckt von ihrem Wissen und antwortete: »Und Gelbspross. Es riecht wie Dung, aber es ist heiß und nahrhaft. Es wird euch Stärke für die Reise geben, die vor euch liegt.«

»Was für eine Reise?«, brummte Jamarh.

»Wir reiten zu den Klanen.«

Anwin bekam wieder Hoffnung. Sie hielt sich die Nase zu, nahm einen großen Schluck und gab den Topf an Jamarh und Elliana weiter, die sich allmählich ebenfalls regte. Es schmeckte faulig, bitter und nach Unkraut, doch die Flüssigkeit glitt Anwins Kehle herunter und verbreitete eine willkommene Wärme in ihrem Magen. Die drei waren so hungrig, dass sie den Topf bis auf den letzten Tropfen leerten. Anwin zog eine Grimasse wegen des Geschmacks und kletterte aus dem Verschlag, dicht gefolgt von Jamarh.

Die Bärenfrau reckte und streckte sich. Sie ächzte, kroch hinter den beiden her und blinzelte in das gedämpfte Licht des Morgens. Bei dieser Beleuchtung sah Elliana scheußlich aus. Ihre Augen waren geweitet und von großen grauen Ringen umschattet. Prellungen färbten ihren Hals und die Unterarme, und Blut sprenkelte einen Teil ihres weißen Haares. Sie zitterte und zog sich die Kapuze ihrer Robe über den Kopf.

Vor dem Zelt starrten zwei Eidbrecher mitleidslos die kleine Gruppe an und versperrten ihr den Weg. Die Männer trugen keine Schwerter, sondern hielten die Hände dicht über den schwarzen Peitschen an ihren Hüften.

Ein leichter Schneeschauer ging nieder, aber der Wind hatte sich gelegt, und der Sturm war südwärts an den Bergflanken weitergezogen. Im Lager der Sektierer bewegten sich die

Männer und ein paar Frauen zielstrebig durch den Schnee, sattelten Pferde, packten die Ausrüstung zusammen und brachen die Zelte ab.

»Oh, da kommt sie«, murmelte Jamarh Anwin zu.

Anwin brauchte nicht zu fragen, wen er damit meinte. Sie hörte, wie jemand durch den Schnee auf sie zu stampfte, und nach der Heftigkeit der Schritte zu urteilen, war dieser Jemand sehr wütend.

»Wie macht ihr das?«, wollte die Frau wissen. Sie hielt Elliana eine Hand voll Kristallsplitter unter die Nase.

»Was meint sie?«, flüsterte Anwin zu Jamarh.

»Ich glaube, sie will sich einen Diamantsplitter ins Handgelenk einsetzen. An einem ihrer Gelenke klebt schon Blut, und ...«

»Ja!«, rief Uthara in einem Tonfall, der so spitz wie ein Speer war. »Heute stellen wir den Klanweroden einen Hinterhalt, und ich werde mich meinen Feinden als ebenbürtig erweisen.«

»Einen Hinterhalt?«, keuchte Anwin.

Die Priesterin hörte sie nicht. Sie packte Ellianas Handgelenk, drehte es um und starrte auf den schmalen Splitter unmittelbar unter der Haut.

Jamarh schaute ihn ebenfalls an. Das rote Glühen von Ellianas Splitter war genauso erloschen wie bei seinem Vater.

Uthara runzelte die Stirn. »Das ist es, was ich brauche. Zeig mir, wie ich ihn einsetzen muss.«

Elliana zerrte ihre Hand frei. Bevor Uthara sie aufhalten konnte, zog sie einen Splitter aus der Hand der Priesterin und hielt ihn nachdenklich gegen das Licht. »Du kannst es nicht allein tun. Du brauchst Hilfe.« Sie nahm den Splitter in die andere Hand, schloss die Finger darum, senkte den Arm und ließ den Ärmel über ihr Handgelenk gleiten. »Außerdem gibt es dafür eine Zeremonie.«

Zu ihrer Überraschung sah Anwin ein kleines rotes Flackern dort, wo nach ihrer Vermutung Elliana stand. Sie hielt den Kopf schräg und richtete ihre ganze Aufmerksamkeit auf die beiden Frauen. Irgendetwas war soeben geschehen, aber sie wusste nicht, was es war.

»Dann tu es jetzt«, befahl die Priesterin.

Elliana sackte unter dem eisernen Blick der Frau in Schwarz ein wenig zusammen. Sie schaute zu Boden und murmelte: »Ich kenne die Zeremonie nicht.« Verstohlen ließ sie den Splitter in die andere Hand gleiten und hielt sie Uthara hin.

»Seth kannte sie«, meinte Anwin. »So heißt es wenigstens in einem Lied. Der Hohepriester hat den Splitter in Großmutters Handgelenk eingesetzt. Oh«, fügte sie mit einer Miene der Unschuld hinzu. »Er kann dir ja gar nicht helfen. Du hast ihn schließlich umgebracht.«

»Unverschämtes Gör«, spie die Priesterin aus. Sie nahm Elliana den Splitter wieder ab. »Ich gebe dir Zeit zum Nachdenken, aber wenn du bei unserer Abreise immer noch keine Idee hast, werde ich dich auspeitschen lassen und den Wolfetaren zum Fraß vorwerfen.«

Sie schlenderte fort; ihre dunkle Robe und ihr Umhang umflossen ihren großen, schlanken Körper.

»Vielleicht könnten wir eine Zeremonie erfinden«, schlug Jamarh vor.

Elliana umfasste ihr Handgelenk und sah nachdenklich in den Himmel. »Ich werde darüber nachdenken. Anwin, hast du noch deine Flöte?«

Anwins Hand fuhr in die lange Tasche ihrer sackartigen Hose und suchte nach dem schlanken Instrument in seinem weichen Futteral. Wie durch ein Wunder hatte die Flöte bisher alles überstanden und fühlte sich unter Anwins Fingern unbeschädigt an. »Ja. Warum?«

»Dich hat sie noch nicht vergiftet. Ich weiß nicht, warum.

Vielleicht glaubt sie, ein blindes Kind sei keine Gefahr für sie. Behalte deine Flöte erst einmal für dich und zeige sie niemandem. Möglicherweise wirst du sie noch brauchen.«

Sie hatten keine Zeit mehr, sich weiter miteinander zu unterhalten. Man brachte ihnen Pferde – schmuddelige, zerzauste harachianische Pferde, die sowohl Sattel als auch Zaumzeug benötigten. Besorgt sah sich Jamarh nach dem Hunnulikönig um und entdeckte ihn angebunden zwischen zwei Gruppen kleinerer Pferde. Das alte Tier humpelte schrecklich, aber es hatte den Kopf gehoben und die Ohren in einem offensichtlichen Ausdruck höchster Wut aufgerichtet. Sein Atem trieb in der kalten Luft.

Ein Mann in Schwarz kam und hob Anwin und Jamarh auf ein Pferd; dann fesselte er ihnen die Hände und band ihre Füße am Sattel fest. Elliana wurde auf dieselbe Weise behandelt.

Peitschen knallten in der frostigen Luft des Sonnenaufgangs, als sich die Kavalkade formierte. Bei den Aufbruchsvorbereitungen der Eidbrecher gab es keine Lieder, keine Freudenrufe oder andere Zeichen von Begeisterung, sondern nur kalte Geschäftsmäßigkeit. Kurze Zeit später übernahmen die Späher die Vorhut, Befehle wurden gebrüllt, und die Truppe bewegte sich hinaus in den beißenden Wind.

Wegen der Kälte und der schlechten Sicht kamen die Sektierer nur langsam voran. Sie verließen das Vorgebirge in südöstlicher Richtung und begaben sich auf das Tal des Hornwächters zu, wo sie Futter für die Pferde finden würden und leichter reisen konnten.

Jamarh und Anwin unterhielten sich leise über ihr Ziel und darüber, wie sie ihre Klane vor dem Hinterhalt warnen könnten, bis die Kälte zu viel für sie wurde und sie verstummten. Die Hände und Füße wurden ihnen taub und fügten ihren Leiden die Sorge um Erfrierungen hinzu. Der Hunger nagte in ihren Eingeweiden. Der Flechtentee – oder was immer es für eine Flüssigkeit gewesen sein mochte – hatte den bohrenden Hunger nicht besänftigen können, den die Kälte und die Anstrengungen der Reise hervorriefen. Am späten Morgen hätte Jamarh das Pferd, auf dem er saß, mitsamt dem Sattel und allem anderen verspeisen können.

Kurz vor Mittag befahl die Priesterin anzuhalten, damit sich die Pferde ausruhen konnten. Die Reisenden nutzten die Pause, um etwas zu essen. Jemand brachte den Gefangenen weiteren Tee, ein wenig Dörrfleisch und Pfadkuchen. Diesmal beschwerte sich Anwin nicht. Sie schlang alles hinunter und spülte mit dem ekligen Tee nach.

Sie und Jamarh waren so sehr mit Essen beschäftigt, dass sie den erneuten Schneefal! gar nicht bemerkten. Zuerst trieben die Flocken sanft umher, tanzten aus dem Himmel und flogen auf dem Wind dahin.

Doch Elliana hob den Kopf und sah nachdenklich in den grauen, drohenden Himmel. Eilig beendete sie ihr mageres Mahl, während der Schnee immer dichter und heftiger fiel. Nach kurzer Zeit waren die näher gelegenen Berggipfel hinter einer Wolkenwand verschwunden, und die Bäume und Hügel verschwammen in dem Schneegestöber. Vermutlich würde es nicht lange andauern. In dieser Jahreszeit waren die Schneefälle nicht von langer Dauer, und der Hauptteil des Sturmes war bereits weitergezogen. Dennoch steckte der Trupp für eine Weile im dichten, wogenden Schneetreiben, und mit ein wenig Glück und Vorsicht könnte ihr vielleicht die Flucht gelingen.

Sie schlang ihre Robe enger um sich und ging langsam auf einige Büsche am Rande des Waldes zu, wo der Kult angehalten hatte. Ihr Wächter folgte ihr und aß dabei sein eigenes Mahl. Als sie die schneebedeckten Büsche erreichte, bedeutete sie ihm, dass sie sich erleichtern wollte. Der Wächter zuckte bloß die Achseln. Sie hockte sich hin und zog sich die Kapuze über die Ohren. Der Sektierer konnte noch ihren Rücken sehen, aber er bemerkte nicht, wie sie die Hand hob und lächelnd das rubinrote Glimmen knapp unterhalb der Haut betrachtete. Ihre Magie war zurückgekehrt, und nun konnte Elliana sie selbst kontrollieren.

Sie hätte einige Gestalten wählen können, die sie schon früher in ihrem Leben benutzt hatte, doch der Bär war ihr vertraut und während der letzten fünfhundert Jahre zu einem Teil ihrer unbewussten Instinkte geworden Sie zog die Magie in sich zusammen, sagte den Zauberspruch und spürte, wie das wundervolle Gefühl der Macht sie durchrauschte. Noch vor einem Augenblick war sie eine recht gebrechliche, von Hunger, Folter und zunehmendem Alter geschwächte Frau gewesen. Nun war sie ein Höhlenbär, eine ungeschlachte, mächtige Kreatur mit eigenen Waffen. Sie verspürte eine tiefe Traurigkeit darüber, dass der Zauber nicht lange anhalten würde. Sie war schwächer, als sie gedacht hatte, und selbst Magie konnte die Verheerungen der letzten Tage nicht auslöschen.

Elliana erhob sich zu ihrer vollen Größe von sieben Fuß und zerschmetterte mit der Tatze den Sektierer, der entsetzt ihrer Verwandlung zugesehen hatte. Am liebsten hätte sie sich an der Truppe ausgetobt, die Priesterin niedergetrampelt und alle getötet, die ihr im Weg standen. Doch sie wusste, dass sie nicht weit kommen würde. Zögernd stand sie im Schneetreiben. Man würde sie mit Pfeilen und Gift töten, bevor sie auch nur in die Nähe der Priesterin kam.

Ein Ruf aus den Reihen der Eidbrecher teilte ihr mit, dass sie entdeckt worden war. Sie ließ sich auf alle viere nieder, drehte sich um und eilte in den dicht fallenden Schnee. Nach weniger als fünf Schritten war die Truppe aus ihrem Blickfeld verschwunden. Sie eilte weiter durch den Schnee und rannte auf einen scharfkantigen Felsen zu, an dem sie noch vor kurzem vorbeigekommen war. Der Fels hatte steile Hänge und war gefährlich für Pferde, stellte aber nur eine geringe Herausforderung für einen Höhlenbären dar, der an die Berge gewöhnt war.

Es kam ihr der Gedanke, den Kult und die Kinder sich selbst zu überlassen. Ihre Pflicht gegenüber der Göttin war erfüllt. Es wäre für sie ein Leichtes gewesen, in die Berge zu laufen, wo sie alle Verfolger abschütteln und zwischen den zerklüfteten Gipfeln, der Heimat der Höhlenbären, verschwinden konnte. Sie würde den Rest ihres Lebens in Frieden verbringen. Aber wozu? Sie hatte bereits den größten Teil ihres Daseins allein zugebracht. Sie wollte nicht wie Telerund werden, verloren in eigenen Gelüsten, entstellt durch Einsamkeit und Angst. Elliana schüttelte den schweren Kopf. Nein, davon hatte sie genug. Es war an der Zeit, zu ihrem Volk zurückzukehren. Und das wiedergutzumachen, was sie ihrem Großvater angetan hatte.

Sie betete zu Amara um Stärke und göttlichen Beistand. Sie brauchte Verbündete. Da der Kult in der Steppe so viele Verheerungen angerichtet hatte, gab es sicherlich Leute, die bereit waren, ihr zu helfen. Wenn sie diese Leute fand, konnte Elliana mit ihrer Hilfe die Kinder retten.

Sie hob kurz den Kopf und schaute in Richtung der Berge, wo Telerund lauern mochte. Der Drache wäre ihr eine vorzügliche Hilfe gewesen, wenn er bloß nicht so von seinen eigenen Besessenheiten und Listen gefangen genommen wäre. Vielleicht schaute er in diesem Augenblick auch auf den Schnee, spürte zum ersten Mal seit fünfhundert Jahren die Kälte und beschloss, in seiner Höhle zu bleiben. Doch während sie durch das kalte Weiß pflügte, dachte sie, es wäre interessant zu sehen, was geschah, wenn die fanatische Priesterin auf den hasserfüllten Drachen traf.

Achtzehn

Die Bärin hob die Schnauze in den Wind und sog die unzähligen Gerüche der aufsteigenden Luft ein. Der Nordwind hatte auf Nordost gedreht, frischte gelegentlich aus Ost auf, und in einem dieser unregelmäßigen Windstöße hatte sie den schweren Geruch von Pferden, Menschen, Leder und Waffen wahrgenommen. Es war die Vorhut eines Werods. Der Wind drehte wieder und blies den Geruch fort, aber die kurz erschnupperten Düfte reichten aus, um ihr die Richtung zu weisen.

Sie trieb ihren müden Körper zu einem schwerfälligen Lauf an und hoffte, dass sie nicht zu spät kam. Wenigstens hatte der Wind keinen Geruch von Blut mitgebracht. Der düstere Tag war zu einer wolkenverhangenen Nacht mit gelegentlichem Schneegestöber und einer Kälte geworden, die ihr bis in die Knochen fuhr. Elliana war den Wolfetaren und den Spähern des Kults am späten Nachmittag entwischt, doch dabei hatte sie unglücklicherweise die Witterung des Kultes verloren. Da sie nicht wusste, wo die Priesterin ihren Hinterhalt legen wollte, konnte sie nur hoffen, die Klankrieger zu finden und sie von der Wahrheit ihrer Geschichte zu überzeugen.

Zwei Hügel später erschnüffelte Elliana die Werode wieder und dankte den Göttern dafür, dass der große Reitertrupp ganz in der Nähe zu sein schien. Sie war übler zugerichtet und erschöpfter, als ihr bewusst gewesen war.

Ihre Müdigkeit und fünf Jahrhunderte Einsamkeit waren vermutlich der Grund für ihren nächsten Fehler.

In einer Senke zwischen einigen Hügeln fand sie die Werode, die sich für die Nacht bereit machten. Der Geruch von Feuer, Nahrung und starkem Wein stachelte ihre Sinne an und lockte sie näher heran, als sie vorgehabt hatte. Sie hatte eigentlich außer Sichtweite bleiben, die Leute unter ihr beobachten und herausfinden wollen, wer die Häuptlinge waren und zu welchen Klanen sie gehörten. Die Kinder hatten von mehreren Klanen gesprochen, die nach den Söhnen Valorians benannt waren, einschließlich der Geldring, bei denen es sich vermutlich um die Abkömmlinge ihres Vaters handelte. Doch noch mehr als die Geldring hoffte sie Männer mit goldenen Umhängen wie von Jamarh und roten wie von Anwin zu finden. Ihre Verwandten würden sicherlich eher geneigt sein, Ellianas wilder Geschichte zu lauschen. Es war ein unglücklicher Umstand, dass der Geruch von Essen und der Nebel der Erschöpfung ihr Urteilsvermögen trübten.

Bevor sie begriff, was sie war, hatte sie die Wächterlinie überquert und war entdeckt worden. Ein Krieger auf einem bleichen Pferd ritt aus der Dunkelheit auf sie zu und brüllte wie ein wahnsinniger Geist. Er erhob einen Speer und zielte mit der tödlichen Waffe auf sie.

Elliana bekam Panik. »Nein! Warte!«, kreischte sie. Ihre Stimme war ein einziges Röhren.

Wenn sie darüber nachgedacht hätte, hätte sie sich vielleicht vorher in ihren menschlichen Körper zurückverwandelt und sich als Zauberin ausgegeben. Doch nachts war der Bär ihre gewohnte Gestalt, und sie hatte nicht an ihre neu erworbene Freiheit gedacht. Mit Geheul galoppierte sie den Hügel hinunter und in das Lager. Der verblüffte Wächter war ihr dicht auf den Fersen.

Die Klanleute sahen nur einen gewaltigen, geisterhaften Höhlenbären, der in ihre Mitte stürmte. Schreiend stoben sie in alle Richtungen davon. Die Pferde wieherten angstvoll, die

Männer ergriffen ihre Speere und Bogen, und die wenigen Hunde, welche die Krieger begleiteten, rannten um den Bären herum und bellten und schnappten nach ihm. Verwirrt und verängstigt kam Elliana zum Halten und drehte sich argwöhnisch um sich selbst, während die Krieger sie einkreisten und mit den Speeren auf ihren Hals und die Rippen zielten. Mit den Tatzen schlug sie nach den Hunden aus.

Nur ein einziges Wesen erkannte ihre Notlage. Ein schwarzes und weißes Hunnuli brach plötzlich durch den Aufruhr und sprang vor die Bärin, um sie zu beschützen.

Elliana, du Närrin! Wechsle deine Gestalt, wieherte sie.

»Henos, du lebst!«, rief sie erleichtert und befolgte seinen Rat.

Die Hunde und Krieger standen plötzlich einer weißhaarigen Frau in einer zerrissenen weißen Robe gegenüber, die sich gegen die Beine des Hunnuli kauerte. Die Überraschung erfüllte das Lager mit Schweigen.

»Elliana, nehme ich an?«

Diese Frage wurde von einer älteren Zauberin in einem goldenen Umhang gestellt. Die Bärenfrau schaute auf und sah, wie sie durch den Kreis der Männer auf sie zuging.

»Bist du Gabria?«, keuchte Elliana. Sie fühlte sich närrisch, stand vorsichtig auf und hob den Arm, um der Klanfrau das rote Glühen an ihrem Handgelenk zu zeigen. »Ich bin hier, um dir Neuigkeiten zu verkünden.«

Eine zweite Frau brach durch den Kreis der Speere. »Wo sind die Kinder?«, wollte sie wissen.

Elliana erkannte die gleichen Augen und die gleiche Kinnhaltung, die sie bei Anwin gesehen hatte. Das musste Kelene sein.

»Sie sind in Utharas Gewalt. Sie hat auch den Gefallenen Stern und den Leichnam von Valorian«, sagte Elliana und versuchte dabei, nicht allzu erschöpft zu klingen.

Ungläubiges und erregtes Gemurmel wurde um sie herum laut und rasch von einem großen, stämmigen Häuptling in einem goldenen Umhang zum Schweigen gebracht. Er gesellte sich zu den Frauen und starrte wissend und nachdenklich zugleich auf Elliana herunter. Obwohl sich tiefe Furchen in sein Gesicht eingegraben hatten und sein Bart und Haar grau waren, wirkte er noch stark genug, um einen Bären mit dem Speer aufzuhalten, den er in der Hand trug.

»Lord Athlone?«, riet sie. »Ich musste Euch warnen. Die Priesterin plant, Eure Krieger in einen Hinterhalt zu locken.«

Zwei weitere Häuptlinge traten zu der Gruppe, und mit wenigen Worten berichtete Elliana ihnen von den Plänen, die sie mitgehört hatte, von ihrer Flucht und der Notlage der Kinder. Die Krieger und ihre Häuptlinge hörten ihr fasziniert zu, und sobald sie fertig war, fing Athlone Gabrias Blick auf und nickte knapp. Die Häuptlinge traten beiseite und besprachen sich.

Gabria und Kelene nahmen Elliana beim Arm und führten sie zu einem kleinen Feuer, auf dem Wasser in einem Topf mit wohlriechenden Kräutern und Blättern dampfte. Kelene brachte Essen herbei, goss ihr einen Becher heißen, minzigen Tee ein und reichte beides der Bärenfrau. Elliana war zu hungrig, um höflich zu sein. Sie trank drei Tassen Tee und verschlang ihr Essen ohne ein Wort, während Henos und die beiden Zauberinnen ihr dabei zusahen.

Als sie endlich gesättigt war, schenkte sie ihnen ein wehmütiges Lächeln. »So habe ich seit fünfhundert Jahren nicht mehr gegessen. Vielen Dank dafür.«

»Also stimmt es. Du bist Valorians Enkelin«, sagte Gabria.

Kelene hob eine Braue und sah Henos zweifelnd an. »Henos hat uns viele Dinge über die Reise erzählt, aber da wir ihn kennen, wussten wir nicht genau, was davon stimmt und was Ausschmückung war.« Sie kicherte, als der junge Hengst entrüstet schnaubte.

»Drachen und Schädel. Eine Bärenfrau und Valorian, Steinzieher und der Hunnulikönig«, sagte Gabria. »Das ist eine Geschichte für die Barden.«

Elliana fing Gabrias Blick auf und hielt ihm stand. »Ich hoffe, ihr habt einen guten, denn es ist alles wahr.«

»Und wie passen die Kinder in das Ganze hinein? Warum sind Anwin und Jamarh allein zu dieser Suche aufgebrochen?«, wollte Kelene wissen.

»Die Göttin Amara hat mich geschickt, um Anwin in die Höhle zu bringen, wo wir Valorian versteckt hatten«, antwortete Elliana. Da ihr klar war, dass die beiden Frauen alles wissen wollten und mussten, erzählte sie ihnen ihre ganze Geschichte voller Leidenschaft und Verbrechen. Sie berichtete von ihrer Bestrafung und ihrer Beziehung zu Anwin und Jamarh. »Ich bin hier, weil mich Amara von einem Leben befreit hat, das ich verachtet habe. Da nun meine Strafe beinahe vorbei ist, will ich eine letzte Buße tun. Ich will den Klanen zurückgeben, was ich ihnen gestohlen habe.«

»Den Sternenstein«, sagte Kelene mit Hoffnung in der Stimme.

»Und Valorian«, fügte Gabria hinzu. Ihre Erinnerung führte sie zu einem lange vergangenen Tag. »Vor vielen Jahren habe ich Valorians Totenmaske gefunden und dazu benutzt, um seinen Geist zu rufen. Ich würde gern seinen Körper sehen.«

Elliana sah sie beeindruckt an. »Jetzt verstehe ich, woher Anwin ihre Gabe hat. Ich wusste nicht, dass es möglich ist, Geister aus dem Reich der Toten heraufzubeschwören.«

Gabria zuckte abwehrend die Schultern. »Ich weiß nicht,

ob ich es war, die ihn herbeigerufen hat, oder ob die Götter ihn zu mir geschickt haben.«

Kelene trank ihren Tee aus und stand auf. Sie warf die Arme um Henos' Hals und sagte zu ihm: »Ich muss mich bei dir dafür entschuldigen, dass ich an deiner Geschichte gezweifelt habe. Du bist ein wahrer Sohn von Marron und Tibor, und ich bin stolz, dass du dich entschieden hast, mit uns zu gehen.«

Henos beugte den Hals und scharrte mit dem Vorderhuf im Boden.

Gabria setzte ihren Becher ab. »Henos hat uns gesagt, du wärest von dem Kult vergiftet worden.«

»Das bin ich auch.« Elliana nickte. »Das wollte ich euch ebenfalls noch erzählen. Selbst diese böse Brut der Krath weiß es noch nicht.« Sie hielt wieder ihren Arm hoch. »Neue Splitter des Steins haben meinen alten wiederbelebt. Ich habe Uthara einen Splitter abgenommen, als sie vor uns schwadroniert hat, und als ich ihn in der Hand hielt, wurde meine Kraft wiederhergestellt.«

Ein Lächeln glitt über Gabrias Gesicht; es war, als werde ein Dolch langsam aus der Scheide gezogen. »Hat sie sich schon einen eingesetzt?«

»Nein. Sie kennt die Zeremonie dazu nicht.«

In diesem Augenblick bemerkten die drei Frauen einen plötzlichen Ausbruch von Aktivität bei den Männern in ihrer Nähe. Rafnir kam zum Feuer und teilte ihnen mit: »Wir haben Spurensucher ausgeschickt, die den Kult finden sollen. Falls die Eidbrecher planen, uns anzugreifen, ist es wahrscheinlich, dass sie uns vorher ausspionieren. Lord Athlone ist der Meinung, dass du in menschlicher Gestalt bleiben und einen Klanmantel tragen sollst, Elliana, falls die Feinde dich noch nicht bemerkt haben. Lord Hendric bietet dir diesen hier an.« Er warf ihr einen grünen Mantel in den Schoß.

Elliana fuhr mit der Hand über den schweren grünen Stoff und wusste nicht, was sie sagen sollte. In ihrem früheren Leben hatte es nur einen Klan gegeben, dem jede Familie angehörte, welche die harte Reise durch das Gebirge mitgemacht hatte. Erst als die zwölf Söhne Valorians auseinander gegangen waren und sich über die Steppe verteilt hatten, war es zur allgemein anerkannten Bildung der zwölf Klane gekommen. Zu jener Zeit war sie bereits in der Höhle gewesen und hatte ihren Eingang bewacht. Indem sie diesen Umhang annahm, konnte sie ihren Vater anerkennen, ihren Platz in seinem Klan, den Geldring, einnehmen und ihr altes Leben hinter sich lassen.

»Lord Hendric ist sehr freundlich«, murmelte sie und zog sich den grünen Umhang über die Schultern.

Tief in der Nacht drehte der nordöstliche Wind auf Süd und blies die Überreste des frühen Winters davon. Die Luft wurde vom Wind aus der turischen Wüste erwärmt und verlor ihren frostigen Biss. Der Schnee in den Baumkronen und auf den ungeschützten Berghängen schmolz. Sterne funkelten hinter den Wolkenfetzen.

Kurz vor Sonnenaufgang schlichen die Späher der Khulinin heimlich in das Lager und flüsterten den Häuptlingen einige Worte zu. Diese warfen mehr Holz in das Feuer und weckten die Dangari-Krieger. Ohne ihren Aufbruch verbergen zu wollen, sattelten die Soldaten in den blauen Mänteln ihre Pferde, packten ihre Sachen zusammen und sagten den verbleibenden drei Klanen Lebewohl. Athlone, Ryne und Hendric salutierten vor Bendinor und sahen zu, wie sich der Werod auf den Weg nach Hause machte.

Nachdem die Reiter in der Dunkelheit verschwunden waren, kehrten die Häuptlinge zu ihrem Feuer zurück.

»Glaubst du, dass die Spione uns das abgekauft haben?«, fragte Ryne, während er sich wieder setzte.

»Das werden wir bald wissen.« Athlone nahm von Gabria dankbar einen Becher mit dampfendem Würzwein entgegen. »Hatte Kelene irgendwelche Schwierigkeiten?«

»Sie hat an dem Pferd und dem Schild herumgenörgelt, aber sie hat die Täuschung wie eine wahre Tochter von mir mitgemacht«, erwiderte Gabria und gab auch den anderen Männern Wein.

Darüber kicherten die Häuptlinge, denn sie erinnerten sich daran, dass sich auch Gabria einst monatelang als Junge verkleidet hatte. Kelene hingegen musste diese Täuschung nur ein paar Stunden aufrechterhalten, bis die Dangari zurückgekommen sein würden.

»Wo ist Elliana?«, fragte Lord Hendric sehr leise.

»In der Nähe. Henos beobachtet sie.« Gabria schüttelte den Kopf. »Wenn man bedenkt, wie alt sie ist! In ihrer Gegenwart fühle ich mich richtig jung.«

»Können wir ihr vertrauen?«, fragte Lord Ryne. Er stützte die Ellbogen auf den Knien ab und starrte in das Feuer. »Ihre Geschichte scheint so weit hergeholt.«

»Das Hunnuli hat sie bestätigt«, sagte Gabria milde. »Sie hätte nicht herkommen und uns warnen müssen. Außerdem haben wir keine andere Wahl. Sie ist die Einzige unter uns, deren Kräfte wiederhergestellt sind.«

Lord Rynes folgende Bemerkung wurde unterbrochen, als Rafnir zu der Gruppe trat und sich mit einem Grunzen auf einem Holzscheit niederließ. Sein dunkles Gesicht war eine Maske der Ungeduld. Dem Corin-Wertain gefiel die Vorstellung nicht, dass seine Frau mit den Dangari aufgebrochen war und versuchte, hinter die Reihen des Kultes zu dringen, aber sie war eine der wenigen Zauberinnen, deren Kräfte noch Bestand hatten, und sie wollte zu den Kindern gelangen, bevor Uthara ihnen etwas antat oder sie gar tötete.

»Die Bogenschützen haben ihre Position eingenommen«,

sagte er. »Die Männer sind bereit.« Er schaute sich im Lager um, betrachtete die ruhenden Männer, die verstreuten Wachfeuer und die Pfähle, an denen die Pferde vor sich hindösten und die Hunnuli eingehend die Dunkelheit beobachteten. »Was sollen wir jetzt tun?«, brummte er. »Warten?«

»Genau«, sagte Lord Athlone sanft. »Wenn es die Götter wollen, wird der Kult den Köder schlucken.«

»Ob es auch Krath will?«, murmelte Rafnir.

Eingehüllt in die Wärme ihres grünen Umhangs, schlug Elliana die Augen auf und schaute die Sterne an, die durch die Wolkenschleier hindurchglitzerten. »Amara«, flüsterte sie. »Ich habe in meinem Leben nichts richtig gemacht. Bitte hilf mir jetzt, die rechte Wahl zu treffen. Ich brauche seine Hilfe, aber wird er sich erinnern? Gibt es Erlösung für ihn? Er ist jetzt Kraths Diener. Früher hat er dir gedient und mich geliebt. Soll ich ihn rufen oder in seiner Höhle verrotten lassen? Ist er schon herausgekommen und hat sich auf die Suche nach dem Stein gemacht?«

Lange lag sie still da, während der Südwind durch die Baumkronen brauste und die Fragen in ihrem Kopf hin und her rollten. Dann traf sie eine Entscheidung.

Sie legte die Finger um ihr Handgelenk, schloss die Augen und rief die Magie herbei. Die Kraft erfüllte sie warm und berauschend und nahm die Gestalt ihrer Wünsche an.

Telerund. Der Ruf stieg aus ihrem Geist auf wie ein stiller Vogel und flog über die Hügel auf die hohen Berggipfel zu. *Telerund.*

Die Brüder ließen ihre Wagen und Pferde, die Vorräte und Ausrüstung sowie den Hunnulikönig zusammen mit ein paar Wachen im Schutz eines nahe gelegenen Tales zurück und pirschten sich zu Fuß an die schlafenden Werode heran.

Die Späher hatten das Lager gegen Mitternacht entdeckt und berichtet, dass einer der Klane bereits kurz vor Sonnenaufgang aufgebrochen und nach Süden zu seinem Treld gezogen war. Nun überzog ein goldener Dunst den östlichen Horizont und versprach eine klare Dämmerung, und die Klankrieger schliefen friedlich unter ihren Mänteln und Laken.

Uthara stand in den Schatten eines Haines aus jungen Bäumen und beobachtete das Lager in der Senke unter ihr. Das Licht reichte gerade aus, um nahe beim Feuer die Häuptlinge sowie eine ältere Frau zu erkennen, bei der es sich vermutlich um Gabria handelte; außer den Herdwachen und ein paar anderen Wächtern schienen alle zu schlafen. Es gab keine Anzeichen dafür, dass sie auf der Hut waren oder man sie gewarnt hatte, und nirgendwo konnte sie Elliana ausmachen. Vielleicht war die närrische Bärenfrau doch in die Berge geflohen.

Mit ihren dunklen Augen sah sie die beiden Kinder an, die hinter ihr von zwei Wachen festgehalten wurden. »Wenn sich jemand aus den Klanen ihnen nähert, schneidet ihnen die Kehle durch.«

Jamarh wand sich in seinen Fesseln; in seinen Augen lagen Wut und Sorge, und sein Mund war geknebelt. Aber Anwin stand überraschenderweise so still da, als wäre sie aus Holz geschnitzt. Ihre blinden Augen waren geschlossen, doch ihr ganzes Gesicht und der Körper strahlten Anspannung und Erwartung aus, als ob sie auf viele Dinge lauschte, die sonst niemand hören konnte.

Uthara hielt inne und fragte sich ziemlich spät, ob sie das Mädchen nicht besser ebenfalls vergiftet hätte. Sie hatte kaum über diese Möglichkeit nachgedacht. Zwar war dieses Gör eine Zauberin, aber sie war blind. Außer einem oder zwei einfachen Verteidigungszaubern würde niemand ihr

Magie beigebracht haben, und ohne den Splitter hätte sie das Gift vermutlich umgebracht.

Die Priesterin hob ihr Handgelenk und spürte angesichts des blassroten Glimmerns unter der Haut, wie ihre Zweifel verflogen. Mit der widerstrebenden Hilfe von Jamarh und Anwin hatte sie sich den Kristall in den Arm eingesetzt. Sie hatten einen Ritus erfunden, der trotzt ihrer Zweifel gewirkt hatte. Vielleicht waren keine Worte, sondern nur das Blut und die Gegenwart der Magie notwendig. Aber das war jetzt gleichgültig.

Mit dem Sternenstein in ihrem Besitz würde sie die restlichen Magier und alle anderen vernichten, die ihr im Weg standen. Sie würde einen neuen Kult der Magier erschaffen, die dem Dienst an der Göttin Krath ergeben waren. Doch damit hörten ihre Pläne noch nicht auf – nicht mehr. Sie hatte das berauschende Gefühl der Macht verspürt, als der Splitter unter ihre Haut geglitten war, und das hatte ihre Phantasie freigesetzt. Dieser wertlose Branth hatte einen Gorthling beschwören können, aber nun glaubte sie, mit Hilfe Kraths sogar in der Lage zu sein, einen ihrer dunklen Diener herbeizurufen. Sie schwor sich, dass die Zwölf Klane in ihrer Hand sein würden, noch bevor es wieder Frühling wurde.

»Priesterin«, flüsterte eine sanfte Stimme und unterbrach ihre Gedanken. »Die Brüder sind bereit. Wir warten nur auf Euer Wort.«

»Die Bogenschützen eröffnen den Kampf, dann werden die Wolfetare losgelassen. Lasst Gabria und Kelene in Ruhe. Sie gehören mir.«

Der grau gekleidete Mörder verneigte sich tief. »Wie Krath es will«, sagte er und verschwand in der Dämmerung.

Jamarh spannte Augen und Ohren an, um die ersten Anzeichen des Kampfes mitzubekommen. Anwin hob den Kopf und öffnete die dunklen Augen.

Uthara wartete. Sie atmete rasch und hatte die Hände vor sich zu Fäusten geballt.

Lord Athlone saß vor dem Feuer in der Mitte des Lagers, und sein Gesicht wurde plötzlich hart und angespannt. »Meine Lords, sie kommen«, brummte er. »Eurus sagt, sie nähern sich von Norden und Westen. Sie haben Wolfetare dabei.«

Die Männer versteiften sich und warteten auf die nächste Warnung des Hunnuli.

Gabria stand wie beiläufig von ihrem Platz beim Feuer auf, ging hinüber zu einer Gestalt in einem grünen Umhang, die neben Henos lag, und klopfte ihr auf die Schulter. »Bist du bereit, Elliana?«

Die Bärenfrau stand mühsam auf. Obwohl ihre alten, schmutzigen Kleider und die Pelzrobe durch den grünen Mantel, eine warme Hose und mehrere dicke Hemden ersetzt worden waren, hatte sie große Angst davor, von den Sektierern erkannt zu werden. Sie behielt die Kapuze auf, um ihr weißes Haar zu verdecken, trat in den Feuerkreis zwischen die Männer und verneigte sich vor Lord Hendric, so wie es einer Geldring zukam.

»Sagt mir, wann es so weit ist, Lord Athlone«, murmelte sie.

Um die Fassade aufrecht zu erhalten, nahm Lord Hendric ihren Salut entgegen und sagte etwas Bedeutungsloses, damit es so aussah, als unterhalte er sich mit seinem Klanmitglied.

Niemand sonst bewegte sich. Der Wind fuhr durch die Senke, zerrte an den Bäumen und ließ die Feuer tanzen. Das silbergraue Licht der Morgendämmerung trieb die Dunkelheit zurück in die schrumpfenden Schatten. Die Hunde hoben misstrauisch die Köpfe. Eines der angebundenen Pferde stampfte mit dem Huf auf und wieherte. Es vergingen noch ein paar Augenblicke, dann schrie Eurus eine Warnung.

»Jetzt!«, brüllte Lord Athlone.

Sie hörten ein schwaches Schwirren von vielen Bogensaiten und das Zischen der Pfeile, aber Elliana versagte nicht. Sie hob die Hände, sprach ein Wort aus und bildete einen kuppelförmigen Schild um die drei Lords, um Rafnir, Gabria und sich selbst. Der erste Pfeilschwarm prallte gegen den Schild aus roter Energie und fiel rauchend zu Boden.

Weitere Pfeile landeten zwischen den Kriegern, doch die Männer hatten sich darauf vorbereitet, indem sie ausgepolsterte Kleidung oder Kettenhemden angezogen hatten und kleine Schilde unter den Decken versteckt hielten. Nun ließen sie alle Täuschung fallen, sprangen auf die Beine und ließen nur ein paar Verwundete und Tote zurück, die noch auf ihren Laken lagen. Sie bildeten Kampfreihen am Rande des Lagers und schrien dem verborgenen Kult ihre Herausforderungen und Beleidigungen entgegen.

Elliana löste ihren Schild wieder auf und sah zu, wie die Klanlords zu ihren Männern rannten und Rafnir und Athlone auf ihre Hunnuli stiegen. Noch immer flogen Pfeile durch das Lager und zwischen die Reihen der Männer, doch die Klanbogenschützen zielten in ihren Verstecken auf die Sektierer und erschossen alle, die sie aufspüren konnten.

Henos, Nara und Demira versammelten sich um die beiden Frauen, und Elliana errichtete wieder ihren Schild.

Plötzlich tönte ein wildes Bellen von den Hügeln, und etliche Wesen in Menschen- und Hundegestalt schossen aus der Deckung der Bäume die Hänge hinunter.

»Da sind sie!«, rief Rafnir.

Wütende Schreie und Kriegesgebrüll, wildes Bellen und erschrockenes Wiehern zerstörten die Reste des morgendlichen Friedens, und über dem Aufruhr donnerte und knallte es, als die Krieger mit den Schwertern gegen ihre Schilde schlugen.

Das Lärmchaos stieg aus der Senke auf und erreichte

Anwin und Jamarh, die außer Sichtweite des Lagers hinter der Priesterin standen.

Jamarh stieß Anwin an, denn sie beide erkannten, dass dieser Überraschungsangriff gar keine Überraschung war. Die Sektierer konnten gegen ein größeres, besser bewaffnetes und wachsames Heer nicht mehr auf ihre überragenden Kampfkünste vertrauen.

Die Priesterin spie einige Worte aus, welche die Kinder nicht verstanden, und warf ihren Umhang ab. Sie hob die Arme der aufsteigenden Sonne entgegen und schickte eine dringende Bitte an ihre Göttin, ihr beim Angriff auf die Magier zu helfen. Sie wartete, hoffte auf eine Antwort und blickte finster drein, als sie bloß den lauter werdenden Schlachtenlärm aus der Senke hörte, wo die Klanmänner mit wilder Entschlossenheit gegen ihre Brüder und die Wolfetare kämpften. Sie sah, wie Blut den Schnee fleckte und Leichen zwischen den kahlen Bäumen lagen.

Rasch drehte sich Uthara um und packte Anwin am Arm. »Der Junge bleibt hier. Lasst die Klanleute nicht an ihn heran«, befahl sie ihren Gefolgsleuten.

Anwin wurde aus ihrem seltsamen Tagtraum gerissen. Sie hatte Angst vor der Wildheit der Frau und versuchte sich loszureißen, fiel aber über ihre eigenen Füße. Utharas Hand riss sie nach oben, und ihre Stimme knurrte Anwin ins Ohr: »Geh oder stirb.«

Anwin taumelte neben Uthara den Hügel hinunter und auf den wilden Schlachtenlärm zu.

»Anwin!«, rief die Stimme ihrer Großmutter drängend.

Das Mädchen konnte nur noch wimmern.

Auf einem der Hügel, welche die Senke begrenzten, beugten sich die beiden dunkel gekleideten Sektierer plötzlich in Schmerzen zurück und brachen neben Jamarh im Schnee zusammen. Ein schwaches blaues Licht spielte über ihre Körper und verblasste so rasch, wie es gekommen war. Verblüfft und steif drehte sich Jamarh um und sah die Schwester seines Vaters sowie einige Krieger durch das Unterholz auf ihn zukriechen, und zu seiner großen Schande brach er bei diesem Anblick in Tränen aus. Mit gefesselten Händen taumelte er auf sie zu und warf sich in die Sicherheit ihrer Arme.

Kelene drückte ihn heftig, während ihm die Krieger die Fesseln durchschnitten. Als die Stricke von ihm abfielen, hatte er seine Tränen unter Kontrolle gebracht. Er wischte sich mit den Ärmeln durch das Gesicht, drückte sich von Kelene weg und schaute grimmig drein.

Hastig zerrte er sich den Knebel aus dem Mund. »Die Priesterin hat Anwin. Sie sind auf die Schlacht zugegangen«, sagte er in einem einzigen Atemzug.

»Bleib hier«, befahl Kelene und ging zur höchsten Stelle des Hügels, kniete nieder und beobachtete das Geschehen unter ihr. Jamarh sah, wie weitere Männer – offenbar Dangari, nach den blauen Tätowierungen auf ihren Gesichtern zu urteilen – außer Sichtweite der Kämpfer still den Berg erklommen.

Er lief los und holte Kelene ein. »Sie war der Meinung, die Dangari wären abgereist«, keuchte er.

Seine Tante sah ihn an. In ihren dunklen Augen flackerte Zorn, aber sie schickte ihn nicht weg. »Genau das sollte sie denken. Wir wollten Anwin und dich von ihr wegbekommen.«

Plötzlich erschien der Dangari-Häuptling neben Kelene und kniete sich neben ihr in den Schnee. »Ich sehe, du hast einen der eigensinnigen Wanderer eingefangen. Wo ist die andere?«

»Da unten«, antwortete Kelene knapp.

Bendinor schaute den Hügel hinunter und fluchte.

»Lady Gabria! Elliana! Kommt zu mir!« Die Worte der Priesterin drangen wie Hörnerschall durch die Senke und waren selbst durch den Schlachtenlärm zu hören.

Eine Hand zerrte an Kelenes Ärmel und lenkte ihre Aufmerksamkeit wieder auf Jamarh. »Wir müssen den Sternenstein für Großmutter finden. Anwin glaubt, dass ein Splitter davon Ellianas Magie geheilt hat.«

»Das stimmt. Wo ist der Stein?«

Jamarh deutete mit dem Daumen über seine Schulter. »Ich glaube, er ist im Wagen der Priesterin da hinten. Der Hunnulikönig ist auch da.«

Kelene sah den Dangari-Häuptling fragend an. »Könntet Ihr Jamarh und einige Männer nehmen und diesen Wagen suchen? Ich mache mich auf die Suche nach Anwin.«

Bendinor nickte knapp. Er gab seiner Herdwache ein Zeichen und führte sie den Hügel auf demselben Weg hinunter, der sie hierher gebracht hatte. Während der Dangari-Wertain den Rest der Krieger in die Schlacht führte, folgten Bendinor und seine Wachen Jamarh zwischen den Bäumen hindurch zum nächsten Tal, in dem die Wagen versteckt waren.

Kelene sah ihnen nach, holte tief Luft und lief den Hügel hinunter.

»Uthara!« Sie schrie den Namen mit der ganzen Kraft ihrer Frustration, Sorge und Wut. Die Priesterin drehte den Kopf und sah sie kommen, aber sie wurde auf ihrem Weg zu Gabria und Elliana nicht langsamer.

Auch Anwin hörte ihre Mutter, und diese Stimme war wie ein Leuchtfeuer in einem dunklen, schrecklichen Sturm. Wie rasend stemmte sie sich mit den Absätzen gegen die Priesterin und warf ihr ganzes Gewicht nach hinten in der Hoffnung, Utharas Griff zu entkommen.

Die schwarz gekleidete Zauberin packte Anwin fester,

zerrte sie auf die Knie und zog sie durch den Schlamm und Schnee.

»Uthara!«, rief Kelene erneut. Nun war sie näher gekommen, und ihre Stimme lag deutlich über dem Kriegslärm, der nicht mehr weit von ihr entfernt war. »Uthara, jetzt hast du alle Götter an diesem Ort versammelt. Sorh und Surgart, Amara und Krath! Ist es das, was du wolltest? Du hast versucht, unsere Gesetze und Traditionen zu ändern. Du hast das Gleichgewicht gestört, das von den Göttern aufgerichtet wurde. Wie werden sie wohl über dich urteilen?«

Die Priesterin blieb abrupt stehen. »Ich bin nur dem Befehl der Krath gefolgt!«, rief sie zurück. »Ihre Stimme spricht zu mir, und ich habe mich entschlossen, ihren Gesetzen zu gehorchen. Magie ist keine Macht, die von Amara allein verliehen wird. Siehe da!« Die Priesterin hob die Hände.

Siehe da?, dachte Kelene. *Nur Barden sagen so etwas. Sie hat Angst und versucht* … Kelene bemerkte den Sektierer hinter ihr nicht, wohl aber Demira. Die Hunnulistute wieherte eine wilde Warnung. Dann explodierte der Morgen.

Neunzehn

Ein Donnerschlag drang an Jamarhs Ohren sowie an die der Dangari und der Sektierer, welche die Wagen bewachten. Für einen Augenblick hielten die stillen Dangari hinter ihrem Schutz aus schneebedeckten Dickichten genau wie die wachsamen Sektierer den Atem an und starrten in die Richtung, aus welcher der Lärm gekommen war.

Nur der Königshengst, der zwischen zwei kleineren Pferdepaaren eingezwängt war, beachtete das Geräusch nicht, denn er hatte soeben den Geruch der herannahenden Klanmänner wahrgenommen. Er schnüffelte im Wind, warf den Kopf herum und wieherte einen dröhnenden Befehl. *Jamarh! Komm zu mir!* Dann bäumte er sich auf und zerrte die kleineren Pferde neben sich zu Boden.

Seine plötzlichen Bewegungen machten die Sektierer auf ihn aufmerksam. Sie rannten zu ihm hin und wollten ihn bändigen. Schwarze Peitschen entrollten sich in ihren Händen und zischten durch die kalte Luft.

Bevor die Dangari ihn aufhalten konnten, hatte Jamarh einem der Wächter den Dolch entwunden und schoss den Hügel hinab auf das Hunnuli zu.

»Erschießt sie!«, knurrte Bendinor seiner Herdwache zu.

Vier Bogen hob sich, und die Pfeile flogen an dem rennenden Jungen vorbei. Drei Sektierer stürzten tödlich getroffen, und der vierte ging mit einer stark blutenden Wunde am Hals zu Boden. Zwei weitere kamen hinter den Wagen hervor und schossen ihrerseits Pfeile auf die Dangari ab. Ein siebter Sektierer, der sich das Gesicht mit einem schwarzen Schal vermummt hatte, entrollte seine Peitsche und schlug auf den Rücken des Hunnuli ein. Das Tier raste.

Mit einem wütenden Kreischen senke das schwarze Pferd den Kopf, spannte den Rücken an, trat aus, hüpfte, warf sich herum und versetzte die Tiere, die neben ihm angebunden waren, in Angst und Schrecken. Die vier harachianischen Pferde gerieten in Panik und verhedderten sich bei ihrem verzweifelten Fluchtversuch in ihrem Zaumzeug. Eines der Pferde fiel unter den Hengst und brach sich beide Vorderbeine. Sein Gefährte konnte sich befreien, und nun wurde das Hunnuli an einer Seite nicht mehr behindert.

Die Peitsche des Sektierers schnalzte wieder und traf den Kopf des Hunnuli. Das alte Pferd spürte es kaum. Es sprang vorwärts, bleckte die gelben Zähne und zerrte die beiden anderen Pferde mit sich, während es sich zu dem peitschenschwingenden Eidbrecher durchkämpfte. Die Seile, die es mit den anderen Pferden verbanden, knirschten unter der Anspannung und gruben blutige Furchen in sein schwarzes Fell.

Jamarh rannte auf das große Pferd zu und wollte die Seile durchschneiden. Er schenkte den Männern vor und hinter sich keine Aufmerksamkeit, sondern sah nur das große, in Schwierigkeiten steckende Hunnuli. Er hörte das Knallen einer Peitsche, und einen Herzschlag später fuhr ihm ein feuriger Schmerz über das Gesicht und den Hals. Verblüfft fiel er auf Hände und Knie und starrte das Blut an, das von seinem Kopf auf den weißen Schnee fiel. Er hob den Blick und sah, wie der Sektierer um den Wagen herumkam und mit dem Arm nach hinten ausholte. Die Peitsche schoss erneut vor.

Beinahe im selben Augenblick drangen zwei Dangari-Pfeile in die Brust des Sektierers, und der Hengstkönig drehte sich zur Seite, damit die Peitsche nicht Jamarh, sondern ihn an der Schulter traf.

Lord Bendinor sprang wütend auf die Beine. Er brüllte einen Befehl, und die Dangari stürmten mit gezückten Schwertern aus ihren Verstecken.

Jamarh biss die Zähne zusammen, kämpft sich auf die Beine und taumelte auf das Hunnuli zu. Die Seile gaben unter der scharfen Klinge seines Dolches nach, und das Zaumzeug fiel von dem schwarzen Hengst und seinen tobenden Gefährten ab. Die beiden Harachianer wirbelten herum und humpelten fort. Das alte, zerschrammte, geschundene und blutende Hunnuli schenkte seinem Alter sowie seinen Schmerzen in Schulter und Lunge keine Beachtung und griff die beiden Sektierer an, die hinter dem Wagen Schutz gesucht hatten. Einer der beiden konnte nicht mehr rechtzeitig entkommen, und der Hengst trampelte den Mann in den Schnee. Der zweite rannte hinter dem Wagen hervor in die Schwerter der Dangari.

Erst jetzt blieb das Hunnuli stehen und beschnüffelte den zitternden Jungen – allerdings nur für einen Augenblick. *Der Sternenstein. Er ist im dritten Wagen,* sagte er zu Jamarh. *Wirst du ihn finden?*

Jamarh brachte nur ein knappes Nicken zustande. Er schwitzte und bebte unter den Schmerzen an Hals und Gesicht. Blut lief ihm über das linke Auge, sodass er nur mit dem rechten sehen konnte, und er wagte nicht, sein Gesicht zu berühren und das Blut abzuwischen, weil er befürchtete, schreckliche Verletzungen ertasten zu müssen. Dazu war später noch genug Zeit. Er kroch in den dritten Wagen und wühlte sich durch dessen Ladung, während die Dangari den verbliebenen Sektierer töteten und die Wagen sicherten.

Schließlich fand er den Stein in einem Beutel aus dickem Leder. Er griff hinein, spürte die runde Form der Geode und fand das Loch, das in die Höhlung führte. Er steckte die Finger hinein und zog einen schmalen, kalten Splitter hervor, den er gegen das klare Morgenlicht hielt.

Lord Bendinor streckte die Hand aus und wollte ihm helfen, doch Jamarh schenkte dem Häuptling keine Beachtung. Er band sich den Lederbeutel an den Gürtel, und als sich der Hunnulikönig an dem Mann vorbeidrückte und neben den Wagen trat, kletterte Jamarh auf seinen breiten Rücken und hielt sich an der Mähne des Hengstes fest. Den Splitter hatte er noch fest umfasst.

»Jamarh! Das können wir übernehmen. Nicht …«, begann Bendinor.

Doch weder Ross noch Reiter hörten auf ihn. Der Hengst galoppierte den Hang hinauf und rannte auf die Schlacht und die Magier zu, die ihn dringend brauchten.

Jamarh hielt sich an ihm fest wie eine Klette; der schwere Beutel schlug ihm gegen das Knie. Er schenkte Lord Bendinors Rufen keine Beachtung und versuchte nicht auf den Boden zu schauen, der verschwommen unter den Hufen des Hunnuli davonflog. Er musste sich auf das konzentrieren, was vor ihm lag.

»Die Priesterin hat Anwin«, rief er dem Hunnuli zu. »Und Kelene ist ihr nachgelaufen.« Das Hunnuli schnaubte eine Erwiderung.

Sie erreichten den Hügelgrat, liefen am Waldrand hinunter und wieder hinauf zum nächsten Hügel, hielten dort an und schauten auf die vor ihnen liegende Senke.

Die Schlacht zwischen den Klankriegern und den Männern der Peitsche war zu einem schrecklichen Handgemenge geworden. Einzelne Gruppen fochten zwischen Felsen und Bäumen und an den Hängen des Hügels gegeneinander. Die Sektierer waren zwar in der Minderzahl, aber sie kämpften anmaßend und wild. Ihr Siegesinstinkt war so ausgeprägt, dass eine Niederlage für sie nicht vorstellbar war. Sie kämpften mit bloßen Händen und Steinwaffen gegen die Schwerter der Klanmänner, und es gelang ihnen, den drei Weroden einen hohen Blutzoll abzupressen. Aber die Klanmänner kämpften aus Rache. Hier endlich, von Angesicht zu Angesicht, waren die Geister, welche die Trelds angegriffen, ihre Freunde oder Verwandten ermordet und die Reiter in der nächtlichen Dunkelheit aufgerieben hatten. Statt schweigende Mörder waren diese Sektierer nun Männer aus Fleisch und Blut, die zwar mit gefährlichen und tödlichen Methoden kämpfen mochten, aber trotzdem bluten und unter dem Schwert sterben konnten. Auch die Klanleute hatten keineswegs vor, sich zu ergeben.

Glücklicherweise hatte sich der Mittelpunkt der Kämpfe von den Frauen fortbewegt, sodass sie nun allein um das Feuer standen. Jamarh sah Gabria, Elliana und das Hunnuli Nara dicht zusammengedrängt unter einem Schild aus roter Energie. Der Schnee um diese Kuppel war geschmolzen, und der Boden darunter war schwarz und rauchte.

Die Hohepriesterin stand den Klanfrauen gegenüber. Sie hatte die Arme erhoben, und neben ihr kauerte Anwin, den Kopf in den Armen vergraben. Kelene lag ausgestreckt auf dem Boden; Jamarh konnte nicht erkennen, ob sie tot oder nur bewusstlos war. Ein Sektierer mit einem Blasrohr rannte auf sie zu, aber Demira war zuerst bei ihr und stellte sich mit ausgebreiteten Schwingen über Kelene.

Jamarh schluckte schwer. Sein Kopf pochte vor Schmerzen, und ihm war schwindlig, aber er hatte den Stein, der seinen Vater und alle anderen heilen konnte, die von Kraths Gift niedergestreckt worden waren, und er würde sie alle nicht im Stich lassen.

»Wenn du die Priesterin ablenken kannst, gelingt es mir vielleicht, mit dem Stein zu Großmutter durchzudringen«, schlug er dem Hunnuli vor.

Warte. Was tut sie da?

Die aufgehende Sonne hatte gerade den Horizont verlassen

und goss ihr Licht über das Land, doch die Priesterin schien noch im Schatten zu stehen. Ein düsteres, schwärzliches Zwielicht umgab sie wie eine Rauchsäule. Der Rauch – oder der Schatten, oder was immer es war – kräuselte sich leicht, als werde er von einem unsichtbaren Wind verwirbelt.

Plötzlich ballte Uthara die Fäuste, und Jamarh sah flüchtig eine dunkle Gestalt in der Dunkelheit entstehen und wieder vergehen.

Sie ist verrückt! Sie versucht etwas, das nicht erlaubt ist, schnaubte das alte Pferd.

»Was?«, fragte Jamarh verwirrt.

Ich glaube, sie versucht, einen Sansur zu beschwören, einen der Geister, die Krath dienen.

Jamarh hatte nur vage Andeutungen über die dunklen, schrecklichen Wesen gehört, die in den Geist eines Menschen eindringen und Wahnsinn verursachen konnten. »Wieso kann sie das?«

Wenn sie im Banne Kraths steht, wie sie glaubt, dann ist es möglich, dass die dunkle Göttin einem Sansur erlaubt, in die Welt zu kommen, aber …. Der alte Hengst schüttelte den Kopf. *Bleib auf mir sitzen, was immer du tust. Bleib auf meinem Rücken.* Das Hunnuli rannte den Hügel hinunter; seine kräftigen Beine kämpften darum, auf dem steilen, gefrorenen Untergrund das Gleichgewicht zu behalten.

Jamarh hielt sich mit Händen und Beinen an ihm fest und wünschte sehnlichst, er wüsste, was er nun tun sollte. Er konnte seine Magie nicht einsetzen, er hatte sein Schwert verloren, auf einem Auge konnte er kaum sehen, und er hatte keine andere Wahl, als unter allen Umständen auf dem Hunnuli sitzen zu bleiben. Er betete darum, dass niemand versuchen würde, ihn anzugreifen.

Der Sektierer in Kelenes Nähe sah sie kommen und wandte sich ihnen überrascht zu. Demira ließ er nur ganz kurz aus dem Blick. Mehr aber brauchte die schwarze Stute nicht. Unterstützt von ihren kraftvollen Schwingen, stürzte sie vor und rammte dem Mann ihre Vorderhufe gegen die Brust. Er brach zusammen; seine Rippen brachen, und seine Luftröhre wurde zerfetzt. Jamarh stieß einen Kriegsschrei aus, als der Hengst an Demira vorbeischoss.

Uthara bemerkte es nicht. Die dunkle Wolke um sie herum war fast so schwarz wie die Nacht geworden. Der Rauch kräuselte und wirbelte um sie herum. Dunklere Umrisse mit Augen so hell wie glühende Kohlen bildeten sich in der brodelnden Finsternis. Zu ihren Füßen hatte sich Anwin vor Entsetzen zusammengekauert.

Als der Königshengst und Jamarh im Galopp herbeirasten, löste Elliana plötzlich ihren Schild auf und feuerte eine Salve aus trymianischer Kraft auf die Priesterin ab. Die Magie prallte von der dunklen Wolke ab und löste sich in der Luft auf.

Uthara lachte verächtlich und hob die Fäuste, um ihre Göttin anzurufen. »Krath!«, hob sie an. »Meine Herrin, sende mir deinen Diener, damit ich deine Wünsche erfüllen kann.«

Etwas donnerte von einem Hügel in der Nähe herab, und eine Baumreihe in der Senke brach in Flammen aus. »Elliana!«, brüllte eine raue, dröhnende Stimme.

Diese Antwort kam so unerwartet, dass Uthara zusammenfuhr und vor Erstaunen den Mund aufsperrte. Elliana und Gabria drehten sich rasch um und starrten auf den Hang nördlich von ihnen. Der Königshengst stemmte die hinteren Hufe in den Boden und hielt abrupt an.

Eine lange, geschmeidige Gestalt hockte auf dem Hügelgrat. Es war ein schuppiges Wesen, das einer großen, sehr schwarzen und sehr wütenden Eidechse ähnelte. Es brüllte und spie einen Feuerstrom in eine andere Baumgruppe. Mit erhobenem Haupt glitt der Drache den Hügel hinunter. Die

Sonne glitzerte golden schillernd auf seinen blanken, schwarzen Schuppen.

Das Bewusstsein von etwas höchst Ungewöhnlichem und Gefährlichem senkte sich auf die verstreuten Gruppen der Kämpfenden. Sie hielten allmählich inne und starrten entsetzt auf den Drachen. Dunkler Rauch und Dampf stieg von den Bäumen auf, die wie riesige Kerzen brannten, und unter der Hitze gerieten die angebundenen Pferde in Panik. Sie bäumten sich auf, ihre Leinen rissen, und sie stoben in alle Richtungen davon.

»Wo ist er, Elliana? Was hast du mit meinem Stein gemacht?«, brüllte Telerund. Er stürmte durch die brennenden Bäume und umkreiste rasch die beiden Frauen.

Elliana entschied, die Frage der Eigentümerschaft nicht mit ihrem früheren Verbündeten zu diskutieren. »Sie hat ihn«, rief sie und deutete mit dem Finger auf Uthara, die noch in der Wolke ihres unbeendeten Zaubers stand.

Verblüfft sah die Priesterin den gewaltigen schwarzen Drachen an, der seine vor Bosheit blitzenden Augen auf sie richtete. »Was bist du?«, schrie sie. »Ich habe dich nicht beschworen.«

»Niemand beschwört mich, Frau. Ich bin Telerund, Zauberer und Wächter der Gruft, ein Drachenpriester und Anhänger der Krath. Gib mir den Stein zurück!«

Jamarh spürte deutlich den schweren Beutel mit dem Gefallenen Stern, der ihm an der Hüfte herabhing. Bei dem Hunnuli war es nicht anders, denn das alte Pferd änderte die Richtung, um dem Drachen und einer brennenden Baumgruppe zu entgehen, und es versuchte, in einem Schwarzdorndickicht zu verschwinden, bevor der Drache Jamarh und den Hengstkönig bemerkte. Aber es war zu spät.

»Du!«, knurrte der Drache. Sein gehörnter Kopf schwang herum und folgte dem alten Hunnuli. Plötzlich schleuderte er seinen Schwanz in einem schrecklichen Schwung herum. Wie ein massiger Baumstamm prallte er gegen den Königshengst und zog ihm die Beine unter dem Leib weg. Das Hunnuli stürzte schwer auf den gefrorenen Boden; sein Brustkorb und die Vorderbeine wurden durch den Schlag zerschmettert. Jamarh brachte es gerade noch fertig, das Bein hochzuziehen und abzuspringen, damit er nicht unter dem sterbenden Pferd begraben wurde. Geblendet von Blut und Tränen, versuchte er fortzukriechen, doch der Drache hob ihm am Rücken seines Mantels hoch und warf ihn Uthara vor die Füße. Mit einem dumpfen Schlag landete der Junge nur ein paar Fuß von Anwin entfernt und wurde bewusstlos. Der Sternenstein hing noch immer an seinem Gürtel.

Der Drache höhnte: »Gehört er auch zu dir? Hast du deine Gören geschickt, damit sie meinen Stein stehlen?«

»Deinen Stein?« Die Priesterin rief einen Befehl, mit dem sie ihren Zauber in der Schwebe hielt, und machte einen wütenden Schritt nach vorn, fort von den beiden Kindern und aus der rastlosen magischen Wolke hervor. Sie reckte sich anmaßend und starrte den Drachen böse an. »Der Gefallene Stern gehört mir. Ich habe ihn rechtmäßig als Kriegsbeute erhalten. Wenn du wirklich ein Diener Kraths wärest, würdest du wissen, dass ich ihre Tochter bin, ihre auserwählte Priesterin, die das Volk auf einen neuen Pfad leiten wird.«

Telerund lachte schallend und gab dabei einen Schwall aus Rauch und Gestank von sich. »Du! Du bist ein Nichts! Du bist nicht einmal berechtigt, ihren Namen auszusprechen. Gib mir diesen Stein, bevor ich dich zu Asche verbrenne.«

Während Uthara und der Drache miteinander stritten, kroch Anwin zu der Stelle, wo sie einen Körper aufprallen gehört hatte, und fand Jamarh, der in dem zertrampelten Schnee und Matsch lag. Durch den erstickenden Gestank von Feuer und Drachenausdünstungen roch sie Blut und rollte Jamarh auf den Rücken, damit sie sein Gesicht betasten konnte. Er lebte und atmete noch, aber Blut lief an seinem Gesicht herunter; etwas, das sich wie ein großer Striemen und ein Schnitt anfühlte, hatte ihm die Wange aufgerissen. Rasch zog sie ihn weiter von der Priesterin und ihrer Unheil bringenden Wolke weg und untersuchte den Rest von ihm. Ihre Finger fanden den Splitter, den er noch fest in der Hand hielt. Der Beutel mit der wertvollen Last hing an seinem Gürtel.

Anwin schüttelte den Kopf und berührte ihn sanft an der Wange. Jamarh hatte ja unbedingt den Sternenstein tragen wollen.

»Der Gefallene Stern gehört den Klanen!«

Ellianas Stimme schnitt durch den Streit und das Brausen der Flammen. Anwin hob den Kopf. Aber es waren nicht die Worte der Bärenfrau, die ihre Aufmerksamkeit fesselten. Sie hatte etwas anderes gehört, eine andere Stimme ganz in der Nähe, die leise durch das Brüllen des Drachen und der Priesterin sowie das Röhren des Feuers und den Kriegslärm drang.

Anwin. Deine Großmutter braucht den Splitter.

Es war dieselbe Stimme, die sie in ihrem Traum vor so vielen Tagen gehört hatte: sanft, aber unterlegt mit der Autorität der Weisheit und Unsterblichkeit. Anwin spürte, wie ihr Herz schneller schlug; ihre Angst zerstob. Sie war nicht allein, und wenn sich die Diener der Krath auf dieser Lichtung befanden, dann waren auch die Diener Amaras hier. Rasch band sie den Beutel von Jamarhs Gürtel und nahm ihm den Splitter aus der Hand. Dann stand sie auf und warf den Stein mit aller Kraft.

Vielleicht war es Glück, vielleicht auch Bestimmung, oder es war die Hand der Göttin, jedenfalls fiel der Stein genau zwischen den Drachen, die Bärenfrau und die Priesterin. Die drei sahen ihn gleichzeitig und erkannten ihn sofort.

Einen Atemzug lang bewegte sich niemand. Alle starrten den harmlos aussehenden, melonengroßen, klumpigen Stein an, der da vor ihnen im Schlamm lag. Dann sprang Telerund auf ihn zu, und beide Frauen hoben die Hände.

Nur Gabria sah ihre Enkelin an und erkannte ein Flimmern in der kleinen Hand des Mädchens. »Da entlang, Nara«, drängte sie und schoss mit der schwarzen Stute an der Seite auf Anwin zu. Auch wenn der Befehl nicht ihm gegolten hatte, folgte Henos ihnen.

Anwin hörte die Hunnuli und ihre Großmutter kommen und hielt den Splitter hoch, damit Gabria ihn sehen konnte. Er fing das Morgenlicht ein und glitzerte in ihrer Hand mit der Kraft eines Diamanten. Die Zauberin und die beiden Hunnuli erreichten die Kinder einen Augenblick, bevor die Senke in Feuer und Magie unterging. Große Flammenzungen und gewaltige Stöße aus trymianischer Kraft erfüllten das Tal mit Rauch und Donner und Wind wie in den unterirdischen Kavernen Gormoths. Anwin blieb nur ein einziger Herzschlag Zeit, um einen Schild um sich, die zwei Hunnuli, Gabria und Jamarh zu bilden, bevor ein Feuersturm über sie hinwegfegte.

Zwischen den Bäumen und an den Hängen um das Lager warfen sich die Klankrieger und die Männer der Peitsche auf den Boden und suchten Schutz vor dem tödlichen Duell.

In der Schildkuppel lächelte Anwin ihrer Großmutter zu und gab ihr wortlos den Splitter. Sie hörte, wie Gabria keuchte und einen tiefen, von Herzen kommenden Seufzer der Erleichterung ausstieß.

»Ich bin geheilt«, sagte Gabria leise. Dann ergriff sie Anwins Handgelenk, drehte es sanft und drückte ihr den Splitter in die Hand. »Du bist noch etwas jung, um einen Splitter zu haben, aber ich glaube, du hast ihn dir redlich verdient und weißt, was du damit anfangen sollst. Willst du, dass ich ihn dir einsetze?«

Anwin griff nach Jamarhs kalten Fingern und hielt sie in ihrer freien Hand. Zwar zog nicht ihr ganzes Leben in einem Blitz an ihr vorbei, doch die letzten zwanzig Tage bildeten eine strahlende Reise gleich einer Sternschnuppe am Nachthimmel. Sie mochte vielleicht erst acht Jahre zählen, aber sie fühlte sich dreimal so weise. Erneut lächelte sie und nickte. Gabria stimmte ein einfaches Lied an; es war dasselbe Lied und derselbe Ritus, den der Hohepriester Seth einst bei ihr angewendet hatte. Anwin spürte einen Stich wie von einer Lanze durch den Arm, als ihre Großmutter die Haut einschnitt und beherzt den schmalen Splitter einsetzte. Sofort fühlte sie, wie der Splitter im Gleichklang mit ihrem Herzschlag pulsierte. Ein warmes, belebendes Prickeln fuhr ihren Arm hoch und verbreitete sich durch ihren Körper. Plötzlich sah sie, wie der Splitter ihrer Großmutter gleich einem winzigen Stern in Anwins Dunkelheit glimmerte. Verwirrt schaute sie hinunter auf ihr eigenes Handgelenk und bemerkte, wie auch ihr Splitter vor uralter Kraft glänzte.

Gabria schaute in Naras weise Augen und lächelte. Das Erbe war an die nächste Generation weitergegeben worden.

»Was tun wir jetzt?«, fragte Anwin. »Sollen wir sie einfach kämpfen lassen?«

»Das klingt verführerisch, aber wir sollten sie aufhalten, bevor sie diesen Teil des Gebirges und uns alle vernichten. Der Gefallene Stern gehört den Klanen, und ich will ihn zurückhaben.«

»Aber wie sollen wir das machen? Ganz allein? Wo ist Mutter?«

Gabria beantwortete die letzte Frage nicht, denn sie hatte gesehen, wie Kelene von dem Sektierer niedergeschlagen worden war, und sie wusste nicht, ob ihre Tochter tot oder nur bewusstlos war. »In diesem Augenblick sind wir allein.« Sie duckte sich unwillkürlich, als ein Schlag aus trymianischer Kraft von der Kuppel aus schützender Energie abprallte.

»Ich bin auch noch da«, flüsterte eine Stimme neben Anwin. Jamarh setzte sich auf und sah benommen seine Kusine und seine Großmutter an. Henos wieherte erleichtert.

Gabria sprach leise ein Dankgebet und berührte ihren Enkel am Kopf. »Du hast mehr getan, als irgendjemand von dir verlangen könnte. Jetzt ist es meine Sache. Du und Anwin bleiben hier unter der Kuppel. Henos, du sorgst für ihre Sicherheit.«

»Aber …«, begannen Anwin und Jamarh gleichzeitig. Es war zu spät. Gabria formte eine Tür in Anwins Schutzkuppel und führte Nara hinaus. Die Energie schloss sich mit einem Knistern hinter ihr.

Eine oder zwei Minuten saßen die Kinder schweigend beisammen und überdachte ihre Möglichkeiten. Natürlich konnten sie ihrer Großmutter gehorchen und in der Kuppel bleiben, oder … Anwin drehte Jamarh den Kopf zu und grinste. Außerhalb der Kuppel hörte sie ihre Großmutter etwas sagen, doch die Worte waren undeutlich. Der Drache brüllte vor Wut.

»Weißt du«, sagte Anwin mit fester Stimme zu Jamarh, »wir haben nicht den ganzen Weg gemacht, um den Stein wegzuwerfen und die Erwachsenen darum kämpfen zu lassen. *Wir* sind auf die Suche nach dem Stein geschickt worden, und *wir* haben ihn zurückgebracht.«

»Ich denke, das macht ihn zu *unserem* Stein«, pflichtete Jamarh ihr bei. Er spähte durch den Schild und den Rauch, der durch das Lager wirbelte, und erkannte mehrere Krieger an den Hängen der Hügel. Er schlug vor: »Der Stein liegt immer noch auf dem Boden. Der Drache ist ihm am nächsten, aber man kann ihn durch Felsblöcke vertreiben, und vielleicht mag er auch keine Pfeile und Speere. Ich könnte mich auf die Suche nach Großvater machen. Möglicherweise helfen uns seine Krieger.«

»Henos, ich muss unbedingt sehen, was los ist«, sagte Anwin drängend. »Gibt es in der Nähe Hunde oder Pferde?« Nun vermisste sie die Freundschaft Glöckchens mehr denn je.

Die meisten Pferde sind geflohen, und die Hunde sind bei den Kriegern. Aber ich glaube, Lord Rynes Kriegsross ist hier. Es sieht verwundet aus, aber es kann noch gehen, und es ist darauf abgerichtet, in der Schlacht nicht zu fliehen.

»Was ist mit Lord Ryne passiert?«, fragte Anwin. Sie wollte keinen Lord-Häuptling erzürnen, wenn sie es vermeiden konnte.

Ich sehe ihn nicht. Nur das Pferd.

Anwin zuckte zusammen. Ein fremdes und überdies verwundetes Pferd war schwer unter Kontrolle zu bringen, aber ihr blieb keine Wahl. Es klang in ihren Ohren, als spitze sich das Duell zwischen den Zauberern und dem Drachen zu, und das trotz der Versuche ihrer Großmutter, den Kampf zu beenden. Wenn sie sehen könnte, was geschah, würde sie vielleicht eine Möglichkeit zur Hilfe finden.

Der Schild wurde aufgelöst, und die Kinder hasteten in den zweifelhaften Schutz eines Dickichts. Henos brachte den verletzten harachianischen Hengst zu Anwin. Das rote Pferd war nicht so groß wie Henos und auch nicht so klug, aber es verstand, was Henos ihm mitteilte, und als das Hunnuli und Jamarh losrannten, um die Khulinin zu suchen, erlaubte der Hengst Anwin, seine Zügel zu nehmen und auf seinen Sattel zu klettern.

Anwin legte die Hände auf den schweißnassen Hals. Etwas Klebriges an Nacken und Mähne roch nach Blut. Sie fragte sich erneut, was mit Lord Ryne und seinem Pferd geschehen sein mochte. An der Art, wie der Hengst atmete und zitterte, erkannte sie, dass er Schmerzen litt, und er verlagerte das Gewicht auf das rechte Vorderbein. Aber er schien noch stark genug für sie zu sein, und obwohl er beim Anblick des Drachen scheute, versuchte er nicht zu fliehen.

Mit großer Vorsicht zog Anwin die Magie um sich zusammen und bildete den Zauberspruch in ihrem Kopf. Zu ihrer Überraschung durchfloss die Kraft sie stärker als je zuvor, und ihr Zauber bildete sofort ein Band zwischen ihrem Geist und dem des Pferdes. Bilder formten sich in ihrem Kopf und wurden rasch deutlicher. Sie sah das Lager, die brennenden Bäume, den Drachen und die Zauberer. Es gab kaum Einzelheiten, wie menschliche Augen sie gesehen hätten, und nur eine Andeutung von Farbe sowie einen blinden Fleck unmittelbar vor ihr, der sie etwas beunruhigte, doch das Pferd hatte ein viel größeres Blickfeld als der Hund und achtete stärker auf Bewegungen.

Anwin keuchte unter der Stärke und dem plötzlichen Erfolg ihres Zaubers auf. Es musste an dem Splitter liegen. Plötzlich begriff sie, warum der Sternenstein eine so mächtige Gabe war. Wenn er die Kräfte einer unausgebildeten Novizin, wie sie eine war, derart verstärken konnte, was würde er dann erst in den Händen einer ausgebildeten Zauberin wie ihrer Großmutter oder Uthara bewirken?

Gebannt beobachtete sie, wie Telerund einen Scheinausfall auf den Stein machte, aber von Elliana und Uthara zurückgetrieben wurde. Elliana hätte mit Gabria zusammenarbeiten sollen, dachte Anwin. Die beiden hätten gemeinsam entweder den Drachen oder die Priesterin aus dem Duell entfernen können, doch die Bärenfrau wirkte orientierungslos und schwach. Sie bildete Kugeln aus trymianischer Kraft und warf sie ohne große Wirkung auf die beiden Gegner; sich selbst vermochte sie kaum noch zu verteidigen.

Das Pferd warf den Kopf hoch und wich zur Seite aus. Anwins Blick flog umher und verschwamm. Sie beruhigte das Tier wieder und wünschte sich sehnlichst, sie könnte diesen Zauber bei einem Hunnuli einsetzen.

»Ganz ruhig, Junge«, murmelte sie und streichelte ihm den Hals, während sie sich fragte, was sie als Nächstes tun sollte. Sie hielt Ausschau nach ihren Eltern, aber im Rauch und Chaos konnte sie die beiden nicht erkennen.

Das Kriegspferd schnaubte und scheute erneut, und als es diesmal zur Seite sprang, sah Anwin, wovor es Angst hatte. Ihr Magen krampfte sich zusammen. Eine dichte, brodelnde Wolke schwebte über den verbrannten Boden unmittelbar hinter Uthara, und selbst die Augen des Pferdes erkannten die fahlroten Streifen, die um das düstere Innere peitschten und die Wolke zu einem Wirbelwind machten.

»Uthara, dein Zauber!«, rief Gabria warnend.

»Mein Zauber ist vollendet!«, brüllte die Priesterin siegessicher und trat zurück in die Wolke, ohne vorher einen Blick auf sie zu werfen. Ihr Schrei durchdrang den Morgen. Was immer sie erwartet hatte, war offenbar nicht gekommen. Ihr Zauber, den sie für eine Weile unbeaufsichtigt gelassen hatte, war außer Kontrolle geraten, und die Kräfte der Magie, die sie entfesselt hatte, waren zu einem Tornado verschmolzen, der sie in seiner unverbrauchten Kraft gefangen hielt.

Anwins Haut prickelte, und ihre Ohren schmerzten unter dem Kreischen der Energie. Wenn die unbeherrschte Magie nicht aufgehalten wurde, würde sie mit entsetzlicher Macht explodieren.

Gabria und Elliana sahen sich über die Lichtung hinweg an und eilten auf die gefangene Priesterin zu.

»Anfängerin«, knurrte Telerund in sich hinein. Lässig öffnete er das Maul und spie einen kleinen Feuerball in den Mittelpunkt des sich drehenden Mahlstromes. Der magische Sturm fing das Feuer ein und zerschnitt es in Flammenstreifen. Plötzlich fingen Utharas Haar und Mantel Feuer. Sie kreischte erneut auf; ihre Stimme drang durch das anschwellende Heulen der Magie.

Anwin und das Pferd sahen zu, wie Gabria und Elliana vor der Priesterin stehen blieben und einander die Hände gaben. Vermutlich wollten sie die Magie zerstreuen und die Macht unter Kontrolle bringen, doch Anwins Pferd wurde von einer anderen Bewegung abgelenkt. Es drehte den Kopf, und Anwin folgte seinem Blick und sah, wie der Drache zu dem Stein hinüberglitt. Der Lindwurm kicherte befriedigt. Er steckte eine Kralle durch die Lederbänder, warf den Beutel in die Luft und fing ihn mit dem Mund auf. Ein paar Pfeile und Speere flogen auf ihn zu, doch er schüttelte sie ab und zog sich zurück.

Anwin versuchte zu schlucken. Mund und Kehle waren so trocken, dass es ihr nicht gelang. *Bitte, Amara, sei mit mir,* betete sie. Dann rief sie: »Nein!« Sie trieb den Hengst vorwärts. »Das darfst du nicht nehmen! Es gehört mir!«

Der Drache war überrascht, dass er von einer derart kleinen Kreatur auf einem gewöhnlichen Pferd herausgefordert wurde. Er legte den Kopf schräg und schaute mit blitzenden Augen auf sie herunter. Zum Glück für Anwin konnte er sie mit dem Sternenstein im Maul nicht in Flammen setzen, und er wollte seine Beute auf keinen Fall loslassen. Stattdessen versprühte er durch die geblähten Nüstern einen Strahl aus Dampf und heißen Gasen.

Der Rauch, der Geruch der Gase und der Anblick dieser entsetzlichen Augen waren zu viel für das Kriegspferd. Es bäumte sich mit einem Schreckensschrei auf und ging durch. Seine plötzlichen Bewegungen brachen Anwins Zauber, und sie wurde schmerzhaft in den nassen Schlamm abgeworfen. Ohne etwas sehen zu können, lag sie nur zehn Schritte von dem Drachen entfernt. Sie hatte keine Zeit, aufzuspringen und davonzurennen. Zum ersten Mal empfand sie ihre Blindheit als tröstend, denn sie würde den Tod nicht kommen sehen. Die Dunkelheit gab ihr ebenfalls Mut; schließlich blieb ihr nichts anderes übrig.

Mit einem Seufzen hob sie den Kopf in Richtung des Drachen und fragte: »Wie heißt du noch gleich?«

Er starrte sie an.

»Oh, Telerund, das war es, was Elliana gesagt hat. Amara hat mich auf diese wilde Jagd durch das Gebirge geschickt, um deine Höhle zu finden und den Gefallenen Stern zurückzubringen, und weißt du, was ich denke? Ich glaube, deine Zeit mit dem Stein ist vorbei. Du hast ihn die ganze Zeit gehütet, und die Götter allein wissen, wie viel Unheil durch den Diebstahl dieses Geschenks angerichtet wurde. Viele Generationen hindurch herrschten Massaker, Kriege, Seuchen und Schwierigkeiten. Wusstest du, dass dein eigener Vater der Patriarch des Corin-Klans war? Die Frau da drüben ist meine Großmutter und die einzige Überlebende ihrer Familie, der Corin. Dadurch ist sie auch deine Verwandte.«

Der Drache bewegte sich nicht. Er starrte weiterhin ungläubig das Mädchen an, während es unter Schmerzen aufstand und mit einem schlammigen Finger auf ihn zeigte.

»Wenn du dir die Hohepriesterin da drüben ansiehst oder nur ihr zuhörst, wirst du begreifen, dass sie niemals auf so schreckliche Weise sterben würde, wenn Krath wirklich mit ihr wäre, wie sie glaubt. Du solltest dir also die Frage stellen: ›Ist Krath auf meiner Seite?‹« Anwin griff in ihre tiefe Tasche und zog ihre Flöte hervor. »Mal sehen.«

Der Drache machte ein Geräusch, das wie »Pah« klang, und wollte sich abwenden. Doch während er dem Mädchen und ihrem Geplapper zugehört hatte, waren die Klankrieger näher gekommen. In Reihen, sogar Schulter an Schulter mit einigen Sektierern, stellten sie sich dem Drachen in den Weg und richteten ihre Speere, Pfeile und Schwerter gegen ihn. Angst durchströmte ihn, denn er begriff, dass er zwar ein paar von ihnen vernichten konnte, die Übrigen ihn aber zerhacken würden.

Er wandte sich wieder an Anwin und wollte gerade an ihr vorbeilaufen, als sie die Flöte an die Lippen setzte und einen Ton spielte. Es war ein Ton, der nie auf einer einfachen hölzernen Flöte gespielt werden sollte, aber er stieg einfach aus Anwin hervor und drang in die Ohren des Drachen, stach in sein Hirn und schoss in den Sternenstein in seinem Mund. Die göttergegebene Macht der Kristalle verstärkte den Ton auf verblüffende Weise. Der Drache schüttelte den Kopf und quiekte vor Schmerzen, doch er ließ den Stein nicht fallen. Er wagte es nicht. Wenn er den Stein verlor, bedeutete das für ihn entweder den stetigen Niedergang oder einen plötzlichen Tod – er wusste es nicht –, aber auf alle Fälle würde er sterben, und seine Seele würde sich dem Gericht der Götter unterwerfen müssen. Was die Götter mit einem Mann tun würden, der Valorian getötet hatte, war Stoff für seine Alpträume.

Anwin bewegte die Finger über die Löcher und spielte einen weiteren hohen Ton, der wie eine Säge durch das Hirn des Drachen fuhr. Sein Kopf und Körper zuckten in Qualen. Verzweifelt warf er sich in ihre Richtung, um sie zu zerschmettern, aber sie hörte ihn kommen und drehte sich seitwärts, bis sie außerhalb seiner Reichweite war.

Ein dritter Ton von unmöglicher Höhe trat aus der einfachen Flöte und traf Bereiche, welche menschliche Ohren nicht mehr hören konnten. Hunde und Wolfetare heulten auf, und der Drache öffnete den Mund und schrie seine Schmerzen hinaus.

Der Sternenstein fiel ihm aus dem Mund.

In diesem Augenblick hörte Anwin, wie mehrere Dinge

gleichzeitig geschahen. Eine laute Explosion erschütterte den Lagerplatz; Rausch, Asche und Schutt flogen umher, und als die Schockwelle sie traf, versteifte sich der Drache, warf den Kopf hoch, brüllte verzweifelt und brach zusammen. Anwin wurde durch die Explosion nach vorn und sehr nahe an den Drachen heran geschleudert. Das Letzte, was sie hörte, war die Stimme ihres Vaters, der eine Warnung rief, bevor Kopf und Hals des Drachen Anwin unter sich begruben.

Der Aufprall presste ihr die Luft aus der Lunge, und ihr Kopf schlug auf den gefrorenen Boden. Ein schreckliches Gewicht drückte sie nieder.

Zwanzig

Eine sehende Person hätte bemerkt, dass sich die Dunkelheit um sie schloss, doch Anwin lebte bereits in der Dunkelheit. Was sie wahrnahm, war eine dichte, gleichsam ewige Stille, die sich mit unerbittlicher Endgültigkeit auf sie niedersenkte.

Sie hörte keinen einzigen Laut, weder ihren eigenen Herzschlag noch die Luftbewegungen in ihrer Nase oder das Rauschen des Blutes hinter den Ohren.

Sie hatte es versucht, dachte sie traurig, und sie hatte verloren. Sie hoffte nur, dass ihre Mutter und ihr Vater nicht allzu wütend auf sie sein würden. Wenigstens würde jetzt vermutlich ihr Sehvermögen zu ihrer Seele zurückkehren. Sie wollte die Vorboten sehen, wenn sie kamen, um Anwin in das Reich der Toten mitzunehmen.

»Öffne die Augen, Anwin.« Eine wunderbar vertraute Stimme durchbrach plötzlich die Stille. Verblüfft erkannte sie, dass ihre Augen geschlossen waren. Sie öffnete sie und *sah* Gabria neben ihr stehen. Ihre Großmutter lächelte freudig, und Anwin ergriff ihre Hand und lächelte zurück. Sie liebte es, wie Gabrias grüne Augen sich mit Licht füllten, und die Lachfältchen in ihrem Gesicht betonten noch die Freude in ihrem Lächeln.

»Wo sind wir?«, fragte Anwin. Nun, da sie sehen konnte, erschien es ihr ungerecht, dass es so wenig zu sehen gab. Sie schien aufrecht neben ihrer Großmutter in einem sehr schwachen Lichtkreis zu stehen, der nichts enthüllte: keinen Himmel, keinen Boden, keine Wände. Sie schienen vollkommen eingehüllt in einen dunklen Nebel zu sein.

Gabria hob verwirrt die Schultern. »Ich weiß es nicht.«

»Sind wir tot?«

»Ich weiß es nicht«, wiederholte ihre Großmutter. »Ich glaube es nicht. Uthara ist tot, und ich vermute, Elliana auch. Aber ich sehe hier weder sie noch die Vorboten.«

Anwin trauerte um die Bärenfrau. Sie war für geraume Zeit eine Verbündete und Gefährtin gewesen, sodass Anwin sie sehr vermissen würde. »Was ist passiert? Ich habe einen Schlag gespürt.«

»Der Zauber, den Uthara erschaffen hat, ist außer Kontrolle geraten und hat eine heftige Reaktion ausgelöst. Elliana und ich haben versucht, ihn unter Kontrolle zu bringen. Wir kamen zu spät und konnten nur die schlimmsten Auswirkungen dämpfen. Wenigstens ist der Zauber nicht gelungen. Ich glaube, das wäre noch viel schlimmer gewesen.«

»Warum hat er nicht funktioniert?«

»Uthara war zu unerfahren für einen so verwickelten Zauber. Ich glaube, sie hat auf Kraths Hilfe gesetzt, aber die Göttin hat ihr nicht beigestanden.«

»Das hätte sie niemals getan.«

Eine neue Stimme drang aus der Leere, und ein Klanmann trat in das Licht und gesellte sich zu den beiden.

Gabria sah den großen, schlanken Mann mit den lebhaften blauen Augen an und fiel auf die Knie. »Mein Herr und Gebieter«, keuchte sie verblüfft.

Anwin starrte den Mann erstaunt an. Sein Gesicht war das eines Fremden. Sie wusste, dass sie es vor ihrer Erblindung nie gesehen hatte: dieses gespaltene Kinn, die Narbe auf der Stirn, der durchdringende Adlerblick. Und doch wirkte es erschreckend vertraut.

Er lächelte sie an und bot ihrer Großmutter die Hand. Langsam stand Gabria auf und verneigte sich.

»Also habe ich mich doch geirrt. Wir sind tot. Bist du mit den Vorboten gekommen?«, fragte sie.

Er stieß ein tiefes, freundliches Lachen aus und erwiderte: »Nein, Amara hat mich gesandt. Ich wollte Anwin persönlich für ihren Mut und ihre Bereitschaft danken, dieses Abenteuer um meinetwillen auf guten Glauben einzugehen.«

Er ging auf ein Knie nieder, damit er Anwin ins Gesicht schauen konnte. Als sie in seine blauen Augen sah, dämmerte ihr plötzlich die Wahrheit. »Lord Valorian«, keuchte sie ehrfürchtig.

»Ich sehe etwas anders aus als der alte Leichnam dort hinten in Utharas Wagen«, kicherte er.

Neugierig streckte sie die Hand aus, um sein Gesicht zu berühren, und war nicht überrascht, als sie ins Leere griff. Er war nur eine von Amara geschickte Vision. War er überhaupt wirklich hier?

»Ja, eine Vision«, sagte er, als er ihre Miene betrachtete. »Aber die Vision eines wirklichen Mannes, der von der Hand seines Enkels ermordet wurde. Ich bin kein Erzeugnis deiner Einbildungskraft.« Er blickte über die Schulter und befahl: »Telerund, komm her.«

Anwin verspürte einen Stich sehr realer Angst. Sie drückte sich an ihre Großmutter und erwartete, den Drachen zu sehen. Doch was da aus dem Nebel herauskam, erstaunte sie beide.

Es war die Gestalt eines jungen Mannes Ende zwanzig von mittlerer Größe und angenehmem Körperbau, mit schwarzem Haar und einem düster dreinblickenden Gesicht.

Gabria hob die Brauen, und Anwin sperrte den Mund auf.

Valorian erhob sich, legte dem Mann eine Hand auf die

Schulter und führte ihn zu den Frauen. »Ja, das ist Telerund. Mein Enkel und Mörder. Er war ein viel versprechender Zauberer, aber es fehlte ihm an Selbstbeherrschung. Seine Eifersucht und seine Leidenschaft haben ihn übermannt.«

»Krath«, flüsterte Gabria.

»Alles, was ich wollte, war Elliana«, rief der junge Mann. »Aber sie hegte ja diese unnatürliche Liebe zu dir! Warum hast du sie nicht einfach gehen lassen?«

Valorians Gesicht nahm einen traurigen Ausdruck an. Mitleidig sah er seinen Enkel an. »Es war nicht meine Aufgabe, das zu tun, und überdies lag es nicht in meiner Macht. Außerdem entschuldigt es dein Verbrechen nicht.«

Telerund sah Valorian böse an. »Wenn ich tot bin, will ich Krath dienen. Sie wird für mich bürgen. Ich habe ihre Befehle befolgt.«

»Krath wird weder für Uthara noch für dich bürgen. Die Göttin beeinflusst die Gefühle, aber sie übernimmt keine Verantwortung für deine Taten. Du hast dich entschieden, deinen Blutsverwandten zu töten, und das ist eines der größten Verbrechen, das die Klangesetze kennen.« Valorians Stimme wurde tiefer und drohender. »Es gibt nur einen Weg, wie du für dein Verbrechen büßen kannst: Geh in die Kavernen von Gormoth.«

Unter dem Richterspruch seines Großvaters verflog Telerunds Wut plötzlich. Seine stolze Miene brach, und er fiel vor Valorian auf die Knie. »Schick mich bitte nicht dorthin. Es tut mir so leid. Bitte vergib mir!«, bettelte er.

Valorian schaute ungerührt auf ihn herunter. »So, wie der Kampf im Augenblick steht, bist du noch nicht tot. Du bist lediglich betäubt, und dein Hörsinn ist in Mitleidenschaft gezogen. Noch hast du die Gelegenheit, Erlösung zu finden und vielleicht die Götter davon zu überzeugen, dass du Reue gelernt hast. Die Götter haben eine Aufgabe für dich. Sie erfordert Geduld, Selbstaufopferung, Taktgefühl und, wenn es soweit ist, Mut.«

Gabria und Anwin sahen einander an und fragten sich, was einen Mörder vor Gormoth bewahren konnte.

Telerund neigte den Kopf. »Was muss ich tun?«

Valorian nickte. »Du wirst zur Drachengestalt zurückkehren, allerdings in viel kleinerer Form. Du wirst nicht mehr in der Lage sein, deine Größe zu verändern; außerdem wirst du deine Magie nicht mehr lange einsetzen können. Du wirst bei den Klanen bleiben und Anwin als Führer dienen. Du wirst ihre Augen sein.«

»Was?«, ertönte es gleichzeitig aus zwei Mündern. Anwin schaute entsetzt drein.

Gabria wandte ein: »Mein Herr und Gebieter, warum? Sie ist doch nur ein Kind. Wie kann sie ihn beherrschen? Er ist ein haltloser Mörder!«

»Bist du verrückt?«, rief Telerund. »Warum sollte ich das tun? Sie ist doch noch ein kleines Mädchen!«

»Das bin ich nicht!«, verteidigte sich Anwin. »Ich habe dich zu Fall gebracht. Bewusstlos gemacht, wie Lord Valorian sagt.«

Valorian hob die Hand, um sie alle zum Schweigen zu bringen. »Amara hat diese Lösung angeboten. Ich weiß nicht, warum, aber ich sage euch, dass die Götter den Menschen die richtigen Werkzeuge in die Hand geben und …«

»… es liegt an uns, sie zu benutzen«, beendete Gabria den Satz für ihn. Sie seufzte und betrachtete den jungen Mann misstrauisch. »Wenn du irgendetwas tust, was Anwin verletzen …«

»Falls er Anwin irgendwie verletzen sollte«, warf Valorian ein, »dann wird er diesen Tag nicht überleben, und ich persönlich werde ihn zu den Toren von Gormoth bringen.« Er sah Telerund finster an. »Ich weiß, wo sie sich befinden.«

»Aber warum das Ganze?«, protestierte Telerund. »Warum muss ich in Drachengestalt bleiben? Was steckt wirklich dahinter?«

»Es ist ein *Geas.* Mehr weiß ich auch nicht. Aber wenn Anwin nur aus ihrem Glauben heraus eine solche Reise machen und einen so großen Mut haben konnte, dann kannst du das auch. Für deine Seele ist es einen Versuch wert. Dir bleibt keine andere Wahl.«

»In Ordnung«, sagte Telerund widerwillig. Er blickte Anwin böse an. »Spiel bloß nie wieder in meiner Gegenwart auf dieser Flöte.«

Sie hielt seinem Blick stand und zuckte die Achseln, gab aber kein Versprechen ab.

Valorian machte eine Handbewegung, und Telerunds Gestalt verblasste. Einen Augenblick später war er verschwunden; Anwin und Gabria waren wieder allein mit dem Lord-Häuptling.

Er lächelte Anwin an. »Mach dir keine Sorgen seinetwegen. Ich glaube, du bist durchaus in der Lage, ihn an der kurzen Leine zu führen. Eigentlich ist er sehr klug und angenehmer, als er erscheint.«

»Könnte ich nicht einfach Glöckchen zurückhaben?«, fragte sie wehmütig. »Oder besser noch, könnte Amara nicht meine Augen gesund machen?«

»Nein. Sie hat ihre Gründe dafür. Deine Blindheit wird auf anderen Bereichen mehr als ausgeglichen. Lerne, diese Stärken zu nutzen. Nutze auch Telerund. Er muss vieles wiedergutmachen.« Erneut lächelte er die beiden an; sein Gesicht leuchtete vor unausgesprochenem Stolz. Allmählich verblasste auch seine Gestalt im Nebel.

»Lord Valorian!«, rief Anwin. »Sprich bitte für Elliana. Sie hat ihre Taten wirklich tief bereut.«

Seine blauen Augen betrachteten sie zum letzten Mal, und

Anwin hätte schwören können, dass er ihr zugeblinzelt hatte. Sie drehte sich um und wollte etwas zu ihrer Großmutter sagen. Da stellte sie fest, dass auch diese verschwunden war. »Lasst mich nicht hier allein!«, heulte sie.

Von irgendwoher aus den leeren Nebeln kam eine Brise und erfüllte ihre Nase mit dem köstlichen Duft unirdischer Blumen. *Vielen Dank, Anwin.*

Es wurde dunkel vor ihren Augen, und die Stille kehrte zurück.

Anwin erwachte, als sie streitende Stimmen über ihrem Kopf hörte. Auf ihrem Rücken lag ein seltsames Gewicht. Sie hielt einen Augenblick lang still, hörte zu und ließ die Gedanken aus dem Traum zurückkehren.

»Wenn das der Drache ist«, hörte sie Lord Bendinor sagen, »was, in Sorhs Namen, ist dann mit ihm passiert?«

»Ich fasse dieses Ding nicht an! Seht nur! Er hat mich gebissen!« Das war Jamarh; er klang bedrückt.

»Bringt ihn einfach um. Wir kommen nicht an sie heran, solange dieses Biest auf ihr sitzt.« Es war die Stimme ihres Vaters.

»Ich tue es, um der Liebe zu allen Göttern willen«, sagte ihre Mutter.

Ein seltsam zischendes Geräusch ertönte dicht über ihrem Kopf, erhob sich zu einem wütenden Brummen und wurde plötzlich zu einem erstickten Pfeifen.

»Nein, wartet!«, rief Anwin den Stimmen um sie herum zu. »Bringt ihn nicht um.«

»Das wollte ich ja gar nicht«, sagte Kelene. »Aber du kannst ihm sagen, dass ich ihn wie ein Hühnchen packen und am Spieß braten werde, wenn er mich noch ein einziges Mal anzischt.« Das erstickte Pfeifen verstummte sofort.

Hände halfen Anwin aus dem matschigen Schnee, wischten den gröbsten Dreck von ihr ab und führten sie zu einem warmen Feuer. Jamarh setzte sich neben sie, und eine willige Helferschar brachte den beiden Kindern warmes Essen, warme Getränke, warme Decken und trockene Mäntel.

Anwin hielt ihren heißen Becher in der einen Hand und drehte den Kopf den Leuten in ihrer Nähe zu. Sie hörte kein Feuergetöse und keinen Schlachtenlärm mehr, sondern nur noch geschäftige Stimmen und raschelnde Bewegungen. Offenbar hatte ihre Familie die Dinge wieder ins Lot gebracht. »Ist mit euch alles in Ordnung?«, fragte sie vorsichtig. Als man ihr versicherte, dass es so sei, nickte sie. »Ist Elliana …«

»Tot. Und der Königshengst auch«, sagte Jamarh. Er sprach hastig und mit tiefer Trauer in der Stimme, dann verstummte er.

»Wo ist Großmutter?«

»Ich bin hier«, erwiderte Gabria ganz in der Nähe. Sie sah, wie Anwin zögerte, als ob sie etwas fragen wollte, aber nicht wüsste, wie sie es ausdrücken sollte. Doch Gabria verstand. »Ich bin früher als du zu Bewusstsein gekommen und habe bereits allen von unserer gemeinsamen Vision erzählt.«

»Also ist es wirklich geschehen?«

»Das kann man so sagen«, meinte ihre Großmutter.

»Du hast Valorian gesehen. Du bist so glücklich«, sagte Jamarh in ehrfurchtsvollem Neid.

»Nein, du bist so …« Die Stimme ihres Vaters erstickte, und er umarmte sie heftig. Auch ihre Mutter nahm sie lange und dankbar in die Arme und ließ den halb erwürgten Drachen in ihren Schoß fallen. »Hier ist der Beweis für die Richtigkeit deiner Vision«, lachte sie.

Anwin spürte, wie sich der Drache vor Wut versteifte, und sie hielt einen Finger hoch. *Keine andere Wahl,* rief sie ihm in Erinnerung. Brummelnd fügte er sich und erlaubte ihr, ihm sanft über den Kopf, den Körper und den Schwanz zu streichen, damit sie sich mit seiner neuen Größe vertraut machen konnte. Sie musste unwillkürlich kichern. Telerund maß in seiner neuen Drachengestalt von der Nase bis zur Schwanzspitze nur etwa zwei Fuß. Er hatte noch Drachenzähne und einen keilförmigen Kopf, Stummelbeine und einen geschmeidigen Körper, aber er war nicht größer als eine Steineidechse. Eine ungewöhnliche Gestalt für einen gefangenen Mörder, dachte sie.

Nur zu, lache, du kleiner Balg, brummte der Drache in ihrem Kopf. *Jetzt sind wir einander auf Gedeih und Verderb ausgeliefert.*

Es ist nur zu deinem Besten. Und zu meinem. Sie setzte ihn sich auf die Knie und bildete einen Zauberspruch, der es ihr erlaubte, durch die Augen eines anderen zu sehen. Bevor Telerund wusste, was sie tat, hatte die Magie ein Band zwischen seinen Augen und den ihren geschaffen, und plötzlich formten sich Bilder in ihrem Kopf, die so klar und farbig und voller Einzelheiten wie diejenigen waren, die sie vor ihrer Blindheit gesehen hatte.

Verdammt soll ich sein, grummelte er widerwillig.

Genau, erwiderte sie scharf. Dann fragte sie: *Warum redest du wie ein Hunnuli? Vorher hast du doch laut gesprochen.*

Wegen deiner Flöte habe ich einen Gehörschaden bekommen. Ich kann kaum noch etwas hören.

Jetzt will ich dir die Leute vorstellen, die du nicht beißen oder anzischen darfst. Sie zeigte ihm jedes einzelne Mitglied ihrer Familie, die in einem Kreis um sie herumstanden, und sie blickte hungrig in jedes Gesicht, das der Drache anschaute.

»Geht es dir gut?«, flüsterte Jamarh ihr zu. »Du bist so still.«

Sie seufzte zufrieden und nickte.

Den Rest des Morgens hindurch saßen die beiden Kinder mit Gabria vor dem Feuer und genossen die Aktivitäten um sie herum. Kelene brachte Becher mit heißem Minztee sowie ihre Heilsteine herbei, um die Schnittwunde auf Jamarhs Gesicht zu schließen. Sie nahm einige Splitter von dem Sternenstein, und am Nachmittag war jeder verwundete Magier im Lager geheilt und seine Macht wiederhergestellt. Boten wurden nach Moy Tura und zu den Trelds ausgesandt, um die Nachricht vom Sieg über den Kult sowie Utharas Ableben zu verbreiten. Die Verletzten wurden gepflegt und die Toten für den Scheiterhaufen zurechtgelegt.

Wie Anwin vermutet hatte, war Lord Ryne von den Sektierern in den ersten Minuten der Schlacht getötet worden. Seine überlebende Herdwache bereitete seinen Leichnam für die Rückkehr in den Bahedin-Treld vor, wo die Leute ihn mit den übrigen toten Klanhäuptlingen begraben würden.

Der Kadaver des Hunnulikönigs wurde ebenfalls mit großen Ehren behandelt; er sollte zusammen mit der Asche der Krieger in einem Grabhügel beigesetzt werden. Nach einigen Erörterungen wurde entschieden, dass auch Ellianas Leiche verbrannt und beigesetzt werden sollte.

Die einzige Schwierigkeit stellte für die drei Klanhäuptlinge das Schicksal der überlebenden Eidbrecher dar. Weniger als dreißig Männer der Peitsche hatten die Schlacht überstanden, und viele von ihnen waren verwundet. Einige hatten gemeinsam mit den Klanleuten dem Drachen den Rückweg abgeschnitten und nicht ungern Utharas schrecklichem Tod zugesehen.

Einer dieser Männer, ein älterer Sektierer, der sich als Utharas *Mutef* vorstellte, wandte sich an Lord Athlone und Gabria, Rafnir sowie die beiden anderen Lords. Er machte eine knappe Verbeugung; sein müdes Gesicht war blutbefleckt, und er trug den Arm in der Schlinge.

»Meine Lords, ich bitte um Eure Nachsicht. Würdet Ihr mir mitteilen, was Ihr mit uns vorhabt?«

»Wenn es nach mir ginge, würde ich euch und eure Festung vom Erdboden tilgen«, sagte Lord Hendric harsch.

Lord Athlone schwieg und sah seine Frau an. Für gewöhnlich hätte er nicht gezögert, sich Hendrics Auffassung anzuschließen und diese Mörder auszulöschen, doch die Lage hatte sich geändert. Die Sektierer hatten ihre Anführerin verloren und boten keinen Widerstand mehr. Vielleicht hatte Gabria eine bessere Einsicht in die Wünsche der Göttin.

Sie antwortete nicht sofort, sondern sah zu, wie zwei Männer den Körper eines Sektierers zu einem immer größer werdenden Leichenhaufen am Rande der Senke zogen und ihn darauf warfen. »Krath ist sich mit Amara einig«, flüsterte sie. Dann erbebte sie und lenkte ihre Aufmerksamkeit wieder auf ihren Gemahl. »Lass sie gehen«, meinte sie.

»Gehen?«, rief Lord Bendinor aus. »Sie haben unsere Leute getötet und unsere Trelds angegriffen. Sie schulden uns Wergeld und ihr Leben.«

»Ja, und sie haben für ihre Verbrechen bezahlt. Der ganze Kult ist zu einem Bruchteil seiner ursprünglichen Größe geschrumpft, die Hohepriesterin ist tot, die Zitadelle ist beschädigt und ausgeplündert worden, und selbst wenn sie es schaffen, in ihre Festung zurückzukehren, sehen sie einem sehr langen und schwierigen Winter entgegen.«

Der alte Sektierer salutierte vor ihr, indem er sich gegen die Brust schlug. »Wir zahlen all jenen das Wergeld, die es verdienen. Nicht alle von uns waren einer Meinung mit der Hohepriesterin, aber sie hatte Mittel und Wege, um uns zum Gehorsam zu zwingen.«

Gabria wandte sich mit kalter Miene an ihn. »Wenn die Klanlords entscheiden, euch leben zu lassen, dann gebe ich euch dieses zwingende Gesetz: Euer Kult darf seinen Mitgliedern nie wieder die Ausübung von Magie erlauben. Wenn ihr dem zuwiderhandelt, habt ihr euer Leben verwirkt.«

Lord Hendric runzelte die Stirn. »Lady Gabria, das verstehe ich nicht. Warum bringen wir sie nicht einfach um? Dann wäre das Problem für alle Zeiten gelöst.«

Sie legte ihm eine Hand auf den Arm. »Sollen wir etwa den einzigen Tempel und die Anbeter der Krath vernichten? Auch sie ist eine unserer Gottheiten. Sie ist es, die Feuer in unsere Seelen und Leidenschaft in unsere Herzen legt. Sie bringt den Regen, der unsere Flüsse füllt, und den Schnee des Winters. Ohne sie wäre die Welt nicht mehr ein Ganzes. Sie verdient unsere Ehrerbietung ebenso sehr wie Amara, und ich persönlich will sie nicht verärgern. Es ist nicht unsere Schuld, dass ihre Priesterin versagt hat. Aber es wäre unsere Schuld und Schande, wenn wir die letzten ihrer treuen Anhänger töten würden. Lasst sie gehen. Ihr Schicksal soll in ihren eigenen Händen liegen.«

Die drei Häuptlinge besprachen sich leise, dann wandte sich Lord Athlone an den *Mutef.* »Nehmt einen Wagen für die Verwundeten und brecht vor Sonnenuntergang auf. Ich verspreche euch, dass niemand euch etwas antun wird, wenn ihr in Frieden geht.«

»Und schnell«, murmelte Lord Hendric.

Der Sektierer verneigte sich, dankte ihnen und eilte davon. Weit vor Sonnenuntergang waren die dunkel gekleideten Sektierer fort; sie hatten ihre Wolfetare und ihre Verwundeten und sonst nichts mitgenommen.

Die Klanleute sahen ihnen nach und waren dankbar. Nun war es auch für sie an der Zeit, nach Hause zu gehen.

Nachdem vier Tage später die religiösen Riten für die Verstorbenen durchgeführt und der Grabhügel auf dem Gipfel eines hohen, windumtosten Berges aufgeschichtet worden war, bereiteten sich die vier Werode auf die Abreise zu ihren eigenen Trelds vor, bevor der Winter einsetzte.

Bei Sonnenaufgang gaben die Häuptlinge einander zum Abschied die Hand und teilten den Bügelbecher, um sich gegenseitig ihrer unverbrüchlichen Treue zu versichern. Einer nach dem anderen machten sich die Werode auf den Weg, bis nur noch die Khulinin übrig waren und Rafnir, Kelene und Anwin Lebewohl wünschten. In einem Wagen, der von der Herdwache geschützt wurde, lagen der Leichnam Valorians sowie jene Kristallstatue, die einst ein Hund namens Glöckchen gewesen war.

»Passt auf Valorian auf«, sagte Anwin zu ihren Großeltern. »Und auch auf Glöckchen.«

»Wenn die Klane im nächsten Sommer beim Tir Samod einen Grabhügel errichten, der für den Kriegshelden geeignet ist, wird Glöckchen neben ihm Platz finden«, versprach Lord Athlone.

Anwin blinzelte eine Träne fort und nickte. »Das hat sie verdient.«

»Ja«, stimmte Gabria ihr zu. »Sollen Jamarh und ich ein anderes Hündchen für dich ausbilden?«

Anwin grinste. »Nicht jetzt. Der hier wäre sonst eifersüchtig«, sagte sie und streichelte den Drachen, der sich um das Horn ihres Sattels zusammengerollt hatte.

Das hättest du wohl gern, freches Gör, brummelte Telerund.

Auf Wiedersehen, Anwin, wieherte Henos. Obwohl jedermann bemerkt hatte, wie ernst und erwachsen Henos seit dem Tod des alten Hunnulikönigs geworden war, kehrte seine gute Laune in Jamarhs Gegenwart allmählich zurück. Anwin tat es leid, sich von dem jungen Hengst verabschieden zu müssen, aber sie war nicht überrascht. Er und Jamarh passten so gut zusammen, wie es bei einem Hunnuli und einem Magier nur je der Fall sein konnte. Eines Tages würde auch sie ein Hunnuli finden, das sich mit ihr verbinden wollte.

Wie ihre Mutter betont hatte, würde Demira im Frühling ihr sechstes Fohlen zur Welt bringen. In der Zwischenzeit ritt sie einen einfach zu handhabenden, langbeinigen harachianischen Wallach, den es nicht allzu sehr störte, wenn ein Drache auf seinem Sattel hockte. Rafnir und Kelene hatten vor, so schnell nach Hause zu reiten, wie es der Wallach erlaubte.

Unter Hörnerschall und großem Lärm und Gejohle wandte sich der Khulinin-Werod nach Süden und machte sich auf die lange Heimreise. Lord Athlone, Lady Gabria und Jamarh saßen auf ihren Hunnuli und sahen dem Vorbeimarsch der Krieger zu, bevor sie Rafnir, Kelene und Anwin Lebewohl sagten.

Während der Werod vorbeiritt, lenkte Jamarh Henos an Anwins Seite. Er wusste, dass sie ihn beobachtete, denn sowohl das Mädchen als auch der Drache drehten ihm immer wieder den Kopf zu. Er schenkte ihr sein breitestes Grinsen. »Vielen Dank dafür, dass du mich mitgenommen hast«, sagte er leise.

Sie wirkte sowohl erfreut als auch verwirrt. »Es war deine eigene Wahl.«

»Darum dreht sich alles, nicht wahr? Um die Wahl. Amara hat uns die Wahl gelassen, aufzubrechen. Ich frage mich, was passiert wäre, wenn wir zu Hause geblieben wären.«

Dann würdet ihr jetzt der Hohepriesterin des Kultes der Krath dienen, und all diese Leute hier wären tot, warf Telerund ein und deutete mit einer Klaue auf die Zauberer.

Und deine kleine Schuppenhaut würde in den feurigen Winden von Gormoth geröstet werden, während dir die Gorthlinge die Augen ausreißen, erwiderte Anwin hart.

Der Drache zischte sie an. *Ich säße noch in meiner Höhle und hätte den Sternenstein.*

Die Hohepriesterin hatte bereits herausgefunden, wo sich der Stein befand. Uthara hätte ihn dir früher oder später weggenom-

men. Anwin zeigte auf die sanften Hügel und den blauen Himmel. *Glaubst du nicht auch, dass das hier besser ist als eine stinkende, dunkle Höhle, in der die Steinzieher dich mit Felsbrocken bewerfen?*

»Großmutter hat mir gesagt, dass es Vater besser geht«, sagte Jamarh, der nichts von dem stummen Gespräch seiner Kusine mit dem Drachen bemerkt hatte. »Wir können seinen Splitter durch einen neuen ersetzen.«

»Ich weiß«, sagte Anwin. Ihr Gesicht leuchtete vor Freude.

»Das wäre nicht möglich gewesen, wenn ...« Er verstummte und streichelte Henos, um die plötzliche Gefühlsaufwallung zu verstecken, die sich auf seinem Gesicht abzeichnete. »Ich wollte nur sagen, ich meine, wenn die Göttin dich noch einmal rufen sollte, falls du Hilfe brauchst, schick mir eine Nachricht. Henos und ich werden sofort kommen.«

Telerund schnaubte und drehte den Kopf fort, doch Anwin streckte die Hand aus und drückte seinen Kopf zurück, sodass sie durch seine Augen Jamarhs ernsten Blick sehen konnte. Sie prägte sich die Gesichtszüge ihres Vetters und sein Lächeln ein und schenkte ihm ihrerseits ein strahlendes Lächeln.

Sie sagten einander Lebewohl; dann war es Zeit zum Aufbruch. Die Khulinin wandten sich nach Süden, und die drei Reiter in den roten Mänteln des Corin-Klans ritten ostwärts der aufgehenden Sonne entgegen, um das Tal des Hornwächters zu durchqueren.

Eine Weile saß Anwin still auf ihrem Pferd, dann zog sie ihre Flöte hervor. Sie war zerkratzt und angeschlagen, doch aus irgendeinem Grund noch spielbar. Anwin freute sich auf den Tag, an dem sie Roninir die ganze Geschichte dieser Reise erzählen konnte. Sie schenkte Telerunds abfälligen Bemerkungen über das Instrument keine Beachtung, sondern spielte einige ihrer einfachen Lieblingsmelodien, bevor sie die

Flöte wieder wegsteckte. Mehr brachte sie nicht fertig. Sie war noch immer so müde von der Reise, sie war wund, hatte viele Blutergüsse und Prellungen erlitten, und ihr war sehr kalt. Sie fragte sich, ob es ihr je wieder warm werden würde.

Eine leichte Brise fuhr ihr durch die Haare, und die Sonne beschien ihr Gesicht. Sie hörte, wie ihre Eltern sich weiter vorn unterhielten, und sie vernahm das Knirschen der Hunnulihufe im trockenen Gras. Während die Musik ihr noch durch die Gedanken strömte, senkte sie den Kopf und nickte ein.

Kleines Glossar

(Neun Jahre nach dem Seuchensommer)

Die Klane	**Häuptling**	**Mantelfarbe**
Corin	Lady Helmar	Rot
Khulinin	Athlone	Gold
Geldring	Hendric	Grün
Wylfling	Jamason	Braun
Dangari	Bendinor	Indigoblau
Schadedron	Kethric	Schwarz
Reidhar	Fiergan	Gelb
Amnok	Terod	Grau
Murjik	Geric	Purpur
Bahedin	Ryne	Orange
Jehanan	Vengar	Kastanienbraun
Ferganan	Peoren	Hellblau

Chadoch: Ein Fluch im Namen Kraths, der üblicherweise ein Todesurteil darstellt.

Geas: Eine heilige Pflicht, die für gewöhnlich einem Menschen von einem Gott oder einer Göttin als Strafe auferlegt wird.

Herdwache: Persönliche Leibwache des Königs. Diese Männer sind die Elitekrieger des Klans und werden mit ihrer Stellung für Tapferkeit, Geschicklichkeit und Treue belohnt.

Hunnuli: Magische schwarze Pferde, die auf geistigem Weg mit ihren Zauber-Reitern reden können. Sie lassen nur Magier auf sich reiten und weigern sich, jemanden zu tragen, der mit dem Bösen infiziert ist, auch wenn das ihren Tod bedeutet. Die Klannad haben die Farbe ihrer Hunnuli von Schwarz in Weiß geändert, daher sind Kreuzungen oft gescheckt.

Klannad: Ein Zweig des Corin-Klans, welcher der Säuberung entkam, indem er in das südliche Dunkelhorngebirge floh. Schließlich kehrte er zurück und gesellte sich zu Kelene und Rafnir in Moy Tura.

Kra'deth: Eine Steinkapelle, die zur Anbeutung Kraths errichtet wurde.

Kult der Krath: Auch bekannt als *Männer der Peitsche* oder *Eidbrecher.* Der Kult widmet sich der Anbetung und dem Dienst der Göttin Krath. Es handelt sich um bestausgebildete Mörder, die oft wegen ihrer Fähigkeiten angemietet werden.

Moy Tura: Die Stadt der Zauberer. Sie wurde während der Säuberung zerstört und einige Jahrhunderte später durch die Klannad und die Zauberer der Klane wieder aufgebaut.

Mutef: Ein persönlicher Diener.

Säuberung: Die Klanleute griffen alle bekannten Zauberer in den Klanen an und töteten sie; dann zerstörten sie Moy Tura in dem Versuch, die Magie in den Klanen auszulöschen. Einige Magier konnten jedoch entkommen.

Tir Samod: Ort der sommerlichen Versammlung.

Treld: Das feste Winterlager eines Klans.

Valorian: Urzeitlicher Held und erster Magier der Klane des dunklen Pferdes.

Wergeld: Wiedergutmachung, welche der Familie eines Ermordeten in Form von Gold oder Vieh durch den Tod im persönlichen Duell geleistet wurde.

Werod: Kampfeinheit des Klans. Obwohl von allen Männern verlangt wird, sich Grundkenntnisse in der Kampfkunst anzueignen, sind nur diejenigen zum Werod zugelassen, die gewisse Prüfungen bestehen. Ein Klanhäuptling muss im Werod gedient haben, bevor er Häuptling werden kann.

Wertain: Befehlshaber des Werod. Diese Männer unterstehen unmittelbar dem Häuptling.

Elizabeth Haydon

»Ein wundervolles, romantisches Epos mit einer bezaubernden Heldin - die beste Fantasy-Saga seit Jahren!« ***Publishers Weekly***

»Grandios! Elizabeth Haydon ist die neue herausragende Stimme der epischen Fantasy – ein Muss für alle Fans von J.R.R. Tolkien und Robert Jordan.« ***The Guardian***

978-3-453-87911-9

978-3-453-52067-7

HEYNE